Trilogia Ecos do Espaço
Livro 3

ESPAÇO SEM LIMITES

MEGAN CREWE

ESPAÇO sem LIMITES

Tradução
JACQUELINE DAMÁSIO VALPASSOS

Título do original: *A Sky Unbroken*

Copyright © 2015 Megan Crewe.

Copyright da edição brasileira © 2017 Editora Pensamento-Cultrix Ltda.

Publicado mediante acordo com Sandra Bruna Agencia Literária, SL e Adams Literary.

Texto de acordo com as novas regras ortográficas da língua portuguesa.

1ª edição 2017.

Todos os direitos reservados. Nenhuma parte desta obra pode ser reproduzida ou usada de qualquer forma ou por qualquer meio, eletrônico ou mecânico, inclusive fotocópias, gravações ou sistema de armazenamento em banco de dados, sem permissão por escrito, exceto nos casos de trechos curtos citados em resenhas críticas ou artigos de revistas.

A Editora Jangada não se responsabiliza por eventuais mudanças ocorridas nos endereços convencionais ou eletrônicos citados neste livro.

Esta é uma obra de ficção. Todos os personagens, organizações e acontecimentos retratados neste romance são produtos da imaginação do autor e usados de modo fictício.

Editor: Adilson Silva Ramachandra
Editora de texto: Denise de Carvalho Rocha
Gerente editorial: Roseli de S. Ferraz
Produção editorial: Indiara Faria Kayo
Editoração eletrônica: Join Bureau
Revisão: Nilza Água

Dados Internacionais de Catalogação na Publicação (CIP)
(Câmara Brasileira do Livro, SP, Brasil)

Crewe, Megan
  Espaço sem limites / Megan Crewe ; tradução Jacqueline Damásio Valpassos. – São Paulo : Jangada, 2017

  Título original: A sky unbroken
  ISBN: 978-85-5539-075-3

  1. Ficção canadense 2. Ficção fantástica I. Título.

16-00351   CDD-813

Índices para catálogo sistemático:
1. Ficção : Literatura canadense em inglês   813

Jangada é um selo editorial da Pensamento-Cultrix Ltda.

Direitos de tradução para o Brasil adquiridos com exclusividade pela
EDITORA PENSAMENTO-CULTRIX LTDA., que se reserva a
propriedade literária desta tradução.
Rua Dr. Mário Vicente, 368 – 04270-000 – São Paulo, SP
Fone: (11) 2066-9000 – Fax: (11) 2066-9008
http://www.editorajangada.com.br
E-mail: atendimento@editorajangada.com.br
Foi feito o depósito legal.

Para Chris, com amor de todo tipo.

1.

Skylar

Acordo num recinto escuro com o corpo tenso e dolorido, e sozinha. Quando abro os olhos, não há nada para ver. Não existe sequer um pontinho de luz. O piso no qual estou caída é frio e duro. Um cheiro mineral familiar permeia o ar. Eu tateio em volta com as mãos e os pés e só encontro paredes. O espaço não é muito maior do que o closet do meu quarto lá em casa.

Lá em casa... Meu lar.

Uma onda de fogo varrendo a atmosfera da Terra, abrasando toda a superfície do planeta enquanto eu testemunhava tudo lá de cima. Nuvens vermelhas e roxas flamejantes arrasando o que havia no caminho. Cada partícula de vida azul e verde consumida pelo fogo.

Meu estômago se revira. Inclino a cabeça, engasgando com a saliva de gosto ácido e azedo. Então me arrasto, tentando me erguer um pouco do chão, até sentir as costas batendo na parede atrás de mim. Sentada ali, limpo a boca. Minhas pernas tremem. Acho que não conseguiria me levantar mesmo se quisesse.

Meu lar já não existe mais. A minha casa, a minha rua, a minha escola, o parque onde eu praticava cross-country, a Michlin Street com seus cafés, a loja de tortas, o brechó favorito de Angela e...

Angela. Mamãe e papai. Lisa. Evan. Meus avós. Cada colega e professor que eu tive. Cada um dos meus vizinhos. Todo mundo...

O horror disso se avoluma dentro de mim, sufocando-me. Meus olhos ardem.

Mortos. Estão todos mortos.

Minha mente não consegue assimilar os fatos — afasta-se desse pensamento e se debate pelos cantos como um rato preso em uma jaula com um elefante. Simplesmente não há espaço dentro de mim para a verdade plena a respeito disso. No entanto, não há nada mais além disso. Só eu, sozinha no escuro. Baixo a cabeça e balanço de um lado para o outro.

Não percebo que estou chorando até que os soluços desesperados começam a escapar de mim, as lágrimas escorrendo pelas bochechas, salgando os meus lábios. Um som grave e estranho irrompe no meu peito, como se o meu corpo estivesse tentando sufocar a verdade. Como se, ao abafar a verdade, ela deixasse de existir. Aperto os braços em torno dos joelhos, ainda balançando pra lá e pra cá.

Não. Não. Não. Eu me recuso a aceitar isso.

Quando volto a mim, não sei quanto tempo se passou. De repente, percebo a sensibilidade na garganta e no rosto, na região onde eu o esfreguei contra o jeans, a gola da camiseta encharcada pelas lágrimas e as multiplicações por três reverberando no fundo da minha mente como se fossem um eco: *3 vezes 19.683 é 59.049, 3 vezes 59.049 é 177.147, 3 vezes 177,147 é...*

A noção do que aconteceu permanece lá, como uma montanha distante por trás da minha consciência. Eu evito olhar mais de perto. Enquanto ela estiver lá, palpável, mas apartada do restante dos meus pensamentos, eu me sentirei mais como eu mesma. Não posso lidar com a enormidade da catástrofe neste momento. Eu iria continuar multiplicando, tentando chegar ao infinito.

Em vez disso, procuro respirar de forma calma e controlada, e pressiono as palmas das mãos contra o chão frio. Há um sutil tremor na superfície abaixo de mim. Eu ainda estou em uma nave, acho. Uma nave que está se movendo muito rapidamente, mesmo nos padrões kemyanos, para que o tremor seja tão perceptível.

Eu estava em uma nave quando tudo aconteceu. A espaçonave de passeio do irmão de Tabzi. Na cabine de comando, assistindo pela gigantesca tela de monitor aquele turbilhão devastador...

Win disse que a bomba tinha a mesma tecnologia que levou à destruição acidental de seu planeta e obrigou os kemyanos sobreviventes a viver na estação espacial em órbita acima dele, milênios atrás. Eu viajei até o seu antigo planeta como membro de uma expedição de mineração. Não havia ali o menor vestígio de vida: por todos os lados, até onde a vista alcançava, a mesma paisagem monótona de terra árida marrom e água cinzenta. Deve ser assim que a Terra está agora.

Sinto um nó no estômago, e afugento a imagem. Não quero pensar nisso neste momento. Primeiro, tenho que lidar com o que está acontecendo agora.

Minhas impressões sobre o que se seguiu à detonação são fragmentadas. Um esquadrão de policiais kemyanos irrompeu na cabine acompanhados por Thlo. Nós seis olhamos para eles, e para ela, a mulher que liderou o nosso grupo de rebeldes até aquele ponto. Para seus olhos impenetráveis enquanto ela gesticulava para os Executores. Lembro-me do guincho metálico de uma *blaster* e o corpo de Isis sendo arremessado, cachos vermelhos e pretos se desgrenhando; Britta saltando para cima e sendo alvejada também. Thlo apontando para mim: "*Cuide daquela ali*".

Win atirou-se na minha frente e absorveu aquele disparo, mas isso de nada adiantou. Quando fui na direção a ele, caído e ofegante, um outro disparo acertou a minha nuca.

Depois disso, escuridão total.

Não tenho a menor noção de quanto tempo fiquei apagada. Obviamente, fui transferida da cabine de comando — mas a que distância estou dela? Será que ao menos estou na mesma nave?

E onde estão os outros? Os Executores atiraram para entorpecer, não para matar... Pelo menos, enquanto eu estava consciente, antes de ser atingida. Poderiam estar todos mortos também. Tabzi e Emmer, que eu mal conhecia, mas que acudiram quando mais precisamos deles. Isis, que assumira o comando na ausência de Thlo, com sua habitual maneira de ser: doce, mas determinada. Britta, que arriscara a vida por mim, distraindo as naves que apareceram para nos deter, sem deixar de sorrir durante toda a operação. E Win. Aquele com quem pude contar o tempo todo, que esteve me protegendo até o último instante.

Abraço o meu corpo, recordando o abraço dele. A última vez que o abracei, sabia que era para ser a derradeira vez. Era para eu partir e nunca mais vê-lo novamente. Mas ao menos eu saberia que ele estava bem, trabalhando para o futuro com o qual havia sonhado.

Talvez ele, e todos os outros, *ainda* estejam bem. Eu mesma estou viva, apesar de tudo, embora seja uma terráquea levada ilegalmente para Kemya, e a quem fora permitido testemunhar todos os aspectos de suas vidas e tecnologia. O "protocolo-padrão" ditaria que eu deveria ter sido morta imediatamente.

A menos que os Executores quisessem me interrogar antes.

Thlo não gostaria disso, se ela estiver apenas mantendo as aparências, fingindo ser leal ao Conselho dos líderes de Kemya. Há tantas coisas que eu poderia revelar aos Executores, sobre quem esteve por trás das atividades rebeldes todos estes anos...

Firmo meus pés contra o chão e as costas contra a parede. Não sei o que vou fazer quando alguém aparecer, mas não vou desistir sem lutar. Mesmo que o meu mundo, e todas as pessoas pelas quais eu estava lutando, estejam...

Não devo pensar nisso agora. Não devo pensar nisso agora. Não devo pensar nisso agora.

O tempo passa, e a escuridão permanece. O ligeiro tremor do piso não para. Nenhum som penetra as paredes.

Ninguém vem.

Meu estômago está embrulhado demais para sentir fome, mas a boca está seca como areia. A parte de trás da cabeça, onde fui atingida pelo

Executor, dói, embora a pele em si não esteja machucada. Eu poderia descansar a testa nos joelhos e fechar os olhos, só por um momento, mas receio que, do jeito que estou esgotada, não seja só por um momento.

Minhas pálpebras estão começando a se fechar por vontade própria quando um retângulo luminoso se abre diante de mim com um discreto ruído. Mal tenho tempo de registrar uma silhueta recortada contra a luz antes do disparo da *blaster*.

Na segunda vez que desperto, deparo-me com uma rede de linhas finas e brilhantes que se entrecruzam no teto baixo. Estou deitada e sinto uma pressão no pescoço, antebraços e tornozelos, que me impede de fazer qualquer movimento maior do que me contorcer. Uma dor pungente sobe pelo braço quando testo a algema à minha esquerda, como se eu tivesse sido picada no interior do pulso.

— *Ainda não está ativo* — um homem diz em kemyano, fora do meu campo de visão. — *Pergunte a ela o que quiser, e me diga quando (...) isso.*

O que não está ativo? Uma figura se aproxima de mim e eu posso vê-la. Uma mulher musculosa e de pele escura, com uma *blaster* presa ao cinto prateado que traz na cintura. Ela é uma Executora.

Eu gelo quando os olhos dela encontram os meus. Ela ergue a cabeça, os cantos de seus lábios curvados para baixo.

— Tenho algumas perguntas para você — diz ela em inglês, sem emoção em seu tom de voz. — Você veio da Terra... há quanto tempo?

Dois meses. Faz dois meses desde que Win e eu procuramos Jeanant, ex-líder dos rebeldes, por todo o meu planeta e através da História, coletando as peças da arma que ele havia escondido lá quando a sua missão para libertar a Terra falhara. Dois meses desde que Win convidou-me para vir para Kemya com ele, para acompanhar a tão sonhada conclusão da missão. Eu não sei quanto disso tudo os Executores já descobriram. Então, não respondo nada.

A mulher não pressiona, apenas segue em frente.

— Você ajudou seus "amigos" kemyanos no planejamento para desativar o gerador de campo temporal da Terra?

Nós não planejamos apenas, nós conseguimos. Por talvez dez gloriosos minutos, a Terra ficou livre dos cientistas kemyanos e Viajantes que estiveram manipulando o nosso passado por milhares de anos de experimentações.

Dez gloriosos minutos antes que Enmer avistasse a bomba sendo largada na atmosfera.

— Sim — respondo. Não fazia sentido negar o óbvio.

— Você pretendia voltar para Kemya depois disso?

— Não. Eu queria ir para casa e esquecer que vocês existem.

Eu engasgo com minha veemência. Os cantos da boca da Executora se curvam novamente, desta vez no que parece ser um sorrisinho afetado. Eu a estou divertindo?

— Você detesta Kemya tanto assim? — ela pergunta.

— Kemya é legal — respondo com dificuldade. — Eu apenas prefiro a Terra. Eu queria que fôssemos livres, e voltar para a minha vida do jeito que ela era. Só isso.

— E agora?

Agora tudo isso se foi. Levo um tempinho para conseguir falar novamente. Eu não vou chorar na frente dela.

— Eu não sei.

— Você queria libertar a Terra — ela continua sem pausar. — E quais seriam os motivos de seus "amigos" fazerem isso, na sua opinião?

Em parte, pela mesma razão que eu, mas não acho que dizer isso irá ajudar.

— Porque eles se preocupam com Kemya. Eles queriam que os experimentos parassem para que vocês começassem a procurar um novo planeta para se estabelecerem e terem um verdadeiro lar.

— O que eles planejavam fazer em seguida?

— Nada. Tínhamos concluído. Isso era tudo o que queríamos. — Uma onda de medo me invade. Ainda assim, não posso deixar de acrescentar: — Onde eles estão? Meus amigos?

A Executora me ignora. Ela leva a mão até a orelha e depois se afasta um pouco. Após um momento, murmura algo que não consigo entender. Será que está falando com alguém através de um comunicador?

— *Acabou* — diz ela depois de um minuto para outra pessoa na sala. — *Comece.*

Acabou? Ela não perguntou sobre os outros que poderiam ter ajudado nós seis, ou quem estava nos liderando, ou qualquer outra coisa que eu teria esperado. Quem interrompeu o interrogatório, e o que disse a ela?

Há um clique mecânico perto da minha cabeça. Sinto de novo picadas no pulso, mas apenas por um breve instante.

— *Quanto tempo leva para (...)?* — uma nova voz pergunta, acentuadamente anasalada. Meu coração aperta.

— *O efeito começa de imediato* — o homem que ouvi antes responde. — *Vai levar algum tempo para se adaptar às... reações dela.*

Uma mulher diferente aparece ao lado dos meus pés. Uma mulher magra, com cabelo liso, de um louro platinado, e pele leitosa.

Kurra. A Executora que seguiu a mim e Win na Terra, que quase me pegou em Kemya. Que eu vi atirar na cara de um menino terráqueo do lado de fora de uma caverna no Vietnã, deixando-o caído ali morto e com o rosto carbonizado. Meu pulso acelera enquanto seus olhos cinzentos e gelados pousam em mim. Ela vai... Eu tenho que...

A onda de pânico nem bem me atinge e já recua, como se meu corpo fosse uma esponja e a sensação fosse absorvida de forma instantânea por ele. Minha garganta comicha com um sabor vagamente fermentado. Eu olho para Kurra. Alguém mais está falando. Não a minha língua. Mas eu deveria ser capaz de...

Algumas frases penetram meus pensamentos dispersos: ... *as ordens eram para... com os outros... não é um problema de...*

— Você me reconhece? — Kurra diz. Minha atenção volta rápido para ela. Outra onda de pânico me atinge e com a mesma rapidez é absorvida.

Eu não consigo raciocinar. O que era...

Ela está olhando para mim. Ela me fez uma pergunta.

— Sim — respondo.

— Você agora está em meu poder — diz ela. — Está com medo?

A próxima onda de pânico é pouco mais do que um lampejo, que já desapareceu. Eu pisco perplexa para ela. Eu deveria estar. A *blaster* em seu quadril. O menino...

Mas sua figura enche minha visão e tudo que sinto é placidez.

— Eu não sei — respondo.

Ela sorri levemente e diz algo por cima do ombro que eu não consigo captar. Quando ela chega mais perto, a primeira mulher retorna e toca em seu braço. Elas trocam palavras, depressa demais para que eu as siga. Minha mente entra e sai de foco. Eles fizeram *alguma coisa* comigo. Eles fizeram...

A sensação de urgência se esvai tão rápido quanto meu pânico antes.

A outra mulher está colocando a mão no meu cotovelo. Eu recuo e o meu braço se mexe. As contenções foram removidas. Um *flash* de alívio é sugado de volta para a piscina de placidez que me preenche. Um homem agarra o meu outro braço. Eles me puxam e me colocam de pé. Eu cambaleio um pouco antes de recuperar o equilíbrio. Elegantes estruturas em bege e aço me rodeiam na pequena sala, com monitores repletos de caracteres alienígenas brilhando em verde entre elas. Sou rebocada porta afora. Minhas pernas se movem, esquerda, direita, seguindo meus captores.

Caminhamos por um corredor estreito, paredes e piso em cinza-claro, iluminação suave. Não estou onde estive antes.

Antes, quando?

A impressão é nebulosa. Enquanto dobramos uma esquina, tento lidar com as imagens embaralhadas na minha cabeça: um piso macio esponjoso; uma ampla sala de navegação com reluzentes terminais e uma tela que se estende por toda uma parede. Meu planeta. Azul, verde e branco, e vermelhos e roxos rodopiantes...

Perco o fôlego.

Placidez.

Estou tentando juntar as peças novamente quando uma Executora abre uma porta, e as várias vozes antes audíveis caem no silêncio.

Ela me empurra para dentro. A iluminação nesta sala é ainda mais fraca do que no corredor. Na penumbra, dezenas de pessoas estão de pé ou sentadas ao longo das paredes, em pequenos grupos. Há uma frieza no ar. A porta se fecha com um leve ruído atrás de mim. Então, uma figura com longos cabelos negros se atira na minha direção, abraçando-me apertado:

— Skylar! Oh, meu Deus, eu pensei...

Antes mesmo de entender o que está acontecendo, estou retribuindo o abraço. O rosto macio pressionando o meu, a voz radiante mesmo em meio ao seu choque, o aroma do xampu de jasmim em seu cabelo. A alegria explode dentro de mim.

Placidez.

Eu já estou abraçando-a mais apertado.

— Angela?

Quando ela se afasta um pouco, eu a olho perplexa. Angela está aqui. Angela. Aqui. Ela deveria estar...

Uma pontada de dor.

Placidez.

— Skylar? Oh, querida...

Sou envolvida em um abraço de ambos os lados. Braços trêmulos, um beijo pressionado no topo da minha cabeça, lágrimas nos olhos. *Meus* olhos se arregalam. Por um segundo, eu não consigo respirar.

— Mamãe? Papai?

A piscina dentro de mim engole tudo, deixando apenas calma. É um sonho. Tem que ser um sonho. A atmosfera até tem aquele sabor de sonho, frágil e vago. A maneira como as pessoas ficam dizendo coisas que eu não compreendo bem. Minha atenção se desviando, não importa quanto eu tente me concentrar.

Era com isso que eu queria sonhar. Meus pais. Angela. Antes, no escuro, eu...

Placidez.

Meu olhar vagueia pela sala enquanto uma chuva de palavras desaba sobre mim. Lá está Evan, vindo em direção a nós, e... a professora de Física, Cavoy? Reconheço alguns colegas meus nessa matéria. Ali adiante... é o

Daniel? E alguns de seus amigos. Um homem de pele escura que eu acho que ensina Química, e uma mulher de bochechas coradas do departamento de Inglês. Ali estão os Sinclair, vizinhos do outro lado da rua, e Ruth e Liora, que moram algumas casas mais adiante...

Não faz sentido. Eu vi a Terra sendo incendiada. Todo mundo aqui, todos eles deveriam estar...

Minhas emoções mudam e se acomodam de forma tão suave que eu perco o fio desse pensamento completamente. Mamãe ainda está falando.

— ... onde você estava. Quando você não voltou para casa, e ninguém tinha visto você... estamos tão felizes que você esteja bem!

— Eu não voltei para casa — repito. Levar as palavras do meu cérebro até a minha língua é como empurrá-las através da lama.

— Ontem à noite — papai diz, e pausa. — Se é que foi ontem mesmo. Isso não é importante, Sky. O importante é que você está aqui agora, onde quer que aqui seja.

— Nós vamos descobrir o que está acontecendo — mamãe diz, com uma voz feroz. — Eu não sei quem é o responsável por isso, mas eles não podem nos prender sem nenhuma explicação, isso é ridículo!

Eles não sabem. Eles não sabem que isso é uma nave espacial, eles não sabem que nossos captores não seguem as regras da Terra, eles não sabem que a Terra...

Placidez.

Minha mente inteira tornou-se turva, pensamentos, memórias e sentimentos como peixinhos escorregadios que entram e saem de vista, logo abaixo da superfície. Eu me sacudo, mas a água não clareia.

— Skylar — Angela diz, agarrando meu antebraço. Olho para os dedos castanhos contra a minha pele mais pálida e um vislumbre de memória pisca. Uma jovem mulher, *Yenee*, vaga e robótica. Tabzi, tocando-lhe o pulso, bem ali. *O implante, ele a mantém... relaxada.* Em uma pequena sala, com a...

O que eu estava lembrando? Eu mergulho atrás das imagens e volto à tona de mãos vazias.

— Você *está bem*? — Angela me pergunta. — Será que eles fizeram alguma coisa com você?

Eles fizeram. Sim. Uma rede de luzes no teto. A picada no meu pulso.

Se eu conseguisse reunir essas ideias, talvez pudesse responder adequadamente. Mas Angela fica olhando para mim com aqueles olhos grandes e escuros, cada vez mais arregalados a cada segundo que permaneço em silêncio.

— Eu vou ficar bem — eu me ouço dizer. Toco o seu braço. Agarro a manga da mamãe. Eles *estão* aqui. Meus dedos apertam, mantendo-as perto. Consigo concatenar as ideias e formular uma única pergunta:

— Como vocês todos vieram parar aqui?

— Três jovens — diz mamãe. — Nós tínhamos acabado de chegar em casa do trabalho, eles devem ter arrombado a porta. Eles caminharam direto para a sala de estar e... — Ela olha para o papai. — O que foi que eles usaram, para nos apagar?

— Eles deviam ter tasers — papai especula, mas ele está franzindo a testa.

Blasters, eu penso.

— Eu estava em casa com a mamãe — Angela diz, acenando para uma figura pequena que eu não havia notado antes, a mãe dela, agachada em um canto da sala — e Evan, ajudando-o com suas fotos... Mas meu pai estava no andar de cima. Nós não o vimos. Você acha que eles podem tê-lo ferido?

Mamãe começou a remexer em seus bolsos:

— Eu quase me esqueci. Um dos jovens, logo antes de ele me... apagar, me fez pegar isso. Ele disse que eu deveria dar a você. Sabe o que significa?

Ela me passa um pedaço de papel. Eu olho para ele em silêncio. Há uma linha de caracteres alienígenas rabiscada nele. Minha visão embaça e estabiliza quando o significado da sentença me ocorre.

Eu fiz o que pude. J.

Apenas isso. *J.* Olhos escuros, lábios quentes, voz grave e provocante. *Jule*. Engulo em seco quando a dor me atravessa. Aqueles olhos angustiados, uma crueza na minha voz. *Você colocou a nossa vida em risco para...*

Placidez. Uma piscina de placidez em que mergulho fundo, fundo, fundo.

Minha mão se fecha em torno do papel, amassando-o. Por que meus dentes estão cerrados? Isso também se vai, as ondulações na água se acalmam. Jule fez o que pôde. Então, é por causa dele que os meus pais, Angela, todo mundo está aqui... Mas, como?

Estou muito confusa para conjecturar. Minhas pernas oscilam, e minha mãe me puxa para ela. Deixo-me afundar no conforto de seus braços.

— Está tudo bem — diz ela. — Podemos falar sobre isso mais tarde.

De algum modo, eles estão aqui. Em uma nave. Indo para uma estação espacial como uma lasca de gelo pairando sobre um planeta estéril.

As pessoas de lá, elas não gostam de nós. Eu sei muito bem disso. E agora os meus pais, os meus amigos... eles são tão cativos quanto eu.

2.

Win

O atordoamento causado pelo disparo da arma de um Executor no modo não letal nocauteia uma pessoa por cinquenta e cinco minutos. A dor residual pode continuar por mais uma hora. Nenhum dano permanente nos nervos deve resultar, exceto nos raros casos que envolvam alvos de tenra idade ou sensibilidades preexistentes. Nós, kemyanos, construímos nossas armas como fazemos tudo o mais: de forma eficiente, confiável e quantificável.

Quando me juntei ao grupo de Thlo e me dediquei a uma missão que violou várias das nossas leis, ser atingido por um Executor tornou-se uma possibilidade real; assim sendo, pareceu-me prudente pesquisar um pouco para me preparar. Acordar no que parece ser uma sala de armazenamento convertida em cela com todos esses fatos é coisa para a qual eu não me sinto nem remotamente preparado. Eu deveria ter percebido que seria impossível. Mesmo quando eu estava lutando contra a nossa insistência kemyana por certeza e segurança, minha mente estava seguindo os mesmos pressupostos. Eu poderia achar isso divertido se não fosse o terrível peso das coisas que eu *não* sei agora.

Sem querer, eu me imagino dizendo isso a Skylar, vendo-a rir com aquele brilho zombeteiro em seus olhos castanho-claros. A imagem faz meu estômago se contrair, porque eu não a estou vendo aqui nesta sala diante de mim. O rosto dela foi o primeiro que procurei quando abri os olhos. Há cinco de nós espalhados ao longo das paredes de cor parda desse espaço vazio, separados o suficiente para evitar qualquer contato físico, cada um com um pulso e um tornozelo presos ao piso com algemas: Isis, Britta, Emmer, Tabzi e eu.

Na melhor das hipóteses, eles prenderam Skylar em outro lugar. Na pior... Na pior os Executores a viram apenas como mais um terráqueo descartável.

Tento soltar minha algema com um puxão, porém ela não se move. Do outro lado da sala, na minha frente, Tabzi está caída com a cabeça inclinada para o lado. Perto dela, Emmer ainda não acordou também. Eles devem ter sido atingidos pelo menos alguns minutos depois de mim. Isis, que recebeu o disparo primeiro, está com a mão livre sobre o joelho, enquanto seus olhos de pálpebras pesadas examinam a sala. Britta, ao meu lado, pressiona os dedos finos contra a testa, onde as gavinhas da tatuagem penetram seu couro cabeludo. Quando fomos para a Terra, ela ainda não tinha se recuperado por completo da rajada que recebera em sua última Viagem. Não sei se o disparo de atordoamento a afetou mais por causa disso.

Não sei quem deu a ordem para detonar a bomba na atmosfera da Terra, ou por quê. Não sei se Thlo sempre pretendeu nos denunciar ou se a nossa partida inesperada sem ela forçou esse resultado. Não sei o que vai acontecer com a gente agora.

Não sei onde Skylar está.

Tabzi se mexe. Ela levanta a cabeça e se move como que para se levantar. Seu braço fino estremece contra a contenção. Ela olha para a algema como se não pudesse acreditar no que está vendo. Pode ser que *ela* não tenha considerado as possíveis consequências se a nossa missão falhasse. Ao contrário do restante de nós, ela tinha o luxo do dinheiro dos pais e a influência política da mãe para protegê-los.

Seu queixo pontudo treme, e, então, todo o seu rosto se contrai. Isso me aborrece.

— A Terra — diz ela depois de um tempo. — Será que eles realmente...

Sua voz vacila, mas ela já disse o suficiente. As abrasantes nuvens vermelhas e roxas estão gravadas na minha memória.

— Sim — eu tento dizer. O que sai da minha boca é um coaxar. Eu limpo a garganta, mas um nó me impede de falar.

Era para eu ter descido ao planeta uma última vez. Teria sido apenas um minuto, para levar Skylar ao ponto de Viagem mais próximo para que ela pudesse voltar para casa, mas teria sido um minuto a mais para poder respirar aquele ar úmido e fresco, sentir o calor dos raios de um sol não mostrado apenas pelos monitores. Eu não preciso de dados diante de mim para saber que o ar lá é tóxico agora. Ou que o turbilhão de nuvens esconde o sol. As cidades, florestas, selvas, pântanos pelos quais eu Viajei com Skylar, e todas as pessoas que viviam dentro e ao redor deles, o fogo relegou ao esquecimento.

Ela pode ter tido o mesmo fim. Os Executores podem ter visto isso como uma solução razoável: devolver a terráquea para o planeta do qual ela nunca fora autorizada a sair. Queimá-la viva no incêndio químico...

Cerro os punhos, flexionando os tendões contra a algema. Se foi isso mesmo o que eles fizeram... Se eles agiram tão...

Então, eu vou fazer o quê? Pelo que tudo indica, estou completamente à mercê dos Executores. Eles poderiam entrar aqui, atordoar-me outra vez com um disparo e atirar-me para dentro daquelas nuvens, e eu teria tanto poder de decisão quanto os átomos no reator desta nave.

Emmer desperta com um grunhido, seus membros desajeitados se contorcendo em espasmos. Ele esfrega o rosto. Em seguida, Isis, que atuou como nossa líder desde que deixamos Thlo para trás, finalmente fala.

— Estão todos bem?

— Dentro do possível — falo. Emmer responde com um aceno de cabeça afirmativo e Tabzi sussurra um "sim" em um tom que me faz olhar para ela novamente. Ela começara a chorar, em silêncio, trilhas de lágrimas brilhando em seu rosto bronzeado. Suas palavras anteriores sugerem que não é a própria situação que a perturba. Ela está chorando pela Terra.

Durante os poucos meses que ela participou deste grupo, eu a tomei como uma pessoa frívola. Ela parecia empolgada com as armadilhas da vida no planeta e a emoção de se ver como uma rebelde, sem preocupações muito mais profundas. Agora, ela é a única de nós que sofre abertamente.

— Britta? — Isis chama com ternura na voz enquanto olha para a namorada. Britta puxa para trás uma mecha de seu cabelo castanho que escapou do rabo de cavalo e dá a Isis um sorriso trêmulo.

— Estou com dor de cabeça — ela responde. — Tenho certeza de que não será a minha última. Vai passar.

— Alguém viu... — eu começo a perguntar, mas me interrompo. O que Tabzi ou Emmer podem ter visto depois de eu ter sido atingido não vai me dizer nada sobre o que se passou na hora que se seguiu após terem sido atingidos também.

O olhar de Isis pousa em mim. Suspeito que ela sabe o que eu ia perguntar... sobre quem eu ia perguntar depois. Ela acolhera Skylar, e acho que ela e Britta acabaram considerando-a uma amiga. Eu acho que elas estão preocupadas também.

Eu só quero saber se ela está viva.

— Eu acho que todos nós deveríamos descansar. Para nos recuperarmos — diz Isis. Ela passa rapidamente os olhos pelo teto. Se esta for uma nave dos Executores... e seja qual for a nave em que estamos agora ela é a nave deles... há uma grande chance de que eles estejam nos monitorando. Pode ser que Thlo lhes tenha dito tudo, mas a prova mais sólida é a confissão dos crimes pela boca do próprio criminoso.

Faria alguma diferença se falássemos de seu envolvimento, usando o seu verdadeiro nome em vez do codinome que vem às nossas línguas automaticamente? Parece pouco provável que ela não tivesse planejado algo para essa contingência.

Por isso, nós nos sentamos ali em silêncio. A cada minuto que passa, o peso das minhas incertezas cresce. Eu não roo as unhas desde que tinha 5 anos de idade e um professor envergonhou-me tanto sobre aquele hábito *desprezível e sujo* que eu nunca mais fiz isso, mesmo quando estou sozinho, mas agora tenho o desejo de roer minha unha até chegar ao sabugo.

Então, a porta se abre, e Thlo entra.

Embora nenhum de nós estivesse falando, sua presença lança um silêncio sepulcral sobre a sala, como se tivéssemos parado até mesmo de respirar. Ela cruza os braços quando a porta se fecha atrás dela. Sua estrutura física baixa e robusta parece ainda mais imponente vista do chão... e Thlo é muito imponente mesmo quando você está olhando para ela de cima.

— Somos só nós — diz ela no mesmo tom calmo e calculado que usava ao fazer planos para ludibriar os Executores, roubar suprimentos e destruir tudo aquilo que o nosso Conselho defende. — Nenhuma vigilância. Esta conversa fica entre nós.

— E nós deveríamos confiar em você quanto a isso? — Britta diz com uma voz triste. Ela parou de segurar a cabeça, mas suas feições delicadas ainda demonstram que sente dor. Todos nós olhamos para Thlo, esperando a resposta àquela pergunta bastante razoável.

— O que eu digo poderia me incriminar tanto quanto a vocês — diz Thlo. Ela ajeita atrás da orelha uma mecha do cabelo preto entremeado de fios brancos. — Não é minha intenção abandoná-los. Este foi simplesmente um passo necessário para levá-los para casa em segurança. Peço desculpas pela falta de aviso. Tenho certeza de que vocês reconhecem que era impossível para mim entrar em contato com vocês depois que deixaram a estação.

Ela diz essa última parte com um tom seco, que é sua forma mais branda de crítica. Ela está irritada por termos partido sem ela, antes mesmo que ela ao menos nos perguntasse por quê.

— A estação estava sendo totalmente bloqueada — explico. — Isis não conseguiu contatá-la. Ela tentou. Sabíamos que se esperássemos mais poderíamos perder totalmente a nossa chance.

Nós concluímos a missão sem precisar da ajuda dela. Quem sabe quantos dias mais, semanas ou meses de espera isso nos custaria se tivéssemos esperado que ela respondesse?

Thlo descarta a minha explicação com um aceno de mão.

— Isso já não é mais importante.

— Você chama isso de voltar para casa em "segurança"? — Isis pergunta, balançando a perna com a algema.

— Vocês *são* criminosos — diz Thlo. — Você não pode esperar que a Segurança os escolte com todo conforto. Mas, desde que sigam as minhas instruções, terão liberdade suficiente, assim que chegarmos a Kemya.

Ela anda mais para o interior da sala, girando para olhar em cada um dos nossos rostos.

— Esta é a versão dos fatos que vocês darão quando interrogados: vocês são um pequeno grupo que acreditava que Kemya tinha se tornado obcecada demais com a Terra, a ponto de ficarem distraídos. Vocês desativaram o gerador de campo temporal a fim de libertar Kemya daquela obsessão e para nos permitir avançar como deveríamos. Vocês não se preocupam com a Terra; vocês não se importam com o que aconteceu com aquele planeta. Tudo o que importa para vocês é que Kemya possa avançar e crescer.

— Mas... — Tabzi murmura, detendo-se com a carranca de Thlo.

— Não importa quais sejam os seus verdadeiros sentimentos — Thlo continua. — Eu já induzi o Conselho a vê-los como nacionalistas extremados, colocando a sua preocupação com Kemya acima de tudo. Eles já estão inclinados a acreditar que é do interesse de todos que vocês voltem à vida normal com um mínimo de publicidade. Queremos Kemya falando sobre o nosso futuro, não sobre as ações de vocês. Vocês só ficarão fora de circulação por seis dias. Todos que fizeram questionamentos foram notificados de que vocês foram expostos a uma substância imprevisível e estão em quarentena num centro de saúde. Quando vocês voltarem, serão cuidadosamente monitorizados e deverão ficar longe um do outro, mas vão manter seus empregos, suas situações de vida, e suas mentes. E vocês irão continuar assim, desde que ajam com completa lealdade a Kemya. Se o Conselho vir razão para suspeitar que vocês valorizam a Terra acima de seu próprio povo, no entanto, eles não vão tolerar.

— E presumo que você prefira que nós não mencionemos você — digo.

— Vocês não vão envolver mais *ninguém* — adverte Thlo. — Não há nenhum benefício em arrastar Mako, Pavel ou Odgan para isso.

— Meu irmão sabe que deixamos a estação — diz Tabzi. — Foi na nave dele...

— Seu irmão sabe que é melhor não sair por aí, dando a todo mundo essa informação — responde Thlo. Ela caminha em direção à porta. — Estamos entendidos?

Ela não pode deixar as coisas por isso mesmo.

— E quanto a Skylar? — pergunto num rompante.

As sobrancelhas de Thlo se arqueiam e seu tom de voz se torna ainda mais seco do que antes.

— Você não irá mais se associar com ela também, mas ela está bastante segura por enquanto.

— Onde? — quer saber Britta, inclinando-se para a frente. — O que você fez com ela?

— Ela não é da sua conta — Thlo diz, e eu caio em desânimo. Isso é tudo o que ela vai nos dar: uma vaga garantia e uma ameaça velada. Se Skylar está segura apenas por enquanto, então, *em algum momento*, ela pode não estar mais.

— E a Terra? — tenho que perguntar. — A detonação? *Você* não está preocupada com isso?

Ela olha para mim com uma franqueza que jamais tinha mostrado até então, parecendo... surpresa? Sua expressão agita a minha memória. Dias antes, Skylar e eu ouvimos uma reunião nos escritórios do departamento de Viagens à Terra, entre o chefe da divisão, Thlo e vários outros. Thlo estava fazendo uma proposta que não conseguimos entender, sem ter ouvido a explicação inicial. Uma *medida extrema*, como os outros chamaram a coisa, enquanto ela falava sobre colocar Kemya no caminho certo, longe da Terra.

— O que aconteceu com a Terra deveria ter sido feito há muito tempo — diz Thlo agora. — Nós fizemos uma bagunça lá, e isso precisava ser arrumado. Todos vocês sabem que nós estávamos vinculados demais àquele planeta. Agora, esses laços estão cortados. O sonho de Jeanant, o nosso sonho, será finalmente concluído.

Um arrepio me gela de dentro para fora. Claro que ela não estava preocupada com a Terra. Aquilo tinha sido ideia *dela*. Ela planejou que a Terra se transformasse num terreno árido e inabitável tal qual o nosso próprio planeta. Aqueles bilhões de terráqueos não chegaram a ter sequer o breve aviso que nossos antepassados receberam, o que permitiu que alguns fugissem para a estação espacial antes de a reação em cadeia tornar-se crítica. Os terráqueos não tinham nenhum lugar para onde fugir. Ela os apagou como se não passassem de um relatório não essencial, descartável.

— Tem certeza de que o Conselho vê as coisas dessa forma? — pergunta Britta.

Thlo oferece-lhe um leve sorrisinho.

— O Conselho já aprovou. Estou aqui por ordem deles para supervisionar as medidas que eles julgaram necessárias.

Do choque passo à raiva. Ela nos usou. Por causa dela, arriscamos tudo por uma missão que transformou o nosso povo nos mais vis assassinos possíveis.

Quero enchê-la de porrada. Avançar nela como um terráqueo faria, não com algum golpe kemyano patético. Basta ela chegar um pouquinho mais perto de mim.

Mas ela não me dá chance, apenas gira nos calcanhares e deixa a sala.

O silêncio cai sobre nós novamente. A onda de raiva desaparece, mas continuo me sentindo mal.

Sob certa ótica, a "bagunça" na Terra era *nossa*. Todo terráqueo era um descendente dos colonos originais kemyanos, e todos os aspectos do mundo em que viviam haviam sido reformulados um milhão de vezes devido a intervenções nossas em sua História. Essa perspectiva, no entanto, depende de enxergar os terráqueos como nada mais do que uma mera extensão daqueles colonos originais, em vez de seres humanos completos com os seus próprios direitos. O objetivo de Jeanant era dar à Terra a liberdade que merecia tanto quanto libertar Kemya da nossa "obsessão". Não se pode assistir a um único discurso dele sem reconhecer isso. Eu sabia que alguns dos outros no nosso grupo nutriam os velhos preconceitos, e Skylar me mostrou que eu mesmo não era totalmente livre deles, mas eu pensava que Thlo, que colaborara tão de perto com Jeanant e o admirava tanto, estivesse de acordo com ele em todos os pontos.

Quando Britta foi ferida, sugeri que deixássemos a estação ainda mais cedo do que acabamos fazendo. Achei que Thlo descartara a ideia porque acreditava que correríamos o risco de falhar e não vermos o *verdadeiro* sonho de Jeanant ser totalmente concluído. Na verdade, ela com certeza devia estar protegendo essa proposta secreta para a qual ainda não tinha obtido aprovação.

A versão da história que ela acaba de nos dar talvez seja a verdadeira história para ela. Foi tudo por Kemya, o tempo todo. Libertar a Terra era apenas um efeito colateral coincidente, que ela não tinha escrúpulos em negar. Foi isso que os kemyanos se tornaram: um povo tão obstinado e duro de coração que é capaz de exterminar bilhões de vidas sem um pingo de remorso.

Não. Eu sei que somos mais do que isso. Thlo pode ter subvertido os motivos de Jeanant, e o nosso Conselho pode ter apoiado o seu plano, mas nós cinco nesta sala constituímos a prova de que não somos todos tão bitolados. Temos que continuar provando isso.

Vou voltar para a minha antiga vida. Irei regurgitar as palavras que Thlo nos recomendou. Vou contar mais mentiras para a minha família e amigos, até eu descobrir onde Skylar está e como chegar até ela.

Depois disso, *seguirei* em frente — do meu jeito, não do jeito de Thlo.

3.

Skylar

No instante em que abro os olhos para um intenso céu azul, eu me esqueço de tudo o que aconteceu. Tudo o que eu sei é que estou de volta à Terra. Meu peito é inundado tão rapidamente por alívio que sou levada às lágrimas.

Logo depois, a emoção é engolida pela agora familiar piscina de placidez dentro de mim. Eu pisco. É estranho que meus olhos pareçam molhados.

Meu olhar pousa em um amontoado de nuvens. Um amontoado de nuvens que transmite um singelo arrepio da sensação de *errado* em meio à confusão na minha cabeça. Não consigo identificar ao certo o que me impressionou nas nuvens, apenas que sua passagem pelo céu me parece inadequada de uma forma que não consigo descrever.

— Onde estamos? — Angela pergunta ao meu lado. Sento-me, apoiando as mãos contra o pavimento. É uma calçada. Cada um dos vinte e três de nós está esparramado em frente a uma fileira de sobrados de tijolinhos aparentes, o vermelho vivo contrastando com o branco das esquadrias ao redor das janelas. Cada um tem um gramado quadrado curto e um poste de iluminação em frente, embora as lâmpadas tenham um formato de globo, que me parece um tanto... antiquado.

Eu giro para contemplar o restante do espaço. Do outro lado da estreita rua de asfalto há um edifício atarracado de concreto com uma única e ampla janela e uma placa que diz "Mercado". Próximo a ele, um trecho de gramado contendo o que parece ser a estrutura de um balanço sem os assentos, uma rede de voleibol, e um círculo vazio de cimento. E um rack de bicicletas? Embora não haja nenhuma bicicleta nele. Além desse espaço há uma área que está totalmente vazia: nada de gramado, nada de concreto, nada exceto uma extensa e ininterrupta superfície bege que termina abruptamente em uma pilha de contêineres no mesmo tom.

Eles não terminaram de organizar tudo, penso. Eles não estavam... preparados? Não tenho uma noção clara de quem *eles* seriam ou por que eles deveriam ter se *preparado*.

A rua se estende para além do fim do quarteirão, mas a impressão dos edifícios naquela direção faz reverberar dentro de mim outro singelo alerta da sensação de *errado*.

A maioria dos meus companheiros está se levantando. Mamãe caminha pela calçada. Ela para logo depois da primeira fileira de casas, estende a mão, e depois a recolhe num sobressalto, os dedos se apertando.

— Eu não acho que devemos ir mais longe naquela direção — diz ela, franzindo as sobrancelhas. — Não é seguro... — Ela recua, primeiro um passo, depois outro, antes de se virar e correr para voltar a se juntar a nós. Quando eu me levanto, ela segura meu ombro de modo protetor.

O professor de química — que eu soube que se chama Patterson — e Ruth chegaram à outra extremidade do quarteirão.

— Seria muito perigoso seguir naquela direção também — o senhor Patterson adverte, franzindo o cenho.

Sinto um incômodo persistente em minhas entranhas e um gosto fermentado no fundo da garganta. Nesse momento, percebo um outro gosto familiar. É o ar. Esse toque mineral que há nele. Como a bordo da nave, na estação espacial kemyana.

Esta não é a Terra. Claro que não é. Porque a Terra...

O que quer que estivesse se manifestando dentro de mim é suplantado por um estalo tão pungente que chega a me deixar zonza. Eu me esforço para reunir meus pensamentos dispersos. Se não estamos na Terra — se estamos em Kemya —, mas parece que estamos na Terra...

Fragmentos de imagens vagueiam pela minha mente. Uma família agrupada em uma caverna, projetada em uma tela. Um homem com uma túnica caminhando em direção a um bosque de árvores frutíferas. Uma espécie de zoológico. Um zoológico de terráqueos com o qual me deparei na estação espacial.

É nele que nós estamos. Será que estão nos observando...?

Estou plácida.

Angela agarra meu braço.

— Isso não faz o menor sentido — diz ela. — Por que eles nos colocaram aqui? *Quem* está fazendo isso? O que eles fizeram com você, Skylar?

Sim. Ela já havia feito essa pergunta. Eu abro a boca, querendo expressar os fragmentos que consegui reunir — indivíduos que nos enxergam como sombras em vez de seres humanos dignos de respeito, uma cidade que orbita um planeta devastado, uma sala de exposições para os seus "estudos" sobre a Terra —, mas as palavras ficam emaranhadas na escuridão dentro de mim.

— Estamos presos aqui — é tudo o que consigo dizer. — Eles não querem que a gente saia daqui. — Disso eu sei.

Papai se aproximou do fim do quarteirão onde mamãe estivera antes. Ele atravessa a rua como se estivesse fazendo isso ao longo de uma parede invisível.

— Pelo menos esta área é segura — observa ele. — Lá fora... Precisamos avaliar melhor com o que estamos lidando aqui.

Lá fora. Paredes. Isso mesmo. Paredes, e uma vitrine que oculta pessoas que podem nos observar do lado de fora. Eu espremo os olhos em direção aos prédios distantes.

— Bem, nós vamos ter que ficar todos juntos até que possamos descobrir o que está acontecendo — declara Angela. — Vamos ver o que temos.

— Embora seu queixo esteja trêmulo, mesmo enquanto profere essas palavras, ela caminha até uma das casas.

Eu a sigo a passos lentos. Em todo esse tempo que Angela é minha amiga, e mesmo com todas as qualidades que aprendi a apreciar nela, eu não me lembro de pensar nela como uma pessoa valente. Mas ela é. Eu quero sorrir, mas não consigo manifestar o sentimento.

O interior das casas passa a mesma impressão inacabada que os arredores "lá de fora". Não há vidraças nas janelas. Há espaços vazios próximos às bancadas da cozinha, onde uma geladeira e um fogão normalmente deveriam estar. Não há móveis nem nada em nenhum dos cômodos, a não ser uma grande pilha de cobertores finos e com aspecto plástico em um dos três quartos. Tocar um deles me traz uma vaga lembrança — vozes em pânico rodeando uma figura esguia e deitada em um apartamento, *Britta* —, que é rapidamente suprimida.

— Nós devemos nos dividir entre as casas — mamãe propõe, e todos concordam. Ela e papai logo se oferecem para dividir aquela com Angela e sua mãe.

— E Evan deve ficar com a gente também — Angela diz, puxando o nosso amigo para mais perto do grupo. Evan olha para nós com um vazio no olhar que eu sei que não gosto, mesmo que a razão pelo desconforto que me causa me escape. Pego-me recordando de seu sorriso sem jeito quando Angela o arrastou para almoçar com ela, Lisa e eu, quando estávamos na sétima série. Onde foi mesmo que eles tinham conversado? Ela me disse... Na aula de ginástica? Nenhum deles era muito bom em... seja lá qual fosse o esporte que estavam aprendendo. Depois de alguns minutos no refeitório, ele já estava conversando com a gente como se houvesse um lugar vazio na turma só esperando por ele.

— Você acha que existe alguma chance... — Evan diz, e então sacode a cabeça com veemência. — Não. Eu não gostaria que Lisa, ou meus pais e Emma, ou qualquer outra pessoa acabassem neste lugar.

— Nós vamos voltar para eles — Angela diz, apertando a mão dele.

Não. Nós não...

Um estalo, e depois mais nada, só uma placidez. Eu engulo o sabor fermentado. Há um padrão nisso. Uma certa coerência. Como se eu pudesse pensar...

... aja como se seus sentimentos estivessem anestesiados...

Eu tento seguir a trilha deixada por essa voz, as instruções dadas, mas isso tudo se esvai, então eu me agarro à fração da qual disponho. O que quer que tenham feito, isso está consumindo meus sentimentos. Se eu ao menos pudesse...

— Vamos dar uma olhada no mercado — alguém diz, e eu perco o fio da meada.

Todos nós do grupo nos encaminhamos para o prédio do outro lado da rua. As prateleiras contêm comida — barras de ração de uns poucos tipos diferentes que eu olho com imediata ainda que nebulosa repulsa — e cubos do que parece ser sabão, e é só isso. Não há ninguém de quem comprar essas coisas. Então, nós simplesmente apanhamos aquilo de que precisamos. Comemos a nossa primeira refeição sentados em grupos na calçada. As barras de ração deixam um sabor químico familiar na minha boca.

Há água correndo nas torneiras das casas, mas não temos nem pasta nem escovas de dentes. Naquela noite, a mamãe nos fez esfregar os dentes com os dedos. Olhando para os invólucros das barras de ração mais tarde, ocorre-me que talvez nós não precisemos nos preocupar com isso, já que, afinal, seria muito eficiente ter alimentos que limpam os dentes para você.

Eu rio em voz alta, e todo mundo me encara.

Espere um momento, onde está a graça nisso?

Criamos camas improvisadas utilizando os cobertores, os adultos ocupando um quarto, Angela e eu outro, e Evan o terceiro. No corredor, antes de nos virarmos para seguir cada um para o seu quarto, mamãe me segura, puxando-me para perto. Ela me abraça durante um longo tempo, e, em seguida, meu pai faz o mesmo. Eu retribuo o abraço. Não quero perder...

Eu sinto o estalo chegando, a emoção se avolumando, e desvio toda a minha atenção para a superfície dura dos botões na camisa do papai.

O sentimento dá uma arrefecida, mas ainda guardo alguma impressão dele, um toque fresco de tristeza. Não foi eliminado.

Eu tenho que continuar fazendo isso. Eu tenho que me manter firme. Eles precisam de mim.

No dia seguinte, vários de nós saem para explorar os limites do nosso novo mundo. Tenho um vislumbre de canto de olho de um garoto que emerge de uma das casas — cabelos pretos, rosto marrom dourado, *Win!* —, mas quando eu me viro na direção dele, a respiração presa pouco antes daquele formigamento preencher minha garganta, percebo que o garoto que estou olhando é apenas um dos amigos de Daniel. Não é bem isso. Quem...

Win. Lá fora, em algum lugar. Ou... talvez não? Meus pensamentos fluem em direção a essa incerteza, e o sabor fermentado se arrasta direto para a minha língua. Eu engulo em seco.

Todo mundo tem uma noção bem definida da distância que é seguro explorar, em que ponto estaríamos cruzando a linha para um território perigoso. Isso afeta até mesmo a mim, por um instante, antes de aquela piscina interior de placidez sugá-la: uma pontada de medo que faz minhas pernas travarem.

Ficar longe. Não devemos ir para lá.

Mas continuamos olhando. Ao longo dos dias seguintes, examinamos as casas e o mercado de cima a baixo. Notamos que o mercado é fechado toda noite durante uma hora, a janela é bloqueada e a porta trancada, surgindo com um novo estoque de rações nas prateleiras depois disso. Uma noite, o senhor Sinclair e a senhora Cavoy decidiram ver quem estava repondo os suprimentos ficando de vigia no mercado, mas ela simplesmente não fechou naquela noite, e no dia seguinte todo mundo ficou com fome na hora do almoço.

— Deixa quieto — a mãe de Angela disse a eles. — Nós não iremos a lugar nenhum se morrermos de fome. — As pessoas ainda estão falando assim: sobre "fugir", sobre "ir para casa".

Não existe mais casa. Mas mesmo se eu soubesse como lhes dizer isso, mesmo se não houvesse toda essa lama entre a minha mente e a minha boca, eu não tenho certeza se iria querer. A única vez que alguém perto de mim parece feliz é quando está falando em dar o fora daqui. Retornar às suas verdadeiras casas. Aos seus entes queridos que desapareceram.

Reduzidos a cinzas. Consumidos por nuvens vermelhas e roxas.

Estou me aprimorando no truque de me lembrar das coisas sem deixar escapar tudo. Quando a emoção começa a bater, eu desvio o foco, mas deixo os fragmentos de informação continuando a se acumular por trás dos meus pensamentos. Conforme eles se juntam, enquanto eu resisto ao impulso de tentar organizá-los, eles formam indícios de um quadro maior. Um quadro que eu me contento em olhar de esguelha, não o compreendendo por completo. É mais do que eu tinha antes.

Os fragmentos mais interessantes são de uma jovem em vestido tribal estereotipado, de olhar vago. Um implante. Uma garota com rosto em formato de coração tocando seu pulso. *Entorpecidos*, alguém disse. *Para ajudá-los a relaxar.*

É importante. Angela disse: *O que eles fizeram com você?* A cada lasca de significado que consigo perceber, fico mais certa de que é a resposta. Entorpecida. Drogas. Pulso.

Outros fragmentos: permanecer em silêncio em um corredor, figuras movendo-se ao longo de um monitor. *Vigilância*. Olho para o céu que está sempre azul, com apenas algumas nuvens esparsas, e fico me perguntando.

Estamos sendo observados. Talvez até mesmo dentro das casas. Eu poderia fazer mais se conseguisse ficar longe deles — daqueles olhos alienígenas.

No sétimo dia — sei disso não porque consigo contá-los na minha cabeça, mas porque Angela e eu decidimos contá-los fazendo arranhões no chão de lajotas em nosso quarto, com a antiga chave de sua casa —, a luz do poste do lado de fora da janela começa a me incomodar enquanto eu tento dormir. Apanho outro cobertor. Enrolada sob as camadas, encontro-me na escuridão total. Inspiro e expiro. E o meu corpo relaxa de uma maneira como há muito não fazia desde... desde antes...

Flamejantes nuvens vermelhas e roxas em uma tela ampla. Um guincho estridente. Corpos desabando.

Separo esses fiapos de lembranças, inspirando, expirando, evitando picos de emoção e a súbita retração que costumava vir com tanta frequência.

Drogas. Pulso.

Meus dedos deslizam ao longo da manga do casaco para o meu pulso esquerdo. Para o ponto onde a garota — *Tabzi* — deu tapinhas no dela. Pele lisa, duas linhas delicadas de osso. Apalpo para cima e para baixo, vezes seguidas, não inteiramente certa do que estou procurando até que a minha mão se detém sobre algo.

Ali. Muito sutil ao toque, um nódulo delgado de um pouco mais do que meio centímetro, menos duro do que o osso, mas consideravelmente mais duro do que o tecido natural em torno dele. *Errado.*

Na manhã seguinte, escuto meus pais, Angela e a mãe de Angela discutirem nossa situação, as possibilidades, as nossas opções — tudo tão distante da verdade! Eu sinto os olhos deles sobre mim. Murmúrios entre mamãe e papai: *será que ela parece mais alerta hoje? Eu não sei mais o que tentar...* Eu como as barras de ração que eles me entregam, ofereço breves comentários que consigo extrair da minha cabeça nublada, e me junto à mamãe em nossa corrida matinal para lá e para cá na rua, o recurso com o qual ela espera, eu sei, poder clarear a minha mente. Eu preciso de alguma coisa. Eu vou saber quando a vir.

Dois dias depois, enquanto os adultos estão lá embaixo, eu ando em seu quarto e meu olhar bate no relógio do meu pai ao lado de sua cama improvisada com cobertores. Seu relógio com pulseira de aço inoxidável e o mostrador de vidro demasiadamente grande, do qual mamãe sempre zombou de brincadeira. *Tem certeza de que não é um relógio de parede em que soldaram uma pulseira?* Ele deve tê-lo retirado para tomar banho.

Coço a parte de trás do meu pescoço, pensando em olhos, câmeras, telas de vídeo. Andando até os cobertores, eu me sento e posiciono a mão cuidadosamente no chão. Enquanto olho para a parede amarelada, enfio o relógio discretamente debaixo da minha manga. Levanto-me e caminho novamente, os dedos enrolados no interior do punho do casaco, sentindo o aço frio contra o meu pulso. Sinto uma pontadinha de culpa por causa do furto, mas, se eu pudesse explicar isso a ele, ele iria entender.

Lavo minhas meias com o estranho sabão em formato de cubo que não faz espuma, até que a água na pia corre perfeitamente límpida e depois as penduro para secar. O "clima" neste lugar é sempre quente, e o piso limpo o suficiente para andar com os pés descalços. Na parte da tarde, eu me recolho para um "cochilo", enroscada perto da parede. Embaixo dos cobertores, eu coloco o relógio no chão, posiciono o meu corpo de forma a esconder o movimento o máximo que consigo, e golpeio a face de vidro com o cotovelo. Na primeira vez, faço isso apenas para testar e, depois, com mais força. O choque do impacto irradia através do meu braço com uma dor que esmorece quase que imediatamente.

Portanto, não são apenas as emoções, mas também as sensações físicas que estão entorpecidas. Bom saber.

Repito o processo por alguns minutos, a preocupação começando a rastejar em torno dos limites da minha consciência, quando o vidro finalmente trinca. Eu escolho um caco que tem cerca de um terço do mostrador circular. Com um rangido, ele se desencaixa da moldura.

Quando eu volto lá para fora, sento-me separada dos outros na calçada. Com o fragmento escondido contra a palma da mão, esfrego a ponta contra a quina dura, que é feita de algo semelhante a cimento. Esfrego vezes sem conta. Até poder picar o meu dedo quando eu a testo.

Enfio as meias no bolso do meu jeans naquela noite. Deito na minha cama improvisada com os cobertores puxados até o alto da cabeça, aguardando até a respiração de Angela ficar mais lenta. Coloco uma das meias sob o meu antebraço. Segurando o caco de vidro entre o dedo indicador e o polegar, apalpo com meus outros dedos até que eles localizem o pequeno caroço no meu pulso. Então, cerro os dentes, posiciono a ponta afiada do vidro contra a minha pele e a pressiono para baixo.

4.

Win

Quando os Executores me libertam da custódia, caminho pelo corredor do lado de fora dos escritórios do Departamento de Segurança sentindo como se estivesse usando um uniforme muito apertado. Minha consciência das câmeras de vigilância pica as minhas costas. Eles me rastrearão de propósito agora, não mais aqueles eventuais vislumbres de mim aqui e ali em suas costumeiras varreduras.

Pouco antes de eu chegar à parada do transportador interno, o rosto castanho-avermelhado e o queixo quadrado de Shakam Nakalya aparece nos monitores públicos. Meu ímpeto de raiva me faz tropeçar, embora ele esteja apenas fazendo seu discurso-padrão, como faz a cada dez dias.

Os Executores me mostraram algumas de suas transmissões durante os interrogatórios, para avaliar a minha reação ao relato de nosso prefeito sobre a destruição da Terra. A verdade nua e crua é: ele está mentindo. Thlo disse que o Conselho tinha aprovado o seu plano para destruir a Terra se o gerador de campo temporal fosse desativado. Eu a vi compartilhar esse plano com alguns dos membros do Conselho com os meus próprios olhos. É impossível que Nakalya desconheça a cretinice da versão oficial que ele está apresentando, a de que a Terra foi devastada não por uma detonação proposital, mas por uma mudança atômica acidental causada pela quebra do campo temporal.

— É uma tragédia, mas vamos permanecer unidos e seguir em frente — declarou ele. Muito conveniente para o Conselho que esta versão dos acontecimentos ponha toda a culpa nos rebeldes não identificados.

Ouço meus concidadãos "seguindo em frente", enquanto o transportador interno me conduz ao meu setor.

— Destruído num piscar de olhos — murmura um passageiro para outro. — O planeta inteiro.

O outro assente.

— Pobres criaturas miseráveis...

— Bem, está tudo acabado agora. Você viu o mais recente relatório de mineração do Departamento de Ciência?

Minha mandíbula se contrai. Seguro minha língua.

Elegemos nossos líderes baseados na razão e na confiabilidade, então presumimos que eles nos guiarão com racionalidade e fatos. Uma parte de *mim* ainda acredita nisso, apesar de ter visto em primeira mão o quanto departamentos como o Viagens à Terra passaram a priorizar o seu próprio poder acima do que quaisquer dados possam informar. Eu sei que o Conselho não ganharia nada em admitir a verdade. No entanto, minha primeira reação, quando ouvi as mentiras de Nakalya, não foi de raiva. Foi de choque.

Se Kemya aceita a perda da Terra inteira com tanta tranquilidade, o que será da própria Skylar, onde quer que Thlo a esteja mantendo?

Eu chego ao apartamento da minha família no momento mais propício: logo após papai, mamãe e Wyeth terem retornado de seu jantar no refeitório, tendo papai acabado de encerrar seu turno na fábrica de processamento de resíduos e mamãe se preparando para sair para o turno dela na manutenção residencial. Papai está de pé, ao lado uma pequena tela empoleirada em seu cavalete — uma tela construída de forma artesanal, que na verdade é feita mais de polímeros sintéticos do que propriamente de tecido, mas ainda assim difícil para ele poder pagar. Sentada ao lado de Wyeth no chão enquanto meu irmão lhe mostra alguma coisa em seu tablet, mamãe está vestida com as roupas kemyanas comuns que seu chefe insiste que use, com o volume de um lenço diáfano aparecendo sob o decote como uma pequena e oculta demonstração de rebelião. Isso, ao menos, parece-me normal.

Então eles olham para mim e as coisas já não parecem tão normais. Wyeth sorri, mas papai e mamãe apenas me encaram.

Eles não esperavam que eu voltasse para casa. Por mais sólida que fosse a história de fachada de Thlo, eles enxergaram além dela.

Suponho que eu não tenha sido bastante cauteloso com os comentários que fiz perto deles nos últimos tempos. Posso admitir que era um desejo desmiolado querer que eles percebessem que eu estava participando de uma rebelião muito maior e muito mais significativa. Meu misterioso desaparecimento, a suposta quarentena e uma catástrofe na Terra que justamente coincidiram foram peças fáceis de juntar.

— Win! — exclama o meu irmão. — Então você não foi contaminado, no fim das contas. Ou será que eles apenas fizeram uma boa limpeza em você? — Ele me avalia com ar divertido. — Você soube, deve ter ouvido falar até mesmo no centro de saúde, do que houve com a Terra? Dá para acreditar? As últimas transmissões acabaram de chegar. Não haverá mais nenhuma.

Sua voz baixa no fim da frase, como se ele estivesse dividido entre a excitação a respeito da magnitude da notícia e a tristeza pela perda. Acho que ele ainda não compreende o quanto ela foi imensa. Sim, seus programas de TV favoritos haviam desaparecido para sempre, mas também bilhões de pessoas que ele nunca conheceu como mais do que imagens em uma tela, o ar repleto de aromas que ele nunca experimentou e o calor de um sol que nunca sentiu.

Meus pais se recompuseram.

— Já era hora de soltarem você — papai diz com rispidez. — Eles não nos informavam direito o que estava acontecendo.

— Foi muito ruim? — mamãe pergunta, levantando-se. É uma pergunta inusitadamente vaga partindo dela. Ela perscruta o meu rosto.

Por um segundo, quero responder à pergunta que ela de fato está me fazendo. Foi ruim; foi terrível; ainda é. Eu lutei por Kemya e pela Terra e perdi a segunda metade da batalha, de forma irremediável. Eu perdi a garota que me ajudou a entender o quanto isso importava. Todo mundo ao meu redor está repetindo mentiras que nem sabem que são mentiras. Estava em nosso poder salvar todas essas pessoas, e, em vez disso, nós as exterminamos.

Eles se importariam. Embora o nome que me deram e os interesses artísticos que incentivaram fizessem eu me sentir envergonhado e diferente quando era mais jovem, eu aprecio essa diferença agora. É uma prova de que eles ficariam do meu lado para o que desse e viesse se eu lhes contasse o que estive fazendo.

Só que, em primeiro lugar, eu não deveria ter deixado que eles suspeitassem. Não se trata de provocações de colegas ou gente revirando os olhos com desdém no centro de fitness ou escárnio quando eu me aventurava em níveis mais elevados da estação. Não sou mais uma criança. É a minha vez de protegê-los, o melhor que puder. Eu posso pelo menos evitar torná-los cúmplices das minhas ações, como consegui até agora.

— Foi tudo bem — eu respondo, uma mentira curta que parece enorme saindo da minha boca. Seus olhares pesam sobre mim, e de repente dou-me conta de como estou exausto. Não me deixaram dormir o suficiente durante os interrogatórios. — Eu só estou cansado. Se vocês não se importarem, posso...?

— Claro que pode — mamãe concorda.

— Espere! — diz Wyeth. — Você *tem* que ver as imagens do planador que alguns garotos do nono nível montaram. É incrível o que eles conseguem fazer.

Eu respiro fundo.

— Tudo bem — digo, agachando-me ao lado dele.

Ele coloca a gravação de volta ao início. Eu descanso a mão em seu ombro, enquanto os garotos movimentam a coisa para a frente e para trás e sobem pelas paredes em um corredor residencial — mais iluminado e com equipamentos mais sofisticados do que os nossos —, equilibrados em barras que pairam uns trinta centímetros acima das superfícies. Wyeth faz um som de admiração quando um dos garotos dá um salto mortal para a frente.

— Mamãe disse que, mesmo que ela e o papai economizassem cada crédito extra que normalmente gastariam comigo, levaria cinco anos para eu poder conseguir um desses — ele comenta quando a gravação termina.

— Você pode brincar com os equipamentos antigravidade no centro de fitness — eu sugiro. — Você não precisa de um desses brinquedos que são um desperdício de créditos.

— Não são desperdício de créditos — protesta Wyeth. — Você faz exercício e pratica o equilíbrio.

— Você impressiona a coleguinha de classe que estava falando sobre como os planadores são "legais" — papai brinca, estalando a língua em tom de desaprovação.

Wyeth baixa a cabeça.

— Não é só isso — resmunga.

Quando meu irmãozinho começou a se interessar por garotas? Eu não fiquei fora nem uma semana!

— Quer saber uma forma melhor de impressionar alguém? — pergunto, cutucando-o. — Leve essas aulas mais a sério para que possa obter uma boa colocação superior.

— Claro, claro — diz ele, mas me cutuca de volta.

Eu esfrego meu rosto, e percebo que os meus pais estão mais uma vez me estudando, papai mais curioso, mamãe mais preocupada. Para além deles, as pinturas do papai cobrem as paredes com inúmeras e pequenas representações da Terra: uma paisagem, um edifício, uma figura de uma gravação. Cada uma delas provoca uma pontada no meu peito.

— Eu vou pra cama — digo, e fujo para o quarto.

☆ ☆ ☆

No dia seguinte, no refeitório, fico tenso quando Markhal senta-se com seu corpanzil na minha frente, embora tecnicamente não haja nada de suspeito em relação a isso. Nós crescemos juntos, colegas tanto de aulas como também de setor; sempre conversamos sobre tudo, incluindo interesses e admiração relacionados à Terra, durante os primeiros anos do ensino médio; experimentamos um pouco antes de decidir prosseguirmos somente como amigos. Então, há mais ou menos um ano e meio, ele começou a trazer o namorado que conheceu durante o treinamento no Departamento de Saúde para reuniões sociais no nosso setor. O namorado soltou uma gargalhada em reação ao meu nome quando Markhal me apresentou e ficava fazendo caretas de zombaria sempre que se mencionava a Terra.

Certa vez, quando alguém começou a reproduzir um filme terráqueo, ele olhou para a tela e chamou as pessoas nele de "essas *coisas*".

— Como você está? — pergunta Markhal.

— Na mesma — eu respondo.

Ele levanta uma sobrancelha.

— Não é possível que esteja na mesma quando o lugar no qual você treinou para trabalhar foi exterminado.

— Bem, não — eu gaguejo. — Ainda estamos processando os dados, apesar de tudo. Ninguém ainda está falando sobre remanejamento.

— É verdade o que o Conselho está dizendo sobre o campo temporal? — pergunta ele, inclinando-se sobre o prato. — Que ele era a única coisa que estabilizava o planeta, e perdê-lo provocou a explosão na atmosfera?

— Eu não sei muito sobre esse lado das coisas — respondo, ajeitando os dedos em torno dos hashi para ficarem relaxados.

— Não havia nenhum indício de que esse problema poderia surgir?

— Não é um assunto sobre o qual eu possa conversar — falo, alto demais para que a minha resposta possa se misturar com o burburinho costumeiro do refeitório. Markhal pisca perplexo para mim e se volta para a sua comida.

Até que me saí bem.

Nos escritórios do Departamento de Viagens à Terra, as salas de trabalho pareciam ainda mais claustrofóbicas do que de costume. À medida que analisamos os últimos lotes de resultados experimentais, o cara à minha esquerda diverge com o seu outro vizinho sobre como era apenas uma questão de tempo antes que a Terra implodisse, e alguém atrás de mim observa que o planeta serviu ao seu propósito. Minha mandíbula está começando a doer de tanto me esforçar para manter a boca fechada.

Thlo — não, Ibtep, já que eu preciso começar a me referir a ela pelo seu nome verdadeiro, agora que ela não faz mais parte do nosso movimento rebelde — passa de vez em quando pela sala ao longo do dia, para verificar o progresso de todos. Suspeito que sou o único que fica tentando não se encolher o tempo todo em que ela está nas proximidades. Ela me ignora, mas seu rosto me acompanha até em casa, junto com os membros do Conselho nos noticiários a que meus pais assistem. Embora Silmeru ainda seja chefe do Departamento de Viagens à Terra, é a Thlo — Ibtep — que Nakalya pede para dar sua opinião sobre se é hora de deixar o nosso antigo planeta. Ela faz isso em um tom comedido que é tão convincente quanto suas palavras verdadeiras. Seus esforços para nos empurrar em direção a seu futuro ideal já estão sendo bem-sucedidos. No dia seguinte, os meus colegas de trabalho especulam que Silmeru pode abrir mão de sua posição no Conselho e deixar Ibtep assumir oficialmente seu lugar.

No quarto dia após o nosso retorno, cruzo com ela no corredor, travando uma conversa apressada com a única pessoa que eu gostaria ainda menos de encontrar. Nem ela nem Jule olham para mim quando passo apressado por eles. Volto para a minha sala de trabalho e me sento no meu terminal, mas não confio em minhas mãos para alcançar a tela.

Ele brincou com os sentimentos de Skylar e a magoou, e agora está em conluio com a mulher responsável pela destruição de todo o planeta de Skylar? Acho que eu não deveria estar surpreso. Por que ele se importaria, contanto que atingisse a posição que quisesse?

Eu ainda não sei onde Skylar está. Jule está abrindo o seu caminho para o círculo interno do Conselho e o restante de nós está há quatro dias sem conseguir fazer nada.

Meus pensamentos estancam aí. Eu olho para as minhas mãos, esticando os dedos que estavam fechados em punho. *O restante de nós.*

Não tenho conseguido fazer nada porque não tentei. Não sei por onde começar; nunca tive que trabalhar sozinho. Mesmo quando viajei com Skylar pela Terra contra as ordens que foram dadas, eu tinha a missão do grupo para me guiar e as mensagens de Jeanant para seguir.

Não sou tão ingênuo a ponto de pensar que sou capaz de rastrear Skylar por conta própria, sem que a Segurança fique no meu encalço. No entanto, pelo que tudo indica, sou ingênuo a ponto de acreditar que era só eu esperar e novas ordens surgiriam.

Eu sou aquele que os outros sempre acusaram de ser impaciente e descuidado. Se eu que sou assim tenho tido receio de fazer alguma coisa, como posso esperar que qualquer outra pessoa faça primeiro?

Depende de mim. Lembro-me dos olhares trocados na sala de quarentena. Há pelo menos algumas pessoas que ainda lutariam por Skylar e pela Terra. Eu tenho que encontrar uma maneira de contatá-las — uma maneira que a Segurança não possa rastrear.

Depois de dois dias lutando com esse problema, sou designado para ir até a área de recuperação de equipamentos do Departamento de Viagens à Terra. Dou uma boa olhada por lá. As prateleiras estão abarrotadas com Tecidos de Transporte no Tempo... TTT, ou 3Ts, gravadores e uma variedade de outros aparelhos que necessitam de reparos. É improvável que alguém vá trabalhar neles agora, considerando que nossas experiências foram finalizadas.

No fim do meu horário de almoço, eu me esgueiro lá para dentro. Olho rapidamente a tela de inventário e passeio entre duas estantes altas em direção a um conjunto de esferas distrativas. Deslizando a mão ao longo da borda da prateleira, apanho uma entre os dedos e a surrupio. Então, prossigo em direção a uma pilha de drives de dados.

Antes de emergir dos corredores, uma figura alta atravessa a porta.

— Viajante Pirios — ele logo diz. — O que você está fazendo aqui?

É Pital, um dos supervisores. Ele sabia quem deveria estar procurando antes mesmo de ter me visto. Eles estão me observando bem de perto.

— Um dos relatórios que eu estava inspecionando mencionou algumas imagens gravadas confinadas em um drive que não está funcionando bem — eu invento, levantando o drive de dados em forma de pirâmide. — Pensei em verificar se Tonda conseguiria extrair as imagens. Ela é boa nesse tipo de coisa.

Tudo será confirmado. Tonda nem sequer está trabalhando na mesma sala que eu hoje. Pital franze o cenho.

— Da próxima vez, peça permissão antes — adverte ele, mas gesticula para eu sair, sem pronunciar mais nenhuma outra palavra.

Peço desculpas por tomar a iniciativa, respondo mentalmente.

Caminho direto para a sala à qual fui designado, o suor escorrendo pelo meu pescoço. A pequena esfera que enfiei na bolsa que carrego na cintura terá de ser suficiente. Não acho que outra desculpa me permitiria zanzar pela área de armazenamento de novo, agora que eles me pegaram lá uma vez.

Não toco na esfera até estar na relativa privacidade do meu quarto. Inclinando-me sobre a mesa ao lado do beliche, escrevo um pequeno *D* na lateral da esfera distrativa com um pouco da preciosa tinta do meu pai. O dispositivo tem uma função de camuflagem, mas, de acordo com o inventário, ela está funcionando apenas de forma intermitente. Eu *quero* que Isis e Britta percebam o dispositivo em seu apartamento.

Ergo a minúscula tela de dados, introduzo as coordenadas que quero que a esfera siga e a envio. Então, espero.

Depois de alguns dias sem nenhuma resposta, começo a suspeitar que isso significa uma recusa. Elas não iriam me entregar, mas agora que a surpresa pela traição de Ibtep ficou para trás, elas poderiam ter decidido que já assumiram riscos o suficiente. Ao tentar dormir naquela noite, fico pensando se eu deveria tentar me comunicar com Tabzi ou Emmer, quando algo cai sobre a cama ao lado da minha cabeça. Estico o braço e meus dedos se fecham em torno da minha esfera distrativa.

Ela não me parece normal. Eu a cutuco na escuridão, e ela se divide ao meio. Uma bola mais macia e flexível rola para minha palma. Um sorrisinho se abre em meu rosto. É um comunicador de ouvido. Isis saberá como configurar um canal privado. Eu o pressiono em meu ouvido.

A abertura da esfera distrativa deve ter enviado um sinal para ela, porque, logo em seguida, escuto sua voz grave.

— Está me ouvindo?

— Estou — murmuro, atento a qualquer sinal de Wyeth acordar na cama de baixo do beliche. — Não é um momento seguro para conversar.

— Entendido — diz ela. — Qual horário é melhor para você amanhã?

Se eu tomar café da manhã mais cedo, terei o quarto só para mim, enquanto Wyeth estiver no refeitório.

— Na oitava hora — eu respondo.

— Combinado.

Enfio o comunicador entre minhas roupas na prateleira do meu armário e volto a me deitar. Pela primeira vez desde que acordei algemado, sinto uma pontinha de esperança dentro de mim.

5.

Skylar

O barulho de uma buzina me desperta. Angela já está andando até a janela do quarto. Levanto-me para acompanhá-la, tomando cuidado para não me mover muito rápido.

Já se passaram dois dias desde que extraí o implante do meu braço. A meia suja de sangue está escondida entre meus cobertores, a manga do casaco puxada sobre o curativo que fiz com o pé da outra. Mas eu ainda não contei nada para Angela ou para os meus pais, embora ficar em silêncio esteja me corroendo por dentro. A diminuição dos efeitos da medicação e os meus pensamentos voltando a ter clareza só aumentaram a minha certeza de que estamos no zoológico de terráqueos que eu vi antes do lado de fora, o que significa que qualquer movimento que eu faço pode estar sendo testemunhado. Não quero descobrir o que aconteceria se alguém percebesse que recuperei o raciocínio. Então, comporto-me de forma discreta e vaga, com a mesma atuação de drogada que pratiquei quando estava fingindo ser o "animal de estimação" terráqueo de Jule para justificar a minha presença na estação.

— Aquilo é estranho — diz Angela. Do outro lado da rua, naquela área vazia próxima aos contêineres de armazenamento, um pequeno grupo de pessoas está parado em torno de uma plataforma de metal onde um tubo de um material que se assemelha a vidro forma um arco sobre ela e há um par de mesas com instrumentos reluzentes dispostos sobre elas. Eu enrijeço. O que será que eles vão fazer com a gente agora?

Um homem baixo com cabelo preto ondulado leva a mão à boca.

— Por favor, venham para fora e se reúnam na clínica de saúde — convida ele, com a voz amplificada artificialmente. — Todo mundo vai receber um exame gratuito.

Seu inglês mal denuncia um sotaque kemyano. Ele e seus colegas estão todos em trajes de estilo semelhante aos da Terra, não com as usuais roupas kemyanas sem costura. Eles estão sustentando a farsa de que ainda estamos em nosso planeta.

Como ninguém sai das casas, dois dos outros kemyanos, um homem e uma mulher, caminham resolutos até a porta da primeira casa. A graça atlética dos seus movimentos me provoca um calafrio. *Kurra.* Nenhum deles tem sua tez clara, mas eles podem ser Executores. Enquanto o homem bate na porta, a mulher descansa a mão em algo volumoso oculto debaixo de sua jaqueta justa. Uma *blaster*?

— Vamos lá — diz o homem. — Todo mundo precisa ser verificado.

Verificado para quê? Se eles estavam preocupados com a nossa saúde, não teriam nos "examinado" já na nave?

Angela estende o braço para mim e eu seguro a mão dela, dando-lhe um aperto mais firme do que jamais ousara antes. Ela me espia pelo canto do olho.

— Você conhece essas pessoas, Skylar?

Não tenho certeza de quanto é seguro eu falar.

— Perigoso — murmuro.

O senhor e a senhora Sinclair, seu filhinho, Toby, e Ruth e sua filha, Liora, saem ressabiados da casa.

— O que significa isso? — exige saber o senhor Sinclair, o rosto corado, enquanto os Executores os escoltam até as mesas.

— Um procedimento simples e prático — responde a mulher. — É para o seu próprio bem.

— Eu não quero saber de procedimento nenhum — diz Sinclair. — Vocês têm que nos deixar sair daqui. A forma como temos sido tratados é...

Ele agarra o braço da mulher enquanto vocifera, e no mesmo instante o outro Executor avança decidido. Eu estremeço quando um zunido ressoa pelo ar. As pernas do senhor Sinclair se dobram. Ele cai, girando os braços para manter o tronco ereto.

— Papai! — Toby grita, saltando entre ele e a Executora, e então outro zunido corta o ar. Toby desaba, inconsciente. A senhora Sinclair começa a berrar.

— O que você fez com ele? — esbraveja o senhor Sinclair, lutando para mexer as pernas.

Eu simplesmente não posso ficar assistindo àquilo nem mais um segundo. Não estamos em posição de revidar agora, e seja lá o que os kemyanos estão tentando fazer conosco, é óbvio que eles podem fazer coisa pior se não baixarmos a cabeça.

Dou um puxão na mão de Angela, meu coração batendo forte no peito.

— Temos de fazer esses exames — digo com uma voz distante.

Ela me analisa.

— Você acha?

— Temos que fazer isso — respondo. Preciso estabelecer um modelo de comportamento submisso.

Angela me acompanha quando eu desço as escadas.

— Skylar! — mamãe grita quando chegamos à porta da frente.

— Nós temos que ir — Angela diz a ela por mim. — Olha o que eles estão fazendo com as pessoas que não estão cooperando.

Uma onda repentina de afeto me preenche — ela entendeu o que eu estava tentando comunicar, está em sintonia comigo o bastante para confiar no que estou dizendo apesar de minhas ações.

Atravessamos a rua juntas.

— Logo eles conseguirão se movimentar de novo — o Executor está explicando à senhora Sinclair, que se ajoelhou no chão para embalar seu filho. — Se vocês se comportarem de forma agressiva, nós teremos que revidar.

— Ele tem *5 anos de idade* — diz a senhora Sinclair. Ruth e Liora estão paradas a poucos metros de distância, os olhos arregalados, o braço de Ruth em volta dos ombros da filha. Eu paro e direciono o meu olhar vago para os três kemyanos que aguardam perto das mesas. Sinto uma fisgada no meu braço esquerdo e me ocorre tarde demais que estou enfrentando outro risco aqui. Se eles me fizerem arregaçar as mangas, vai ficar evidente que extraí o implante. Não faço ideia do que esse "exame" consiste.

— Estamos prontas para sermos examinadas — solta Angela antes que eu tenha tempo de falar. Sua mão treme na minha.

Eu não a estou fazendo ir primeiro. Talvez eu possa controlar melhor o procedimento se passar a impressão de que estou tentando ajudar.

— Sim — aprovo, soltando a mão de Angela e me dirigindo até as mesas. — Exames são coisas boas.

O homem baixo com o amplificador de voz e a mulher magra ao lado dele trocam olhares. Ela está segurando um daqueles tablets delgados e enroláveis que usei algumas vezes com os rebeldes. Os caracteres kemyanos impressos na borda significam "saúde". Então, pelo menos eles são mesmo do Departamento de Saúde.

— *Essa é aquela com o (...)* — o homem do amplificador murmura para a mulher do tablet. — *Nós não podemos usá-la. Seus dados estarão (...) até lá.* — Ele está usando muitas palavras que eu não conheço, mas suponho que tenha algo a ver com o meu estado de entorpecimento.

— *Nós não vamos gravar* — diz a mulher do tablet. — *Ela pode mostrar aos outros que não precisam ter medo.*

Enquanto ela gesticula para que eu vá para a primeira mesa, mantenho os dedos em torno do punho da minha manga, pronta para oferecer o meu outro braço, se requisitado. Para o meu alívio, ela não parece interessada em nenhum deles. Ela apanha um instrumento na mesa, depois outro e então mais um, segurando, por sua vez, cada um deles na frente do meu rosto.

— Pisque duas vezes. Engula. Tussa. Ponha a língua para fora. — Ela maneja um aparelho plano e circular com uma superfície de espelho distorcido em volta de toda a minha cabeça e, em seguida, desce com ele pela minha frente até os dedos dos pés. Então pressiona um cubo amarelo chanfrado na base da minha garganta. Há uma leve coceira antes de ela removê-lo.

— Por aqui — diz ela, conduzindo-me para a plataforma de metal. Uma luz pisca através do tubo quando paro embaixo dele. Um zumbido formiga pelos meus ossos. Eu inspiro, expiro, tentando permanecer relaxada.

O homem orienta-me novamente para que eu saia. A mulher do tablet já começou a examinar Angela, desta vez consultando seu tablet desenrolado enquanto prossegue. Angela permanece rija. Quando ela sobe na plataforma depois de mim, o homem pede a ela para esticar os braços para os lados e, em seguida, para baixo até os dedos dos pés, levantar uma perna e depois a outra, enquanto toca seu próprio tablet. Parece que eles não se preocuparam em me fazer passar por todo o processo.

O que eles estão gravando? Eu me aproximo discretamente do homem, olhando para a tela do seu tablet. Alguns dos caracteres são pequenos demais para que eu consiga enxergá-los dessa distância, e a maior parte do que leio deve ser terminologia médica com a qual não estou familiarizada, mas consigo captar uma palavra e os caracteres de duas sílabas de um nome no topo da tela. *Projeto Nuwa.*

Nuwa. Nunca ouvi falar disso antes.

O restante dos meus colegas terráqueos demora um pouco para sair de suas casas. A mulher na mesa começou o exame do papai. A mãe de Angela corre até a filha quando ela é liberada da plataforma.

— No que você estava pensando, correndo para cá desse jeito? — a senhora Tinapay sussurra, seu olhar transitando rapidamente entre a filha e os cientistas. — Eu estava apavorada.

— Desculpa — diz Angela. — Eu não quis... eu estou bem. Não foi tão ruim assim.

Minha mãe está olhando para os instrumentos sobre a mesa. Quando a mulher termina com o papai e acena para ela, mamãe inspira profundamente. Fico tensa.

— Eu quero saber o que vocês fizeram com a minha filha — mamãe diz antes que o cientista possa começar o seu exame. Ela aponta para mim. — *Ela* merece tratamento médico adequado.

Ah, não.

— Ela está bem de saúde — diz a mulher. — Pisque duas vezes.

Mamãe ignora a instrução.

— Conversa fiada — diz ela, mais alto. — Ela quase não fala, ela não consegue responder à maioria das perguntas que fazemos a ela, sua atenção não se prende a nada. .

— Patricia — intervém papai, e ela gesticula para ele, para que fique quieto.

— Não está tudo bem — ela continua. — Ela não está bem. E ela estava muito bem antes de vocês nos trazerem aqui.

Um dos Executores caminha em direção a ela, e eu me sobressalto.

— Mãe! — digo. Controlo a minha expressão o máximo que consigo fingindo estar entorpecida. — Por que você está aborrecida? Deu tudo bem no exame.

Eu a encaro por um instante e depois deixo o meu olhar vagar. Tanto ela como o cientista estão olhando para mim. Por favor, não os deixe ver que o meu coração está prestes a saltar para fora do peito.

Então, mamãe olha para o lado e percebe o Executor. Seu olhar se desvia dele e vai para os Sinclair ainda encolhidos no chão, e de volta para mim.

— Vamos acabar logo com isso — diz o papai. A mandíbula da mamãe se aperta, mas ela balança a cabeça, concordando. Quando a mulher começa o exame, o homem puxa o papai para fora da plataforma. Ele vem até mim, abraçando-me enquanto esperamos que eles terminem de examinar a mamãe.

Ele quer as mesmas respostas que ela, lógico. Só que percebe que não estamos em posição de obtê-las.

Antes que tudo isso acontecesse, minha intenção era voltar de Kemya antes mesmo que eles soubessem que eu havia partido, com a mágica do 3T de Win. Eu sabia como eles ficariam apavorados se eu não voltasse para casa — porque, doze anos antes, meu irmão Noam nunca mais voltou para casa.

Eu estraguei tudo. Ainda estou aqui com eles, mas, pela expressão em seus rostos, eles sentem que me perderam também.

Tem que haver um jeito de *eu* lhes dar as respostas de que precisam, antes que eles se prejudiquem tentando me ajudar.

☆ ☆ ☆

O senhor Sinclair e seu filho são examinados por último, depois que a dormência passou. Só à tarde notamos que Toby pode não ter se recuperado por completo. Ele se deita para dormir e não acorda, não importa o que qualquer um faça. Quando ele afinal desperta, parece mais pálido do que o habitual e tropeça quando anda. O senhor Sinclair o mantém perto de si e murmura sobre o que ele gostaria de fazer com "aquelas pessoas", mas uma tristeza geral se instalou sobre nós. Todos sabemos que não há nada que *poderíamos* ter feito.

Estou observando Toby perambular ao redor do parque inacabado alguns dias depois — quase tão estável quanto era antes —, quando algo pisca no céu além dele. Eu aperto os olhos, mas já desapareceu. Então, o céu treme novamente, bem na minha linha de visão. Uma curta sequência de caracteres kemyanos, piscando em branco contra o azul. *Mercado. Após o anoitecer.*

Minha respiração trava na garganta. A mensagem só pode ser dirigida a mim. Ninguém mais conseguiria lê-la.

Os caracteres piscam mais duas vezes nos dez minutos seguintes e depois não mais. Faltam várias horas até o nosso anoitecer artificial chegar. Eu passeio ao longo da rua, em torno dos contêineres de armazenamento e de volta à minha casa, controlando minha expectativa crescente.

Se isso for alguma espécie de truque para testar a minha consciência, tenho certeza absoluta de que poderia ter lido esses caracteres e me lembrar deles mesmo no meu estado de entorpecimento. Se eu for até lá, isso não será prova de nada para nossos captores. Eu só preciso me ater à minha atuação durante o tempo todo.

Se não for um truque... então alguém lá fora encontrou uma maneira de chegar aonde estou.

À medida que o céu escurece, engulo o jantar de barra de ração e vou para cima me lavar com os outros. O céu escurece até ficar completamente preto, salpicado de estrelas que só eu sei que são falsas. Depois de começarmos a nos recolher para os nossos quartos, murmuro para Angela algo sobre ainda estar com fome e vou como quem não quer nada até o andar de baixo, como se fosse fazer um lanche.

Saio pela porta e caminho sob o brilho da luz dos postes em direção à escuridão profunda que circunda o mercado. A porta está destrancada, faltam ainda algumas horas para ser reabastecido com os suprimentos. Abro a porta, empurrando-a.

Sob a luz tênue que atravessa a grande janela da frente, o interior do mercado é o mesmo de sempre: as prateleiras em uma parede estão vazias, exceto por algumas poucas barras de ração remanescentes, o balcão nu que parece implorar por uma caixa registradora, os cabides de roupas igualmente nus instalados na parede oposta. Fico imaginando como este espaço deveria funcionar, se tivéssemos sido os habitantes que haviam planejado trazer quando este "hábitat" estivesse finalizado. Será que um kemyano faria o papel de balconista, ou será que um de nós de alguma forma ficaria encarregado dessa função?

Ando até o cabide de roupas e depois volto. E, então, a janela começa a se fechar. Uma luz elétrica brilha no alto enquanto um zumbido baixo ressoa por trás do balcão. Eu me viro.

Por um segundo, a única coisa que consigo fazer é ficar olhando para a figura que se esgueira por um espaço que está aberto na parede, meu coração batendo forte. Win fica em pé, afastando o cabelo preto irregular da frente de seus olhos azul-escuros, que adquirem um brilho suave de alívio quando encontram os meus. Sua boca se curva naquele sorriso maroto maravilhosamente familiar.

— Você recebeu a nossa mensagem — diz ele com seu habitual sotaque britânico, e minha visão começa a se turvar com lágrimas. Ele está vivo e intacto e *aqui comigo*.

Nem me ocorre fazer qualquer movimento, ele apenas acontece. Em um momento, estou ali parada olhando para ele e, no outro, enquanto ele contorna a borda do balcão, estou correndo para encontrá-lo. Seus braços me puxam para ele enquanto envolvo os meus ao seu redor. Pressiono a cabeça contra o seu ombro, absorvendo o realismo quente do seu corpo contra o meu. Minha garganta está engasgada. Não me dera conta de como me sentia sozinha, mesmo com meus pais e Angela, até este momento, quando não sinto mais isso.

Eu me pergunto se deveria ficar envergonhada pela maneira como estou grudada nele, mas ele está me segurando tão firme quanto eu. Ele engole em seco de forma audível.

— Sinto muito por ter demorado tanto — diz ele, e eu quase rio. Só de ele estar aqui já é um milagre. Sua respiração formiga sobre a minha pele, e meu coração bate forte outra vez. Eu me forço a me afastar, apenas o suficiente para que possa olhar nos olhos dele.

— Você está bem? E todos os outros? Quanto tempo temos para conversar?

Ele olha para mim, franzindo a testa, como se não esperasse que eu estivesse desesperada para obter informações.

— Você não está... — ele começa. — Isis pensou, com base nos registros que Britta conseguiu desencavar, que haviam colocado um implante em você para drogá-la e entorpecê-la.

— Ah. Colocaram, sim. Eu o tirei. — Desta vez não consigo conter o riso, mas ele sai carregado de tensão.

— Você... — o olhar de Win baixa. Eu arregaço a manga esquerda. O corte está cicatrizando, mas ainda está dolorido, a pele em torno dele adquirindo um tom rosa-escuro. Ele faz um som de dor. — Fez isso sozinha?

— Eu não poderia pedir a alguém para ajudar — respondo. — E tive que tirá-lo. Eu nem compreendia totalmente o que era aquilo, estava tão confusa, mas... eu sabia.

A boca de Win se abre num sorriso.

— Eu trouxe os instrumentos para removê-lo para você, mas é claro que não tinha como você saber que eu estava vindo. Eu posso pelo menos colocar um dos emplastros de cura.

— Por favor — concordo. Eu estava preocupada em pegar uma infecção, porque é difícil lavar a ferida mantendo-a escondida. Win retira um emplastro bege da bolsa em sua cintura e o alisa com suavidade sobre a minha pele, tão suave que mal sinto a pressão. Assim como aquele que ele me deu na Terra, quando torci o tornozelo, ele se ajusta ao meu braço como se não houvesse nada lá. Uma pontada de alívio elimina as fisgadas remanescentes.

Eu agarro sua mão antes que ele a abaixe, ainda querendo esse contato. Ele entrelaça seus dedos castanho-dourados nos meus, seu polegar traçando um caminho lento sobre as costas da minha mão, e sorri de novo para mim. Há algo diferente em seu rosto. A firmeza de seu olhar e a expressão de sua boca, como se ele tivesse envelhecido desde a última vez em que o vi, embora isso tenha sido há menos de três semanas.

Três semanas que equivalem a uma vida inteira de horror. Talvez ele veja o mesmo em mim.

— É bom que você já esteja alerta — diz ele. — Podemos conversar de verdade. Isis quer que façamos isso em meia hora. Ela está bem... Britta também. Ibtep — Thlo — organizou as coisas de modo que saíssemos quase todos impunes. Tirando você. *Você* está bem?

— Eu acho que sim — respondo. — Tenho tentado ser cuidadosa. Estamos em exposição lá fora?

— Não exatamente. Esta parte do Departamento de Estudos da Terra ainda está fechada ao público, mas a Segurança deve estar monitorando as transmissões. Nós não sabíamos onde você estava até Britta encontrá-los. Há cerca de vinte terráqueos com você? Você sabe por que eles foram trazidos?

Eu não tinha percebido que ele estava tão confuso quanto eu.

— Sim e não. São os meus pais, dois dos meus amigos, algumas pessoas do meu bairro e da escola. Eu não conheço a história toda, mas, ao que parece, Jule e dois outros kemyanos levaram todos do meu presente pouco antes de a bomba ser lançada.

— Jule — Win repete com uma aspereza na voz.

— Ele deixou um bilhete — esclareço. — Não sei como, nem por quê... — Lembrar-me de sua traição é só uma parte da dor em meio ao sofrimento constante do luto pelo meu planeta, mas ainda assim é uma dor que prefiro evitar. — Ele não disse nada a você?

— Não. Ele anda muito ocupado... — Ele se detém, balançando a cabeça. — Isso não é importante. Eu também tenho algo para perguntar: aconteceu alguma coisa aqui dois dias atrás? Isis encontrou um looping nas gravações, durante mais de uma hora. Foi sutil, mas ela podia jurar que alguém havia repetido uma gravação anterior em vez de mostrar o que realmente estava acontecendo... Foi assim que ela teve a ideia de fazer o mesmo para que pudéssemos conversar agora.

— Alguns kemyanos do Departamento de Saúde vieram aqui — digo, e conto-lhe sobre os exames. — Então eles estavam escondendo isso da Segurança?

Win está franzindo a testa.

— Sim. Também não há registros de exames médicos. Já é ruim o bastante que o Conselho esteja mantendo a presença de vocês aqui em segredo, mas realizar testes em vocês também?

— Na verdade, não eram... invasivos, até onde sei — explico. — Se você pesquisar por "Projeto Nuwa", talvez possa descobrir o que eles estavam procurando.

— Eu vou contar a Isis e Britta — assegura ele. — Isso não está certo. Eu acho que vamos ter que agir mais rápido.

— Agir mais rápido fazendo o quê? Você já descobriu uma maneira de nos tirar daqui?

— Sim e não — diz Win, repetindo a minha resposta anterior com um lampejo de um sorriso. Seu polegar torna a fazer círculos suaves na minha pele onde as nossas mãos ainda estão entrelaçadas. — Sabemos que o primeiro passo é deixar todos na estação saberem o que de fato aconteceu com a Terra, e que você está aqui. O Conselho está alegando que a detonação foi um acidente. Se nós revelarmos que eles destruíram seu planeta propositalmente, e depois mostrarmos que há terráqueos que sobreviveram e merecem a nossa solidariedade... vai ficar muito mais difícil qualquer um machucar você sem causar uma revolta, enquanto nós descobrimos o que fazer em seguida.

— Então *todos* estarão assistindo à gente — concluo, lembrando das crianças kemyanas olhando para as pessoas nas outras exposições do Departamento de Estudos da Terra como se realmente fossem animais em um zoológico.

— Mais pessoas assistindo significa mais testemunhas, caso eles experimentem... exames que são mais "invasivos", ou coisa pior — Win ressalta. — Vocês têm um pouco de privacidade. Eles nunca colocariam vigilância nos banheiros, principalmente para evitar estimular interesses "degenerados" no público. — Ele faz uma careta. — Há também um espaço por trás dos contêineres de armazenamento que Isis diz não ter uma transmissão ativa no momento. Mas quem quer que esteja monitorando a exposição provavelmente vai notar se você começar a ir muito ali, então, eu só usaria caso fosse mesmo necessário.

— Mas você acha mesmo que eles um dia vão nos deixar sair?

— Vamos ter que pensar em alguma coisa — diz Win. — Só que vai levar um tempo. Temos que esperar e ver qual será a reação do público antes de podermos decidir sobre a melhor estratégia. Eu não vou permitir que eles a prendam aqui, Skylar. Você pode acrescentar isso à promessa que eu lhe fiz.

A promessa dele — de me levar para casa sã e salva. As lágrimas que surgiram nos meus olhos quando o revi pela primeira vez acumulam-se novamente.

— Tudo se foi — eu lamento. — Tudo que estávamos tentando salvar. Meu lar. Tudo se foi, Win.

Ele me puxa mais para perto, de volta aos seus braços.

— Eu sei — diz ele, com a voz fraquejando. — Sinto muito. É por isso que vou continuar lutando até que você tenha um lar de verdade aqui.

— Como isso pode acontecer quando todo mundo lá fora pensa que somos apenas... sombras? Somos tão humanos quanto qualquer um deles — por que eles não conseguem *enxergar* isso?

Win faz uma pausa.

— Se pudéssemos fazê-los perceber que vocês têm tanto valor quanto nós, que são tão fortes quanto...

— Nós podemos começar mostrando a eles — falo, endireitando-me naquele clarão de esperança. — Eles estão acostumados a nos ver em trechos editados de programas de entretenimento e noticiários, ou então entorpecidos de tão medicados. Posso fazer com que os outros mostrem como podemos ser inteligentes e fortes.

— Isso poderia ajudar — diz Win. — Tudo o que você puder fazer.

Minha mente retorna ao que ele disse antes. O Conselho está fazendo alegações... o Conselho está nos mantendo em segredo.

— Então, foi o Conselho que orquestrou isso? — eu pergunto. — A bomba? Você sabe por quê?

Sua expressão endurece.

— Foi Ibtep — revela ele. — Ela nos disse, depois... Ela achou que era a única maneira de fazer certas pessoas aqui esquecerem a Terra e seguirem em frente.

Thlo. Não, Ibtep, que é o seu nome verdadeiro. Não me surpreendo tanto, considerando a forma como ela olhou para mim, como falou comigo. *Dispensável*, foi assim que ela me chamou certa vez.

— Como foi Kemya que primeiro trouxe a vida humana para a Terra, ela se achou no direito de tirá-la — concluo. Eu ouvi ecos dessa atitude em torno de mim desde a primeira vez que pus os pés nesta estação.

— E ela convenceu o Conselho a concordar com ela. Você se lembra daquela reunião que flagramos? O plano que ela estava contando a Silmeru e aos outros?

Aquelas imagens retornam à minha mente.

— Uma medida extrema, caso os rebeldes tivessem sucesso... — Meu corpo fica rígido. — Então, se tivéssemos deixado o campo temporal como estava, se os tivéssemos deixado continuar com os experimentos...

— Nem pense nisso! — Win me interrompe. — Ibtep queria nos separar da Terra. Ela teria trabalhado para conseguir isso de uma forma ou de outra. Ela é a única responsável.

Mas não deixo de pensar nisso. Se não tivéssemos sido bem-sucedidos em nossa missão, se eu não tivesse ajudado, todos na Terra poderiam ter vivido pelo menos um pouco mais.

☆ ☆ ☆

Quando volto para a casa, tudo está silencioso, as janelas escuras, com exceção da de Angela. Não consigo pensar em nenhuma desculpa que não ficaria absurdamente estranha para quem quer que esteja acompanhando pelas câmeras, para acordar os meus pais e arrastá-los para o banheiro, juntamente com Angela. Então eu me forço a oferecer nada além de um vago aceno quando Angela pergunta "Fez o seu lanche?". Enrolo-me em meu ninho de cobertores, o volume da meia manchada de sangue debaixo da minha cabeça. Talvez eu devesse tentar contrabandear isso para Win da próxima vez que ele vier. Seja lá quando isso volte a acontecer. *Se é que* vai acontecer; se ele e os outros não forem capturados...

Fecho os olhos lutando contra a onda de medo e deslizo o polegar sobre a palma da mão do mesmo jeito que ele fez. O eco de seu toque evoca a tranquilidade que senti em sua presença. Nós podemos conseguir. Precisamos conseguir.

Pelo menos eu não estou completamente sozinha aqui. Estendo a mão pelo chão em direção a Angela. Ela entrelaça os dedos nos meus.

— Skylar? — ela sussurra.

— Amanhã — eu murmuro, como se estivesse meio adormecida.

Na manhã seguinte, durante o café, Angela fica me encarando mais do que o habitual. Depois de ter engolido minha barra de ração, eu comento:

— Preciso lavar as minhas roupas.

— Sim — diz ela, sem perder a deixa. — Eu também.

Como os kemyanos não nos forneceram roupas, de tantos em tantos dias lavamos as roupas com as quais viemos para cá usando o sabão que não produz espuma e a água do banho, torcendo-as o máximo que podemos e vestindo-as úmidas depois. Mas eu nem sequer ligo a água depois de entrar no banheiro. Assim que a porta está fechada, eu me viro e dou um abraço em Angela.

Eu não a abraço dessa forma desde antes de nosso aprisionamento. Sua respiração fica presa na garganta produzindo um som esganiçado.

— Skylar — diz ela com surpresa e, em seguida: — Você está bem?

Concordo balançando a cabeça contra o seu ombro. Pela segunda vez em dois dias, meus olhos estão cheios de lágrimas. Eu os pisco para voltarem ao normal.

— Agora eu posso conversar com você — falo. — Meus pais também precisam ouvir isso. Você pode trazê-los até aqui? Invente alguma desculpa — diga a eles que fiquei um pouco zonza e que você está preocupada comigo.

— Claro! — diz Angela. Ela hesita quando dá um passo para trás e se afasta de mim, olhando para o meu rosto. Posso encarar o seu olhar com firmeza pela primeira vez em dias. Ela sorri, seus próprios olhos lacrimejantes. — Estava tão preocupada. Eu não sabia como iria continuar aguentando isso com você assim tão... Eu vou lá... Vou buscá-los.

Numa velocidade espantosa ela já está de volta com mamãe e papai, que se reúnem para um abraço em conjunto. Por um minuto, eu me permito ficar ali, sem dizer nada, apenas sentindo o calor entre eles. Mas preciso falar logo antes de começar a parecer suspeito o fato de estarmos aqui dentro durante tanto tempo.

— Vamos nos sentar — sugiro. — Vai levar um tempo para explicar isso.

6.

Win

Estou de pé na borda de uma floresta de árvores de folhas espinhosas, um campo de grama fofa amarela diante de mim, um sol radiante no alto. O cenário é tão bem construído que eu poderia facilmente me esquecer de que se trata de projeções, não fossem os quadrados brilhantes pairando no ar que exaltam as virtudes do K2-8, o planeta para o qual Ibtep está fazendo campanha. O Conselho preparou esta sala de realidade virtual para que o público possa "experimentar" o planeta e se acostumar com a ideia. Eu aspiro o ar que eles deixaram com um gosto úmido e argiloso, e desata-se um nó no meu peito, assim como aconteceu todas as vezes que fui para a Terra. Alguma parte do meu corpo sabia, desde o primeiro momento em que deixei a estação, que este é o tipo de mundo no qual deveríamos estar vivendo.

Infelizmente, nem todos têm a mesma reação instintiva. Wyeth não saiu de perto de mim ao longo dos caminhos, segurando meu braço, enquanto olhava para os troncos em espiral e a terra pegajosa azul-amarronzada. Vários dos meus colegas de setor apareceram na sala ao mesmo tempo que nós — pessoas que um dia considerei como amigos, embora eu tenha desaparecido de seus encontros sociais para evitar o desconforto das mentiras que teria que contar depois que entrei para o grupo rebelde de Ibtep —, e ficaram conversando nervosamente durante todo o trajeto.

Dev, o humorista que acabou no Departamento de Educação, abraça a si mesmo quando um grito de animal ecoa atrás de nós.

— Vai ser sempre barulhento desse jeito?

Ilone, objeto da minha primeira — não correspondida, mas felizmente breve — paixão, cutuca um dos quadrados informativos.

— Aqui diz que a área onde vai pousar é "propensa a chuvas leves, sendo as tempestades maiores muito mais raras". — Ela estremece. — Eu não quero tempestade alguma, obrigada.

— Elas não são tão ruins — observo. A lembrança de uma chuva torrencial no Vietnã perdura em minha mente com particular clareza: o choque da água fria vinda de cima, os cílios de Skylar molhados pela chuva tão escuros contra a pele dela no abrigo do 3T, pouco antes de eu provar ser um babaca completo, permitindo que uma pontada de atração aliada à curiosidade me fizesse beijá-la apenas para ver como seria fazer isso com uma terráquea.

De repente, estou pensando em três noites atrás, a urgência em seu abraço e o cheiro salgado e adocicado de seus cabelos.

Celette me interrompe.

— Você mal ficou naquele planeta por mais do que... quanto? Um dia? É diferente quando você não pode mais sair de lá.

Semanas, na verdade. Mas eu não posso falar isso, e ela é a última pessoa com quem quero discutir. Celette, com a sua voz tão chamativa quanto suas tranças de mechas azuis, iniciou uma petição no nosso primeiro ano do ensino médio para enviar para casa os animais de estimação terráqueos, e convenceu vários de nós a encenar um protesto em frente ao salão dos Estudos da Terra no ano seguinte. Esses esforços lhe condenaram à função de exploradora-coletora: ela passa noventa por cento do ano navegando pelos sistemas solares mais próximos a fim de obter matérias-primas, longe demais para sequer conseguir se comunicar com os seus parentes e amigos na estação. Todo o *meu* trabalho em nome da Terra foi secreto, poupando-me das punições que ela enfrentou.

Agora, ela olha através do campo e diz:

— Eu não sei nem se conseguiria me acostumar a isso. — Se até mesmo ela está recusando, como será que se sente um kemyano *típico*?

Toda a desinformação que o Departamento de Viagens à Terra despejou ao longo dos séculos para fazer as pessoas ficarem com medo de interromper as experiências na Terra — para que o departamento não tivesse que desistir de sua influência, e os Viajantes, de sua liberdade, em um planeta totalmente sob seu controle —, está nos detendo agora. Este deveria ser um momento de emoção e de comemoração. Nós vamos ter um lar de verdade.

— Você acha que eles deixariam alguns de nós continuar na estação, se quiséssemos? — especula Dev.

— Eu ouvi dizer que, quando chegarmos lá, vamos ter de começar a desmontá-la por causa dos materiais — Markhal observa. Ele me ignorou até agora, provavelmente magoado devido à minha brusquidão anterior. — É possível que possam deixar um pouco do espaço habitável.

Wyeth se detém ao lado de um trecho de terreno preparado para o cultivo, onde um quadrado nos informa que iremos cultivar plantas para complementar e, aos poucos, substituir o que nossos sintetizadores podem produzir.

— Você acha que podemos fazer as coisas crescerem com a tecnologia que já temos? — meu irmão questiona. — Ou será que teremos que inventar novos equipamentos?

— Não deve ser muito difícil — eu respondo. — Os terráqueos sempre conseguiram cultivar a terra, às vezes sem nenhuma ferramenta, apenas com as mãos.

Alguns dos habitantes em exposição no salão dos Estudos da Terra ainda fazem isso. Eles poderiam nos ensinar muito quando estivermos no planeta, não poderiam? Temos milhares de anos de pesquisa para nos guiar, mas é pesquisa que nenhum kemyano colocou em prática. Os terráqueos poderiam tornar a transição muito mais fácil para nós... se nós permitirmos.

Deixar Skylar naquela exposição — olhar para o corte em seu pulso e para o sentimento de perda gravado em seu rosto, e ir embora — foi uma das coisas mais difíceis que já fiz. Eu *preciso* ter notícias melhores para ela da próxima vez que a vir.

Wyeth se demora, agachado perto da horta. Seus olhos brilham com o que agora se parece mais com interesse do que com ansiedade.

— É mesmo incrível, não é? — diz ele.

— Mais incrível do que os planadores? — pergunto com um sorriso.

Ele faz um som de zombaria, mas também sorri de volta para mim. Pode ser que haja esperança aqui também.

— Acho que gostaria de ver como uma planta de verdade crescer — acrescenta ele, correndo os dedos através da simulação de solo.

Os Executores nos conduzem através de uma porta logo à frente, para uma sala comum com uma plataforma elevada em uma extremidade. Nakalya está ali de pé, ladeado por alguns outros membros do Conselho, junto com Ibtep e pessoas que reconheço como serem do Departamento de Viagens à Terra. Jule está encostado contra a parede na ponta mais distante da plataforma, como se ser incluído significasse pouco para ele. Desvio rápido o meu olhar para longe dele quando o restante do grupo de cinquenta indivíduos se espreme à nossa volta.

— Nós vamos tirar dúvidas a respeito do K2-8 pelos próximos trinta minutos — diz Nakalya elevando a voz sobre o murmúrio da multidão. —Aproxime-se da tribuna quem desejar ser ouvido.

Um homem sobe à tribuna e pergunta sobre como serão feitos os arranjos para vivermos no planeta, e Ilone pergunta sobre qual é a frequência exata dessas tempestades "maiores". Nakalya responde ao primeiro cidadão e passa a palavra a Ibtep, a reconhecida especialista no K2-8, para responder à segunda. Enquanto ela discute os padrões climáticos e medições de precipitação, estudo Nakalya. É a primeira vez que vejo nosso prefeito em carne e osso desde que voltei para a estação.

Ele se destaca em altura em contraste com a compleição atarracada de Ibtep, com uma serenidade incomum em seu rosto quadrado. Nos dois anos que tem sido prefeito, e durante os dez anos em que foi chefe do Departamento de Saúde antes disso, as pessoas costumavam comentar sobre como ele trabalhava duro, e a principal razão para isso, suspeito eu, era porque ele aparentava estar sempre bastante atormentado, como se estivesse constantemente correndo para resolver um problema ou outro. Agora sua expressão mostra-se quase relaxada, as linhas de expressão desapareceram de sua pele castanho-avermelhada como argila alisada. Não é o que eu esperaria de alguém que tenta preparar o nosso povo para o maior deslocamento que já fizemos.

A evidência sugere que genocídio combina com ele.

Quando Ilone deixa a tribuna, ela é ocupada por um cara que eu conheço, mas que não tinha notado durante a nossa "excursão": Vishnu. Estávamos no mesmo semestre na escola, e no mesmo grupo de amigos, até que todos se cansaram de ele viver reclamando sobre o seu nome, sobre a insistência de seus pais para que ele usasse um sarongue na sala de aula, e sobre o quanto todos o atormentavam por causa disso. No terceiro ano, corria um boato de que, em um acesso de raiva, ele tinha ateado fogo em todos os seus sarongues. Demos umas boas risadas com isso, mas nós também passamos a evitá-lo, quando ele começou a se apresentar com orgulho em vestimentas kemyanas.

— Vocês falam como se a decisão já tivesse sido tomada — diz Vishnu agora, falando mais alto do que a amplificação requer. Ele eleva seu braço sardento e magricela no ar. — Queremos ter escolha. O único planeta ao qual os kemyanos pertencem é aqui mesmo. Vocês não podem nos forçar a desistir de nosso verdadeiro lar!

Ele berra toda a última frase, e as pessoas ao lado dele estremecem. Alguém na parte de trás, porém, dá gritos de apoio.

— Agora, ouçam — diz Nakalya. Vishnu deixa impetuosamente a tribuna e sai pisando forte para fora da sala sem esperar para ouvir a resposta.

— Você acha que ele vai ficar abilolado, como a tia-avó de Ilone? — murmura Dev ao meu lado. Alguns anos antes, Ilone nos contou que sua tia-avó havia começado a falar com pessoas que não estavam no quarto e deixado de reconhecer pessoas que estavam, e a clínica médica não conseguira fazer muito mais do que lhe dar medicação para deixá-la mais calma.

Celette balança a cabeça.

— Se vai ou não ficar, ele não vai conseguir nada agindo desse jeito.

Eu não tenho tanta certeza. Vishnu disse *nós*. Quantas pessoas já estão do lado dele?

☆ ☆ ☆

Acabo de deixar o Departamento de Viagens à Terra quando Jule se apressa atrás de mim. Ele me ultrapassa para digitar um código no painel do transportador interno. Não há dúvida de que está chamando um transportador privativo — com um código que ele comprou usando créditos que obteve com a venda dos segredos do nosso grupo. Eu diminuo o passo e, para o meu alívio, o transportador chega quase que imediatamente, poupando-me de uma espera ao lado dele. Eu me movimento para chamar um transportador público enquanto ele entra no dele.

— Entre — Jule diz tranquilo.

Quando olho para ele, Jule faz um gesto largo com o braço, permanecendo assim no transportador que, graças ao código privado, não terá nenhuma vigilância.

Não tenho nenhum desejo de falar com Jule seja em público ou em particular, mas Skylar disse que foi ele quem resgatou os outros terráqueos. Ele poderia saber algo sobre os tais testes que o Departamento de Saúde está realizando. Na última vez que falei com Isis, tudo o que ela e Britta tinham conseguido encontrar a respeito de Projeto Nuwa foi uma referência vaga em um documento de requisição datado de sessenta e dois anos atrás. Ou existem dois projetos Nuwa, ou ele tem a ver com algo mais do que apenas a chegada da mais recente leva de terráqueos.

Eu endireito os ombros e entro ao lado de Jule. Assim que a porta se fecha, ele configura o transportador para realizar um trajeto sinuoso.

— Desculpe esses subterfúgios; tenho certeza de que você percebe que a situação é um pouco delicada — diz ele, com polidez. Eu o vi dirigir-se assim a nossos superiores de vez em quando, mas nunca a mim. É ainda mais irritante do que o seu costumeiro desdém. Se fosse em outro tempo, eu logo seria tomado por uma irritação crescente e perderia as estribeiras. Mas hoje minha irritação está sob controle, o que aguça os meus pensamentos e deixa a minha voz controlada.

— O que você quer, Jule?

Ele fica quieto e cruza os braços.

— Você tem falado com ela. Skylar. Você se encontrou com ela.

Ele acha que eu iria admitir isso para ele?

— Eu nem sei onde ela está — minto.

— Eu *sei* que você tem feito isso — enfatiza ele. — Eu *a* conheço. Ibtep acha que ela está medicada, mas você encontrou uma forma de vê-la, para remover o implante ou então desligá-lo.

— Você inventou uma história muito interessante — eu o acuso. Admito que é um pouco gratificante ver sua mandíbula se contrair.

— Eu a vi interpretar o seu papel de "animal de estimação" — ele prossegue. — Consigo ver quando ela está fazendo isso, *Dar*win. O animal de estimação de verdade no qual ela se inspirou, a amiga de Tabzi; tem uma coisa que a Skylar faz com a boca que não é causada pela droga, é apenas algo que ela viu a outra mulher fazer. Ninguém mais vai notar isso, porque ninguém mais estava lá quando ela aprendeu a fazer. Mas eu sei. Até poucos dias atrás, ela não estava fazendo isso e agora está.

Ele não está blefando, mas eu ainda não estou inclinado a admitir coisa alguma. Tenho as minhas próprias perguntas a fazer.

— Ibtep permite que você assista às transmissões?

— Faz parte do nosso acordo — responde Jule. — *Ela* queria a Skylar morta. Assim como o restante dos terráqueos que eu tirei de lá. Mas eu a persuadi a convencer o Conselho de que era melhor mantê-los. Verifico duas vezes por dia para me certificar de que ela está cumprindo sua palavra e não voltou atrás.

— Então, agora ela recebe ordens de você?

Jule faz uma careta.

— Eu não tinha certeza se poderíamos confiar nela para nos proteger depois que terminamos a missão de Jeanant. Então eu... gravei algumas de nossas conversas, conversas nas quais ela diz coisas que não conseguiria explicar agora. Se algo acontecer a Skylar, elas serão entregues ao Conselho. Se alguma coisa acontecer comigo, elas serão entregues ao Conselho.

Isso até soa como um plano que seria mesmo a cara de Jule, embora nada garanta que o que ele está me falando seja verdade.

— Olha — acrescenta ele antes que eu possa dizer qualquer coisa —, eu sei que dei uma bagunçada nas coisas antes. Eu estou *tentando* ajudar... Ajudar você e quem mais ainda estiver envolvido.

Ele espera fazer parte do esquema, assim, num passe de mágica, depois de tudo o que fez?

— Bem, *eu* estou falando para você — reitero. — Não sei nada sobre isso.

— Você acha mesmo que eu vou acreditar nisso? — ele pergunta. Quando eu o encaro com tranquilidade, ele bate a mão contra o balaústre do transportador. — Deixe de ser miolo-mole uma vez na vida e vamos conversar. Ou você está curtindo demais ter ela só pra você?

Nesse instante, minha irritação que era mantida em banho-maria levanta fervura e se transforma numa raiva borbulhante. Inspiro fundo e vejo Jule se preparar para ouvir um insulto como resposta. Ele parece quase ávido para tornar isso uma discussão. É o que basta para fazer minha raiva escoar.

É patético. Até mesmo ele tem que ter alguma noção de como essa acusação é ridícula: eu estar protegendo Skylar por possessividade e não porque ele quase a fez ser morta mais de uma vez.

— Se você me der uma boa razão para eu confiar em você, vou confiar — respondo, calmo. — Talvez você deva dar uma olhada em si mesmo se começou a acreditar que todos à sua volta serão assim tão subservientes.

— Basta responder à droga da pergunta, Win — ele eleva a voz, querendo me intimidar. Infelizmente para ele, sua figura não parece muito ameaçadora quando me recuso a recuar. Ele é só uns poucos centímetros mais alto do que eu. Tudo o que vejo nele agora é desespero. Isso passa longe de ser gratificante.

Estendo a mão para o painel de controle, instruindo o transportador para que me deixe na próxima parada.

— Eu nem sei por que perdi tanto tempo preocupado se você me achava um miolo-mole ou qualquer outra coisa — digo enquanto o transportador diminui a velocidade. A boca de Jule se abre ao mesmo tempo que as portas o fazem, mas eu não lhe dou oportunidade de falar e saio a passos largos.

Ele não me segue.

☆ ☆ ☆

No meio do nosso jantar de família no dia seguinte, os bancos apinhados à nossa volta, Wyeth discute calorosamente com um de seus amigos, mamãe está tentando convencê-lo a não se exaltar, e papai está analisando a textura do meio proteico em seu prato como se estivesse considerando usá-lo em uma pintura. O habitual burburinho das conversas do jantar preenche a sala. Então, as luzes piscam, diminuindo de intensidade.

As pessoas vão parando de conversar. Cabeças se viram, enquanto a multidão no refeitório presta atenção num anúncio oficial. A imensa tela pública na parede oposta à área de distribuição de refeições treme e uma voz eletrônica ressoa nos alto-falantes.

— O que tem sido dito a vocês sobre a destruição da Terra não é verdade. Por favor, assistam, para que vocês possam ver os fatos por si próprios.

Meu coração começa a acelerar. Isis e Britta fizeram isso. Isis me disse que elas estavam quase prontas, que tinham descoberto as gravações necessárias e estavam só terminando de fazer os arranjos para deter qualquer rastreamento da transmissão, mas eu não esperava por aquilo assim tão rápido.

Wyeth se endireita, deixando de lado a discussão. Papai e mamãe trocam olhares intrigados, e então o olhar dele desliza para mim. Tento parecer tão surpreso quanto todos os outros ao nosso redor.

Filmagens de pouco antes da detonação são reproduzidas na tela. Vozes reais inundam o refeitório com a sequência de comandos para lançar a bomba. A imagem mostra um condensador de energia sendo lançado de uma das aberturas da estação de pesquisa em direção à Terra, enquanto cadeias de dados surgem rápido na parte inferior da tela. O padrão impresso no canto da gravação irá confirmar para quem quer que o verifique que se trata de cenas reais, e não algo conjurado em um poço de visões.

Eu já vi aquilo antes, mas, mesmo assim, estou me preparando. Eu sei melhor do que ninguém na sala o que vem a seguir.

O condensador de energia desaba, produzindo uma chuva de faíscas. Elas formam um redemoinho, girando em um ciclone em miniatura, escurecendo, passando do branco-amarelado para o vermelho. O ar em torno delas entra em erupção, com línguas de nuvem avermelhada. O refeitório está mergulhado num silêncio completo enquanto as nuvens rodopiantes oscilam juntas. Em seguida, elas explodem para a frente, inundando a atmosfera visível na gravação e engolindo toda a visão da Terra abaixo em um instante. Wyeth deixa cair seu hashi.

— Detonação bem-sucedida — uma das vozes da gravação comunica.
— Quinhentos graus na superfície. Todo o oxigênio foi consumido.

Wyeth agarra o braço de papai.

— Isso não é real, é? — ele diz com voz trêmula. — Alguém está inventando isso. As pessoas na estação de pesquisa não podem...

— Eu não sei — responde o papai. Ele parece nauseado.

As nuvens brilham em toda a tela por mais alguns segundos antes da imagem ser cortada.

— Só mais uma verdade que vocês deveriam saber — diz a voz eletrônica. — Vinte e três terráqueos foram salvos naquele dia. Nosso Conselho destruiu propositalmente o planeta deles, e este é o novo lar que demos a eles.

Entram gravações da câmera de vigilância da exposição: imagens dos companheiros de Skylar olhando para os quartos vazios de suas casas e testando as fronteiras invisíveis do lado de fora, seus rostos exprimindo medo. Um dos homens da gravação grita: "Vocês não podem simplesmente nos deixar aqui!". Uma menina se encolhe no degrau da frente de sua nova casa, desatando a chorar.

— Agora vocês estão cientes dos fatos. Decidam o que fazer com eles.

A tela fica escura. Vozes elevam-se à nossa volta. Várias pessoas já estão caminhando porta afora, suas refeições inacabadas, provavelmente para procurar as pessoas que acreditam que possam oferecer respostas para o que acabaram de testemunhar.

Se eu bem conheço Isis e Britta, essa gravação está sendo reproduzida por toda a estação, em cada refeitório, em cada escritório de trabalho, em cada centro de fitness.

Papai olha para mim novamente, com aquele toque de curiosidade que reparei quando cheguei em casa da primeira vez — e outra coisa mais. Ele parece satisfeito, de uma maneira particular que me lembra do dia quando eu, bem mais jovem, anunciei que iria ser tão bom em fazer música como ele era em criar imagens.

Deixei de lado meus interesses musicais anos atrás, quando, mais uma vez, outro comentário sarcástico por fim fez com que isso parecesse uma coisa inútil. Se ninguém estava interessado em ouvir, por que eu estava perdendo o meu tempo? Meu pai nunca me criticou por isso, mas eu nunca mais vi aquele olhar de satisfação — até agora.

No segundo em que eu posso lhe oferecer um pequeno sorriso para dizer: *Sim, estou envolvido nisso, continuo lutando pela Terra*, um cabelo louro platinado brilha no canto da minha visão.

Mesmo à distância, é fácil reconhecer o impressionante tom de pele bem próximo do albino de Kurra, quase com certeza o resultado de uma customização genética comprada por seus pais. Ela e outros dois Executores acabam de entrar no refeitório decididos. O olhar de Kurra percorre toda a sala e cruza com o meu.

Sinto um frio no estômago. Tão ameaçadora como quando perseguia a mim e Skylar na Terra, ela nunca me pareceu tão perigosa quanto agora. Ela sabe quem eu sou.

Desvio o olhar de volta para o papai.

— Vocês acham que devemos ir? — pergunto de forma controlada, não deixando transparecer coisa alguma.

— Sim — responde mamãe. — Está muito tenso aqui dentro.

Enquanto nos levantamos, Celette passa pela nossa mesa em direção ao corredor, gritando para o grupo do qual faz parte. Kurra gira nos calcanhares, dizendo algo ríspido para eles. Qualquer triunfo que eu tenha sentido se dissolve.

Eu estou envolvido nisso? Qual foi a minha contribuição além de fingir que nem sequer estou contente por ver aquela apresentação?

Foi isso o que passei a maior parte do meu tempo fazendo. Fingi perder o interesse em meus amigos. Fingi que o desprezo pela Terra por parte dos meus colegas de trabalho não me magoava. Fingi para os meus pais que não me importava com o nome que eles me deram, enquanto fingia para todos os outros que meu nome era outro.

Fingi que não queria beijar Skylar durante todo o tempo em que estávamos juntos naquele mercado artificial. Fingi que não me mortificou abandoná-la ali.

Eu poderia saltar em cima da mesa neste exato momento, ficar de pé ali em cima e gritar bem alto para que a justiça fosse feita ou confirmar que a gravação era verdadeira. Eu me imagino fazendo isso — e o meu coração se acelera.

O fato é que seria contraproducente fazer uma cena agora. Em dez segundos, Kurra iria me prender. Chamar a atenção para mim prejudicaria todo o grupo e os nossos esforços para ajudar Skylar. Meus pais e Wyeth podem acabar sendo detidos também.

Isso tudo são fatos, mas eu sei que eles não são a única razão para eu deixar o momento passar enquanto nos apressamos para a saída. É impraticável para qualquer kemyano declarar publicamente opiniões que não estejam em sintonia com a maioria, ou se posicionar por mudanças quando a Segurança pode marcar a sua cara. Sempre pode haver consequências infelizes. Ibtep sabia disso quando ela ainda era Thlo; Isis e Britta sabem; e eu também.

Não importa quantas coisas eu odeie a respeito deste lugar, eu ainda sou um deles.

☆ ☆ ☆

No dia seguinte, estou no trabalho quando uma mensagem pisca no meu terminal. Ibtep solicita a minha presença em seu escritório. Olho para as palavras, minha pele se arrepia. Isis e Britta com certeza foram cuidadosas. Ela não pode ter provas de que fomos os responsáveis pela transmissão da noite anterior.

Toda a estação está comentando sobre isso. O Conselho divulgou um comunicado nas primeiras horas da manhã, mas tudo o que eles disseram sobre a destruição da Terra era que estavam investigando as alegações. Tá, conta outra. Eles também reconheceram que os vinte e três terráqueos estavam agora residindo em uma parte desativada do salão de Estudos da Terra "perfeitamente bem abastecida". Várias transmissões de dentro de sua exposição foram disponibilizadas na rede pública como prova disso. É a nossa primeira vitória.

Abro caminho pela rede cada vez mais estreita de salas apertadas até as mais restritas, onde os conselheiros do Departamento de Viagens à Terra trabalham. Quando toco o meu polegar sobre o painel com o nome de Ibtep, ela me faz esperar um pouco mais além do que seria confortável antes de a porta se abrir.

O espaço exíguo de seu escritório comporta um terminal privativo e uma mesa que se dobra para baixo, com um banquinho pairando entre eles. Ela tem que se levantar para que eu possa entrar. Assim que ela fecha a porta, a sala parece ainda mais claustrofóbica, mesmo para duas pessoas apenas. Normalmente, as reuniões seriam realizadas em salas um pouco maiores, próprias para essa finalidade. Suponho que Ibtep queria eliminar qualquer chance de esta conversa ser ouvida. Há coisas que eu sei sobre sua pessoa que ela prefere manter em segredo.

Seu olhar impenetrável me sonda. Eu sou pelo menos alguns centímetros mais alto do que ela e, ainda assim, de alguma forma, ela ocupa a maior parte do espaço.

— Você queria me ver, Respeitável Ibtep? — digo.

— Foi-lhe solicitado que ficasse na moita — diz ela.

— Sim, foi.

— Devo acreditar que você não teve nada a ver com aquela transmissão? — questiona ela. — Que você nem sequer tinha conhecimento de que ela iria acontecer?

Ela está apenas supondo, então. A tensão dentro de mim diminui.

— Não posso controlar o que você acredita — respondo. — Eu não fiz aquela transmissão. Eu não estava esperando vê-la. — *Não naquele momento em particular*, eu acrescento silenciosamente.

— Você andou conversando com simpatizantes da Terra.

Eu não... ah. Ela deve estar falando de Celette, na sala de RV.

Poderiam ter sido os Executores que estavam monitorando a sala que comunicaram sobre mim... ou poderia ter sido outra pessoa. Eu achava que estava sendo paranoico sobre Markhal antes, mas talvez eu não devesse subestimar a possibilidade de que Ibtep arranjasse alguém do meu círculo social para ficar de olho em mim.

— Calhou de a gente estar ao mesmo tempo no mesmo lugar. Eu não ofereci outra coisa senão apoio para os seus planos. Você espera que eu evite completamente os meus vizinhos?

— Eu não sei como você está fazendo isso — Ibtep continuou como se eu não tivesse negado. — Mas você deve perceber que está colocando em risco tudo o que é importante para você. Se encontrarmos uma única evidenciazinha que mostre que você agiu contra mim ou o Conselho, você será transferido assim que chegarmos ao K2-8. Uma pequena equipe será obrigada a ficar para trás na estação, para ajudar com o desmantelamento progressivo e para manter os sistemas restantes até que o processo esteja concluído. Nossas melhores estimativas indicam que isso vai levar trinta, talvez quarenta anos. Qualquer permissão para visitar o planeta antes de seu prazo expirar pode ser revogada.

Um calafrio percorre o meu corpo. Somando-se os doze anos para chegar ao planeta e então trinta ou mais anos depois, eu poderia estar tão velho quanto os meus avós estão agora antes de começar a minha vida real em um novo mundo para o qual eu ajudei a nos direcionar.

— Você não vai encontrar nenhuma evidência — eu lhe asseguro, conseguindo manter minha voz firme —, porque eu não fiz nada. — Faço uma pausa, lembrando as afirmações de Jule. — Por que você permitiu que os terráqueos permanecessem vivos, se lhe incomoda tanto o fato de as pessoas se preocuparem com eles?

Ibtep solta uma risada sem humor.

— "Permitiu". Todos nós assumimos os compromissos que precisamos. Parece-me cada vez mais que eu deveria repensar os meus. — Ela se vira. — Está dispensado, Viajante Pirios.

Volto para a minha sala de trabalho com a ameaça dela me atormentando. Só precisaria de um pequeno passo em falso para eu acabar assistindo à minha família e amigos saírem da estação sem mim. Esse ambiente simulado na sala de RV poderia ser o mais próximo que eu iria chegar de um mundo que eu almejei por tanto tempo.

Bem, eu estava correndo esse risco desde o princípio, não é mesmo? Eu me dediquei à missão de Jeanant também por todas as outras pessoas — para todos em Kemya. Eu não conseguiria garantir a minha liberdade sabendo que Skylar e os outros terráqueos ficarão presos para o resto da vida, ou algo pior que isso.

Ainda assim, estou distraído o bastante para não perceber Jule se aproximando no corredor até que seu ombro colide com o meu.

— Olha por onde anda, Darwin — ele grita, seu pulso se chocando contra a minha cintura, enquanto eu olho em volta. Minha bolsa de trabalho cai no chão.

— Desligado — murmura Jule, curvando-se para apanhá-la. Ele enfia a bolsa na minha mão e a surpresa suaviza a minha réplica.

— Melhor ser desligado do que um vira-casaca.

— *Eu* estou fazendo o meu trabalho — diz ele, já seguindo em frente.

Meus dedos se curvam ao redor da bolsa e do peso sólido dentro dela que não estava lá antes.

7.

Skylar

— Sei que isso é difícil de acreditar — concluo. — *Eu mesma* não acreditaria se não estivesse lá para testemunhar. Mas é verdade. Não há lugar para onde voltar. A Terra... se foi.

Mamãe, papai e Angela estão olhando fixo para mim. Eu mudo de posição na borda da banheira, onde estou empoleirada. Papai esfrega a testa como se estivesse com enxaqueca. Mamãe meneia a cabeça, mas é como se não conseguisse falar. É Angela quem rompe o silêncio.

— Isso é loucura — diz ela. — Como você pode ter ficado no espaço durante semanas? Você só tinha sumido por um dia! — Mas há mais medo do que negação em seus olhos.

— É por causa da Viagem no tempo — eu a lembro. — As pessoas que abduziram vocês, elas não sabiam o dia exato em que Win me conheceu, então não sincronizaram perfeitamente as coisas. Mas se elas não tivessem aparecido e levado vocês, vocês teriam vivido mais dezessete anos e eu nunca teria retornado, e aí...

Uma onda de nuvens flamejantes engolindo o planeta.

— Skylar, essa coisa toda, obviamente, parece bastante real para você — papai diz com seu modo tranquilo e metódico. — Mas, levando em consideração que você disse que foi drogada, tem certeza de que algumas dessas coisas não foram alucinações, ou impressões que de alguma forma essas pessoas lhe induziram? Nós ainda poderíamos estar *na* Terra.

Eu gostaria de poder acreditar nisso.

— Eu só comecei a ser drogada depois que testemunhei a detonação sobre a Terra — reafirmo. — Antes disso, eu estava em pleno domínio das minhas faculdades mentais.

— Isso não quer dizer que... — mamãe começa. Ela alisa os cabelos para trás com uma mão em cada têmpora. Sua boca está contraída.

— Eu sei o que parece — interrompo-a. — Mas vocês conseguem ver, não conseguem?... que está acontecendo *alguma coisa* que não é... *normal*? Os materiais que eles usaram para construir este lugar. Os limites que não podemos ver ou tocar, que só nos fazem sentir que não podemos passar de determinado ponto. Por que alguém iria pegar todos nós e nos manter em um lugar como este e depois simplesmente nos abandonar? Talvez isso pareça loucura, mas qual explicação poderia haver que *não parecesse loucura*? E se isso não é verdade, se essa é uma história que alguém me levou a acreditar por meio de uma lavagem cerebral, por que eles me drogaram e tentaram me impedir de contar a vocês?

De novo o silêncio cai sobre nós. A expressão de Angela se transtorna.

— Então, o meu pai... Lisa...

— Sim — confirmo, com lágrimas nos olhos. — Sinto muito. Gostaria que não fosse verdade.

— Eles foram... Você disse que conhecia um dos rapazes que nos abduziram — mamãe diz com um gesto brusco de seu braço. — Onde ele está agora?

Sua descrição do sujeito que lhe deu aquele bilhete confirmou que se tratava mesmo de Jule. Engulo em seco. Não sei como ele descobriu o que Thlo estava planejando, como conseguiu chegar lá antes de nós — talvez usando uma das "naves de passeio" de seus amigos ricos —, mas isso não importa agora.

— Eu não sei — respondo. — Ele... Ele estava denunciando o nosso grupo. Não é alguém em quem possamos confiar.

Eu acreditei que ele se importava comigo. Ele até me disse que...

Afasto essa lembrança, estremecendo. Ele estava passando informações sobre os nossos planos para os Executores em troca de créditos para ajudar seu pai e seu avô a manterem seu estilo de vida extravagante. Ele arriscou toda a missão, contribuiu para que Britta fosse ferida, deixou que eu me arriscasse perigosamente várias vezes enquanto escondia seu segredo. Mesmo quando o confrontei, ele continuou falando sobre isso como se suas decisões tivessem sido perfeitamente *razoáveis*.

— Se tudo isso começou a acontecer antes de você... partir, por que você não nos procurou? — mamãe prossegue. — Você deveria ter me contado. Talvez pudéssemos ter ajudado.

— Vocês mal acreditam em mim agora — argumento. — Você nunca teria acreditado em mim naquele momento. E contar a você teria colocado todos nós em perigo.

— Eu teria *tentado* — mamãe diz, e a dor em sua voz faz meu estômago se contrair. Papai se inclina sobre mim para segurar a mão dela.

— Patricia — diz ele —, agora não faz diferença, não é? Nós estamos aqui. Pelo que Skylar nos disse, ter ou não contado para a gente não teria mudado em nada o resultado. Se isso tudo for verdade.

Não há razão alguma para pressioná-los ainda mais para que entendam a situação, não agora. Eles precisam de tempo para digerir isso tudo.

— Nós vamos superar isso — digo. — Win e alguns dos outros estão fazendo tudo o que está ao alcance deles, e há coisas que podemos fazer também. Mas, antes de mais nada, se vocês quiserem conversar comigo ou entre vocês mesmos sobre o que eu contei, *por favor*, só façam isso aqui dentro. Em qualquer outro lugar, eles estão nos monitorando. É perigoso se descobrirem que eu estou consciente o suficiente para ter contado a vocês sobre isso, o que significa que todos nós temos que continuar fingindo também que eu estou drogada. E vocês têm que ser cuidadosos com o que fazem lá fora. Quanto mais eles nos virem fazendo barulho ou agindo de modo agressivo, não importa o quanto vocês queiram respostas, eles vão tomar isso como um indício de que somos tão instáveis quanto eles pensam que somos. Para nos descartar. Para sobrevivermos, precisamos mostrar a eles que podem nos respeitar, e o que eles respeitam é razão, praticidade e paciência.

Olho sem querer para a mamãe enquanto estou dizendo a última parte, pensando sobre a forma como ela exigiu respostas dos kemyanos durante os exames de saúde. Ela ergue os ombros.

— Não podemos ficar parados e deixar que essas pessoas, quem quer que elas sejam, façam o que quiserem — retruca ela. — Se tentarem machucá-la novamente...

— Aí eu preciso que você se controle e me deixe resolver — eu a interrompo. — Se você tentar entrar no caminho deles de maneira muito óbvia, eles vão apenas machucar *você*. Você viu o que fizeram com o senhor Sinclair e Toby.

— Skylar... — mamãe protesta, mas Angela intervém.

— Então, o que podemos fazer? — ela pergunta. Seu queixo está tremendo e ela enxuga os olhos, mas mantém o olhar firme no meu. — Como podemos fazê-los parar de nos tratar desse jeito?

Eu quero abraçá-la.

— Eu acho que... a primeira coisa a fazer é decidir o que dizer para os outros.

— O que você quer dizer com isso? — diz o papai.

— Parece errado deixá-los manter a esperança de que podemos voltar para casa quando isso não é verdade — respondo. — E eles não sabem como precisam ser cuidadosos, se as pessoas lá de fora vierem aqui de novo.

— Mas você mesma disse que temos que fingir que não sabemos — Angela pondera. — Você realmente acha que podemos confiar em todos os outros para manter silêncio sobre isso? O que esses tais de... kemyanos farão com você se descobrirem que você tem aberto a boca?

— Não sei dizer — admito.

Angela endireita-se, seu queixo se estabilizando.

— Se você contar aos outros que todas as pessoas que eles conheciam, o nosso planeta inteiro, foi tudo destruído... Minha *mãe* não vai conseguir assimilar isso — adverte ela. — Ou Evan... Você se lembra como ele ficou abalado quando o avô dele sofreu aquele derrame e morreu durante a noite? Ele não vai conseguir agir como se nada tivesse mudado. Parece que seria muito mais seguro para todos nós se não disséssemos nada sobre... alienígenas, ou a Terra ser destruída, a ninguém.

Mamãe está franzindo a testa, mas papai suspira e diz:

— Ela tem razão.

Eu imagino nossos vizinhos falando sobre voltar para casa, para as pessoas de quem sentem falta, e sinto um comichão na pele. Mas já testemunhei com que rapidez até mesmo um plano bem elaborado pode acabar em tragédia. Não posso colocar todos em risco só para ficar com a minha consciência tranquila.

— Ok — concordo. — Então... Se vocês querem ajudar, acho que o melhor que podemos fazer a partir de agora é mostrar que *somos* fortes e capazes. Mãe, você poderia encorajar as pessoas a manter o corpo em forma. Um de vocês poderia sugerir à senhora Cavoy e ao senhor Patterson que aplicassem seus conhecimentos científicos na construção de coisas que poderemos usar, ou que testassem de forma mais sistemática os limites do espaço no qual estamos confinados. Vocês todos podem iniciar conversas com as pessoas sobre assuntos dos quais elas manjem muito, para que os kemyanos possam ouvir sobre isso. Estimulem debates intelectuais. Questionem o que está acontecendo e as possibilidades e desfechos mais prováveis — mostrem que podemos ser reflexivos e lógicos. E evitem qualquer coisa que nos faça parecer fracos. Mantenham-se calmos e ajudem qualquer um que ficar irritado a se acalmar. Esse tipo de coisa.

Mamãe levanta-se abruptamente antes de eu terminar de falar. Ela meneia a cabeça outra vez.

— Não sei. Eu me recuso a admitir que isso esteja mesmo acontecendo.

Papai se levanta também, tocando-lhe o ombro.

— Vamos nos dar algum tempo para pensar sobre isso — sugere ele.
— Podemos conversar depois, se precisarmos.

Ele olha para mim. Eu assinto.

— Contanto que estejamos aqui dentro. Basta inventar uma desculpa, e eu virei.

— Nós temos que... — murmura mamãe, e interrompe-se com um suspiro exasperado. Ela permite que papai a conduza para fora.

Deslizo para mais perto de Angela e ela se inclina contra mim.

— Acho que devemos começar a lavar essas roupas — diz ela, mas não faz movimento algum para começar. Ela respira profundamente e fecha os olhos bem apertado.

— Ang — eu digo com a voz embargada. Ela se vira para mim enquanto a envolvo nos meus braços, um soluço de choro explodindo de sua garganta.

Libertei-me do fardo de ser a única aqui a saber a verdade, jogando esse peso nos ombros das pessoas que mais importam para mim.

☆ ☆ ☆

Volto a fingir que estou medicada assim que saio do banheiro. É mais difícil agora. Ao longo do dia eu me pego na iminência de dar respostas muito elaboradas, de estar com o olhar muito alerta. Minha pele formiga quando penso naqueles olhos vigilantes que nos assistem.

Não sei se Win e os outros já conseguiram espalhar a notícia por toda a estação. Dezenas de milhares de kemyanos poderiam estar olhando para a exposição neste exato momento.

— Quer saber? — Angela disse ao senhor Patterson naquela primeira tarde, quase vulnerável em sua afetada animação —, você, a senhora Cavoy e a senhora Green deviam começar a nos dar aula novamente. Eu não quero acabar muito atrás de todo mundo quando sairmos daqui.

Reprimo um estremecimento pela mentira dela, mas o senhor Patterson balança a cabeça concordando e diz:

— Seria bom para todos nós mantermos nossa mente ativa. — Acho que todo mundo estava começando a ficar extremamente entediado, porque todos os jovens do ensino médio e até mesmo Ruth e Liora vieram acompanhar a aula quando ele começou a demonstrar algumas maneiras de comparar a composição de diferentes tipos de barras de ração, utilizando a nossa água da torneira e os cubos de sabão.

— Acho que conseguiria inventar um experimento de Física para nós tentarmos amanhã de manhã — diz a senhora Cavoy, parecendo tão entusiasmada com isso que me pergunto o quanto *ela* estava entediada. E depois do jantar todos se reúnem perto do parquinho para ouvir a senhora Green, professora de Literatura Inglesa, começar a contar um resumo de seu romance favorito, *Um Conto de Duas Cidades*, de memória, com direito a comentários. Não tenho certeza de quanto apreço os kemyanos terão por isso, dado os seus sentimentos em relação à arte, mas o tema me parece apropriado.

Na manhã seguinte, mamãe entra em seu modo personal trainer, conduzindo todos que estão dispostos a uma rotina de uma hora de alongamentos, abdominais, flexões, corrida e ginástica aeróbica.

— Não vamos ficar preguiçosos aqui — ela anuncia. Papai coloca suas habilidades de contador em uso, oferecendo aulas de matemática, embora estejamos reduzidos a riscar números na terra em um trecho do chão onde arrancamos um pouco da grama.

Não sei dizer até que ponto ele e a mamãe acreditam na minha história ou a aceitam como uma possibilidade com a qual terão de lidar porque, de qualquer forma, ficar física e mentalmente em forma é bom para nós. De vez em quando, mamãe vai até o papai, ou o papai até a mamãe, para um abraço ou um toque ou apenas para murmurar algumas palavras, mais vezes do que recordo eles fazendo antes. Pelo menos, eles têm um ao outro para compartilhar o fardo, caso estejam começando a aceitar os fatos.

Papai parece perceber os momentos em que eu mais preciso de conforto, dando um tapinha de leve nas minhas costas ou um aperto no meu ombro quando um dos outros começa a falar de casa. Nos primeiros dois dias, mamãe quase não fala comigo em meu falso estado de chapada e desvia rápido o olhar sem jeito quando a flagro olhando para mim — mas quando estamos escovando os dentes na segunda noite, ela se inclina para me dar um beijinho na nuca e diz:

— Se você precisar de alguma coisa, qualquer coisa, quero que você *me diga*. Eu vou providenciar para você.

— Claro — respondo, embora as coisas que mais preciso, não há a menor possibilidade de ela providenciar. — Eu vou dizer. — E ela relaxa um pouco.

A operação "mostrar os nossos pontos fortes" já se arrasta por cinco dias, quando Angela vem correndo de volta do mercado e diz:

— Há mais coisas!

Nós seis saímos da nossa casa e nos encontramos com vários dos outros enquanto nos dirigimos até lá. Dentro do mercado, os meus olhos se arregalam por um segundo antes que eu me lembre de controlar a minha reação. Camisas e calças novas em uma variedade de tamanhos e cores — o tecido é de fabricação kemyana — estão penduradas nos cabides. Alguns tipos novos de barras de ração foram colocados nas prateleiras, ao lado de uma seleção de bebidas em lata. Uma pilha de retângulos metálicos que se revelam telas sólidas do tamanho de tablets encontra-se no balcão à nossa disposição. Papai apanha uma delas e a liga com um toque no monitor, que percebo ser projetado para se parecer com os tablets que nós tínhamos na Terra.

— Jogos — anuncia ele, parecendo confuso. — E alguns vídeos e músicas.

Pronto, está feito. Kemya toda deve estar nos assistindo agora, e o Conselho nos forneceu suprimentos adicionais para tentar fingir que não estamos tão abandonados ali.

Espero que Win e os outros tenham feito a revelação com segurança.

Os tablets proporcionam distração suficiente para que durante algum tempo ninguém faça outra coisa senão reproduzir a mídia da Terra armazenada neles, como se pudéssemos ter um gostinho de casa por meio daquelas telas. Eu ajo como se também estivesse interessada, mas por dentro tenho que parar de prestar atenção. É muito doloroso ver fragmentos do mundo que eu sei que agora não passa de cinzas. Doloroso demais assistir todo mundo ali entretido pelos vídeos, sem saber a verdade.

Depois de um dia inteiro disso, fujo para fora, embora sair de casa não represente exatamente uma fuga, com todos aqueles olhares kemyanos pesando sobre mim. Sento-me na calçada e recosto-me contra um dos postes de luz, olhando para o céu enquanto desejo que me chegue uma mensagem. Aquele mesmo azul artificial de sempre me encara de volta.

Deixo os olhos se fecharem suavemente. Minha mente volta para aquela noite no mercado. Para os braços de Win em torno de mim, quentes e firmes. Sua respiração na minha bochecha. *Eu vou continuar lutando até que você tenha um lar de verdade aqui.*

— Está tudo bem, Skylar?

Meus olhos se abrem. O senhor Patterson está em pé ao meu lado, com uma expressão preocupada. Minhas costas se enrijecem. Para ele perguntar, depois do atordoamento em que estive mergulhada desde que chegamos aqui, eu devia parecer ainda mais fora do ar do que o habitual. Ou talvez apenas chateada. Afinal, eu deveria estar entorpecida.

— Claro — digo do meu jeito lesado fingido. — Apenas aproveitando o sol.

Ele olha para mim um pouco mais antes de continuar a caminhar. Percebo que entrelacei minhas mãos sobre o colo, acarinhando o dorso de uma delas com o polegar. Deixo os braços penderem para os lados. Levanto-me devagar e volto para dentro.

Ao longo dos próximos dois dias, aos poucos nós retomamos as palestras, experimentos e exercícios. Vagando pela exposição, tento enxergar os meus companheiros terráqueos através dos olhos dos kemyanos. O que será que eles acharam do senhor Patterson quando ele deu um jeito de acender uma chama com pedaços de um lápis que Cintia tinha em seu bolso quando foi abduzida? Da mamãe encorajando um grupo a escalar uma torre de contêineres de armazenamento empilhados?

Quase todo mundo está encarando o desafio com plena dedicação, mesmo sem compreender por que ele é importante. Mas somos capazes de fazer poucas coisas com os recursos limitados que nos foram fornecidos. De certa forma, duvido que os kemyanos vão levar isso em consideração. Eles só enxergarão como ainda são básicos a quase todos os nossos esforços.

Estou reprimindo a minha impaciência para conversar sobre isso com Angela, para ver se ela tem mais alguma ideia de outras coisas que poderíamos tentar, quando me sento no chão da sala de jantar com ela e Evan naquela noite, apenas parcialmente ligada na conversa deles. Evan tem o rosto pálido e os ombros curvados enquanto dá petelecos nos invólucros vazios da nossa refeição.

— Eu gostaria que houvesse alguma forma de poder fazê-los saber que ainda estamos vivos, e bem — diz ele, sem olhar para nenhuma de nós. — Fico imaginando como meus pais devem estar angustiados.

Angela cruza os olhos com os meus por um segundo antes de estender o braço para segurar a mão dele. É claro que Evan não estava preocupado consigo mesmo, e sim, pensando como as outras pessoas deveriam estar sendo afetadas por seu desaparecimento.

Eles não estão angustiados, penso. *Eles não estão sentindo ou fazendo coisa alguma.* O segredo, aquilo que estamos escondendo dele, faz o meu estômago se contrair violentamente. Não sei o que posso dizer que não vá ficar entalado na minha garganta.

— Nós vamos superar isso — conforta-o Angela, da mesma forma que eu disse a ela e a meus pais naquela primeira manhã. Ele sorri para ela sem convicção. Ela sorri de volta por apenas um instante antes de sua mandíbula se contrair.

— Eu preciso... Eu já volto — comunica ela de repente. Nós a encaramos enquanto ela se levanta de maneira desajeitada e se apressa em direção às escadas. Meu estômago dá um nó.

— Fico imaginando o que será que aconteceu... — digo devagar, enquanto me levanto.

— Eu não tive a intenção de deixá-la triste — Evan diz, parecendo ainda mais transtornado do que antes. — E-eu vou dar uma limpada nisso.

Ele cata os invólucros enquanto eu subo as escadas atrás de Angela. A porta do banheiro está fechada. Eu bato.

— Ang?

— Pode entrar.

Ela está de costas para mim quando abro a porta. Assim que a fecho, ela se vira, com as mãos sobre o rosto.

— Sinto muito — diz ela entre soluços de choro. — Eu sei que não posso deixá-los ver... Eu sei. Eu sei.

Eu a puxo para mim e ela deixa cair a cabeça no meu ombro. Sinto que vou desabar em lágrimas enquanto ela estremece contra mim.

E se for demais para ela, para os meus pais, continuar desse jeito? Talvez eu não devesse ter dito nem para eles.

8.

Win

Há nove portas entre a parada do transportador interno e o meu apartamento. Uma delas pertence à família de Celette. Infelizmente, ela está saindo justo quando estou deixando o transportador a caminho de casa depois do trabalho.

Seu olhar se fixa em mim de imediato.

— Win! — chama ela, enquanto vem na minha direção, com um sorriso que eu sei que é porque ela acha que eu deveria usar o meu nome completo. — Estou feliz por ter me encontrado com você. Alguns de nós vão às salas do Conselho amanhã, na décima segunda hora. Vamos *pressioná-los* para que nos deem mais informações. Você vai também, não vai?

De repente, fico duas vezes mais consciente das câmeras de vigilância no fim do corredor. Dou um sorrisinho amarelo.

Hoje faz quatro dias desde a declaração inicial do Conselho. Até agora, suas "investigações" não produziram conclusões que eles compartilhassem. As pessoas estão ficando impacientes.

Era isso o que eu queria. Queria que todos pressionassem o Conselho para dizer a verdade e pensassem sobre o que podemos fazer pelos terráqueos. Odeio como a pergunta de Celette me deixa desconfortável, e como tenho que responder.

— Vou ver se dá — falo, e ela empurra meu ombro.

— Ei, é importante para você, não é?, que eles tenham mentido para nós? Você costumava se preocupar com essas coisas. Será que todo esse treinamento de Viajante corrompeu a sua consciência?

Não, penso. *Fez com que eu me importasse demais, a ponto de não ser seguro mostrar quanto.* Lanço-lhe outro sorriso sem graça e digo:

— Não tem nada a ver com isso. É que... Eu não estou certo se o melhor a fazer é...

Seu sorriso se desvanece.

— Ah, deixa pra lá — diz ela, antes que eu possa decidir como terminar a frase. Ela avança a passos largos pelo corredor.

Mandou bem, Darwin.

Dentro do meu apartamento, Wyeth está com uma das transmissões da exposição passando na tela principal. Ele está encostado na parede, segurando uma lata de água com gás, enquanto assiste ao grupo de colegas de Skylar e o professor de química tomarem bebidas semelhantes e comer seu jantar de barra de ração.

— Eles vão ficar lá para sempre? — ele me pergunta quando me aproximo. — E quando chegarmos ao K2-8?

— Boa pergunta — respondo. — Imagino que o Conselho ainda esteja decidindo, embora eu espere que eles deixem o restante de nós dar a nossa opinião. — Faço uma pausa. Não há vigilância aqui. — O que *você* acha que deve acontecer com eles?

Wyeth franze a testa para a tela.

— Não tenho certeza. Eles não parecem muito felizes. É porque eles não foram trazidos da forma apropriada, certo? Os outros terráqueos do Departamento de Estudos da Terra não agem como se se importassem.

Mamãe deve ter ouvido pelo menos alguma coisa da nossa conversa, porque sai de seu quarto dizendo:

— O Conselho deveria deixar as pessoas entrarem para configurar o resto da exibição do jeito que era para ser. Isso ajudaria os novos terráqueos a se estabelecerem melhor.

Olho espantado para ela.

— É essa a sua posição? Eles devem simplesmente aprender a gostar da vida que estamos dando a eles lá dentro? — Não estou bem certo de como eu esperava que ela visse a situação, mas tinha esperança de que fosse algo melhor do que isso.

Ela crava os olhos em mim, sua expressão de tranquilidade vacilando.

— Para mim — diz ela, hesitante —, parece que eles ficariam mais confortáveis em um ambiente que fosse familiar...

Antes que ela possa terminar esse pensamento, papai irrompe do corredor.

— Estão fazendo um pronunciamento — comunica ele.

A tela já piscou, mudando da imagem da exposição para a de Nakalya nas câmaras do Conselho, seus outros membros rodeando sua silhueta altiva. Ele estende as mãos musculosas à sua frente. Eu me aproximo um pouco mais. No fim das contas, é provável que Celette não vá precisar organizar o seu protesto.

— Cidadãos kemyanos — declara nosso prefeito. — Ouvimos muitas das suas preocupações ao longo dos últimos dias. É nosso objetivo, como sempre, encontrar soluções nas quais todos os kemyanos possam ter confiança. Com respeito ao assunto do ataque à Terra, ainda estamos coletando dados.

Um suspiro exasperado me escapa. Papai me lança um olhar.

— Você acha que eles já sabem dos detalhes do que aconteceu.

Eu *sei* que eles sabem.

— Eu acho que teria sido impossível para alguém realizar uma operação desse porte sem que o Conselho não tivesse ciência — digo com cautela.

— Quietos — interrompe mamãe. — Não ficaremos sabendo de nada se não o ouvirmos.

— Em relação aos terráqueos recuperados pouco antes do ataque — Nakalya continua —, fizemos um planejamento que, acreditamos, resultará no máximo de conforto e segurança para todos. Como eles não parecem estar se ajustando às suas acomodações atuais, em vez disso nós lhes proporcionaremos maior liberdade. Várias famílias têm abordado o Conselho oferecendo-se para abrigá-los. Assim que os preparativos adequados forem feitos, nós iremos equipar os terráqueos com implantes para ajudá-los a relaxar em seu novo ambiente e colocá-los em famílias de acolhimento, com quem eles possam acessar uma área maior da estação.

Ele diz isso com tanta tranquilidade que chego a ficar entusiasmado por apenas um instante antes de absorver uma frase fundamental. *Equipar os terráqueos com implantes.*

— Isso parece generoso da parte deles — observa mamãe.

— Eles vão colocar *implantes* neles — digo com rispidez —, assim como fazem com os terráqueos de estimação. Eles ficarão com a mente embotada por causa da medicação.

Para o meu alívio, uma expressão de horror cruza o rosto dela.

— Oh — surpreende-se ela. — Eu não quis... Sim, você tem razão. Do modo como ele disse, pareceu... diferente.

Nakalya faz um gesto para concluir.

— Esperamos que vocês achem essa solução satisfatória e estamos à disposição para ouvi-los, para que possamos garantir que, de fato, ela seja.

Uma sensação terrível revira o meu estômago enquanto a tela pisca novamente, retornando às imagens que Wyeth estava assistindo. Essa é a solução deles. Depois de tudo que aconteceu, eu ainda esperava mais *deles*. O Conselho não poderia ter deixado mais claro: eles nunca vão aceitar de bom grado os terráqueos como nossos semelhantes.

Wyeth está olhando para mim e mamãe agora.

— Você acha que eles realmente vão fazer isso? — questiona ele.

— Seria uma tragédia! — indigna-se papai. — Essa medicação vai embotar toda a criatividade deles.

— A capacidade de inovação — mamãe diz, assentindo. — Você pode ver o quanto significa para eles, mesmo agora, serem capazes de resolver problemas em seu ambiente.

Minha voz engasga antes de eu conseguir falar.

— Que tal o quanto significa para eles tomarem as decisões mais básicas por conta própria? Que tal simplesmente serem capazes de se sentirem felizes ou tristes sobre o que está acontecendo com eles, em volta deles... — Ergo as mãos para o alto. — Eles não existem apenas para representar as partes da Terra que interessam a vocês. São *pessoas*.

— Eu acho que o Win tem razão — Wyeth diz, calmo, durante o choque silencioso que se segue, o que provavelmente me agradaria mais se meus pais não estivessem boquiabertos olhando para mim como se eu tivesse acabado de declarar que iria me inscrever para o serviço de explorador-coletor. É provável que eu *fosse* designado para o serviço de explorador-coletor se dissesse em público metade do que falei aqui. Meu corpo se enrijece, mas por dentro estou tremendo.

Apesar de todas as maneiras que amam a Terra e de todas as coisas que apreciam, isso ainda não é suficiente para que enxerguem os terráqueos como seres humanos.

— Win — diz mamãe. — É claro que é horrível também. Mas não há nenhuma...

Eu não quero ouvir isso.

— Veja lá, assista, e *olhe* e *escute* de verdade — digo, apontando para a imagem na tela. — Imagine se aqueles garotos fossem Wyeth e eu, e depois me diga o que não podemos fazer por eles.

Giro nos calcanhares, desejando cair fora daquele apartamento para ficar longe deles. Em vez disso, vou para o meu quarto e me atiro no beliche, apoiando a cabeça nas mãos.

O fato é que não é com eles, na verdade, que estou irritado. Estou desapontado que eles pensem dessa maneira, mas a raiva se deve a Nakalya — a Nakalya, seu Conselho e provavelmente também a Ibtep, por causa de seu plano inescrupuloso.

Se o que propuseram pareceu bom até mesmo para papai e mamãe, que pelo menos respeitavam *algumas* das qualidades dos terráqueos, isso significa que o plano deve ter parecido bom para praticamente todo mundo.

☆ ☆ ☆

Vasculho a rede noite adentro, e, como esperava, só encontro alguns comentários de gente protestando contra o plano do Conselho de transformar os terráqueos em animais de estimação. A maioria das discussões aceita a ideia como solução e apenas se concentra na logística: quanto tempo vai levar, quais famílias deverão ser contempladas...

No dia seguinte, depois que Wyeth e meus pais saíram para o café da manhã e eu estou esperando por uma conversa agendada com Isis, puxo o tablet do tamanho de um palmo que Jule enfiou na minha bolsa no outro dia. Ele contém apenas um arquivo, dois clipes de vídeo juntados com edição. Ambos são de Ibtep e Jule conversando em seu apartamento. Em um deles, os dois discutem detalhes da missão original de Jeanant, com Ibtep mencionando explicitamente sua intenção de desativar o gerador de campo temporal. No outro, ela dá sugestões de como sabotar as autoridades do Departamento de Viagens à Terra, que ela finge apoiar.

O material é, sem dúvida, incriminador — não apenas para Ibtep, como também para Jule. Dissera a ele no transportador que confiaria nele se ele me desse uma razão para isso. Ele deve esperar que isso seja motivo suficiente. Proteger Skylar e os outros terráqueos importa a ele o suficiente para que estivesse disposto a colocar a prova nas minhas mãos, para que eu pudesse optar por expor tanto ele quanto Ibtep se eu quisesse.

Eu não tenho certeza de quanta influência Ibtep pode ter sobre o Conselho, mas talvez haja alguma forma de podermos usar isso para deter o plano do Conselho — se é que é verdadeiro.

O comunicador no meu ouvido estala.

— Você está aí? — pergunta Isis.

— Claro — respondo. — Vocês viram o pronunciamento, né?

— Sim.

— Nós temos que fazer alguma coisa. Não podemos deixar que o Conselho os entregue como se fossem créditos de bônus. Ninguém mais se importa!

— Eu sei — diz Isis. — Nós estamos monitorando a rede. Odeio dizer isso, mas acho que os esforços de Skylar podem ter complicado as coisas para nós. Ela evitou que os terráqueos mostrassem muita fraqueza, mas isso parece ter convencido as pessoas de que medicá-los não vai fazê-los perder muita coisa. Que importância tem se as suas emoções são anestesiadas se pra começo de conversa eles não parecem ter muitas emoções?

— Isso é ridículo! — exaspero-me. — Eles estão obviamente... — eu paro. É óbvio para mim, porque estou disposto a ver isso. Para alguém que quer uma desculpa para não pensar mais nesse problema, talvez não seja.

— Então, devo dizer a ela para fazê-los agir de forma mais emocional agora. Mostrar o quanto significa para eles permanecerem juntos.

— Essa parece ser a melhor abordagem — concorda Isis. — Talvez pudessem enfatizar como é importante para eles se lembrarem da Terra e poderem conversar sobre isso também.

Sim.

— Nós podemos fazer isso parecer que apagar o planeta da mente deles é como destruí-lo de novo — digo num lampejo de inspiração. — Você já encontrou qualquer coisa que indique quanto tempo nós temos?

— Nada concreto, mas, pelo que tenho visto, acho que o Conselho pretende concluir isso dentro de uma semana.

— Uma semana — repito.

— Temos mais tempo do que isso — Isis me lembra. — Mesmo depois que colocarem os implantes neles, podemos ainda...

— Não — corto-a. — Você sabe como os terráqueos de estimação são tratados até pelas famílias mais conscientes. Se algum deles acabar indo parar em uma que seja ruim... — Estamos todos cientes de que há aqueles que se aproveitam do estado entorpecido de seu animal de estimação a portas fechadas, o que é ilegal, embora apenas em teoria.

— Eu sei — diz Isis. — Mas nós estamos pedindo a Kemya inteirinha que mude completamente suas atitudes em relação à Terra. Esse tipo de coisa leva tempo. Você não pode se deixar levar pela sua impaciência.

É uma crítica com a qual já estou acostumado, mas, desta vez, depois de assistir ao calmo pronunciamento de Nakalya, depois de ouvir a minha mãe chegar a uma conclusão sobre o que Skylar e seus companheiros merecem, vejo-me com dificuldade para aceitar isso.

— Posso sim — respondo malcriado —, porque não se trata de impaciência. Trata-se de reconhecer o que qualquer pessoa decente veria como uma necessidade. O que quer que tenhamos que fazer, seja lá o que tenhamos que arriscar, precisamos corrigir isso *agora*. A verdade é que, se nós todos tivéssemos sido um pouco mais "impacientes", teríamos deixado Kemya logo após Britta ser ferida e toda essa catástrofe poderia ter sido evitada. Eu não vou ficar aqui parado vendo essas pessoas serem transformadas em animais de estimação. Se vocês vão ou não continuar ajudando, aí é com vocês.

Há um momento de silêncio, preenchido apenas pelo palpitar do meu coração. Não sei o que vou fazer se ela cair fora agora, mas não me arrependo de uma palavra do que disse.

— Eu concordo com Win — fala uma voz alegre.

Não tinha percebido que Britta estava escutando. Apesar da tensão dentro de mim, sorrio. Quando perguntei antes, Isis dissera que Britta ainda estava se recuperando, mas a voz dela parece normal, cheia de vivacidade.

Isis limpa a garganta.

— Eu também — diz ela. — Nós vamos fazê-los enxergar, de uma forma ou de outra. Vou enviar um sinal para Skylar, para que você possa se encontrar com ela esta noite. E nós também estivemos compilando imagens da exposição, para montar outra apresentação enfatizando como os terráqueos são humanos. Poderemos usar isso também.

— Talvez eu tenha outra filmagem que também será útil — digo, e conto a Isis sobre o tablet de Jule. — Você conseguiria confirmar se é autêntica ou não?

— Se você puder mandar para mim — responde Isis. — Isso é interessante. Eu observei as atividades de Jule... Fiquei me perguntando se ele esteve trabalhando com Ibtep antes, criando esses atrasos em nosso trabalho para que ela pudesse ter mais tempo para convencer o Conselho de seu plano para a Terra, mas parece que ele parou de passar informações depois que Britta se machucou, conforme ele disse a Skylar. E isso foi antes de Ibtep sequer apresentar a sua proposta, não foi?

— Foi — confirmo. — Então, quer dizer que ele é uma pessoa horrível, mas não completamente detestável? Você acha que ele poderia querer nos ajudar de verdade? — Com toda certeza não me *sinto* confortável com o envolvimento dele, mas os meus sentimentos não importam se ele puder de fato estender nosso alcance.

— Deixe-me primeiro dar uma olhada na tal gravação que ele lhe passou — Isis diz, seca.

— Win pode largá-la no trajeto para o Departamento de Estudos da Terra — sugere Britta. — Eu fui designada para recolher as caixas de descarte de tecnologia no oitavo nível amanhã. Há uma delas a apenas alguns setores da entrada.

A voz de Isis fica abafada enquanto elas duas conversam entre si em seu apartamento.

— Eu não sei... Se você for apanhada com isso...

— Não vai ser difícil esconder, já que vou recolher um monte de outros aparelhos por aí.

— Quando combinamos...

— Que se dane o que combinamos — diz Britta. — A menos que você consiga pensar numa manobra diferente que não seja pelo menos dez vezes mais arriscada! Isso é moleza, Ice.

Eu não sei de que acordo elas estão falando, então, só aguardo. Isis suspira.

— Está certo.

— Eu tive outra ideia — digo antes de elas encerrarem a comunicação, e compartilho o que me ocorreu na sala de RV sobre os terráqueos nos ajudarem com a adaptação ao K2-8. — Vocês também poderiam compilar algumas imagens que reforçam essa ideia — concluo. — Se tem uma coisa que nós, kemyanos, não gostamos, é de desperdiçar algo que poderia ser bem aproveitado, não é?

Isis ri.

— É uma maneira de enxergar isso. Vamos pensar em alguma coisa.

Qualquer humor em mim desvanece quando retiro o comunicador do ouvido. Em poucos dias, temos que convencer a população inteira de Kemya a mudar por completo o modo como eles pensam sobre a Terra e as pessoas que viviam lá.

☆ ☆ ☆

Meus nervos estão à flor da pele enquanto perambulo pelos corredores um nível abaixo das exposições do Departamento de Estudos da Terra, mesmo que ninguém deva estar me observando agora. Britta combinou de hackear as imagens da vigilância, e Isis vai introduzir trechos em que eu não esteja aparecendo, dando-me cobertura enquanto ando pela estação. No entanto, as duas não conseguem dar conta de tudo. Um Executor à paisana ou uma patrulha que teve sua ronda redesignada poderia cruzar comigo, ou alguém do Departamento de Viagens à Terra me reconhecer.

Eu insiro o tablet de Jule no receptáculo indicado por Britta e me apresso em direção à apertada porta que conduz às passagens de manutenção das exposições. Lá dentro, hesito, tentando fazer menos barulho possível ao respirar, atento a qualquer movimentação na penumbra logo à frente.

A passagem cinzenta e estreita está vazia. Quando alcanço a encruzilhada principal, viro à esquerda, em direção às exposições mais recentes.

A plataforma elevatória para a exposição de Skylar é a última da fileira. Eu passo a chave de escaneamento adulterada de Isis sobre o painel de controle da plataforma elevatória e sua tela acende. Quando gesticulo para ela, o ar solidifica sob meus pés, empurrando-me para cima.

A plataforma elevatória me transporta até uma alcova pequena e escura, com seu próprio conjunto de controles. Eu instruo o painel que está à minha frente para que abra, e me esgueiro atrás do balcão do mercado.

Skylar está recostada contra o balcão. Assim como eu, ela se endireita, com aquele sorriso no rosto que sempre faz a minha pulsação acelerar não importa quantas vezes eu o veja.

— Você continua bem — ela diz, e me abraça. Por um longo momento, nada no universo existe, exceto a pressão de seus braços em volta de mim e a suavidade de sua pele no ponto onde sua têmpora roça a minha bochecha.

Ela se afasta, ainda sorrindo. Os estragos que o cativeiro está causando a ela são evidenciados pelo empalidecimento da pele, pelo afinamento do rosto, mas seus olhos castanhos continuam tão resolutos quanto na época em que a conheci. Ela não se deixou abater.

O afinamento do rosto, aliás, faz eu me lembrar. Puxo da minha bolsa de trabalho o pacote com o qual gastei alguns créditos extras e o entrego a ela, sorrindo quando seu rosto se ilumina.

— Não consigo nem acreditar que estou tão animada para comer comida kemyana — confessa ela, torcendo o canto da embalagem para aquecer a refeição que imita salsicha com torrada. — Mas muito obrigada mesmo.

— Até mesmo os kemyanos reconhecem que as nossas barras de ração são uma porcaria — admito. — Esse é um dos tipos que você mais gostava, não é?

— Sim — ela confirma. — É perfeito.

Ela engole o conteúdo com sofreguidão e eu estendo a mão para pegar a embalagem vazia, com a intenção de remover todas as provas. Seu rosto ganhou um pouco mais de cor. Gostaria de poder trazer para ela o salário de um mês inteiro em refeições, mas pelo menos pude lhe oferecer isso antes da má notícia que tenho para dar.

— O Conselho anunciou um novo plano — conto. — Eles decidiram que, como vocês não estão "felizes" aqui, todos ficarão em melhores condições se forem realocados como animais de estimação.

Skylar fica paralisada.

— Eles vão... E todo mundo está de acordo com isso?

— Nem *todo mundo* — corrijo-a. — Mas o suficiente. Você sabe como a maioria dos kemyanos pensa.

— Eu sei — diz ela. Ela empurra o cabelo para longe do rosto, um gesto que, agora reconheço, ela puxou de sua mãe. A sensação de estar sendo um espectador de sua vida por meio das imagens me causa um mal-estar.

— Assim que estivermos fora daqui, e drogados — Skylar continua —, o Conselho seria capaz de prosseguir com aqueles exames, ou outros testes, sem que ninguém realmente soubesse, não é? Você conseguiu descobrir o que é o Projeto Nuwa?

Eu não tinha pensado na situação até agora. Ela está certa. O Conselho poderia facilmente pedir para que os "donos" dos terráqueos os levassem para exames médicos regulares e então fazer o que quisessem. Será que foi por isso que eles escolheram essa solução?

— Britta e Isis não conseguiram descobrir muita coisa — explico. — Os resultados das buscas têm mostrado que o projeto já existe há muito tempo... Há décadas.

— Décadas? — pergunta Skylar. — Por que eles estariam mantendo em segredo um projeto sobre os terráqueos... Oh! — Seus olhos se arregalam.

— O que foi?

— Qual é a única coisa que "justifica" a forma como todos vocês nos tratam? — diz ela com súbito entusiasmo. — O que supostamente nos torna inferiores ao restante de vocês?

— Os experimentos na Terra — respondo, não entendendo direito aonde ela quer chegar. — A forma como os deslocamentos de tempo degradaram as ligações atômicas de tudo por lá, incluindo as pessoas.

— Isso mesmo — diz ela. — E se eles descobriram que não estamos tão "degradados" como eles presumiram... Ou que há alguma maneira de reverter isso? Talvez estando fora da Terra, já tenhamos começado a nos recuperar. Isso explicaria o segredo, não é?

A sugestão entra em conflito com cada fato que sei sobre os efeitos da manipulação do tempo, mas isso não significa que seja impossível. Há uma porção de "fatos" que aprendi a não tomar como certos.

— Se isso for verdade — raciocino —, e nós pudermos demonstrar isso, então seria inegável que devemos aceitá-los como iguais. Vou ver se Isis e Britta têm mais alguma carta na manga que podem usar para bisbilhotar os registros.

O entusiasmo na expressão de Skylar diminui.

— Eu acho que nós não temos muito tempo. O Conselho vai colocar logo em ação esse plano dos animais de estimação?

— Talvez tenhamos uma maneira de detê-lo por completo — digo a ela, e repito as ideias que Isis e eu discutimos sobre a emoção e a memória. — Eu sei que vai ser difícil equilibrar as coisas, continuar mostrando que vocês devem ser respeitados revelando, ao mesmo tempo, mais sensibilidade. Do nosso lado, vamos pressionar para que o público se solidarize com os terráqueos o máximo que pudermos. Nós não vamos deixar isso acontecer com vocês. E talvez a gente descubra algo sobre esse Projeto Nuwa a tempo de ele ser útil para nós.

— Está bem — diz Skylar. — Eu posso fazer meus pais e Angela convencerem os outros. — Ela respira fundo, e eu posso ver como ela está com medo. Não percebo que o medo pode ser mais do que por ela mesma e seus companheiros terráqueos até que ela acrescenta: — O que o Conselho fará com você, se descobrirem que ainda está contra eles?

— Não se preocupe com isso — eu a tranquilizo. Ela já tem muito com o que se preocupar.

— Só tem vocês três ainda...? Você, Isis e Britta?

— Odgan ajudou a retransmitir a gravação que revelou o que aconteceu na Terra através de Kemhar para camuflar a fonte. Tabzi entrou em contato com Isis faz pouco tempo, na surdina, para oferecer apoio, se precisasse. Emmer ficou na dele, e eu não sei o que Mako e Pavel pensam a respeito, já que nós os deixamos de fora na reta final. O único membro do grupo com o qual Ibtep ainda se associa é Jule.

Pela torção de dor na boca de Skylar, gostaria de não ter mencionado essa última informação. Ela inclina a cabeça.

— Claro — diz. — Acho que não é nenhuma surpresa *ele* tirar proveito da influência dela, não importa o que ela fez. Não posso acreditar que pude ser tão cega.

Eu não tenho certeza de que saber das verdadeiras razões para Jule associar-se com Ibtep a tranquilizariam, e ainda nem sei se a prova que ele compartilhou é válida. O que eu sei é:

— Skylar, você não foi...

— Fui sim. Eu deveria ter visto que tipo de cara ele era na verdade. Eu sei que você também achava isso.

Um sinal vibra, o alarme que programei no meu bracelete para me informar que era hora de me despedir. Só tenho mais alguns minutos da margem que Isis pensa ser segura para manter a imagem em looping, mas não posso abandonar Skylar desse jeito.

Só me ocorre uma coisa que poderia convencê-la — uma coisa que eu mesmo tentei esquecer. Mas tenho tentado falar um pouco mais a verdade, não é?

— Pra ser sincero, não achava — digo, apoiando-me contra o balcão ao lado dela, seu braço a apenas alguns centímetros de distância do meu. — Eu... Quando comecei o treinamento de Viajante, Jule já estava adiantado um semestre, mas eles misturam estudantes de vários níveis para que todos os calouros comecem a conhecer seus futuros colegas. Tivemos algumas aulas juntos; eu o via nas áreas comuns: aquele cara impetuoso que poderia fazer com que todos rissem e nunca parecia se perturbar com nada. — Faço uma pausa, meu rosto se aquecendo em reação a uma lembrança particularmente clara: sentando-me no fundo de uma ou outra sala de aula, naquela primeira semana em que eu não conhecia nada nem ninguém na turma, observando Jule inclinar a cabeça para trás com uma gargalhada pela resposta do instrutor a um desafio que ele havia feito. A curva suave e escura de sua garganta, o brilho de seus dentes. — Ele faz as pessoas sentirem que é gostoso ficar perto dele, como se a sua atenção fosse uma mercadoria especial. Eu *sei* disso. É fácil ser atraído por isso. Somente quando alguma coisa entra no caminho, tipo se há algo sobre você que significa que, quando você tenta chegar nele, ele prefira rir de você do que com você... Você viu isso acontecer bastante. Então, nesse caso, ele não parece tão legal. Isso não significa que eu não entenda por que outras pessoas o enxerguem de forma diferente.

Ocorre-me, então, que Skylar pode não ter lido nas entrelinhas, não apenas porque é de Jule que estou falando, mas porque ele é um homem. Pelo que me lembro, a comunidade dela na Terra era mais rigorosa em relação a limitar a atração entre os sexos do que os kemyanos tendem a ser. Apesar de que, pelo olhar surpreso que ela está me lançando, suspeito que ela tenha assimilado o bastante da cultura kemyana para concluir isso. Então, o canto de sua boca se eleva.

— Afinal, de quem você está com ciúme: dele, por ter ficado comigo, ou de mim, por ter ficado com ele? Ou dos dois?

Eu lhe lanço um olhar de soslaio.

— Quem disse que eu estava com ciúmes de alguém? — respondo, com uma entonação que combina com o tom suave dela, e ela cutuca meu ombro com o dela. Não que eu já não tivesse confessado uma pequena parte dos meus sentimentos por ela quando estávamos retornando para a Terra.

Ela não fazia ideia da proporção que isso assumiu, entretanto. Eu não queria que ela soubesse. Ela poderia pensar que era um desejo fugaz que agora tinha desaparecido.

Estou agindo como se fosse só isso mesmo ao tornar tudo uma brincadeira, não é mesmo?

Meu peito aperta. É hora de eu ir embora, mas não consigo aguentar continuar fingindo. Se pude contar a ela sobre Jule, eu deveria ser capaz de contar a ela sobre *ela*.

Eu me afasto do balcão, segurando-lhe a mão enquanto me viro para encará-la, entrelaçando os meus dedos nos dela.

— Já faz um bom tempo que meu único interesse por Jule não tem sido outro senão o de pôr um fim à sua encheção de saco — digo. — E talvez eu tenha ficado com ciúmes dele, mas, de certa forma, fico feliz que isso tenha acontecido. Porque quando você ficou com ele eu pude perceber... Eu ouvi minha mãe dizer, quando eu era mais jovem, que você só sabe que se preocupa com alguém do fundo do coração quando deseja a felicidade dessa pessoa acima do desejo de tê-la ao seu lado. Eu não entendia direito o que ela queria dizer, até você ficar com Jule.

Skylar não apenas está olhando para mim agora, mas me encarando profundamente, seus lábios entreabertos.

— Eu... — ela começa, e quando hesita, meu bracelete vibra de novo. Vão me pegar se eu ficar. Acabou o tempo.

— Tenho que ir — eu me despeço. — Vou tentar voltar em alguns dias para que você saiba o progresso que fizemos. Cuide-se.

Eu aperto a mão dela e a solto. Então, esgueiro-me de volta através da abertura, e o painel deslizante se fecha atrás de mim.

9.

Skylar

Saio do mercado num atordoamento que não preciso fingir. Percorro o caminho pontilhado de postes de luz e subo os degraus da frente da minha casa, mas, na minha cabeça, ainda estou parada ao lado do balcão, concentrada na voz grave de Win e o carinho transbordante em seus olhos. *Você só sabe que se preocupa com alguém do fundo do coração quando deseja a felicidade dessa pessoa acima do desejo de tê-la ao seu lado.*

Quando ele falou comigo depois que flagrou Jule e eu nos beijando, não tentou me convencer de que Jule era um cara safado. Ele não criticou minha escolha. Isso o incomodava, dava para ver, mas ele aceitou.

Na época, eu achava que ele tinha aceitado porque era apenas a minha amizade o que ele realmente queria, e eu lhe mostrei que ele não a tinha perdido. Mas ficou claro que era mais do que isso. Ele podia ver que Jule estava me fazendo feliz naquele momento. Eu era bastante importante para Win para que ele não tirasse isso de mim, não importava o quanto ele desejava que as coisas fossem diferentes.

Eu deveria ter dito alguma coisa — ele colocou tudo pra fora, e eu não lhe dei *nada* em troca. Paro no vestíbulo da casa, e levo a mão à boca.

Lembrando-me aquela única vez em que nos beijamos, uma eternidade e três meses atrás. A conversa que se sucedeu, quando ele admitiu que tinha sido mais uma experiência do que qualquer outra coisa, estragou o momento, mas, desde então, nós já percorremos um longo caminho juntos, nós dois. *Eu* quase o beijei na primeira viagem a Kemya — se eu não tivesse tido a impressão de que ele estava me rejeitando, poderia ter ficado com Win, em vez de ter ficado com Jule.

Talvez o problema todo tenha sido causado por eu tentar *dizer* alguma coisa. Se eu simplesmente houvesse tocado o seu rosto, aproximando-o um pouco mais...

No entanto, isso era tudo o que *ele* estava querendo? *Do fundo do seu coração.* Quando olho para o fundo do meu coração, sob o formigamento que percorre a minha pele, tudo o que sinto são os fragmentos pontiagudos do meu coração, partido pela traição de Jule e depois despedaçado pela perda de todo o meu mundo. Eles escavam o meu peito enquanto inspiro o ar parado e seco. Não sei se poderia montá-los para formar algo sequer próximo à devoção que Win expressou. Só de pensar nisso faz com que a dor se espalhe ainda mais profundamente.

Mesmo assim, há coisas que eu poderia ter dito a ele. Como isso, além das partículas de felicidade aqui e ali, a única verdadeira alegria que encontrei nas últimas semanas foram aqueles breves interlúdios com ele, quando pude me esquecer por completo de onde estávamos, fazer piadas como costumávamos fazer antes, elaborar nossos planos para um futuro melhor.

Vou falar isso para ele, quando ele voltar. Coisa que ele tem que fazer. A notícia que ele me trouxe me transtornou de tal forma que me provocou náuseas. O Conselho vai nos transformar em zumbis anestesiados e sem emoções, nos entregar para que sejamos usados e abusados. Eu reprimo um estremecimento ao me lembrar dos amigos de Jule me cutucando, me dando ordens, falando sobre me passar de mão em mão como se eu fosse uma boneca sexual viva.

Desta vez, aconteceria com todos os outros, exceto comigo. Se eles viessem nos buscar, provavelmente verificariam o meu implante e descobririam que eu estava fingindo. E aí...

Nós não podemos deixar chegar a esse ponto.

Quando alcanço o topo da escada e encontro mamãe do lado de fora da porta do seu quarto, eu me sobressalto. Parece que ela estava esperando por mim.

— Por que não vamos escovar os dentes? — ela diz com uma entonação estranha na voz. Eu balanço a cabeça concordando e me arrasto para o banheiro.

— Onde você estava? — mamãe quer saber, logo que fecha a porta. — Você estava se encontrando de novo com aquele... garoto alienígena?

— Sim — confirmo, dividida entre o alívio pela quase aceitação dela da ideia "alienígena" e a confusão. — Ele tinha algumas notícias que precisava me contar. Eu ia conversar com você, papai e Angela sobre isso amanhã.

— Por que você não nos contou que estava indo para lá? — questiona ela. — Quantas vezes já saiu de fininho assim antes?

— Esta é apenas a segunda vez que eu o vejo — respondo. — E eu não... Não é tão *fácil* contar as coisas para você. Se eu for arrastar você para o banheiro umas nove vezes por dia, as pessoas que estão nos assistindo vão perceber que algo está acontecendo. Não era algo assim tão urgente, que você precisasse saber.

— Acho que eu posso julgar melhor o que eu "preciso" saber — mamãe retruca, e pressiona a mão contra a testa. — É que simplesmente não me agrada a ideia de você ficar vagando aí pela noite sem falar nada.

— Eu estava bem, mãe — eu a tranquilizo. — Quero dizer, tão bem quanto estou em qualquer outro momento, aqui dentro. As pessoas com quem Win está trabalhando, elas têm dado um jeito para que ninguém saiba que nós estamos nos encontrando.

— Bem, talvez seu pai e eu devêssemos nos encontrar com ele também. Tenho muitas dúvidas sobre esta situação.

Certo, e *isso* não seria nem um pouco esquisito. Já posso até imaginar a mamãe — de forma bem brusca — e o papai — mais delicado — tentando extrair de Win uma prova de que o mundo no qual ele cresceu de fato existe. Além disso, Isis teria três pessoas cuja ausência na casa ela teria que encobrir.

— Nós nunca temos muito tempo — falo com sinceridade. — É mais eficaz se eu resolver as coisas com ele e então vir conversar com vocês depois. Se tiver alguma coisa que você queira que eu pergunte a ele...

— A questão não é essa — mamãe me interrompe. — O que estou querendo dizer é que você tem *17 anos*, e eu sou a sua mãe. Se alguém tiver que correr algum um risco negociando com essas pessoas, esse alguém deveria ser eu. Eu deveria estar tomando conta de você, mas não posso fazer isso se nem sei onde você *está*.

Sua voz falha quando ela desvia o olhar, e eu percebo que ela está a ponto de chorar.

— Mãe — digo, minha própria garganta apertada, mas não sei como consertar isso. Sou a única aqui com alguma capacidade de compreender com o que estamos lidando; sou eu que tenho que assumir a liderança.

— Nós nunca vamos saber o que aconteceu com o seu irmão — ela prossegue, segurando na borda da pia. — Se o que você disse sobre a Terra é verdade, então ele simplesmente...

Oh. Então, isso não é apenas sobre mim.

Eu não lhes contei o que descobri sobre Noam quando estava explicando antes sobre Win e as nossas primeiras Viagens pela Terra. Achei que já tinham coisa demais para assimilar. Não me dei conta de como o desaparecimento do meu irmão ainda podia estar corroendo a mamãe por dentro.

— Noam já havia partido, mamãe — falo. — Ele... Quando eu estava Viajando com o Win, logo no início, quis saber o que tinha acontecido com ele. Voltamos para o dia em que ele desapareceu. Ele não fugiu. Ele só estava tentando ajudar um amigo que tinha entrado numa fria, e um dos garotos com quem ele tinha se envolvido na encrenca levou uma arma para intimidá-los, e ele... atirou acidentalmente no Noam. — Isso ainda me faz engasgar, ao recordar aquela cena que assisti confinada pelos limites do 3T. Baixo a cabeça. — Eles estavam com medo do que aconteceria a eles se as pessoas descobrissem, então esconderam o corpo e decidiram não contar a mais ninguém. Foi terrível. Eu queria ver se poderíamos fazer algo, obter algum tipo de justiça para ele, antes que... A culpa não foi sua. E se algo acontecer a mim, não será por culpa sua também. Você está fazendo tudo o que está ao seu alcance para tomar conta de mim. Eu sei disso. Mas certas coisas eu tenho que fazer sozinha. É assim que as coisas acabaram sendo.

Os olhos da mamãe estão arregalados.

— Noam estava morto? Esse outro garoto...

— Sim — digo com calma.

— Oh, Noam — ela murmura. — Eu ainda tinha esperança... — O ruído que escapa de sua garganta está em algum lugar entre o riso e o choro. Ela balança a cabeça. — E você viu tudo isso. Você o viu.

Um tremor se apodera da minha voz.

— Eu queria ter lhe contado antes. É que tinha *tanta* coisa acontecendo...

— Oh, querida... — ela diz, e me puxa para os seus braços. Eu retribuo o abraço, lágrimas escorrem pelo meu rosto enquanto o pressiono contra o ombro dela. Talvez eu não a estivesse deixando tomar conta de mim tanto quanto ela poderia.

— Eu não tive a intenção de manter você afastada — explico. — Está bem?

— Eu sei — diz ela com a respiração trêmula. — Eu estive tentando não deixar que isso me incomodasse tanto. Eu... Eu sabia que você ia virar adulta, Sky. Eu só queria ver isso. Parece que tudo aconteceu enquanto eu não estava por perto.

— Eu não acho que já tenha terminado de virar adulta.

— Que bom! — diz ela. Ela se afasta ligeiramente, ajeita com a mão uma mecha do meu cabelo colocando-a atrás da orelha, e se força a me dar um sorriso, que sai vacilante. — Mas, sabe de uma coisa? Você está se saindo muito bem em virar adulta, viu?

☆ ☆ ☆

Mamãe parece mais relaxada comigo durante o café da manhã no dia seguinte, mas lembrando de sua angústia na noite anterior eu decido pular os detalhes sobre *por que* exatamente estamos mudando a nossa abordagem durante a conferência disfarçada de lavagem de roupas depois.

— Queremos que eles se sintam culpados, como se precisassem compensar o que perdemos — digo a ela, papai e Angela, enquanto nos revezamos ao lavar nossas novas roupas fabricadas em Kemya. — Eu estava pensando que poderíamos fazer uma espécie de memorial... Nos reunirmos e nos alternarmos para falar sobre as pessoas com as quais estamos preocupados, sobre as coisas para as quais queremos voltar. Vou precisar de vocês para organizar isso, já que eu mesma não posso. Digam que é para nos ajudar a expressar nossos medos e as coisas das quais sentimos falta, para tentar conquistar a solidariedade das pessoas que nos trouxeram para cá.

Angela permanece quando meus pais saem.

— Tem certeza de que isso é seguro para você? — ela pergunta, sua testa franzindo da forma como sempre faz quando está preocupada. — Que isso não vai parecer estranho, as três pessoas mais próximas de você surgirem com essa ideia, mesmo se não mencionarmos o fato e a Terra ter sido destruída? Eles nos forneceram suprimentos extras no mercado menos de uma semana atrás. Nós estamos chegando lá. Não precisamos pressionar para que as coisas andem mais rápido.

— Todos nós correremos mais risco se não tentarmos algo assim.

Ela franze a testa outra vez.

— Alguma coisa aconteceu, não é? Lá fora, na estação. Win falou disso pra você. O que nós já estamos fazendo não está funcionando?

Não posso mentir mais uma vez para a minha melhor amiga.

— É — admito, e conto a ela sobre o plano do Conselho e as estratégias que Win e eu estamos traçando para tentar neutralizá-lo. Angela morde o lábio quando termino de contar.

— Então, todos nós vamos ficar naquele estado que você estava antes. Você mal conseguia conversar! E eles vão me levar para longe da mamãe...

— É por isso que vamos impedi-los de continuarem com isso — digo. — Temos que correr esse risco. Enquanto continuarmos agindo como se pensássemos que ainda estamos na Terra, eles não devem ficar muito desconfiados.

— Eu só não quero que eles te machuquem — diz ela. — Já foi bastante assustador ver você lesada daquele jeito.

— Se nós não os detivermos, de qualquer forma eu vou acabar sendo ferida. E todos os outros também.

Sua boca se retorce.

— Eu sei que isso é uma coisa extremamente infantil de se dizer, mas não posso evitar. Não é *justo*!

Eu rio, e depois de um momento ela também ri, mas nenhuma de nós duas põe muita energia nisso.

— Não — concordo. — Com certeza não é.

☆ ☆ ☆

A injustiça da nossa situação me atinge ainda mais forte naquela noite, quando todos os vinte e três de nós se reúnem no terreno baldio onde duas semanas antes os agentes do Departamento de Saúde realizaram seus exames. Mamãe coloca no chão uma luminária que ela tirou da nossa parede da sala, e nós formamos uma espécie de círculo em volta dela.

Deixo o meu olhar vagar em torno do círculo. Daniel está de mãos dadas com Cintia, a cabeça dela apoiada no ombro dele. Isso é novidade. Cutuco os pedaços fraturados do meu coração para ver se obtenho alguma reação. Algumas semanas atrás na época deles, alguns meses na minha, teria sido atormentada pelo ciúme. Agora, ele é só mais um terráqueo que sobreviveu, que não tem nenhuma especial importância além dessa. Eu estive apaixonada por ele durante um ano... talvez mais do que isso? E o sentimento simplesmente não existe mais.

A senhora Cavoy fala sobre o marido, sobre como ela mal pode esperar para vê-lo de novo, sobre a melhor amiga, as crianças para as quais ela deveria estar dando aula, a escola na qual ela adora trabalhar. Quando termina, Angela se prontifica a falar, mencionando o seu pai, Lisa, seus lugares favoritos em nossa cidade. Então, um dos amigos de Daniel levanta a mão para que seja a sua vez. Em seguida, a senhora Sinclair. Um a um, eles se expressam, como que alimentando a luz com suas saudades. O painel ilumina cada rosto angustiado que se aproxima, e desaparece ao recuar do centro de volta ao círculo. Suas palavras me atravessam o peito, deixando apenas aquela mesma dor pungente do luto.

Sem a droga kemyana, não fico entorpecida, mas não posso fingir que sou a mesma garota que era antes. Naquele momento, na escuridão crescente, enquanto as pessoas falam sobre o mundo que não existe mais, não me sinto mais do que um amontoado de peças, com cantos que não se encaixam direito, formando a vaga aparência de uma pessoa.

Elas ainda nutrem tanta esperança de encontrar pessoas e coisas que nós perdemos para sempre! *Eu* estou deixando-as manter essa esperança. A culpa se acumula junto com a dor.

Pretendia ficar em silêncio, mas de repente não sobrou ninguém para falar e papai está gesticulando para mim, para que seja a minha vez. Respiro lenta e profundamente. Ninguém espera mesmo que eu seja eloquente em meu suposto torpor. Ninguém precisa saber que estou expressando não apenas aquilo de que sinto falta, mas também o luto.

— Lisa. Jasmin. Marie. A senhorita Vincent. Todo mundo na escola. Cannon Heights High. O parque. Praticar cross-country. A Michlin Street. Pie Of Your Dreams. Vintage Fleas. Todas as lojas. Todas as pessoas... a vovó e o vovô. Minha casa. Eu quero *de volta*.

A última sentença sai com mais ênfase do que eu pretendia dar. Uma onda de murmúrios ergue-se à minha volta. Papai pousa as mãos nos meus ombros. Inclino-me para trás contra ele, fechando os olhos. Quando os abro outra vez, percebo que Evan está me observando, franzindo as sobrancelhas.

☆ ☆ ☆

Estou lavando roupas na manhã seguinte quando alguém bate na porta do banheiro.

— Posso entrar? — pergunta Angela. — Está vestida?

— Pode entrar — respondo, enxugando o rosto com uma coberta que estamos usando como toalha. Quando levanto a cabeça, não é apenas ela que entra apressada, mas Evan também. Meu coração gela.

— Sinto muito — Angela diz antes que eu tenha tempo de decidir se tenho ou não que continuar com a minha atuação de dopada. — Eu não sabia mais o que fazer. Evan tem perguntas que eu não acho que iríamos querer que alguém ouvisse.

Angela olha para ele, e ele faz uma careta para ela antes de se virar para mim.

— Você está normal — diz ele.

Coloco de lado a coberta.

— Estou. Me desculpe... Eu tinha que continuar fingindo... É tão complicado. As pessoas que nos colocaram aqui, se descobrissem que eu estava melhor, poderiam fazer algo ainda pior.

Seu rosto se contorce como se sua expressão estivesse num meio-termo entre o alívio e a dor.

— Você contou para Angela, mas não contou para mim. Você realmente acha que eu não poderia guardar um segredo para você?

— Envolve muito mais do que isso — digo. — O que nós tivemos que manter em segredo é muita coisa.

— É, eu percebi — diz ele, sua postura ainda tensa e na defensiva. — Pela forma como você falou de casa ontem à noite... Isso me fez pensar. E o que você disse agora há pouco... Você sabe quem colocou a gente aqui? Como é possível? O que está acontecendo, Sky?

Quando Angela me dissuadiu de contar a ele, ela mencionou a morte inesperada de seu avô. É verdade, isso deixou Evan muito abalado. Mas a maneira como ele está falando agora me lembra mais a vez em que ele se levantou e, calmo, mas com firmeza, perguntou ao nosso professor de ciências da nona série se ele queria repensar a sua afirmação, quando o sujeito fez uma observação de escárnio mencionando meninas e inteligência, depois de eu ter-lhe feito uma pergunta que ele achou difícil responder.

Evan pode ser calado e sensível, mas eu não deveria ter me permitido pensar que ele é fraco. Nós duas somos as únicas pessoas neste lugar que ele conhece bem, e em vez de deixá-lo participar disso, tornando-o parte dos nossos planos e apoio mútuo, nós o deixamos às cegas, totalmente alheio aos fatos.

— O que eu vou contar vai ser difícil de ouvir — eu o previno.

— Tudo bem — ele diz. — Quero saber tudo.

Então eu lhe conto a versão resumida enquanto Angela fica "dançando" de ansiedade ao lado dele. Quando chego à parte da detonação, a minha garganta se fechando não importa quantas vezes sou confrontada com a verdade, a expressão concentrada de Evan vacila.

— Você realmente acredita que... — ele diz, e parece não conseguir terminar a frase.

— Eu *sei* — digo em voz baixa. — Eu estava lá.

Ele se senta no chão e pende a cabeça entre as mãos. Troco um olhar com Angela. Ela se ajoelha ao lado dele, colocando a mão suavemente sobre suas costas. Não tenho certeza se ele iria querer algum gesto vindo de mim neste momento.

Depois de alguns minutos, ele suspira de forma entrecortada.

— Quer dizer que meus pais, a minha irmã, Lisa, todos eles estão...

— Sim — murmuro.

— Se eu a tivesse levado comigo... A última coisa que eu disse para a Lisa, eu *menti* para ela... Disse a ela que tinha um ensaio e que precisava ir, para que ela não soubesse...

— Para que a gente pudesse escolher as fotos para o presente de aniversário de 1 ano que ela ia amar! — protestou Angela. — Não tinha como você ter levado ela junto com você para isso.

Eu me agacho diante dele.

— Você não fazia ideia. Não tinha como você saber o que ia acontecer.

— Por que eles pegaram a gente? — ele questiona. — Por que *não* Lisa ou qualquer outra pessoa?

— Eu não sei — admito. — Provavelmente eles foram apenas pegando algumas pessoas que acharam que eu conhecia, quem quer que pudessem encontrar o mais rápido possível. — *"Eu fiz o que pude."*

Se por acaso Evan não estivesse na casa de Angela, ele também teria sido consumido pelas chamas.

— E todos os outros... — Evan sacode a cabeça. — Meu pai costumava dizer, quando acontecia algum tipo de catástrofe, que "a população do Céu acabou de aumentar". Mas isso... Sete *bilhões* de pessoas...

— Foi por isso que nós não te contamos — explica Angela. — Já é difícil o bastante ficar preso aqui, quanto mais ficar pensando nisso também...

Então, ele olha para ela, antes de virar seus olhos vermelhos para mim.

— De quem foi essa ideia? De me deixar sem saber de nada do que estava acontecendo de verdade?

Angela faz menção de abrir a boca, mas eu me adianto.

— Foi minha — assumo. — Sinto muito.

— Uma hora ou outra eu ia ter que ficar sabendo mesmo — conclui ele. — Pelo menos, se vocês tivessem dito antes para mim, eu poderia ter passado as duas últimas semanas tentando entender como me sentir a respeito disso, e poderia ter *ajudado*.

— Você sabe que não pode contar para ninguém, certo? — quero me certificar. — Você não pode demonstrar ter conhecimento de nada disso. O segredo não teve a ver só com poupar seus sentimentos, tem a ver com...

— Se eu conseguiria manter a cabeça no lugar o suficiente para não estragar tudo... — completa ele. — Entendo. Vocês não precisam se preocupar. Mas eu... Eu preciso sair daqui e ir para qualquer outro lugar neste momento.

Ele sai pela porta do banheiro sem cruzar os olhos com Angela ou comigo novamente. Eu ouço a porta de seu quarto bater com força instantes depois.

— Você poderia ter dito para ele que fui eu — diz Angela. — Fui eu que disse que não deveríamos contar para ele.

— Não — respondo com um nó na garganta. — No fim das contas, a decisão foi minha. Eu me mantive em silêncio. Sou a única responsável.

— Ele não vai ficar com raiva — garante Angela. — Ele nunca fica.

— Mas aquele vinco na testa dela retornou.

Sou a única responsável... por todos os outros também. Cada pessoa neste lugar, com exceção da mamãe, do papai e da Angela — que escolhi deixar sem saber o que estava acontecendo de verdade, como Evan definiu.

Se não sobrevivermos a isso, será tudo culpa minha.

10.

Win

— Fizemos progressos — comento com Isis em mais uma conversa na oitava hora. — Essas mensagens de vídeo que Odgan conseguiu rastrear por meio de Kemhar mostram algumas pessoas se manifestando sobre o assunto.

— Mostram sim — diz ela com uma hesitação que é tudo menos reconfortante. — É bom ver as pessoas sugerindo que os terráqueos merecem mais respeito. Mas o Conselho até agora não se manifestou sobre a situação.

Eu tinha notado isso também. Quando Nakalya transmitiu uma mensagem ontem à noite, foi para tratar de um problema que Vishnu e seu pequeno grupo de defensores contra a mudança para o novo planeta criaram, barrando a entrada de funcionários do Departamento de Viagens à Terra nos escritórios da divisão até que os Executores dessem um fim ao protesto. "Nossa maior força tem sido a nossa unidade, nossa união para um objetivo comum", pronunciou Nakalya. "Nenhum kemyano deve tratar outro kemyano como inimigo."

Pena que ele não estenda essa generosidade a todos os *seres humanos*.

— Eles devem achar que podem ir em frente com o plano e qualquer dissidência será contida rapidamente — Isis acrescenta.

— A esta altura, é provável que seria — reconheço, fazendo uma careta. — Você e Britta descobriram algo mais sobre o Projeto Nuwa?

— Não. Sinto muito. Não existem informações em quaisquer das áreas da rede que temos conseguido alcançar. Onde quer que os dados sejam mantidos, eles devem ser protegidos da mesma forma que os registros financeiros.

— Deve haver algum lugar de onde possamos acessá-los.

— Se eu pudesse sair por aí testando terminais em departamentos para os quais eu nem sequer trabalho, conseguiria fazer isso — intervém Britta. — Acredite em mim, já tentei tudo que está à minha disposição.

— Então nós precisamos fazer com que as pessoas que concordam conosco entrem em ação — digo, pensando na transmissão tratando da questão de Vishnu. — Nós poderíamos fazer com que eles... se aglomerassem em torno dos escritórios do Conselho e se recusassem a sair até que o Conselho ouvisse as suas preocupações. Nakalya não pode ignorar *algo assim*.

— Se tivermos pessoas suficientes nos apoiando... — diz Isis. — Fazer comentários na rede é fácil. Agora, não sabemos quantas dessas pessoas que fazem comentários na rede vão realmente dar a cara a tapa e dizer: "Isto está errado", de uma maneira que o Conselho seja obrigado a escutar. Se o grupo for muito pequeno, eles vão simplesmente ser contidos em poucas horas, como aconteceu com os ativistas contra a mudança para o novo planeta. E se os indecisos virem isso, a probabilidade de aderirem à nossa causa será ainda menor.

Ela está certa.

— E nós perderemos as pessoas que já *estavam* dispostas a lutar por isso.

— Se tivermos apoio suficiente, há um alvo melhor — sugere Britta. — Eu vi a ordem de trabalho chegar ontem à noite à equipe... Uma equipe do Departamento de Tecnologia foi designada para iniciar a manutenção dos motores da estação amanhã. Bloqueamos isso, e o Conselho terá de prestar atenção. A mudança para o novo planeta é a última coisa que eles querem que atrase.

— Nós também não queremos atrapalhar a mudança — ressalta Isis.

— O que são alguns dias de atraso se isso ajudar Skylar e os outros?

— Você sabe que vai ser mais complicado do que isso. Você não devia...

— Eu não sou uma das pessoas designadas para lá — Britta a interrompe, parecendo um pouco exasperada. — Você não tem que se preocupar com isso.

Também não me agrada a ideia de atrasar a mudança para o novo planeta, mas nosso tempo está se esgotando.

— Nós devemos bloquear os motores — digo. — Mas ainda precisamos de muita gente nos apoiando. Quantos você acha que teriam de comparecer para que isso funcione, Isis?

— Esses salões da área de manutenção são bem apertados. Eu acho que... se tivéssemos pelo menos uma centena deles, eles poderiam fazer pressão por tempo suficiente para serem ouvidos.

— Uma centena — repito. É apenas uma pequena parcela da população de Kemya, mas parece enorme. No último ano, nosso grupo era formado por não mais do que dez elementos.

Se Vishnu conseguiu arrebanhar algumas dezenas de pessoas para a sua causa, talvez possamos ser capazes de reunir uma centena de kemyanos para lutar pelos direitos dos terráqueos, não é?

☆ ☆ ☆

É o meu dia de folga, mas não estou no clima para relaxar. Eu me dirijo ao centro de fitness, esperando que um pouco de exercício clareie os meus pensamentos e traga uma nova inspiração. Em vez disso, os tons pedantes da "música" para aquecer/tranquilizar me deixam ainda mais agitado. As pessoas ao meu redor, do meu setor e daqueles nas proximidades, são algumas das maiores defensoras dos terráqueos na estação, mas, espiando à minha volta enquanto nossos músculos são estimulados, não tenho noção a que ponto o comprometimento delas pode chegar.

Markhal está chegando no centro quando estou saindo.

— Win — chama ele, fazendo com que eu pare. Ele hesita, com uma intensidade no olhar que não é habitual. — Já faz um tempo desde que a gente saiu junto — diz ele. — Dá uma passada no meu apartamento na décima segunda hora?

Não estou com muita vontade de confraternizar, ainda mais com alguém cuja lealdade me suscita dúvidas. Por outro lado, se Markhal está envolvido com as artimanhas de Ibtep, ele pode deixar escapar informações úteis.

— Eu tenho um monte de coisas para fazer — respondo com cautela. — Mas posso dar uma passada lá.

Duas horas mais tarde, conforme prometido, caminho pelo corredor até o apartamento de sua família. Ele me oferece uma lata de água com gás, e nós nos sentamos em extremos opostos do banco de parede. É estranho pensar que eu costumava vir aqui à tarde, dia sim dia não — e nos dias em que não vinha, ele costumava ir ao meu apartamento. O lugar parece o mesmo com a sua combinação de cores azul e lilás e as tapeçarias toscas que sua mãe passara anos tecendo penduradas nas paredes, mas qualquer sensação de conforto que havia antes simplesmente desapareceu.

— Você tem assistido às transmissões da nova exposição do Departamento de Estudos da Terra? — pergunta Markhal.

— Não é o que todos estão fazendo?

— Acho que sim — ele concorda, e ri. — Tem sido... esclarecedor, você não acha?

Ele está tentando extrair de mim alguma espécie de comentário incriminador?

— O que você quer dizer?

— É que... — Ele desvia o olhar, tomando um gole de sua lata. — É diferente de assistir aos entretenimentos deles, ou os clipes de gravações. Eles são mais... reais. Como seres humanos de verdade.

— Mais como os próprios kemyanos são, é o que você está dizendo? — pergunto, mantendo meu tom neutro.

— Talvez. Isso não deveria ser tão controverso, não é? Eles *foram* kemyanos, muito tempo atrás.

Ele respira fundo, e de repente registro a sua linguagem corporal. Seus ombros largos estão ligeiramente curvados, o dedo indicador tamborilando na lateral da lata. Ele está nervoso — e esse nervosismo tem a ver comigo.

Isso não é um truque para me desmascarar. Ele está se expondo, tentando descobrir o quanto pode confiar em mim. Ele sabe onde eu trabalho e como me distanciei de pessoas como Celette.

Uma risada ameaça escapar de mim, mas fica presa na garganta. Tenho feito um trabalho tão bom em manter discreta a *minha* lealdade que estão tentando me recrutar para a causa que eu próprio estou liderando.

Eu sou uma daquelas pessoas que não vão se levantar e dizer: "Isto está errado".

Minha mão envolve com mais firmeza a bebida. Posso revelar um pouquinho na relativa privacidade que temos aqui.

— Foram, sim — reconheço, e os ombros de Markhal vão se relaxando aos poucos, o que faz com que eu me sinta um completo otário pela forma como estava me comportando há poucos instantes, na defensiva e desconfiado. Ainda assim, não posso deixar de perguntar: — Você já conversou com Ovni sobre isso?

Markhal franze o cenho à menção de seu namorado.

— Já faz um tempo que não nos falamos mais — resmunga.

Suponho que ele tenha ignorado os comentários contra a Terra até uma hora em que não aguentou mais.

— Sinto muito — digo —, mas ele era meio metido a valentão.

— Quer saber, ele era mesmo — Markhal concorda, e nós dois rimos. Esta é uma oportunidade, percebo. Markhal é um canal para as pessoas que queremos alcançar.

— Parece que tem muita discussão agora sobre os terráqueos na rede — observo. — Bom saber.

Ele balança a cabeça, assentindo.

— Eu não tinha certeza se você...

Eu aceno, afastando a sua preocupação.

— É complicado, trabalhando onde trabalho.

Se ele conhecer outros que se sentem da mesma maneira, como podemos confirmar o seu comprometimento? Talvez eu devesse estar me perguntando que limite *eu* estaria com medo de atravessar. Meus pensamentos se desviam para um esforço menor em favor da Terra do qual me recusei a participar: as petições dos meus pais. Papai e alguns de seus amigos artistas tentavam angariar apoio a cada dois anos para a expressão artística kemyana com uma lista de nomes. Eles nunca conseguiram coisa alguma com isso, o que não significa que a estratégia básica seja ruim.

— Eu ouvi alguma coisa — jogo a isca. — Aquelas pessoas que montaram as filmagens do ataque à Terra estão planejando fazer algo novo, e querem saber quem está do lado delas pra valer. Vai haver uma lista na rede na qual aqueles que desejam declarar publicamente o seu apoio aos terráqueos possam adicionar o seu nome. Embora eu imagine que nem chegarão a iniciá-la, se as pessoas não estiverem comprometidas.

Markhal não pergunta de onde ouvi isso. Sua expressão já se tornou pensativa.

— Nós *precisamos* de algo assim — ele murmura, enquanto ergue a lata mais uma vez.

☆ ☆ ☆

Não demora muito. Acordo no dia seguinte me deparando com um bafafá na rede sobre um "registro" disponível a qualquer kemyano que deseje manifestar oficialmente sua preocupação com os terráqueos sem-teto. Quando verifico mais detalhes, a lista já conta com mais de mil assinaturas. Eu suspiro de alívio.

Precisávamos de uma centena de nomes, e temos mil.

Estou sorrindo quando saio do meu quarto e encontro os meus pais parados na frente da tela que partilhamos em comum.

— Essas medidas são severas — mamãe está dizendo. — Isso é mesmo justo com o Conselho?

— Eles *ainda* não nos informaram quem ordenou que aquela bomba fosse lançada na Terra — papai ressalta, transitando pelas informações no monitor. — Eles decidiram como lidar com os terráqueos sem antes obter uma resposta do público a respeito da ideia. Acho que é hora de um pouco de insubordinação.

— O que está acontecendo? — pergunto.

— Há um grupo de aliados da Terra que está se organizando — mamãe esclarece, olhando para mim. — Alguém lançou na rede uma convocação para se reunirem do lado de fora das salas dos motores da estação para bloquear a equipe de manutenção até que o Conselho reconsidere o seu plano de realocar os terráqueos como animais de estimação.

Isis e Britta agiram rápido. Eu me reprimo antes que o meu sorriso se alargue.

— Algumas centenas de pessoas, pelo menos, já estão indo para lá — papai diz com entusiasmo.

— O quê? — diz Wyeth. Ele saiu do quarto atrás de mim, esfregando os olhos, forçando-se a despertar. — Vocês acham que vai funcionar?

— Os terráqueos conseguiram um monte de mudanças por meio de protestos públicos — papai pondera. — Não precisava que um planeta inteiro fosse destruído para que nos ocorresse fazer o mesmo. — Ele se vira para a mamãe. — Temos que ir. Quero ver com os próprios olhos o que está acontecendo.

— Você vai protestar a favor dos terráqueos? — pergunta Wyeth.

Sinto um frio no estômago quando papai diz:

— Sim, acho que deveríamos fazer isso.

A testa de mamãe está franzida.

— Tem certeza de que é uma coisa inteligente a fazer? O Conselho não vai ficar satisfeito com isso.

Apesar da minha inquietação, o comentário me irrita. Então, papai diz exatamente o que eu quero dizer:

— Se nos preocupamos com a Terra, deveríamos estar dispostos a correr o risco de demonstrar um pouco de "descontentamento" para proteger os únicos terráqueos que restaram.

Ele olha para mim como se buscasse a minha aprovação — ou o meu perdão. Nós mal nos falamos desde que perdi a cabeça com eles no outro dia. Ressuscito o meu sorriso, tentando mostrar a gratidão que honestamente sinto sob a onda de culpa.

Isso é culpa minha. Eu os forcei a repensarem a sua posição. Eu queria vê-los defender a Terra não apenas porque isso atende aos seus próprios interesses, mas porque perceberam que os terráqueos merecem o seu apoio. Não parei para considerar que poderia significar vê-los correr direto para o perigo. Nós não sabemos como os Executores vão lidar com o bloqueio.

— *Eu* quero ir! — declara Wyeth. — Mais importante do que ir para a aula com certeza é.

— Não! — falo logo de cara.

— Lógico que não! — mamãe diz, enquanto Wyeth olha para mim. — Você não vai perder aula, e eu não quero que você receba do Departamento de Segurança uma observação em seu arquivo antes mesmo de procurar seu primeiro emprego.

— Mas — Wyeth começa, e eu seguro seu ombro.

— Ela está certa — digo a ele. — Você vai conseguir acompanhar o que está acontecendo nas transmissões de notícias.

— E também ouvir de nós — acrescenta a mamãe. — Seu pai também tem razão. Um ideal não tem significado algum se não estivermos dispostos a lutar por ele.

Um outro "não" sobe pela minha garganta, ameaçando se libertar. Eu não quero que eles fiquem no meio disso.

No entanto, que mensagem eu estaria passando a eles se os incentivasse a dar para trás nessa questão? Seja qual for o progresso que eu tenha feito para fazê-los enxergar os terráqueos como pessoas, ele ainda é frágil. Qualquer palavra minha poderia desfazer esse progresso com muita facilidade.

Enquanto papai calça os sapatos, mamãe olha para mim com expectativa. É claro que eles presumem que estou indo com eles. O que vou dizer? Que chegar ao trabalho no horário é mais importante para mim do que lutar pelos *meus* ideais?

Isso é o que irei dizer, se pular fora. E não irei dizer isso apenas para a minha família, mas também para Markhal, se ele procurar por mim no meio da multidão, para Celette e Ilone e qualquer um dos nossos outros amigos que possam participar, para todos que me virem no trabalho. Será esta a minha declaração oficial: não valia a pena para mim protestar em nome da Terra? Eu venho fingindo tão bem que poderia muito bem ser verdade.

Eu dei a Isis e Britta a ideia de convocar um protesto. Dei um empurrão a Markhal nesse sentido. Se alguém tem que enfrentar as consequências, esse alguém *deveria* ser eu, não os meus pais, os meus amigos, ou os estranhos que já declararam o seu apoio sem saberem quem está por trás disso.

— Vamos pra lá — ouço-me dizer antes de estar ciente por completo de ter tomado a decisão.

Minha pulsação bate acelerada enquanto saímos porta afora. Se Ibtep ou qualquer outra pessoa vier me questionar, posso dizer que fui tentar falar com meus pais para convencê-los a não se envolverem com aquilo. Ela pode não acreditar nisso, mas, bem, nenhuma ameaça dela é pior do que aquilo que Skylar e os outros estão enfrentando.

Minha convicção não me impede de ficar preocupado enquanto o transportador nos conduz para o centro da estação. Os olhos do meu pai estão brilhando de expectativa, mas minha mãe está tensa, com uma expressão aflita. Só por estarem aqui, eles já estão provando serem muito mais corajosos do que eu acreditava.

— Me desculpe por ter perdido a paciência com vocês antes — digo a eles.

— Você não tem que se desculpar por nada — papai diz, enfático. — Você deve ter liberdade para falar conosco aquilo que está pensando.

Então, o transportador para. O burburinho de vozes no corredor à frente penetra as paredes do transportador antes mesmo de as portas se abrirem. Assim que saímos, podemos ver uma aglomeração algumas portas adiante até onde consigo distinguir. Mal há espaço para duas pessoas ficarem lado a lado entre as paredes cinzentas e sem graça. Sob a fraca iluminação de luzes configuradas para brilhar com metade de sua intensidade, o mar de cabeças que sobem e descem se agita como as trepidantes correntes dos rios que vi na Terra, antes que fossem extintos pela explosão.

Dois trabalhadores da manutenção estão em frente à multidão.

— Vocês não têm trabalhos a fazer? — um deles grita, o rosto vermelho de frustração.

Ninguém responde diretamente a ele. Os manifestantes estão entoando:

— Quando os terráqueos estiverem aqui fora, nós iremos embora! Quando os terráqueos estiverem aqui fora, nós iremos embora! — Algumas pessoas estão começando a escalar os ombros umas das outras, encostando-se nas paredes para se equilibrarem. Eu avisto o rosto sardento de Vishnu lá longe no corredor, içado acima dos outros. — Eles não podem nos obrigar a deixar o nosso lar — ele grita em um amplificador. — Eles não podem nos mandar embora!

Cerro os dentes. O objetivo não era transformar isso num palanque para a sua resistência.

Papai já está se espremendo entre os trabalhadores para se juntar à multidão. Eu o sigo, mamãe arrastando-se de forma hesitante atrás de mim. Algumas pessoas mais chegam para se juntar a nós em nossa extremidade da multidão quando quatro Executores emergem da cápsula do transportador, as mãos descansando em seus cintos, próximas às suas armas.

— Vão para casa! — um deles ordena aos funcionários da manutenção. — Vocês serão avisados quando o acesso estiver liberado.

— Isto é uma interrupção do trabalho programado — outro dos Executores vocifera para a multidão por meio de um amplificador. — Se vocês forem embora agora, não haverá punições. Andem em nossa direção, e nós os ajudaremos a entrar nos transportadores internos.

Deve haver pessoas na aglomeração que aceitariam essa oferta, mas apenas aqueles que estão próximos às bordas têm algum espaço para se mover, e a adesão está crescendo de forma acelerada.

— Quando os terráqueos estiverem aqui fora, nós iremos embora! — O coro aumenta, papai agora acrescentando a ele sua própria voz. Vejo uma contração muscular do braço do Executor, e a jovem entre mim e eles vai ao chão.

O Executor atira no homem ao lado dela, e no garoto atrás dele, com disparos entorpecedores em suas cabeças. Eu me preparo para proteger os meus pais, caso seja necessário. Uma onda de tensão eleva-se no meio da multidão, as vozes em pânico misturando-se às palavras de ordem entoadas.

No entanto, o Executor recuou. Ele se inclina em conjunto com seus colegas, conferenciando entre si, e eu entendo qual é o dilema deles. Eles não podem nocautear todo mundo. Mal há espaço para caminhar em torno dos corpos das pessoas que já estão caídas. A multidão parece perceber a mesma coisa, e uma animação predomina sobre os fracos protestos.

As palavras de ordem percorrem de novo a multidão, todas aquelas centenas de kemyanos lutando pelo que resta da Terra, e de repente eu já não me importo mais com o que as câmeras de vigilância possam filmar.

— Quando os terráqueos estiverem aqui fora, nós iremos embora! — eu grito junto com eles.

☆ ☆ ☆

Quando Isis entra em contato comigo no dia seguinte, o bloqueio ainda perdura.

— Você foi preso? — pergunta ela. — Britta viu o registro.

Em vez de atirar nas pessoas, os Executores decidiram detê-las ontem, e, como eu estava numa das extremidades, fui um dos primeiros.

— Acho que correu tudo bem — tranquilizo-a. — Tudo o que eles fizeram foi me colocar sentado num banquinho e me perguntar por que eu estava lá. Eu disse a eles que estava preocupado com a segurança dos meus pais. Em seguida, eles me liberaram. — As imagens da vigilância vão mostrar que eu não resisti à prisão, e tecnicamente não é ilegal ficar de pé num corredor. Eles devem ter acreditado na minha história.

— Os Executores cessaram as detenções — conta ela. — Mais pessoas foram aparecendo conforme outras eram levadas embora, ou ficavam cansadas ou com fome. O Departamento de Segurança deve ter resolvido que não valia a pena o esforço, que o melhor a fazer era esperar para ver o que dava aquilo. Enquanto isso, vou usar essa sua lista para ver se alguém entre os nomes ali pode acessar informações sobre o Projeto Nuwa através de seus próprios canais.

Sabendo disso, estou de bom humor quando chego ao trabalho. Sento-me no terminal programado para mim e aceno para a tela. Minha mão se afasta rápido à visão da mensagem que aparece nela.

— Viajante Darwin Nikola-Audrey Pirios, reavaliação de posição: dez anos na equipe de desmontagem da estação, contados a partir da chegada ao K2-8.

Eu gelo quando a leio de novo. Sabia que Ibtep falava sério ao fazer a ameaça. Sabia que, se me juntasse ao bloqueio, poderia acabar acontecendo isso. Eu só não estava preparado ainda.

Ela me deu dez anos, quando disse que o processo deve durar, pelo menos, trinta. A engenhosidade aí é nauseante. Ela não está "gastando" toda a punição logo de cara, para eu ainda ter algo a perder e não resolver chutar o balde logo de uma vez. Assim, ela acha que me controla: se eu não andar na linha, ela pode acrescentar mais anos.

O monitor me lembra de começar o meu trabalho. Fecho os olhos, respiro fundo e o abro novamente. Então, busco os arquivos de que necessito.

Consigo deixar a punição em segundo plano na minha cabeça quando uma solicitação aparece pouco antes do almoço, convocando-me para uma das salas de reunião. Ibtep está vindo para tripudiar? Eu me arrasto para fora do banco e em direção ao corredor.

Não é Ibtep que está esperando por mim na sala com capacidade para quatro pessoas, mas Jule. Eu me detenho próximo à porta, já dentro da sala, meu corpo tenso.

— Você verificou o que eu te dei? — ele pergunta.

— Verifiquei. — Isis confirmou que suas gravações eram autênticas.

Ele apoia um ombro contra a parede.

— Eu não me comportei de maneira correta em nossa conversa anterior — reconhece ele.

— Isso seria um eufemismo — observo. Não estou nem um pouco a fim de saber do seu emaranhado de intenções no momento. — Por que estamos conversando? Você está ciente de que Ibtep tem me monitorado, não é? Ela vai saber que você me chamou aqui. — As salas de reunião são privativas, mas é evidente que tudo o que importa é o que Ibtep *pensa* que está acontecendo.

— Ela soube antes mesmo de eu te chamar — Jule diz com um débil sorriso. — Eu disse a ela que estava preocupado com o adiamento da mudança para o planeta e que pensei que poderia recuperar a sua confiança o suficiente para descobrir o quanto você estava envolvido no bloqueio.

— E ela acreditou nisso?

Ele dá de ombros.

— Ela acreditou que eu ia tentar. Não tenho certeza se acreditou que algum dia você já confiou de fato em mim.

— Bem, eu não vou testar o quanto posso confiar em você dizendo-lhe alguma coisa, se é isso que você estava esperando — esclareço.

— Não — diz ele. — Falei a sério aquilo que disse antes. Eu *quero* ajudar... Não era isso que eu queria que acontecesse... Com os terráqueos, com Skylar.

Acredito nisso. Ele pode ter colocado seus próprios interesses acima dos dela, e dos nossos, mas isso está bem longe de esperar que ela pudesse ser ferida.

— Vamos supor que eu pudesse usar a sua ajuda: que tipo de ajuda você está oferecendo?

— O Conselho está discutindo opções para combater o bloqueio — conta Jule. — Eu tenho ouvido Ibtep falar sobre isso com eles. Talvez consiga descobrir o que eles decidiram a tempo de vocês se prepararem.

"Talvez" não nos leva muito longe. Ocorre-me, porém, que há outras informações às quais Ibtep deve ter acesso que muito nos interessam. Acho difícil acreditar que ela não esteja envolvida com o tal do Projeto Nuwa.

— Você acha que conseguiria uma oportunidade de usar o terminal do escritório dela? — pergunto.

Jule inclina a cabeça, considerando a questão.

— Ela é muito cautelosa comigo, mas imagino que eu poderia encontrar um meio de fazer isso acontecer. Mas se vou arriscar o meu pescoço desse jeito, tem uma coisa que vou precisar antes.

11.

Skylar

O próximo sinal de Isis chega cinco dias após o anterior. Estive esperando por isso, na dúvida se deveria aguardar por ele tão cedo, apesar do que Win me disse. Ninguém ainda veio aqui para nos levar à força como animais de estimação. Isso significa que a nossa estratégia funcionou? Ou Win está vindo me avisar que está prestes a acontecer, para organizar alguma ação de última hora?

Sentada no balcão do mercado, fecho e abro os dedos em torno da borda. Ainda não sei o que vou dizer a ele sobre os sentimentos que confessou para mim da última vez. Imagino que vá descobrir quando o vir.

Fico esperando por mais ou menos cinco minutos, quando se abre uma fresta na parede. A abertura se alarga enquanto o painel desliza para o lado com um sussurro, e eu começo a sorrir.

Meu corpo reage primeiro. Estou descendo do balcão, com a emoção vibrando em meu peito, quando conscientemente registro que a figura que se esgueira pela abertura tem o cabelo muito curto e enrolado, os ombros muito largos, a pele muito escura. Eu já tinha recuado três passos antes de Jule parar diante de mim.

Ele me olha e eu olho para ele. Vê-lo faz todas as lembranças me tomarem de assalto. Não consigo respirar. O fantasma da sensação daquelas mãos, daqueles lábios, percorre a minha pele. Eu havia pensado que o tempo havia silenciado aquela dor, mas aparentemente isso não aconteceu. Pelo jeito, ela estava só enterrada, até agora, debaixo da tragédia maior.

Sinto vontade de esfregar com força a minha pele para arrancar de lá a lembrança dessa sensação. Ele não merece nenhum espaço em minha memória depois da maneira como traiu a todos nós.

O que ele está fazendo aqui, afinal? Dou outro passo para trás.

— Eu precisava ver você — diz ele, com aquela voz grave familiar, e, em seguida, Win aparece logo atrás dele.

— Seu filho da mãe... — Win diz, rude. Seu olhar desliza de Jule para mim e sua boca se retorce. Ele se aproxima por trás de Jule, plantando uma mão em seu ombro como que para puxá-lo pra trás. Mas ele não o puxa, apenas o mantém ali.

— A gente combinou que eu iria entrar primeiro e ver se ela não tinha nada contra a ideia — diz ele com uma entonação que nunca o ouvi utilizar antes, a postura rígida. Pisco com um sobressalto que me tira do meu estado de perplexidade. Pensei ter visto uma mudança em Win quando ele me encontrou aqui da primeira vez, mas isso que estou presenciando não é somente um pouco de firmeza extra. Há uma séria determinação nele.

Jule deve tê-la ouvido também. Pela primeira vez, seu olhar se afasta de mim.

— Ela teria dito não — argumenta ele. — Eu só preciso de uma chance...

— Não — Win o interrompe, tão tranquilo e controlado quanto antes. — Ou você fazia o que nós tínhamos combinado ou então caia fora.

Não consigo ver o rosto de Win, mas, seja qual for a cara que está fazendo, a expressão de Jule vacila.

— Tá bom — ele resmunga, e gira sobre os calcanhares.

— Espere! — intervenho. — O que está acontecendo? Que negócio é esse que vocês combinaram? — Pelo que Win me disse, Jule está trabalhando com Ibtep. Será que *ela* descobriu o que está acontecendo aqui?

Os olhos de Win já se suavizaram quando ele se vira para mim.

— Sinto muito — diz ele. — Não era para ser desse jeito. Jule descobriu que você não estava mais medicada e decidiu que vai nos ajudar... Ele nos deu prova disso. Conseguiu introduzir um código que deu acesso a Britta ao computador particular de Ibtep, para que ela possa verificar se há alguma informação sobre... você sabe.

"Nuwa", suponho. Então quer dizer que elas não têm conseguido desencavar nada sozinhas.

— Nós concordamos que, se ele nos franqueasse o acesso ao terminal de Ibtep, eu ia perguntar se você *pensaria na possibilidade* de vê-lo. — Ele desvia o olhar de volta para Jule.

Jule está hesitante, próximo ao balcão, olhando para Win e depois para mim. Estou pasma pelo contraste, comparando este momento com todas aquelas vezes que vi os dois discutindo antes. Jule costumava ser aquele que alfinetava friamente Win até provocar nele um revide. Confrontado com a mesma confiança jogada de volta para ele, parece mais inseguro do que Win jamais foi.

Por que não estaria? Win sempre teve os princípios, a convicção. Jule apenas fez uso de uma boa fachada para encobrir as alianças entre as quais estava alternando.

A dor dentro de mim começa a amenizar. O cara com quem eu ria e dei uns amassos e que comecei a pensar que poderia estar amando, não era esse. Era apenas uma invenção da minha imaginação. *Esse* cara, o Jule de verdade, eu mal conheço.

Nós também podemos superar isso. Posso lidar com isso, e depois estará tudo acabado de uma vez por todas.

— Ele está aqui agora — digo, e, dirigindo-me a Jule: — Se você quer falar, fale.

Win move-se para o lado, cruzando os braços enquanto observa Jule, que caminha devagar na minha direção.

— Sua mãe te entregou o meu bilhete, não foi? — pergunta ele. — Eu queria que você soubesse que... Eu queria ter conseguido trazer mais pessoas, e gostaria de ter tido uma noção melhor de quem era importante para você, mas não havia muito tempo. Eu fiz o melhor que pude. Ibtep me encontrou depois que você foi embora. Ela limpou o meu organismo da droga, e disse algo sobre o que o Conselho estava planejando. Eu não podia simplesmente deixar que isso acontecesse, não depois de você ter dado tanto duro para salvá-los. Era para você ter feito isso. Então, eu fiz por você.

— Obrigada — respondo, com genuína gratidão. — Fico feliz que você tenha feito. — Eu *sou* grata demais por ter meus pais, Angela e Evan, e os outros. Só que é difícil sentir isso plenamente quando também estou um pouco enojada, imaginando Jule pensando sobre todo o meu planeta ser destruído e só se importar sobre como *eu* me sentiria em relação a isso. Correndo lá fora para resgatar algumas pessoas que ele pensava que eu conhecia, em vez de tentar deter a bomba de vez e salvar a todos.

Ele está me estudando, como se esperasse que eu dissesse mais alguma coisa.

— Tem mais alguma coisa que você queira dizer? — acrescento.

Suas próximas palavras saem apressadamente.

— Eu não consegui dizer, na última vez que a gente se falou... O que eu estava fazendo, transmitindo os planos do grupo, isso foi antes que eu soubesse o quanto você ia ser importante para mim. E eu não fazia ideia do que Ibtep estava planejando, do resto da coisa toda, até depois que aconteceu. Não tive nada a ver com isso.

Ah, não? Minha voz sai tão firme que soa estranha até para os meus próprios ouvidos:

— Você não acha que talvez Win e Isis e todos os outros mereciam um pouco de lealdade antes de eu aparecer? Você não acha que talvez pudéssemos ter terminado a missão e que a Terra teria sido deixada em paz, se os atrasos que você provocou não tivessem dado tempo a Ibtep para convencer o Conselho?

Um lampejo de desconforto cruza seu semblante. Ele baixa o olhar e, então, ergue-o novamente.

— Ela os teria convencido antes do tempo mesmo assim — ele insiste. — E se as coisas tivessem acontecido de forma diferente, eu poderia estar naquela espaçonave com todos vocês em vez de num lugar onde eu poderia descobrir o que estava prestes a acontecer e fazer algo a respeito disso.

Ele está realmente tentando transformar a sua traição em algum tipo de bênção?

— Não tem como você saber isso — rebato. — Talvez se tivéssemos conseguido destruir o campo temporal e ela não tivesse aprontado a bomba a tempo, teria desistido dessa parte. Ela teria tido o novo planeta no qual se concentrar.

— Você não pensaria assim se a tivesse ouvido falar — retruca Jule. — Além disso, eu não poderia saber o que ela estava planejando. Nenhum de nós fazia a menor ideia.

Não, não fazia. Mesmo Win e eu, ouvindo a sua reunião com seus conspiradores, não poderíamos ter previsto que isso aconteceria. Não teríamos acreditado que ela fosse capaz disso.

— Eu odeio o que aconteceu — Jule prossegue, mais seguro após a minha ausência de argumentos. — Odeio não ter conseguido salvar mais pessoas. Odeio a forma como eles estão te tratando agora. Eu fiz tudo o que podia para proteger você.

— *Como é que é?* — questiono.

— Ele chantageou Ibtep para que ela mantivesse você e os outros vivos — Win diz com tranquilidade. — Eu teria te contado antes, mas nós ainda não tínhamos confirmado. Ele possui gravações... Essa é a prova que ele nos mostrou. Esse "tudo" dele pode ser um exagero.

Jule fuzila Win com o olhar. Então, dá mais um passo na minha direção. Eu vacilo, mas me mantenho firme. Win fica tenso próximo ao balcão.

— Eu tentei — Jule diz para mim. — Eu nunca teria feito qualquer coisa que achasse que poderia machucá-la. Estava falando sério, Skylar, quando disse que te amo.

Essa é a última coisa da qual quero me lembrar. Fecho os olhos e me encolho com repulsa, de um jeito que ele deve ter percebido, porque para de falar.

— Não importa — digo, recompondo-me. — O que quer que tenhamos tido juntos, você não é a pessoa com a qual eu pensei estar envolvida. — Eu me forço a encontrar de novo os seus olhos. — E o problema não é de fato o que você fez, não é, Jule? É o que você *não* fez. Você sabe por quanto tempo eu tive que pensar sobre cada ocasião em que você *poderia* ter me dito que era você quem tinha vazado nossos planos? Você orquestrou para que eu fosse àquela festa, onde Kurra quase me viu. Você sabia que eu ia sair investigando pela estação, nos clubes, me arriscando ser apanhada... Ser morta, porque é isso que teria acontecido se eu fosse apanhada. Nós conversamos sobre isso, você ficava me dizendo que estava preocupado comigo, para ter cuidado, mas você poderia ter me impedido de assumir quaisquer desses riscos simplesmente admitindo que era você, e o problema estaria resolvido. Mas você não fez isso. Você estava disposto a me deixar *morrer* para que pudesse preservar a boa imagem que todos tinham de você. Talvez isso se encaixe na definição kemyana de amor, mas na Terra os nossos padrões são um pouco mais elevados.

Minha garganta está seca quando chego a essa altura do meu desabafo. Jule está me encarando, Win olhando para o chão. O silêncio paira pesado. E eu ainda estou com tanta raiva...

— Sabe o que é ainda pior? — continuo, mais controlada. — Você veio até aqui agindo como se esperasse que a única coisa boa que fez simplesmente apagasse todo o resto... A forma como você arriscou a minha vida, a forma como arriscou a vida de todos os outros e quase fez Britta ser morta, vendendo a gente para poupar a sua família de um pouco de *constrangimento*. Apagasse como isso pode ter contribuído para o meu *mundo inteiro* ser destruído. Estou feliz de verdade que você tenha retirado vivas da Terra as pessoas que estão aqui. Estou mesmo. Mas eu já sabia que você pode ser generoso e... valente, quando quer ser. O problema é que agora eu também sei que você pode ser exatamente o oposto.

Parece que Jule ainda quer dizer alguma coisa, mas então sua boca se fecha em uma linha reta. Ele se vira, sem jeito, e sai pela abertura na parede. Num piscar de olhos, ele se vai.

Nem sequer se desculpou, percebo. Ele me deu explicações e justificativas, mas nenhum indício de assumir, de fato, a responsabilidade.

Minha visão embaça. Conforme levo as mãos ao rosto, sinto de repente as pernas bambas. Dobro-me, cabeça entre as mãos, até me agachar no chão. As lágrimas escorrem.

Nem sei por que estou chorando. Havia aceitado há séculos que o que eu tinha com Jule era uma mentira. Talvez seja o pensamento de como tudo isso poderia ter sido diferente. Talvez eu ainda tivesse a minha cidade, o meu planeta, todas as pessoas e todas as coisas que nós lamentamos a falta no outro dia, se ele tivesse agido de forma melhor.

Mãos alisam o meu cabelo. Win está ajoelhado diante de mim. Eu me recosto em seu ombro, soluçando, e ele me envolve com os braços. Ele cheira a areia quente, como lugares que não existem mais cheirariam, como se a sua pele ainda detivesse uma fração da luz do sol que ele absorveu na Terra.

Conforme minhas lágrimas diminuem, percebo as batidas de seu coração onde o meu rosto e as costas das minhas mãos estão pressionados. A última vez que ele esteve aqui, disse que se importava comigo do fundo do coração, e aqui estou eu chorando em seu ombro, por causa de outro cara.

— Desculpe — digo.

— É Jule quem deveria se desculpar — Win diz, esfregando minhas costas. A séria determinação que presenciei antes deu lugar à ternura num passe de mágica.

Agora acredito cem por cento no que ele disse antes. Ele não me culpa, nem um pouco, por eu me apaixonar por Jule. Ele só quer que eu seja feliz.

Eu ainda não lhe respondi.

Preciso ver o seu rosto. Afasto-me devagar, virando as mãos, perguntando-me se conseguirei lidar com sua mistura de firmeza e ternura, de força e delicadeza, quando descanso as palmas das mãos contra o seu peito. Ele começa a se afastar. Já se passaram meses desde aquele beijo que terminou comigo ordenando-lhe que nunca mais me tocasse de novo, mas sei que esse momento ficou gravado em sua mente. *Eu estava tentando ser cuidadoso*, ele disse na viagem à Terra, *depois da maneira como estraguei tudo antes.*

Antes que ele possa se distanciar ainda mais, enrosco meus dedos em sua camisa, levantando a minha outra mão para tocar sua face. Ele olha para mim, com seus olhos azuis da cor de um oceano profundo, da cor do céu lá de casa quando começava a anoitecer. E talvez eu não saiba em que pé estará o meu coração quando conseguir costurar os pedaços dele de volta, mas eu sei o que quero agora.

Eu o puxo para mim, juntando seus lábios aos meus. Um ruído suave escapa de sua garganta, e então ele passa a retribuir o beijo, inclinando a cabeça para que nossas bocas deslizem entre si em um ângulo ainda mais perfeito. Seus dedos emaranham-se no meu cabelo, provocando um arrepio na minha pele. Os meus delineiam o contorno de sua mandíbula, envolvem o seu pescoço. *Isso sim*. Não posso mais reescrever o passado, mas posso escrever por cima das lembranças que preferiria ter perdido. Deveria ter acontecido com ele, antes. Era ele quem desejei primeiro.

Enquanto nos beijamos, o calor que se acende entre nós forma uma espécie de casulo, deixando de fora o restante do mundo. As preocupações, os arrependimentos. É algo bom. Bom e *real* em meio à madeira falsa, os alimentos sintéticos e o ar parado e artificial.

A boca de Win deixa a minha por apenas um segundo, suas mãos deslizando para a frente, para envolver o meu rosto.

— Skylar — diz ele, com uma entonação grave e solene. Eu estou um pouco tonta, da maneira mais agradável que se pode estar, e seu tom de voz me parece divertido.

— Darwin — eu respondo, com uma pontinha de provocação. Suas mãos pressionam mais meu rosto e de repente ele está me beijando de novo, com mais firmeza, o que, por mim, não tem problema nenhum.

Nós dois estamos sem fôlego quando ele se afasta de novo, um tantinho de nada mais distante desta vez.

— Eu não gostava do meu nome, mas quando você o pronuncia me deixa doido — ele confessa com uma risada.

— Ah, é mesmo? — sorrio. — Talvez eu devesse pronunciá-lo mais vezes.

— Skylar — diz ele, antes que eu possa colocar isso em prática, sua expressão de determinação lutando contra o desejo em seus olhos. — Eu só preciso saber. Você estava chateada. Eu preciso saber se você está fazendo isso porque quer ficar *comigo*, e não porque está fugindo de Jule.

A culpa que senti quando chorei nos braços dele me atinge mais uma vez, porque não consigo responder automaticamente. Tenho que pensar sobre isso. Ele merece saber a verdade — merece saber que eu tenho certeza.

— E se forem as duas coisas? — pergunto. — Eu *estava* chateada. Ver Jule foi doloroso. Mas *você* me faz feliz. É você que eu quero aqui comigo. Se não fosse você, eu não sairia por aí beijando outros garotos, em vez disso. — Eu gesticulo em direção à porta.

O rosto de Win relaxa com um singelo sorriso que é típico dele.

— Acho que essa é uma resposta aceitável — diz ele, seco.

Eu gostaria de voltar a beijar, mas a sua pergunta já calou mais fundo dentro de mim. *Eu* estou feliz — mas... e quanto a ele? Talvez ele precise que isso signifique mais do que posso dizer que significa. Respiro fundo, tentando estabilizar a minha cabeça que está girando.

— O que você disse, da última vez — toco no assunto. — Eu não posso corresponder da mesma forma. Meus sentimentos estão uma bagunça agora. Às vezes, parece que eu *nunca* vou ficar bem o suficiente para... para sentir isso forte o bastante.... em relação a alguém. Se você não quiser... Se isso faz com que seja muito difícil... Sinto muito. Eu deveria ter dito algo antes. — Eu mordo meu lábio, olhando para o dele, e ele abre um sorriso largo.

— Está tudo bem — assegura ele.

— Você tem certeza? Talvez eu...

— Skylar, você ser sincera comigo é tudo o que eu precisava. Você confia em mim para cuidar de meus próprios sentimentos? Se isso, agora, é tudo o que acabou sendo, ainda estarei feliz por ter tido isso.

Ele roça a ponta do polegar sobre a minha boca, e então estamos nos beijando de novo. E eu me deixo ser levada pela felicidade que isso traz.

☆ ☆ ☆

Na manhã seguinte, perambulo pela exposição fazendo um trajeto que estabeleci para verificar disfarçadamente qualquer alteração ao longo dos limites. Não posso dizer que a minha atenção está toda concentrada nisso

— minha cabeça continua rememorando a noite anterior com um calor que ainda abrasa a minha pele.

E não apenas por causa dos beijos. Depois disso, Win disse que o Conselho anunciou sob pressão que eles vão realizar um fórum público em poucos dias para debater seus planos para nós, o que deve significar que até lá estaremos seguros. Estamos conseguindo sensibilizar as pessoas. Isso pode realmente funcionar.

Então, eu me aproximo da pilha de contêineres de armazenamento, naquele espaço que Win me disse que não possui vigilância, e as minhas pernas paralisam.

Ibtep está parada na sombra projetada pelos contêineres, e uma *blaster* do tipo que os Executores carregam pende livremente em uma de suas mãos brutas.

Fico olhando boquiaberta para ela durante alguns segundos antes de me lembrar da minha atuação. Entretanto, mesmo dopada eu estaria surpresa ao vê-la, não?

— Olá! — eu a cumprimento com minha voz entorpecida. — O que você está fazendo aqui? — *Como* ela chegou aqui? Alguém a teria visto se tivesse entrado pelo mercado.

— Chegue mais perto — ordena Ibtep.

Eu me aproximo, caminhando daquele jeito lesado, fiel à minha atuação, até que nós duas estamos a alguns centímetros de distância uma da outra, eu resistindo à vontade de cruzar os braços, como se para me proteger.

— Você não precisa continuar com esse fingimento — Ibtep observa com um gesto para a minha postura lânguida. — Ela não me convence nem um pouco. Não sei ao certo como você ou eles conseguiram isso, mas, convenientemente, funciona a meu favor neste momento. Nós também podemos falar com franqueza.

Jule, penso. Ele poderia ter corrido para ela depois de nossa conversa ontem. Ou pode ser que ela espere que eu revele o que apenas suspeita. Olho para ela com uma expressão vaga.

— Com franqueza?

Ela suspira.

— Bem, se é assim que você quer jogar... O importante é o que você fará depois. O restante deles, eles darão ouvidos a você, não darão? Você sabe o que nós somos capazes de fazer. Você vai convencê-los.

Eu deixo transparecer um pouco de verdadeira perplexidade.

— Convencer as pessoas do quê? Eu não estou entendendo.

Ela ignora isso.

— Este seu... joguinho já foi longe demais — vocifera ela. — Suas necessidades estão satisfeitas. Vocês têm o suficiente. Nós nunca iremos permitir que vocês vivam junto com o restante de nós. Você tem que aceitar isso, e você tem que fazer os seus companheiros terráqueos aceitarem isso também.

Ela não sabe que Win me falou sobre o plano de nos transformar em animais de estimação... ou, então, ela reconhece que isso mal pode ser considerado "viver".

— Mas nós gostaríamos de ir embora daqui — respondo de uma forma que me parece segura.

— Tenho certeza de que você gostaria. Entretanto, não há a menor possibilidade de isso continuar sendo uma opção. Você pode imaginar as várias formas como poderíamos descartar todos os terráqueos aqui. Nós preferimos nos livrar de vocês de uma vez por todas e aceitar a desaprovação de quem suspeitar que não foi um mero acidente do que continuar arrastando essa situação por mais tempo. Esta é a sua primeira opção. A sua segunda opção é nós vermos, dentro de dois dias, vocês todos demonstrarem como estão imensamente gratos pelo que nós temos lhes proporcionado e como vocês estão satisfeitos por permanecerem dentro desses muros. Não existe uma terceira opção.

Acho que consegui manter meus olhos vagos, a minha expressão confusa, mas minha coluna se endireitou. Eu *posso* imaginar. Uma toxina na ração ou nas bebidas, e eles poderiam muito bem jogar a culpa em uma "doença" qualquer dos terráqueos. Um repentino mau funcionamento na tecnologia. Ibtep provavelmente conseguiria pensar em várias maneiras de "se livrar" de nós sem precisar quebrar muito a cabeça.

— Pense a respeito — recomenda Ibtep. — Não nos faça esperar muito tempo.

Ela faz um gesto com a mão para além dela. Suas palavras me atingiram com tanta força que não estou fingindo quando levo um bom tempo para perceber que ela está indicando que eu deveria continuar a minha caminhada.

— Eu não estou entendendo — tento de novo, e ela dá uma risadinha maliciosa.

— Então, me parece que será a primeira opção — diz ela. — Pode ir agora.

Eu a deixo passar por mim pisando firme, e me afasto com alguns passos cambaleantes. Então, paro. Não. Eu não posso simplesmente deixá-la...

Eu giro nos calcanhares, mas Ibtep já foi embora.

Ela esteve aqui, não esteve? Não estou ficando louca... será que eu estava tendo alucinações?

Não. Ela não iria querer que eu pensasse isso. Há uma marca no chão, perto de onde ela estava. Alguns caracteres na língua kemyana. *"A escolha é sua"*.

12.

Win

— Não encontramos nada — diz Isis.

— Nada? — admiro-me — Você tem certeza?

— Britta vasculhou todos os arquivos particulares de Ibtep. Nenhuma menção a Nuwa, e nada sobre terráqueos examinados ou mesmo que bata com a data que o Departamento de Saúde foi à exposição. Também não encontramos nada sobre uma resposta ao bloqueio, embora ela tenha hoje um encontro programado com Nakalya e o chefe da Segurança que não está na agenda pública.

Eu tinha acordado feliz da vida com as lembranças da noite passada: os lábios de Skylar contra os meus, suas mãos na minha pele. O quente torpor me abandona quando penso no que veio antes disso. Submeti Skylar àquele confronto com Jule por *nada*?

— Será que Jule avisou Ibtep para que ela tivesse tempo de remover qualquer pista incriminadora? — pergunto. — Ele está usando a gente outra vez?

— Acho que não — diz Isis. — Se fosse isso, não haveria razão alguma para ela hesitar em nos prender. E... pegamos uma transmissão do apartamento dele há poucas horas. Ele apresentou uma requisição para ser transferido para um dos apartamentos de nível mais baixo, que dividiria com um companheiro designado.

Ele está desistindo de seu enorme apartamento, juntamente com o luxo de ter um espaço só para ele?

— Por quê? — quero saber.

— Estava esperando que você pudesse responder a essa questão. Como foi a conversa dele com Skylar?

Faço uma careta.

— Nada bem. Ela estava muito zangada.

— E não era para menos — retorque Isis. Ela própria cheia de razão em estar zangada com Jule. — Talvez ele esteja repensando as suas prioridades.

Lembro-me da forma como a expressão dele endureceu quando Skylar expôs todos os motivos que tinha para não confiar nele. Pensei que era provocação ou frustração, mas poderia ter sido pesar.

— Talvez — concordo, hesitante. — Então, isso significa que Ibtep *não está* trabalhando no Nuwa?

— É possível. Ou pode ser que ela, sabiamente, se os arquivos são assim tão confidenciais, os tenha mantido completamente fora de suas áreas de trabalho. Seria muito mais difícil acessar seus terminais domésticos. Os registros poderiam até mesmo estar restritos a um único servidor não conectado à rede em algum lugar nos escritórios do Conselho, ou no Departamento de Saúde, no qual as partes envolvidas carregariam diretamente os dados. Contatei nossos colaboradores ontem. Nenhum deles conseguiu fazer progressos até agora, mas não se passou nem um dia inteiro ainda.

— Precisamos de toda a influência que conseguirmos — enfatizo. Nakalya pode ter concordado com uma discussão pública, mas neste momento suspeito que ele não vá fazer nada além de oferecer uma solução que soe melhor, mas que ainda trate os terráqueos como subjugados.

Quando saio para ir para o trabalho, apenas o meu pai está na sala de estar. É o seu dia de folga, e ele está vestido com uma de suas camisas que imitam o estilo vitoriano favoritas, aquela com as mangas amplas que a torna impraticável em seu trabalho. Ele está brincando com os punhos das mangas enquanto assiste a um relatório na rede sobre o bloqueio. Nos últimos dois dias, os Executores estiveram apenas supervisionando. Ver as imagens deles exibidas ali, observando, me deixa tenso. Nós ainda não sabemos como o Conselho decidirá responder.

— É impressionante — comenta o meu pai. — Quatro dias, e os manifestantes não recuaram.

— Você vai se juntar a eles hoje de novo?

— Não tenho certeza. — Ele faz uma pausa. — Eu estava pensando que não é suficiente. Gostaria de contribuir com algo maior do que ser apenas mais um na multidão.

Eu paro na porta. Ele tem esse tom sonhador geralmente reservado a visões artísticas grandiosas.

— Algo maior? O que você está pensando?

Ele ergue as sobrancelhas num arco conspiratório que não me agrada. Se ele entrar em alguma ação independente, o Conselho pode concluir que eu o induzi a isso ou que ele sempre fez parte do grupo rebelde. Duvido que o Departamento de Segurança deixará isso passar com um simples interrogatório.

— Se você quiser apoiar a causa, ajudar no bloqueio é a melhor maneira — acrescento.

— Parece-me, na história de protestos da Terra, que aumentar a pressão muitas vezes foi o mais eficiente — ele responde.

— Depende do tipo certo de pressão. Há ações que podem prejudicar uma causa.

Meu pai franze a testa.

— Eu acho que sei como fazer uma declaração de paz.

Seu olhar desliza de mim para as pequenas pinturas que se aglomeram pelas paredes de nosso apartamento. Ele já fez tantas declarações pacíficas que a maioria das pessoas lá fora nunca quis ver...

Não posso dizer que não gostaria que ele pudesse obter o reconhecimento que anseia, mas esse não é o caminho certo.

— Não foi isso que eu quis dizer — retruco. — Não é... Se agir por conta própria, você vai se tornar um alvo.

— Há coisas piores — observa ele. — Não foi você que disse que não se deve sempre colocar os nossos próprios interesses em primeiro lugar?

— É mais complicado do que isso. — Percebo, assim que termino de falar, como as minhas palavras soam fracas. Qualquer coisa específica que eu diga a ele poderia ser usada como prova de sua cumplicidade com os meus "crimes", se os Executores o interrogarem. Estou numa posição difícil. Inspiro fundo. — Acho que as pessoas devem defender os terráqueos. Mas se você chamar a atenção para si mesmo... Não será só em você que eles estarão pensando quando escolherem uma punição. Será em mim, e nas coisas que eu fiz antes.

Aí está, falei, e não poderia ter sido de forma mais clara.

Papai me estuda.

— Que coisas, exatamente? — inquire ele em voz baixa.

— Coisas que significariam que até mesmo um pequeno gesto seu poderia ser visto como uma grande infração — respondo. — Coisas que eu *não posso* lhe contar, porque saber sobre elas só iria incriminá-lo mais.

— Não houve, de fato, uma quarentena — diz ele. Não é uma pergunta.

— Pai...

— Por que eu não deveria ser implicado? — ele insiste, a manga da camisa esvoaçando enquanto gesticula. — Foi a criação que lhe dei que o levou a pensar da forma que pensa, não é? Apreciando os exemplos que a Terra pode... podia... nos dar. Por que você acha que eu não gostaria de ser parte disso?

Porque, antes, essa escolha não dependia de mim, e porque, agora, as consequências de qualquer ação que ele tomasse superariam os benefícios. Parece improvável que ele vá aceitar essa explicação, no entanto.

Ele pensa que está falando sério, mas, na verdade, está apenas brincando de rebelde. Eu sei, porque eu também era assim. Eu me sentia tão inteligente e importante escapando para reuniões clandestinas e cumprindo pequenas tarefas que Ibtep me dava no início... Só quando eles me deixaram na Terra na segunda década do século XXI, apenas com o meu 3T e algum dinheiro, que percebi quão longe eu havia ido. Num piscar de olhos minha responsabilidade havia excedido as minhas expectativas.

A ficha não vai cair para o meu pai até que, num interrogatório, um Executor esteja aplicando nele o "incentivo" aos seus receptores de dor. Eu não quero que as coisas acabem assim.

— É complicado — repito. — Se em outra ocasião mais propícia pudermos conversar sobre isso, prometo que o faremos. Por ora, preciso ter certeza de que você vai tomar cuidado. Vá para o bloqueio, se quiser. Só não se destaque. Por favor.

— Você vai se atrasar para o trabalho — diz ele.

— Pai?

— Vou me lembrar do que você disse.

Abro a boca, e a dele se contrai. Dá para ver que é o melhor que vou conseguir.

☆ ☆ ☆

Estou no meio da tarefa de reunir uma série de vídeos que demonstram técnicas de encordoamento, ocupado o suficiente para me esquecer de me preocupar com o meu pai por alguns minutos, quando um murmúrio se eleva na outra extremidade da sala.

— Vejam só isso.

— O Departamento de Segurança vai apagar isso em menos de uma hora.

— Os autores foram rápidos, para não serem apanhados antes que acabassem.

Relanceio a vista pela sala. Alguns dos meus colegas abriram uma transmissão de notícias no canto de seus monitores. Aperto os olhos para enxergar melhor o que é e depois faço uma rápida pesquisa de rede no meu. Uma imagem do corredor em frente aos escritórios do Conselho aparece.

Um esboço de sorriso se abre em meu rosto antes que eu possa reprimi-lo. Alguém pintou a Terra na parede em frente às portas, a primeira coisa que qualquer Conselheiro veria ao sair.

— Dê um lar a eles aqui — dizem as palavras rabiscadas em torno da imagem do planeta, que parece ter quase a minha altura, realizada em tons mesclados de azul, verde, marrom, e pálidos fiapos de nuvens. As formas não são perfeitamente precisas, mas há um cuidado e um carinho nas pinceladas que nenhuma foto poderia criar.

Alguém *pintou* aquilo.

Minha admiração desaparece quando sinto o estômago embrulhar. Ah, papai. É lindo, mas meus colegas de trabalho têm razão: não vai durar um dia. Talvez os próprios membros do Conselho só vejam a imagem em transmissões de notícias como esta. Minha vontade é sair daqui, pegar um transportador e ir lá para cima, para que eu possa ver com meus próprios olhos o maior trabalho que ele já fez, mas que, provavelmente, irá nos trazer ainda mais problemas.

Tudo o que os Executores terão que fazer para identificá-lo é verificar as imagens de vigilância. Eles até já poderiam tê-lo detido. Fui cuidadoso o suficiente com o que disse a ele, não fui? Se eles o culparem por *minhas* ofensas...

Meu estômago está completamente revirado quando chega a hora de voltar para casa. Eu me preparo antes de abrir a porta do apartamento.

Papai ergue os olhos lá do banco onde está assistindo às notícias na tela da família, e me lança um sorrisinho tímido.

— Se a minha tinta fosse melhor, eles teriam tido mais trabalho para remover tudo — diz ele, apontando para as imagens de uma equipe de manutenção que já limpou a maior parte da parede. Por um segundo, ver o seu trabalho destruído tão irrefletidamente como a ordem do Conselho destruiu a Terra suplanta a minha ansiedade.

— Eu nem imaginava que você tivesse tanta tinta assim — digo com jovialidade. — Devo estar preocupado com a possibilidade de você ser acusado por roubo além de vandalismo?

Ele enrubesce.

— Eu tive que pedir emprestado um pouco. E Daudi ajudou. Vai demorar muito tempo antes que eu possa pagar uma nova tela para trabalhar. Mas era...

A campainha da porta soa, e a porta se abre antes que qualquer um de nós possa fazer mais do que recuar. Três Executores adentram o apartamento com passadas largas, um homem como líder. Kurra está ao seu lado. Ela estreita os olhos em minha direção enquanto os outros dois rodeiam o meu pai e a mim, revistando-nos. Minha boca fica seca. Eles planejaram desta forma. Queriam que eu estivesse aqui para a prisão, então, esperaram até que eu chegasse em casa.

Eles provavelmente pretendem encontrar uma desculpa para me prender também, mesmo que tenham de inventá-la. Se conduzirem um interrogatório completo, não um moderado como Ibtep organizara antes, as coisas que eles poderiam arrancar de mim agora... Iria arruinar a vida de todos os meus aliados. Iria arruinar *tudo* pelo que temos trabalhado.

— Nikola Carroll-Eliza Pirios — o homem diz, fazendo piscar um pequeno tablet do tamanho de sua palma —, você está sendo detido por sete violações da lei.

— *Sete?* — papai exclama, com o corpo rígido. — Eu só... — Sua voz falha quando Kurra levanta a arma. O líder estende a mão, e ela hesita. É estranho vê-la na posição de subordinada.

— Os detalhes de suas violações estarão disponíveis na detenção — o líder informa ao meu pai. — Você pode ver a nossa permissão para fazer uma busca em seus aposentos. — Ele aponta para os colegas. — Ao trabalho.

A outra mulher sorri.

— Olhe para todo esse lixo — observa ela, retirando da parede com um ruído de desaprovação a pintura de uma antiga mansão da Terra. — Temos de nos assegurar de que não está escondendo provas.

Meu pai geme quando ela racha a moldura contra o joelho. A tela falsa se estica, deturpando a imagem, quando a Executora a torce para olhar ao longo das bordas internas do quadro. Meus dedos se apertam contra o desejo de arrancá-la das mãos dela. Eles estão tentando nos provocar. Ela repete o processo com outra pintura, e mais outra. Kurra vai para os armários de parede, abrindo rápido as portas e derrubando uma fileira de latas de bebida no chão.

Perco o fôlego. O comunicador de Isis está no meu armário. Não vejo como eles poderiam rastreá-lo até Isis, mas isso não significa que não haja uma maneira. O simples fato de eu possuir uma tecnologia que não tenho como comprovar que adquiri daria a eles exatamente a desculpa que estão procurando.

O comunicador deve ter uma função de autodestruição, como toda tecnologia que os Viajantes usam na Terra. Se eu conseguir colocar minhas mãos nele, já ensaiei o padrão muitas vezes em treinamento e consigo acioná-la em um instante.

Dou um passo em direção ao meu quarto. Nenhum dos Executores presta muita atenção nisso, Kurra e a outra mulher prosseguindo com sua barbárie nas paredes, o homem bisbilhotando nossa tela. Meu pai percebe, entretanto. Algo da minha preocupação deve estar sendo revelada em meu semblante, porque seus olhos se arregalam.

— Você pode checá-los sem arruiná-los — diz ele abruptamente, apressando-se até Kurra e a outra mulher, que estão ambas torcendo as pinturas agora. — Deixe-me...

— Afaste-se! — comanda a mulher, mas ele conseguiu distraí-las. Enquanto ele aponta para a pintura que Kurra está segurando, esquivo-me em direção ao meu quarto tão rápido quanto sinto que posso passar sem parecer suspeito. Minha mão toca a porta quando a voz do homem ressoa atrás de mim.

— Fique onde podemos vê-lo!

Ele avança para mim, agarrando o meu braço e me puxando para o meio da sala.

— Fiquem de olho *nos dois* — ele ordena às mulheres. — Vocês deveriam saber sua obrigação.

Kurra o fuzila com os olhos enquanto ele se vira e, então, volta aquele olhar para mim. Ela empurra papai para o meu lado.

— Fique aí — ela rosna. Papai me lança um olhar de desculpas, e eu baixo a cabeça. Não é culpa dele.

— Você não vai se safar desta vez — Kurra continua, ainda me encarando. Ela racha outro quadro, sem ao menos se preocupar em verificar se há algo dentro. — Você foi longe demais.

— Eu o quê? — retruco. Ela parece meio confusa.

— Eu não serei envergonhada de novo — diz ela, quase silvando. — Vou mostrar a eles com o que estávamos lidando. Posso cortar o problema pela raiz. Eles terão que dizer a ela...

— Executora Ettar — o líder diz, franzindo a testa enquanto se aproxima de nós. — O que ele disse a você?

Ele presume que eu a irritei de propósito. Ergo minhas mãos.

— Eu só estava parado aqui.

— Ele... — Kurra começa e para. Por um instante, ela parece perplexa demais para ser assustadora. Em seguida, sua habitual expressão fria volta ao lugar. — Não é relevante.

Eu a olho enquanto ela se vira para arrancar outra pintura da parede. Papai estremece.

Quando restam apenas umas poucas pinturas perto de Kurra, os outros Executores voltam-se para os quartos. Meu corpo fica tenso. Eu poderia ter uma chance, afinal.

O líder acena para a outra mulher e ambos vão para o quarto de meus pais. A mulher abre o meu e de Wyeth. Quando ela ultrapassa o limiar, corro atrás dela.

— Fique à vontade para examinar tudo que precisar — digo no meu tom mais prestativo. Gesticulo em direção às escrivaninhas, ligo o monitor e abro o armário antes que ela tenha chance de responder. Meus dedos tateiam o comunicador em meio à pilha de roupas enquanto tento disfarçar meu gesto. Por um momento interminável, apenas encontram tecido. Então, eles se fecham em torno daquela pequena e lisa esfera.

— Ei! — diz a Executora. Eu já estou traçando o comando destruição com o polegar enquanto movo o braço para trás.

Kurra nos seguiu até o exíguo espaço. Ela puxa minhas mãos para a frente, olhando tão de perto que sinto sua respiração sobre elas, e as vira. O comunicador desapareceu, desintegrou-se em um pó tão fino que é invisível.

— Saia! — Kurra brada, e eu obedeço. Ela faz um gesto para mim e o papai, para que nos sentemos no chão. Há um baque surdo no meu quarto, roupas caindo.

A mulher sai do quarto segurando um objeto retangular que preenche suas duas mãos.

— O que é isso? — ela exige saber, empurrando-o na direção do meu rosto.

Ah. É o quiçanje que papai e mamãe me deram no meu sexto aniversário.

As teclas são feitas de polímeros kemyanos, mas a base é de madeira de verdade da Terra. Ainda consigo reviver o meu choque quando o trouxeram, ao pensar nos créditos que o instrumento devia ter custado.

Anos depois, eu o enfurnei no meu armário em um acesso de vergonha. Essa coisa é um desperdício de dinheiro, expliquei quando Wyeth perguntou. *Quando cresce, você tem que parar de brincar*. Eu achava que já estava crescido antes mesmo de terminar o ensino médio. Que piada.

— É um instrumento musical — explico para a Executora. — Um piano de polegar. Eu posso mostrar.

Ela hesita, e, em seguida, passa o quiçanje para mim. Com a sensação iminente de que esta pode ser a última música que eu toque, meto os dedos sob a base do instrumento e deslizo os polegares sobre as teclas. Elas ainda estão flexíveis, sensíveis ao meu toque. Depois de alguns movimentos experimentais, reproduzo o primeiro som que tirei tanto tempo atrás. Uma melodia tilintante soa a partir das teclas. Apesar de tudo que está acontecendo ao meu redor, um formigamento de prazer corre através de mim.

Senti saudade daquilo.

Meus dedos estremecem quando a Executora chuta o instrumento de minhas mãos. Ele atinge o chão a poucos passos de distância com um baque. Ela funga.

— Mais lixo — diz ela.

O líder emerge do quarto dos meus pais de mãos vazias e carrancudo.

— Vocês duas — ele ordena a Kurra e sua colega —, esperem aqui com eles. Preciso fazer uma ligação.

Ele dá um passo para fora para fazer a chamada que não podemos ouvir. Esfrego a palma da mão contra a perna da calça como se algum sinal de poeira do comunicador pudesse estar grudado nela. Eles não têm nenhuma razão legal para me levar preso, mas já não acredito que isso poderá impedi-los.

Papai inclina seu ombro contra o meu.

— Eu não tinha certeza de que ainda guardava isso — ele murmura, olhando para o quiçanje.

Por acaso ele achara que eu o tinha vendido? Suponho que teria conseguido de fato vendê-lo, pelos créditos que obteria apenas pelos materiais. Mas tal coisa nem sequer passou pela minha cabeça. Ocorre que, bem lá no fundo, eu não estava, de fato, desistindo da música.

— Claro que não! — respondo. — É o melhor presente que alguém já me deu.

— Calados! — Kurra vocifera, e nós caímos em silêncio. Observo o meu pai com o canto do olho, e vejo-o sorrindo. Ele está prestes a ser levado para interrogatório, ele deve saber disso, mas está sorrindo porque eu ainda gosto do presente dele.

Inclino-me na direção de seu ombro, devolvendo a pressão. Foi uma coisa tola que ele fez hoje, especialmente depois que eu o avisei. Isso não quer dizer que também não tenha sido uma coisa maravilhosa. Ele fez isso pela Terra, por Skylar e todos com ela.

Cara Kemya, penso comigo, *permita que sobrevivamos a mais esta catástrofe também.*

13.

Skylar

Eu termino a minha lenta volta pela exposição, conservando a minha atuação no modo automático, enquanto travo uma luta interna contra a ameaça de Ibtep. Sinto um calafrio percorrer o meu corpo. Não consigo parar de pensar na naturalidade com que ela falou em nos assassinar.

Preciso falar com Win, mas ele esteve aqui ontem. Se não há vigilância naquela área, Isis não terá visto o confronto, não vai saber que há motivo para preocupação. E sem dúvida foi por isso mesmo que Ibtep estava disposta a falar comigo naquele lugar, no entanto, ela entrou e saiu.

Minhas mãos se fecham em punhos. Eu as forço a relaxar.

Eu poderia revelar isso para todo mundo, gritando para o "céu". Anunciar que todos nós acabamos de ser ameaçados de extermínio em nome do Conselho, que nos pediram para enganar o público kemyano. Só que eu não sei quais transmissões estão disponíveis para o público, onde eu preciso estar para me certificar de que estou sendo ouvida. Não posso sequer ter certeza de que o Departamento de Segurança não transmite as imagens da vigilância com um ligeiro atraso, como acontecia muitas vezes com as transmissões ao vivo na Terra, para que eles possam interromper a transmissão, caso precisem. E assim que eu mostrar a que ponto estou disposta a ir, que motivo o Conselho teria para confiar que eu manteria a minha boca fechada no futuro? Eu estaria matando todos nós.

Ao fim do meu circuito, vagueio para cima e para baixo pela rua algumas vezes. Meus dedos coçam com um desejo antigo pela pulseira que perdi durante o corre-corre com Win ao longo da História da Terra. As contas que o meu irmão, Noam, comprou para mim tanto tempo atrás, que eu costumava girar junto com a minha multiplicação mental para me acalmar quando uma mudança no tempo me provocava um ataque de pânico.

Eu paro.

Para me acalmar quando algo estava *errado*.

Win sabe sobre isso. Ele se lembraria.

Caminho devagar até a senhora Cavoy e pergunto a ela com uma voz lânguida se ela pode me dar um dos pedaços de tijolo kemyano que ela e o senhor Patterson lascaram e descobriram que funcionavam como giz na rua. Ela olha para mim com curiosidade enquanto assente. Eu me afasto como quem não quer nada e me sento na calçada em frente à minha casa.

A princípio, rabisco linhas aleatórias, como se estivesse aborrecida e fazendo garranchos. Então, escrevo, em números grandes e irregulares:

3 x 3 = 9

3 x 9 = 27

3 x 27 = 81

Para o bem de nossos observadores, eu paro por aí, franzindo a testa como se não pudesse calcular além desse ponto. Fingindo que era apenas um impulso aleatório que me acometeu, eu balanço a cabeça, viro para o lado, e escrevo o meu nome. Faço mais alguns rabiscos para desviar a atenção, e então largo o giz e vou embora, rezando para que Win veja o meu SOS secreto.

☆ ☆ ☆

Deixo o dia passar como de costume, lutando para não me encolher cada vez que alguém faz um comentário sobre como gostaria de saber o que está acontecendo em casa, sobre como é assustadora esta estranha prisão. Ninguém que nos assiste poderia pensar em sã consciência que estamos satisfeitos, que dirá gratos, neste exato momento. E eu incentivo isso.

Estava funcionando. Deveríamos estar fazendo um verdadeiro progresso para o Conselho pensar que essa ameaça era necessária. Se eu conseguir contar para Win e os outros, talvez ainda haja alguma forma de podermos lutar contra isso.

Mas não chega nenhuma mensagem de resposta de Isis quando a "noite" começa a cair. Estou sozinha. *Dois dias*, advertiu Ibtep. Mesmo se Win perceber o meu recado amanhã e puder providenciar para se encontrar comigo à noite, pode ser tarde demais.

Meus pais, Angela e eu nos reunimos no banheiro para conversar enquanto lavamos roupa, como temos feito regularmente nos últimos dias.

— Estamos com um problema — digo, e explico sobre a visita de Ibtep. Quando termino de contar, os três estão imóveis, em completo silêncio.

— Eles poderiam nos matar fácil assim? — questiona Angela. — Eles fariam isso?

— Eles destruíram todo o nosso planeta — argumento.

— Então, nós temos que fazer o que ela disse — sugere o papai, sem conseguir esconder por completo a tensão em seu tom de voz cuidadoso.

— E aí nós vamos viver aqui para sempre? — mamãe quer saber.

— Talvez não — digo. — As pessoas que trabalham para nos ajudar lá do lado de fora podem pensar em alguma solução — embora eu não consiga imaginar que solução seja essa.

Angela franze o cenho.

— Nós podemos confiar *neles*? Eles também são "kemyanos", certo? Se é assim que a maioria deles pensa sobre as pessoas da Terra...

— Win arriscou a vida *dele* para me proteger — digo a ela, com mais ardor do que pretendia. Suspiro. — Eles vão fazer tudo o que estiver ao alcance deles. Eu só... não sei o quanto eles *podem* fazer se o Conselho está disposto a nos matar somente para abreviar o conflito.

Mamãe esfrega o queixo, com o olhar distante.

— Não sei se vai ser fácil convencer a todos para fingir que estão felizes, agora que os estivemos pressionando na direção oposta. Temos que dar a eles um bom motivo para isso.

— *Todos nós* temos que estar completamente felizes *o tempo todo*? — pergunta Angela.

— Me pareceu que é assim que tem que ser — respondo.

E mamãe está certa. Ninguém vai levar isso a sério — a sério o bastante para evitar quaisquer erros — se não tiverem conhecimento de quão grave é a situação. Sinto um aperto no peito.

— Eu tenho que contar a eles — digo.

— Contar o que a eles? — Angela pergunta.

— Tudo.

☆ ☆ ☆

— E-eu sinto muito mesmo por ter mantido isso em segredo por todo esse tempo — desculpo-me, uma hora depois, para o grupo reunido na área atrás dos contêineres de armazenamento, onde estamos fora do alcance da vigilância, pelo menos por enquanto. — Parecia a coisa mais segura para todos nós. Mas agora vocês podem ver que não estamos nem um pouco seguros.

A luminária que mamãe trouxe produz uma palidez em todos os rostos estupefatos diante de mim que não é de todo artificial.

— Você acredita nisso? — a mãe de Angela pergunta para a minha mãe.

— É bem difícil acreditar — reconhece mamãe. — Mas eu não vi nenhuma indicação de que Skylar esteja enganada ou equivocada.

— Isso é ridículo — o senhor Sinclair diz, levantando-se. — Alienígenas? Estações espaciais? A Terra não foi destruída. Para mim, nunca deixamos o planeta, nem mesmo por um segundo.

— Rod — intervém sua esposa, estendendo a mão para ele, mas um burburinho corre pelo grupo.

— Eu acredito em Skylar — Evan fala. — Eu a conheço há anos. Ela é esperta. Não acho que alguém seria capaz de enganá-la e levá-la a acreditar em algo assim.

Sorrio para ele, mas ele não olha para mim, apesar da demonstração de apoio. A dor dentro de mim se intensifica. Nos primeiros dois dias depois que eu lhe contei a verdade, ele quase não saiu do quarto, e não tem falado comigo desde então. Eu sei que ele deve estar sofrendo por causa do que já sabe, mas também sei que ele está agindo com frieza comigo não por causa disso, mas porque não confiei nele desde o princípio.

— Tenho que admitir que algumas das substâncias com as quais trabalhei aqui não correspondem a coisa alguma encontrada da Terra — confessa devagarzinho o senhor Paterson.

— Isso prova alguma coisa? — pergunta a senhora Green.

— Olha — digo. — Vocês não têm que acreditar em mim. A única coisa com a qual precisamos concordar é que as pessoas que nos sequestraram têm total controle sobre o que acontece com a gente aqui, e se não começarmos a agir como se estivéssemos felizes, eles *vão* nos matar. Isso vocês podem aceitar?

— Agir como se estivéssemos felizes — diz Daniel. — E isso quer dizer o quê?

— Deixar de reclamar sobre estar preso aqui — instruo —, ou sobre qualquer coisa ou alguém que você sinta falta. Deixar de buscar maneiras de escapar. Nós podemos manter o exercício e as lições e tudo mais, mas conversamos sobre essas coisas como se as estivéssemos fazendo só porque gostamos. Elogiem a comida, as casas... sei lá, a temperatura. Se vocês estiverem tristes ou assustados e acharem que não conseguirão esconder isso, vão para um dos banheiros e desabafem lá dentro.

— Por quanto tempo? — pergunta Cintia.

— Não sei — admito.

— Para alguém que diz que tem todas as respostas, há muita coisa que você não sabe — ironiza o senhor Sinclair.

— Sinto muito — digo. — Estou aprisionada aqui assim como todos vocês.

— Mas você já esteve envolvida com essas pessoas, as mesmas pessoas que nos colocaram aqui — ele acusa.

— Não são as mesmas pessoas. As pessoas que eu conheço estão tentando nos ajudar. Será que nós não podemos apenas cooperar por enquanto? Eu não quero que ninguém se machuque.

Minha voz vacila nas últimas palavras. A culpa é minha. Eu os fiz se envolverem nesta resistência sem pedir o seu consentimento, sem que eles tivessem alguma ideia do que isso significava.

— Nós também podemos tentar isso por enquanto — diz a senhora Cavoy. — Vamos ver se alguma coisa muda, e então vamos poder reavaliar.

O murmúrio que se segue parece uma concordância geral. O senhor Sinclair deixa escapar um bufada.

— Eu continuo dizendo que isso é ridículo. Vamos embora.

Ele ajuda a esposa a se levantar e a conduz para longe, junto com Toby. Eu os observo partir, e minha pele se arrepia. Só resta mais um dia. Um dia apenas para convencê-los.

— Você sabia disso o tempo todo? — a mãe de Angela está falando para ela em voz baixa. — Você estava ajudando a enfrentar esses... "alienígenas"?

— Não o tempo todo — responde Angela. — E o que eu fiz não foi grande coisa. Eu só conversei com as pessoas.

— Você não sabia se eles não iriam atacá-la por isso — repreende sua mãe. — Você não devia se envolver com isso.

— Eu estou *bem* — protesta Angela. Mas ela não está. Nenhum de nós está, não enquanto o Conselho tiver poder sobre nós.

☆ ☆ ☆

A primeira coisa que ouço na manhã seguinte é o senhor Sinclair saindo do mercado.

— Os mesmos sabores, como sempre — resmunga ele, alto o bastante para que a sua voz alcance a janela do meu quarto. — Quem quer que esteja deixando isso aqui para nós deveria nos dar alguma comida *de verdade*, só para variar.

Angela senta-se ao meu lado.

— Que idiota! — ela murmura, esfregando o rosto. — Será que ele não se lembra que *atiraram* nele?

Ele deve pensar que se não o machucaram, de fato, naquele momento, eles não vão fazer isso agora. Talvez o papai possa conversar com ele.

E se isso não funcionar?

O senhor Sinclair não é o único que optou pela provocação. Após o treino matinal da mamãe, ouço Jeffrey, o amigo de Daniel, fazer um comentário sobre como nossos captores estão tentando nos matar de tédio. Daniel e Cintia tentaram fazer com que ficasse quieto, mas ele nem deu bola.

— É verdade — diz ele. — Nós temos que ter o direito de dizer o que é verdade.

Só mais um dia, eu lembro a mim mesma, mas posso sentir os minutos se esvaindo. Até mesmo aqueles que estão cooperando com a nossa nova abordagem estão agindo mais como subjugados do que contentes.

A preocupação embrulha o meu estômago. Venho carregando tanta dor dentro de mim por tanto tempo que não percebo que algo mais está errado até que, pouco depois de comermos um almoço de ração em barra, sinto uma náusea repentina, e me vejo curvando-me sobre o nosso gramado.

— Skylar? — Angela diz por trás de mim. Eu cambaleio, corando com uma febre súbita.

— Eu acho... — tento dizer. Então, vomito o meu almoço na grama de um verde artificial.

Minhas pernas cedem. Eu caio no chão.

Alguém me carrega para dentro de casa. Acho que deve ser o papai, porque tenho um vislumbre da mamãe encolhida perto do banheiro antes de eu acabar indo parar no meu quarto. Ele me deita na minha cama improvisada.

Os cobertores estão muito quentes e o chão muito duro e a dor que estava concentrada no meu estômago agora está se alastrando para os meus ossos. Eu me contorço e respiro ofegante. *Dois dias*, eu consigo pensar. *Nós deveríamos ter...*

Então, a minha cabeça começa a latejar e eu já não consigo mais formar nenhum pensamento coerente.

Fico consciente em alguns momentos. Estou tremendo em cima dos cobertores, Angela enrolada como uma bola diante de mim. Papai dizendo algo para Evan sobre "nós onze". Um copo de água posicionado à minha frente; minha mão tremendo tanto que o derrubo tentando pegá-lo.

Entre esses flashes de consciência eu me perco numa névoa de náusea e dor. Não sei dizer quanto tempo se passou quando um grito chega do andar de baixo.

Um homem magro, de pele cor de bronze, entra a passos largos no quarto. Ele segura um disco brilhante contra a minha testa e o meu peito, e assente. Em seguida, retira um aparelho em formato de pera da bolsa em seu cinto e pressiona a ponta mais estreita contra a minha garganta. Um formigamento como uma espécie de choque estático reverbera pelo meu corpo. Ele se levanta e vai até Angela.

— Elas vão ficar bem? — papai está perguntando. Perco a resposta. Mas a febre já está cedendo. No tempo que levou para o homem se afastar de Angela e agora estar se dirigindo para fora do quarto, já estou com a cabeça lúcida o suficiente para registrar que ele deve ser kemyano. Veio de fora. Papai se apressa na minha direção quando faço um esforço para me levantar.

— Ele disse que você precisa descansar para se recuperar por completo — diz ele, empurrando-me de volta para baixo.

— E a mamãe? — pergunto com voz rouca.

— Ele está cuidando dela agora — garante o papai. — Ele disse que foi uma reação alérgica.

Ele mantém a voz controlada, mas sua expressão revela ceticismo — e medo. Estou consciente o bastante agora para perceber ambas as coisas. Eu me deito, olhando para o teto, ecos da dor ainda ondulando dentro de mim.

O Conselho está mandando um recado, enfatizando que está falando sério. Da próxima vez, seja lá o que eles forem usar, vai atingir a todos nós rápido demais para que qualquer médico possa nos salvar.

☆ ☆ ☆

É tarde da noite e estou dando uma caminhada, apenas levemente zonza. Quando nos reunimos de novo atrás dos contêineres de armazenamento, eu me inclino contra o papai, enquanto ele segura a mão da mamãe do seu outro lado. Ela não foi acometida de forma tão grave quanto eu, mas seu rosto ainda está com um tom amarelado. Nenhuma de nós conseguiu encarar o jantar.

— Nós vamos fazer o que eles pediram — mamãe diz aos outros. — Seremos gratos por conservarmos nossas vidas e uma espécie de lar aqui, e isso vai ser tudo o que poderíamos querer. Eu *não* irei perder a minha filha porque alguns de vocês não conseguem guardar as suas opiniões para si mesmos.

Com esse último comentário, ela olha na direção do senhor Sinclair, mas ele já parece decidido a concordar com isso, sentado no chão com ar de desalento, com os braços em torno de Toby. Papai me disse que o senhor Sinclair não ficou doente, mas que tanto o filho quanto a esposa ficaram. Jeffrey, que parece um pouco abalado depois de ele próprio ter passado por um ataque "alérgico", balança a cabeça concordando, com os olhos baixos.

Acreditando ou não no resto da minha história, pelo menos eles já estão convencidos de que a ameaça dos nossos captores é real. Eu deveria estar agradecida, mas tudo o que sinto é a sensação sufocante daquelas paredes invisíveis imprensando-nos cada vez mais.

Evan, que foi poupado, está de pé perto de Angela.

— Você acha que esta é a coisa certa a fazer, Skylar? — pergunta ele, dirigindo-se a mim diretamente pela primeira vez em dias. — Esta é a única escolha que temos?

Inspiro devagar, antes de responder. Eu já estive em uma posição como esta antes. No momento em que percebi que não poderia voltar no tempo para salvar Noam, não sem colocar a vida de todos que eu conhecia na mira dos Executores. Eu desisti do meu irmão para evitar uma tragédia maior. Agora, tenho que desistir da nossa luta pela liberdade pelo mesmo motivo.

— Nada mais importará se estivermos mortos. Então, vamos fazer o que temos que fazer para nos manter vivos.

14.

Win

Já passa da vigésima quarta hora, muito tempo depois do meu horário de dormir, mas continuo agachado no beliche assistindo de novo os vídeos da transmissão da exposição em um tablet. A tensão dentro de mim está me angustiando demais para que eu consiga descansar.

Queria falar com Skylar desde que ouvi pela primeira vez sobre a doença súbita que acometeu vários dos terráqueos, mas ainda não recebi nenhuma mensagem de Isis, e seria suicídio na certa tentar me esgueirar até a exposição sem que ela desse uma mexida nas transmissões. Eu mal podia acreditar que os Executores não me arrastaram à força junto com o papai dois dias atrás. Se me restasse alguma fé em nossos líderes, talvez eu ainda tivesse certeza de que o Departamento de Segurança não estaria disposto a violar as suas próprias leis, ou que o Conselho não estaria disposto a encobrir isso, caso o fizessem. Em vez disso, fiquei apenas confuso, até que vi como os terráqueos estavam se comportando hoje.

O Conselho não ordenou a minha prisão porque não viram nenhum motivo de preocupação. Eles tinham um outro plano para reprimir a nossa rebelião já em andamento.

Nas filmagens de algumas horas atrás, os pais de Skylar passeiam pela rua comentando sobre como agora eles estão confortáveis em sua nova casa. Alguns dos ex-colegas de Skylar falam em voz alta sobre o alívio que é não ter que se preocupar com deveres de casa e provas. Em determinado momento, a garota que parece uns dois anos mais nova do que Wyeth se queixa à mãe que ela quer ir "para qualquer outro lugar desde que *não seja aqui*", mas sua mãe a silencia, dizendo-lhe para ser grata por eles terem tudo de que precisam.

Até mesmo Skylar, ainda fingindo estar medicada, oferece uma vaga observação de vez em quando: como é bom que nunca chova, como ela gosta que eles estejam em um grupo pequeno.

Nakalya fez uma declaração pública enquanto eu estava jantando: "À luz das preocupações levantadas pelos nossos estimados kemyanos, nós revisamos a nossa proposta", disse o nosso prefeito com a expressão estoica que agora me faz cerrar os dentes de raiva. "Parece que a nossa assistência em seus momentos de necessidade levou nossos novos hóspedes terráqueos a se sentirem mais confortáveis em sua exposição. Considerando a alegria expressada por eles por conta disso, temos o prazer de lhes permitir que permaneçam lá. Vamos apoiar as suas preferências, e não submetê-los a outros ideais."

Desci para o setor das salas dos motores duas horas depois e descobri que grande parte das pessoas que realizavam o bloqueio já havia se dispersado. "Não faz sentido algum fazer pressão por sua liberdade, se eles próprios não a quiserem", um homem da idade do meu pai explicou para mim dentro do transportador a caminho de casa.

Não posso acreditar que a Skylar que vi apenas alguns dias atrás, que repreendeu Jule em termos inequívocos e estava perguntando sobre o nosso progresso mesmo depois disso e de outras... distrações, teria dito a seus companheiros para baixar a bola a menos que ela soubesse que a tal "doença" era uma ameaça velada.

Por fim, ponho o tablet de lado e me deito, mas consigo dormir muito pouco em meio ao caos estridente formado por meus pensamentos. Postei uma mensagem na rede com a palavra código que nós combinamos usar para indicar quando houvesse problemas, mas não tinha como eu dizer a Isis qual exatamente era o problema. Quanto tempo ela e Britta vão levar para encontrar outro método seguro para se comunicarem comigo?

Quando as luzes se acendem de novo, eu me arrasto para o café da manhã com a minha família. Papai parece quase tão cansado quanto estava quando o Departamento de Segurança o liberou ontem. No fim das contas, a sua punição acabou sendo uma redução de créditos e uma observação em seu arquivo; ele também nos informou, com um olhar um pouco mais detido em mim, que os Executores têm permissão geral para vasculhar o nosso apartamento a qualquer sinal de má conduta. Ele não falou muito sobre os interrogatórios em si, mesmo quando Wyeth perguntou, mas nem precisava. Além do cansaço, há uma contração em sua pálpebra sempre que alguém passa por ele apressadamente e um tremor na mão que segura os hashi. Só espero que esses efeitos sejam temporários.

De volta ao apartamento, checo a rede uma última vez enquanto papai e Wyeth vão para o trabalho e a escola. Nada de novo. Remexo no interior da minha bolsa de trabalho enquanto aguardo pelo próximo transportador me levar para cima.

Então, tenho um vislumbre de uma familiar cabeleira cacheada com mechas vermelhas do outro lado da porta do transportador.

Eu me sobressalto. Se alguém perceber que nós nos encontramos... Bem, eles não saberão se eu não entregar de bandeja. Entro no transportador como se não houvesse nada de incomum nele. Minha pulsação se altera outra vez quando vejo que não estamos só Isis e eu ali dentro. Britta e Tabzi estão paradas na outra extremidade da cápsula do transportador. Esta é a primeira vez que qualquer um de nós ocupa o mesmo espaço desde a viagem de volta da Terra.

Isis inclina a cabeça para mim, baixando os olhos de pálpebras pesadas, enquanto a porta desliza para se fechar.

— Tabzi nos providenciou um transportador privativo — ela esclarece. — Depois que nós não conseguimos entrar em contato com você através do comunicador, e com a mensagem que Jule enviou... Achei que precisávamos discutir isso juntos, para que possamos ouvir o que todos têm a dizer e fazer as perguntas que precisamos antes de tomarmos uma decisão final.

— Eu tive que destruir o comunicador... O Departamento de Segurança estava vasculhando o meu apartamento — explico. — O Jule sabe o que o Conselho fez com os terráqueos?

— Eu imagino que sim — diz ela. — Ele sinalizou que sua informação era particularmente urgente.

— Nós também achamos que a Skylar estava tentando nos deixar uma mensagem — acrescenta Britta. Ela parece bem, com um rubor saudável no rosto que eu não via desde antes de ela ser ferida, o que me deixaria mais aliviado não fosse a preocupação estampada em seus olhos. — É difícil de distinguir em qualquer uma das transmissões públicas, mas nós captamos isso em uma das outras.

Ela estende o tablet para mim. A tela está congelada em uma imagem de Skylar sentada na calçada. Seu nome e desenhos infantis — um sol, nuvens, um arco-íris — cobrem grande parte da superfície ao redor dela. Então, à sua esquerda, ela escreveu uma série de operações de multiplicação: vezes três, vezes três, vezes três. Meus dedos ficam tensos em torno do tablet.

Eu a ouvi murmurar esses números a si mesma uma ou duas vezes no pior dos seus ataques. O três era seu número especial, ela me contou, que a ajudava a se acalmar quando começava a entrar em pânico.

— Quando ela fez isso? — pergunto.

— Um dia antes de ficarem doentes — diz Isis. — Só consegui perceber isso ontem à noite, enquanto estava verificando filmagens mais antigas.

Três dias atrás ela tentou nos dizer que algo estava errado, e nós nunca respondemos. Eu empurro o tablet de volta para Britta, minha garganta apertada.

— O que isso significa? — Tabzi arrisca perguntar.

— Ela já sabia que eles estavam com problemas — esclareço. — Ela deve ter esperado que eu fosse até lá para que pudesse nos contar sobre isso, para que a gente pudesse ajudá-la. — Eu deveria ter estado lá. — Você consegue me colocar lá hoje à noite?

— Esse é outro motivo de preocupação — diz Isis.

— Eu estava visitando um amigo que vive no oitavo nível, e notei que há um Executor montando guarda do lado de fora da passagem de manutenção agora — diz Tabzi. — É por isso que entrei em contato com Isis.

— Eles têm mantido alguém lá em revezamentos rigorosos desde a sexta hora de ontem — explica Isis.

— Então, como é que vamos chegar até Skylar? — pergunto, apreensivo.

— Talvez não devêssemos — responde Isis. — Ela poderia estar nos alertando para que fiquemos longe. É provável que o melhor para *todos nós* é fingir por um tempo que tudo está maravilhoso, até que o Conselho retroceda novamente.

Deixar Skylar e os outros à mercê do Conselho?

— Não — digo com firmeza. — Não sem sabermos o que está acontecendo.

— Esperamos descobrir em um minuto — acrescenta Britta. — Estamos indo apanhar Jule agora.

— Vocês vão deixar Jule entrar aqui com todos nós? — espanto-me, olhando para ela e, em seguida, para Isis. — Vocês têm *tanta certeza assim* de que ele não vai nos dedurar? Tá, ele está abrindo mão de seu apartamento... Mas isso não significa que...

— É mais do que apenas isso — Isis me interrompe, e assente para Tabzi.

— Muitas das famílias dos níveis superiores estão fofocando a respeito disso — Tabzi diz, com calma. — Jule visitou o pai ontem, e depois o pai dele... bebeu demais do tipo errado de coisa, e ficou falando aos montes sobre filhos ingratos e como ele merece receber o apoio que sempre deu. As pessoas estão dizendo que ele só conseguiu manter a sua situação porque Jule esteve cobrindo suas despesas, coisa que soubemos pela Skylar... E eles estão dizendo que Jule cortou relações com ele.

Jule cortou os laços com o pai sem se importar com quem vá saber disso? Foi para proteger a imagem de sua família, em primeiro lugar, que ele nos entregou. Estou quase impressionado, mas não posso deixar de pensar que, se ele tivesse assumido essa postura um pouco antes, poderia ter nos salvado da maioria dos nossos problemas atuais.

— Eu acredito que ele está deixando claras as suas intenções — explica Isis. — O bastante para que devamos ouvir o que ele tem a dizer.

Ela nos conduz até a ponta oposta às portas do transportador à medida que ele diminui a velocidade. A porta se abre, e Jule caminha para dentro sem hesitação. Ele não parece perturbado ao ver Isis, mas para de chofre ao se deparar com o restante de nós.

— Não era exatamente isso o que eu esperava quando chamei um transportador privativo — observa ele com um meio sorriso. Seus ombros se aprumaram, fazendo-o parecer excepcionalmente desconfortável, como eu imagino que ele deva se sentir quando confrontado de uma só vez por quatro das pessoas que traiu.

— Você tem algo a nos dizer? — Isis questiona, seca.

— Eu descobri o que o Conselho decidiu — ele diz. — Ibtep me disse abertamente ontem... Ela *queria* que eu passasse a informação para Win. Ela falou com Skylar. Disse a ela que ia fazer com que todos os terráqueos fossem "acidentalmente" mortos se eles não começassem a reconhecer e elogiar as coisas boas que têm. A "doença" foi para comprovar com que facilidade eles poderiam dar prosseguimento àquilo que ameaçaram fazer. E eles estão, *de fato*, prontos para dar prosseguimento, e lidar com as consequências depois, se sentirem que têm de fazer isso. Não apenas se um dos terráqueos se rebelar... Mas também se vocês tomarem qualquer outra iniciativa para libertá-los.

— Eles não podem simplesmente... — eu começo a discutir, mas sei muito bem que eles podem, sim. Eles provaram isso para nós, bem como para Skylar.

— Nós devemos ficar felizes por eles não terem partido direto para essa solução — observa Jule. — Ibtep não está mais preocupada que eu revele as gravações... Ela disse que preferia ser dispensada de sua posição a ver a mudança para o K2-8 ser atrapalhada por brigas internas.

— Então, não temos nada com que barganhar — conclui Isis.

A expressão no rosto de Tabzi é de desânimo:

— O que *podemos* fazer?

— Temos que pensar em alguma coisa — falo. — Skylar fez toda essa jornada até aqui para nos ajudar, fez muito mais do que jamais deveríamos ter pedido, e então nós *incineramos* todo o planeta dela e a maioria das pessoas que eram importantes para ela. Os terráqueos não estão felizes; eles devem estar morrendo de medo. Não podemos abandoná-los assim. Mesmo se a exposição fosse um lugar aceitável para que vivessem, o que não é, como vamos saber se o Conselho não vai, mesmo assim, decidir se livrar deles "acidentalmente" quando todos se acalmarem e pararem de prestar tanta atenção?

— Podemos não ter escolha — Isis começa a dizer, mas Britta já está balançando a cabeça.

— Não podemos pensar assim — ela retruca para a namorada. — Win tem razão. Devemos isso a Skylar, a todos eles. Não podemos simplesmente desistir.

— Eu concordo — adianta-se Tabzi. — Mas como podemos ajudá-los agora?

Minha mente dá voltas com os fatos a que temos acesso.

— Eles controlam a sala do Departamento de Estudos da Terra — digo. — Os sistemas de suporte à vida, os recursos... É isso o que lhes permite fazer esse tipo de ameaça. Nós os impedimos de chegar aos motores, pelo menos por um tempo. Podemos bloquear o Departamento de Estudos da Terra e dar aos terráqueos uma chance de contar a verdadeira história sem que haja retaliação?

— É improvável — Jule diz com uma careta. — Eles instalaram um ponto de Viagem dentro de uma das unidades de armazenamento na exposição. Eles têm acesso instantâneo à exposição de qualquer compartimento de Viagem da estação.

Eu abro a boca e, em seguida, paro, encarando-o.

— Não convém mais discutir esta questão com ele aqui — falo para Isis.

— Eu poderia ter te dedurado semanas atrás, se fosse isso que eu quisesse fazer — esclarece Jule.

Isis pressiona os lábios enquanto pensa a respeito.

— Não, não convém — ela concorda, e estende a mão para o painel de controle.

A mandíbula de Jule se contrai, mas ele parece se conter.

— Tudo bem — diz ele. — Mas não me deixem fora disso se minha ajuda lhes for útil. Eu sei o que todos vocês pensam de mim, mas eu quero, *sim*, as mesmas coisas que vocês.

Ele sai pisando duro do transportador na próxima parada, sem olhar para trás.

— Existe alguma maneira de podermos desativar o ponto de Viagem, ou fazer com que Skylar faça isso? — pergunto assim que ele vai embora.

— Sem sermos pegos? — diz Isis. — Duvido muito. E mesmo se pudéssemos, para cobrir todas as áreas possíveis que afetam de uma forma ou de outra a exposição, nós, basicamente, precisamos obter o controle do oitavo e nono níveis inteiros.

Ela diz isso como se fosse impossível, mas a ideia acende uma chama dentro de mim.

— Essa é a resposta — falo. — Se conseguirmos controlar os níveis superiores, podemos deixar Skylar e os outros escaparem da exposição, ocultar a fuga, e assim protegê-los.

— Win... — Isis diz, parecendo cansada, mas eu a interrompo antes que possa discutir.

— Poderíamos fazer isso, não? — Olho dela para Britta e depois para Tabzi, ganhando entusiasmo enquanto a ideia se cristaliza na minha mente. — Se organizarmos as pessoas com rapidez suficiente, se contarmos a elas sobre a ameaça do Conselho aos terráqueos... teremos gente suficiente nos apoiando para fazer isso acontecer. Algumas dessas pessoas devem possuir habilidades com as quais podem contribuir. Nós não teríamos que bloquear os níveis para sempre... Apenas o bastante para convencer o Conselho a ceder.

— Quer saber, eu acho que isso poderia funcionar — diz Britta lentamente. — Afinal, a estação foi projetada de modo que qualquer nível possa ser selado e isolado em caso de rompimento da estrutura. E nós temos vários amigos especialistas em tecnologia para impedir que o Conselho desligue os outros sistemas, não é?

Isis suspira, sua boca expressando algo entre um sorriso e um pouco de preocupação.

— Talvez possamos fazer isso. Seria bom também controlarmos o décimo nível, assim não estaríamos enfrentando ataques de ambas as extremidades... Mas, se vamos fazer isso, temos que ter certeza de que realmente vale a pena. Não haverá volta depois disso. Vamos precisar *estar* lá, liderando o caminho. Se falharmos, não poderemos contar com Ibtep para nos encobrir com histórias inventadas. O Conselho não será gentil.

Um arrepio toma conta de mim, mas estou preparado para parar de fingir há semanas. Temos sido muito cuidadosos, e isso não nos tem levado a lugar algum.

— Então, esse é o risco que temos de assumir — concluo. — Sabemos que não podemos confiar no Conselho. Não podemos proteger Skylar e os outros sem fazer algo grande desse jeito. Quanto mais esperarmos, mais apoio perderemos. Se quisermos compensar o que temos feito aos terráqueos, precisamos tirá-los de lá *agora*. Se não fizermos isso, então podemos também aceitar que seremos para sempre um povo que poderia ter corrigido as coisas horríveis que fizemos a um número enorme de seres humanos, e, em vez disso, desistimos da nossa última chance de remediar um pouco as coisas pensando em nossa própria segurança.

Tabzi e Britta assentem. Isis esfrega a boca, e acrescenta:

— Nós também estaríamos atrasando os planos para a mudança para o novo planeta. Não vamos tirar a estação de órbita no meio de uma guerra civil.

Guerra. É o que isso acabou se tornando, não é mesmo? Cruzo os braços. Chegar ao K2-8 com este Conselho ainda no controle e os terráqueos ainda em cativeiro — ou mortos — seria tão terrível quanto permanecer aqui.

— As coisas são como são — respondo. — O Conselho as fez chegar a este ponto, não nós. É hora de Ibtep ver como Jeanant estava certo. Se vamos iniciar um novo curso, tem que ser todos nós juntos, kemyanos *e* terráqueos.

15.

Skylar

No terceiro dia de nossa encenação sob o comando de Ibtep, o sinal que eu estava esperando finalmente pisca no céu. Não digo nada a ninguém, mas uma onda de alívio invade o meu corpo. Talvez seja Win ou um dos outros que esteja vindo para dizer que estamos acabados, que não há mais nada que eles possam fazer. Mas, pelo menos, significa que eles ainda estão lá fora, e que viram que precisamos deles.

Antes do jantar, Angela e eu damos uma escapada para o banheiro para lavar roupas e conversar. Ela desaba contra a parede.

— Não sei como você conseguiu fingir por tanto tempo estar sob o efeito de medicamentos — diz ela. — Já foi difícil o bastante fingir não saber que você estava bem, antes. Fingir *gostar* daqui, constantemente... credo!

— Eu sei — concordo. — Sinto muito.

— Está se desculpando pelo quê? — ela se endireita. — É graças a você que nós estamos bem. E nós *estamos* bem. Eu estava só desabafando.

Imagino que estejamos bem, mas é uma definição de "bem" que jamais teríamos achado remotamente aceitável lá no nosso planeta: "não estar morto". E até mesmo isso poderia mudar com uma pequena escorregada.

Ou mesmo sem ela. É óbvio que o fato de termos ficado doentes no outro dia não provocou nenhum protesto tão grande que o Conselho não pudesse ignorar. Por que eles deveriam se preocupar em manter sua parte do acordo? Posso até imaginá-los fazendo um grande espetáculo sobre como estão consternados porque os médicos não puderam tratar a tempo a nova doença terráquea, e depois lançar os nossos corpos no espaço e pôr fim de vez nesse assunto.

— Nós vamos superar isso — Angela diz com firmeza, dando-me um abraço lateral. Quando ela está se afastando, sua mãe abre a porta.

— Estão lavando roupa? — ela pergunta, com uma sobrancelha levantada.

— O objetivo é esse — Angela diz com mais vivacidade, e abre a água para fazê-la correr. A senhora Tinapay entra, carregando uma pilha de roupas dobradas nos braços. Ela fixa o olhar em mim. Eu me ocupo do par de calças que estou segurando. Nunca tinha me dado bem com os pais de Angela da mesma forma que ela se dá com os meus. Em parte porque nunca convivi muito tempo com eles — a mãe dela tinha uma tendência de ficar nos supervisionando quando éramos crianças, o que fazia Angela frequentemente sugerir que fôssemos passar o tempo juntas no parque ou na minha casa — e, em parte, suspeito eu, porque o pai dela testemunhou um dos meus ataques de pânico quando estavam começando a acontecer e deve ter contado para a mãe dela sobre isso, e desde então eles sempre me pareceram um pouco cautelosos por baixo de sua polidez.

— Espero que você não esteja arrastando Angela para mais nenhum plano secreto — ela fala para mim agora.

— Mãe! — Angela diz, pegando o sabão.

A senhora Tinapay balança a cabeça.

— Você sabia que Angela ia tentar te ajudar porque vocês são amigas — ela continua. — Você tirou vantagem disso. Você não deveria tê-la colocado nessa posição. Se precisava de ajuda, deveria vir antes falar com os adultos.

— Eu não tinha a intenção de... — começo a me explicar, meu estômago se revirando, e Angela se vira para a mãe.

— *Mãe* — ela diz —, a decisão foi minha. Fico feliz que a Skylar tenha me contado. Ter 18 anos e ser oficialmente uma "adulta" não teria me tornado de repente muito melhor em lidar com isso.

— Você viu o que eles fizeram — argumenta a mãe dela. — Você acha coincidência ter sido *você* a ficar doente?

— Eu não me importo! — retruca Angela. — Skylar não me obrigou a fazer nada. Eu deveria ter o direito de decidir em quanto perigo eu posso ou não me meter, não você. Se houvesse qualquer outra chance de nos tirar daqui, eu teria optado por ela, porque *é isso* que é realmente importante.

Eu pisco para ela, assustada. Nunca a ouvi tão zangada com ninguém, muito menos com os pais. O queixo da senhora Tinapay treme. Ela junta as roupas nas mãos em uma trouxa, e então se vira e sai com pressa.

— Eu entendo por que ela está aborrecida comigo — digo. — Está tudo bem.

— Não — Angela retruca, batendo uma camisa molhada na lateral da banheira —, não está. Nós não somos mais crianças. Eu estou cansada de tentar descobrir como fazer o que acho que tenho que fazer sem deixá-la preocupada. Parece até que a gente tem feito besteira durante esse tempo todo, caramba. Seja como for, ela deveria ser capaz de ver que *todos nós* estamos em perigo *o tempo todo*.

Ela esfrega o sabão sobre a camisa, franzindo o cenho. Eu toco em seu ombro.

— Estou tão contente por você estar aqui. Você sabe disso, não é?

Seu rosto relaxa o suficiente para me lançar um singelo sorriso.

— Eu digo o mesmo de você, Sky.

☆ ☆ ☆

Algumas horas mais tarde, eu atravesso a rua furtivamente em direção ao mercado. Não me dou conta de como estou com medo que não seja Win quem surgirá por trás do painel, que um dos outros apareça para me dizer que ele foi capturado ou a própria Ibtep chegue para tripudiar, até que ele se esgueira para fora. Corro para envolvê-lo em meus braços antes mesmo que ele termine de passar pela abertura baixa.

— Oi — cumprimenta ele, retribuindo o abraço e dando um beijo na minha têmpora. — Desculpe não ter vindo antes. Nós descobrimos faz pouco tempo o que está acontecendo.

— Você ficou sabendo?

— Ibtep disse para Jule, então ele nos contou... Sobre a ameaça do Conselho, o acordo que eles fizeram com você. O acordo estende-se a nós também. Se organizarmos mais algum protesto...

— Eles vão nos matar por isso — concluo. Como eu suspeitava. Então, vamos ter que continuar com esta palhaçada para o resto da nossa vida, por mais curta que ela possa ser? Aperto os olhos, fechando-os, contendo as lágrimas que querem escapar.

Win desliza o polegar pela minha bochecha, e eu preciso sentir alguma coisa, qualquer coisa que seja, além dessa falta de esperança tão pungente. Afasto-me um pouco dele apenas o bastante para erguer os meus lábios na direção dos dele, e ele me encontra no meio do caminho com um beijo que me deixa arrepiada da cabeça aos pés.

Eu não o perdi. Eu não perdi isso. Ninguém pode apagar este momento.

Quando terminamos de nos beijar, Win permanece próximo o bastante para que nossos narizes possam se tocar, nossas respirações se misturando. É só então que percebo que ele carrega um familiar tecido de seda enrolado debaixo do braço.

— Você trouxe um 3T?

— Ah. — Ele o coloca sobre o balcão. — Não para Viajar, é claro. O Departamento de Segurança designou um guarda para vigiar o lado de fora da passagem de manutenção que eu uso para chegar até aqui. Isis tinha um desses guardado de um lote que estava consertando antes de nossa primeira viagem para a Terra. Eu só o utilizei devido às suas propriedades de camuflagem para que eu pudesse me aproximar. Ela e Britta criaram uma distração por tempo suficiente para que eu passasse pela porta.

— Mas se eles tivessem apanhado você...

— Nós nos certificamos de que não conseguissem — diz ele antes que eu possa expressar todo o meu temor. — Eu tinha que falar com você. Podemos dar ainda uma última cartada.

Um fio de esperança aquece a minha alma.

— Sério? O quê?

— É uma coisa grande — explica ele, sua voz acelerando. — Vai ser perigoso, mas acho que é muito mais perigoso deixar todos vocês nessa situação, sob o poder do Conselho. Eu só precisava ter certeza de que você quer tentar.

— O quê? — repito.

— Nós vamos controlar os três níveis superiores da estação — conta ele. — Da área que abrange o Departamento de Estudos da Terra para cima. Vamos manter esses níveis sob nosso domínio até que tenhamos certeza de que chegamos a um acordo no qual podemos confiar que o Conselho os deixará livres. Mas isso tem de ser feito rápido. Se vamos prosseguir com isso, temos que agir amanhã mesmo, mais ou menos no meio da manhã de acordo com o ciclo diário de vocês aqui.

— Vocês vão tomar mais de um terço da estação? — indago, olhando para ele. — O Conselho... Eles vão matar é *vocês*.

— Não, se não puderem chegar até nós também — diz Win com ar sombrio. — A estação foi projetada de modo que qualquer nível, setor ou distrito possa ser isolado em caso de avarias externas. Britta está familiarizada com os sistemas porque eles são semelhantes aos de nossas naves. Nós apenas temos que dar um jeito de chegar lá... Tudo poderia dar errado antes mesmo de começarmos, e aí não conseguiremos protegê-la. Mas é a única chance real que temos.

Eu tento imaginar o caos no qual a estação será lançada. Pelo que li sobre a história kemyana, não estou certa de que alguém já tenha contrariado a ordem aqui um décimo dessa magnitude. O Conselho ficará desesperado. Win não negou o que eu disse antes — talvez eles matem de imediato os rebeldes, se recuperarem a vantagem. No mínimo, duvido que Win ou os outros algum dia recuperarão a sua própria liberdade.

— Tem certeza de que *você* quer tentar isso? — pergunto baixinho.

Win me encara, descansando a mão na minha cintura. O calor suave de seu toque faz contraste com a impetuosidade em seus olhos.

— Eu não faço promessas vazias — assegura ele. — E eu não poderia viver comigo mesmo sabendo que tínhamos uma oportunidade e eu desisti para salvar a minha própria pele. São vocês que estão correndo maior perigo. Você está pronta para lutar de verdade?

Minha boca fica seca. Se isso der errado, estaremos todos mortos. Eu não quero tomar outra decisão por todos. Mas não há tempo para que eu os consulte.

A voz de Angela me vem à memória, dizendo à mãe que ela arriscaria tudo para nos tirar daqui. Penso em minha mãe e seu desejo de agir; em Evan, magoado por eu ter subestimado a sua força, a sua coragem.

Ninguém aqui dentro quer continuar assim. Disso eu sei. Eu acredito em Win, Isis e Britta, e em quem quer que esteja do lado deles. Nós podemos fazer isso. *Temos* que fazer isso. Ibtep me ofereceu duas opções, nenhuma delas é aceitável. *Não existe uma terceira opção*. Bem, agora existe.

— O que precisamos fazer? — pergunto.

Ele expira rapidamente e me lança um sorriso tenso.

— Fique com esta chave. Ela vai abrir o painel para você. — Ele tira da bolsa em sua cintura uma espécie de *token* de metal mais ou menos do tamanho de um chiclete e o deposita em minha palma. — O céu vai piscar três vezes quando for a hora de você agir. Você tira todo mundo daqui e fecha a passagem. Depois, tem que posicionar isso do lado externo do painel. — Ele retira do 3T um aparelho metálico que se parece com um frisbee pequeno e cheio de ranhuras. — É uma... ferramenta de construção... Ela vai soldar o painel à parede, e ficar quente por várias horas enquanto for deixado lá. Eles têm uma outra entrada para a exposição, e nós não queremos que eles a usem para virem atrás de vocês. Então, vocês continuam pelo corredor e viram à direita, e a porta lá vai desembocar no oitavo nível. Você pode se juntar ao restante de nós, seja lá o que tenhamos que fazer até lá, o que vai depender de como as coisas forem se desenrolando.

Dependendo de como as coisas estiverem se desenrolando, nós poderíamos emergir do lado de fora só para nos depararmos com um pelotão de

Executores. Eu olho para a janela fechada do mercado, e fico me lembrando de quando observei as exposições do Departamento de Estudos da Terra do lado de fora do vidro, semanas atrás.

— Nós não somos as únicas pessoas aqui — não posso deixar de falar. — Os terráqueos nas outras exposições... O que vai acontecer com eles?

Win fecha os olhos por um segundo, sua mão se enrijecendo contra mim enquanto ele murmura um xingamento.

— Eu não tinha pensado nisso. Deveria ter pensado. Nós íamos lacrar a sala inteira para garantir que o Conselho não pudesse chegar até nós, mas eles poderiam ordenar que todos os outros habitantes fossem mortos, só para nos punir.

— Então, temos que libertá-los também. Eles não merecem ficar trancados aqui tanto quanto nós não merecemos, mesmo se estiverem acostumados a isso.

Ele concorda, balançando a cabeça.

— Acho que todas as exposições utilizam a mesma chave. Há outras nove exposições, mas apenas cinco ou seis pessoas em cada uma delas. Entretanto, eles não vão entender o que está acontecendo. Posso tentar enviar alguém para ajudá-la, alguém que fale alguns idiomas... Nós ainda não sabemos quantas pessoas teremos do nosso lado.

— Então, vamos apenas fazer o melhor que pudermos.

Deslizo a chave para dentro do bolso do meu jeans. Meu coração está batendo acelerado como se estivéssemos fugindo neste exato momento, e não amanhã de manhã. Win abre o armário sob o balcão e coloca a ferramenta de solda lá dentro.

— É melhor eu ir — ele fala. — Tenho que sair a tempo de poder passar pelo guarda. E nós temos muita coisa pra fazer nas próximas doze horas.

Não. Ainda não. Em doze horas ele estará se colocando diretamente na mira dos Executores. Se algo der errado, nunca mais vou vê-lo de novo. Sempre existiu essa possibilidade em todas as outras vezes que ele saiu daqui, mas nunca antes ela me pareceu tão real.

— Win — digo, mas não tenho palavras para expressar a onda de sentimentos dentro do meu peito. Em vez disso, eu o puxo para mim, beijando-o com intensidade. Como se este instante, se eu puder torná-lo bastante real, possa durar para além de agora e nos conduzir a ambos na travessia de todos os perigos que se apresentam à nossa frente.

Sua respiração está entrecortada quando nos separamos, seus olhos brilhantes. Meus dedos estão agarrando sua camisa. Não quero soltá-lo.

— Eu quero você lá fora esperando por mim amanhã — falo. — Eu ainda não terminei de beijar você.

Uma leve risada lhe escapa.

— Eu vou estar lá.

16.

Win

Quando Ilone abre a porta de seu apartamento, a melodia que toca — música da Terra... brasileira, acho — me recebe junto com ela. O aposento em que entro está lotado com mais de uma dúzia de pessoas com as quais cresci. Algumas delas estão segurando latas de uma bebida "festiva", e de repente sinto-me constrangido por não ter trazido nenhum refresco para contribuir, em especial porque, tecnicamente, esta reunião foi ideia minha. Mandei a Ilone uma mensagem rápida na noite anterior comentando sobre quanto tempo havia se passado desde que nós do grupo de ex-colegas nos reunimos e sugerindo que esta noite seria uma boa hora para rever o pessoal, e Ilone nunca foi de deixar passar uma oportunidade de confraternizar. O fato é, porém, que *eu* não estou aqui para confraternizar.

Se repara que eu vim de mãos abanando, Ilone não comenta. Ela sorri, me dá um abraço rápido e me empurra na direção do grupo mais próximo. Imagino que nos dias de hoje seja totalmente inesperado que eu compareça a um desses encontros.

Para meu alívio, avisto a figura parruda de Markhal e os cabelos azuis de Celette próximos um do outro em uma rodinha de conversa do outro lado da sala. Caminhando até lá, eu me espremo para passar por entre as pessoas, cumprimentando-as com um aceno de cabeça, até conseguir cutucar Markhal com o cotovelo. Quando ele se vira para mim, inclino-me para ser ouvido apesar do volume da música.

— Eu preciso falar apenas com você e Celette... Rapidinho. Pode chamá-la e vir comigo?

Ele me lança um olhar curioso, antes de contornar apressado Dev para falar com Celette. Quando ela olha para mim, faço um movimento com o ombro indicando o quarto adjacente. Sou grato por descobrir que ninguém ainda o reivindicou para outras atividades.

— O que está acontecendo? — Celette pergunta enquanto a porta se fecha, reduzindo em boa parte o volume da música e do ruído das conversas. Nesse momento, o som mais alto é da minha pulsação acelerada.

O quarto é tão pequeno que eu não consigo olhar para os dois ao mesmo tempo quando estamos todos de pé. Eu me sento na beirada da cama, buscando as palavras. Encontrá-los aqui deve ser seguro. Ilone nunca esteve envolvida ativamente em nenhum protesto.

Markhal senta-se ao meu lado e Celette se escora contra a parede ao lado dele, seus dedos tamborilando os braços cruzados sobre o peito. Uno minhas mãos apoiadas no colo, reconhecendo esse gesto como algo que peguei de Ibtep. Quase desfaço o gesto, mas seria bom tomar emprestado um pouco de seu ar de autoridade neste momento.

— Estou conversando com vocês porque vocês são as duas únicas pessoas em quem confio totalmente — começo. — Se concordarem com o que vou dizer, quero que passem adiante somente para quem *vocês* tenham certeza de que podem confiar, cara a cara, deste jeito, e não por meio da rede, onde o Departamento de Segurança poderia ver, o máximo dessas pessoas que vocês puderem contatar entre agora e a décima hora de amanhã. Nós precisamos de toda ajuda que pudermos reunir.

— "Nós" quem? — Markhal pergunta, as sobrancelhas escuras unindo-se quando ele franze o cenho, ao mesmo tempo que Celette se inclina para a frente e diz:

— Ajudar com o quê?

Eu olho para baixo, para as mãos, e então de volta para eles.

— "Nós" sou eu e a maioria das outras pessoas que estavam a bordo da nave que desativou o gerador do campo temporal da Terra — revelo. — Quem providenciou para que todos pudessem ver o que realmente aconteceu lá. Quem organizou o bloqueio em frente às salas dos motores.

A mandíbula de Markhal se afrouxa.

— *Você...* — Celette diz, arregalando os olhos, e parece não conseguir terminar.

— Eu sinto muito — prossigo, com pressa. — Eu menti, fingi que não me importava... Eu tinha que manter em segredo meu envolvimento quando ainda estávamos num pequeno grupo, e desde que conseguimos retornar nós estivemos sob rigorosa vigilância.

Markhal ainda está olhando para mim.

— No outro dia — diz ele —, quando você sugeriu... você disse que tinha ouvido... a lista na verdade foi ideia *sua*.

Eu inclino a cabeça.

— Você poderia ter contado para mim — diz Celette. — Você deveria saber que poderia ter me dito.

— Eu fui repreendido só por estar de papo com você na sala de RV — conto. — Por que vocês acham que estamos conversando aqui em vez de eu tê-los chamado para irem ao meu apartamento? Estou contando para vocês agora. Estamos organizando algo grande, e precisamos que seja colocado em prática bem rápido. Vocês querem ouvir?

— Claro! — diz Markhal. Celette está franzindo a testa, mas balança a cabeça concordando.

Sua carranca vai se desfazendo, transformando-se aos poucos em entusiasmo conforme explico sobre a ameaça aos terráqueos e como temos a intenção de revidar.

— Isso é insano! — Markhal comenta quando termino, mas sua expressão indica que ele está pensativo.

— Maravilhosamente insano! — comemora Celette com uma risada que lhe tira o ar. — O Conselho jamais esperaria que a gente pudesse ir tão longe. Isso nem sequer ocorre a eles. Você sabe o quanto eu tentei defender a Terra, e isso não teria ocorrido a *mim*. Eles provavelmente não irão acreditar nisso quando estiver, de fato, acontecendo, pelo menos, não no início. É por isso que vai dar certo.

— Nós podemos estar nos metendo numa grande encrenca — eu os advirto, e Markhal faz um gesto de desprezo.

— Nós já estaremos numa grande encrenca se desperdiçarmos essa oportunidade. Eu não quero passar o resto da minha vida sendo governado por pessoas que pensam que é correto varrer da existência civilizações inteiras porque é conveniente para elas.

Sua completa ausência de dúvida reforça a minha certeza.

— Vocês conhecem pessoas que irão querer participar?

— Algumas, pelo menos — assegura Markhal. — Talvez mais... Eu conversei com um monte de gente durante o bloqueio.

— Umas dez ou mais, eu espero — afirma Celette. — Algumas das minhas "tropas" estão fora de Kemya agora, mas... eu posso arrebanhar quem estiver por aqui.

— Ótimo! — digo. — Vocês todos precisam estar vestindo roupas simples amanhã, nada com temática da Terra. Fiquem de olho na lista de apoio à Terra. Amanhã, por volta da décima hora, um post será publicado dizendo que precisamos deixar de lado nossas táticas anteriores. Esse é o sinal para entramos em ação.

☆ ☆ ☆

A agitação dos meus nervos torna o sono difícil. Levanto-me cedo, deixando Wyeth ainda dormindo, e pego os meus pais logo depois de mamãe chegar em casa do trabalho. Papai acaba de acordar, mas o embaçamento em seus olhos desaparece quando digo que preciso falar com eles.

Vai ser um baita desafio dar-lhes uma escolha sem, ao mesmo tempo, encostá-los contra a parede com o que vou lhes dizer. Respiro fundo.

— Tem uma coisa acontecendo — digo. — Uma coisa que significa que eu... terei que ficar fora por um tempo. Vocês não precisam saber nada mais além disso. Não tem nada a ver com vocês. Acho que vocês ficarão melhor aqui. Mas é possível que haja consequências que se estendam a vocês.

— Win — mamãe diz —, *o que* vai acontecer?

Papai segura a mão dela, ainda mantendo seu olhar fixo no meu. Sua boca se contraiu. Foi com ele que eu falei sobre começar a agir e os perigos que poderiam vir com isso. Ele é que foi interrogado pelos Executores. Acho que vai compreender que só estará a salvo da punição se eles não souberem o suficiente para que o Departamento de Segurança possa acusá-los de terem conspirado comigo. Se eu contar demais, eles e Wyeth terão que vir comigo... E isso é quase tão perigoso quanto.

— Não tem nada a ver com a gente — diz ele baixinho, repetindo as minhas palavras, — a menos que você precise de nosso apoio...?

Até ele oferecer, não havia percebido que eu não esperava que ele o fizesse. Isso traz uma sensação de conforto em meio à tensão que se avoluma dentro de mim.

— Não. Eu dou conta disso. É que eu... Vocês não têm passado por experiências muito boas recentemente. Não sei ao certo o que vai acontecer. — Não quero acreditar que o Conselho vá instantaneamente prejudicá-los ou a Wyeth para chegar até mim... eu não *acho* que eles assumiriam o risco de que tal ação pudesse virar ainda mais pessoas contra eles... mas sei lá. — Se vocês acham que não poderiam lidar ficando aqui...

— Mas se nós não soubermos... — mamãe começa e interrompe a si mesma. — Nós não precisamos saber. Tem certeza que *você* tem que fazer isso?

— Tenho. Nunca tive tanta certeza de uma coisa na vida.

Eles olham um para o outro, conferenciando em silêncio. Por um momento, quero que eles peçam para saber de tudo e venham comigo. Eu perderei por completo a comunicação com eles uma vez que os níveis superiores forem selados. Então, imagino Wyeth se esquivando dos disparos dos Executores e meu estômago se embrulha.

Papai deve ter tido um pensamento parecido.

— Eu estaria mais curioso, se não fosse pelo seu irmão — diz ele com cuidado. — Acho melhor não nos envolver.

— Sim — mamãe concorda. — Se não por outro motivo, pelo menos por Wyeth.

— Por mim o quê? — Wyeth quer saber, saindo do quarto esfregando os olhos. Nós todos congelamos.

— Por você eu vou me deitar mais cedo, assim poderei estar de pé para que você me mostre as suas manobras antigravitacionais no centro de fitness, como você me pediu — mamãe disfarça.

Wyeth fica parado, sem parecer totalmente convencido. Então, sorri.

— Tudo bem — diz ele, e enfia-se no banheiro.

Papai agarra meu ombro e, em seguida, me puxa para um abraço.

— Cuide-se — diz ele.

☆ ☆ ☆

Faltam cinco minutos para a décima hora quando recebo um toque de alerta de Isis, apenas um pontinho piscando na tela do meu terminal. A tensão acumulada torna-se ainda mais intensa. Apanho a minha bolsa de trabalho.

Em menos de uma hora, Ibtep e o Conselho terão a prova definitiva de que quebrei o nosso acordo. Não há como escapar de seus olhares atentos hoje, nada de manter a cabeça baixa e fingir não estar envolvido. Talvez eu nunca mais volte a este apartamento. Talvez nunca mais veja de novo os meus pais ou o meu irmão. Se voltar a vê-los, é bem provável que seja sob a influência de uma névoa tão espessa de medicação que mal estarei presente de fato.

Paro diante da porta da frente, lançando um longo olhar para a sala principal. Papai conseguiu pendurar de novo as poucas pinturas que sofreram danos mínimos, mas as paredes amarelas agora parecem nuas demais. O cavalete está vazio num canto. Uma das echarpes diáfanas da mamãe está jogada no banco, ao lado de uma lata de água com gás que Wyeth não se preocupou em descartar. Sinto uma opressão nos pulmões, como se o ar tivesse se tornado muito denso.

Estou mesmo fazendo isso.

Sinto-me estranho ao caminhar pelo corredor, dando o costumeiro cumprimento educado ao vizinho com o qual cruzo e às pessoas que já estão dentro do transportador interno quando o chamo, como se eu os estivesse vendo à distância. Nosso mundo está mudando — eu estou prestes a mudá-lo — e eles não fazem a menor ideia de que isso está acontecendo.

Sou a última pessoa que sobra no transportador quando ele chega ao setor 84-6. O corredor ali está deserto. Algumas portas à frente, eu encontro o equipamento que Britta planejou deixar na escada de serviço. Essas escadarias são um dos pontos de acesso de emergência que permanecerão parcialmente operacionais depois que o restante das passagens entre este nível e o de cima forem selados.

Quando saio do transportador com a minha pesada bolsa de trabalho pendurada na cintura, Markhal chega com outras cinco pessoas. Ele as está apresentando quando Celette emerge do próximo transportador com oito — "e mais seis devem dar as caras a qualquer momento", ela me diz, o rosto corado e os olhos brilhantes.

Estamos nos aglomerando no corredor. Isis planejou deixar a transmissão da vigilância num loop hackeado enquanto reunimos nossos colaboradores, mas não há como dizer quanto tempo temos antes que alguém do Departamento de Segurança perceba.

— Façam com que todos usem essas coisas aqui — digo a Celette e Markhal. Os pacotes que eu lhes entrego contêm cintos e armas do tipo que os Executores usam, obtidas no mercado negro a um custo bastante alto por Tabzi, e que irão amortecer, mas não matar, bem como crachás de trabalhadores de manutenção que Isis confeccionou. — Eu vou ficar com alguns de seus colaboradores, Celette. Quando os outros chegarem aqui, leve-os para o setor 2-87-3. Markhal, leve os seus para o setor 1-85-8. Quando vocês estiverem "uniformizados" e em posição, aguardem próximo às escadas de serviço lá. Assim que o alarme soar, todo mundo nos níveis superiores começará a sair. Conduzam-nos bem rápido até o sétimo nível. Queremos o máximo possível de pessoas fora de lá antes que os Executores de verdade possam interferir. Se alguém estiver com um terráqueo de estimação, digam-lhe que eles estão sendo colocados temporariamente em quarentena e mantenham os terráqueos com vocês. Não queremos deixá-los onde o Conselho possa alcançá-los. Está bem?

— E se alguém discutir com a gente? — questiona Markhal.

— Assim que virem os seus apetrechos de Executor, aquela disciplina kemyana que nós aperfeiçoamos deve falar mais alto — eu respondo com um sorriso torto. — Se alguém empacar *mesmo*, diga que o Departamento de Segurança irá discutir o assunto em mais detalhes em breve. Diga a eles o que for preciso para que continuem seguindo em frente. Apenas tire-os de lá.

— E quando os Executores de verdade aparecerem? — pergunta Celette.

— Tem um código nas embalagens que entreguei a vocês. Assim que um de vocês vir um Executor, insiram-no no painel de dados próximo à entrada. Isso iniciará o bloqueio manual final. Caso seja necessário, vocês podem disparar as armas contra eles, deixando-os inconscientes. Se quaisquer cidadãos tiverem sobrado em sua área quando isso acontecer, enviem-nos para os seus apartamentos ou estações de trabalho, ou amorteça-os, se for preciso. Queremos evitar ferir alguém... Isso irá apenas prejudicar a nossa causa. Agora, vão!

Eu apresso os quatro que estou levando comigo — duas mulheres que vi em protestos anteriores de Celette, um cara que é um de seus colegas exploradores-coletores, e um homem mais velho que geralmente se senta com o seu grupo no refeitório —, de volta para a porta de manutenção. Lá, coloco um dos cintos de Executor antes de passar o outro para uma das mulheres, Solma, e dar os crachás da manutenção para os outros três colaboradores. Então, pressiono no meu ouvido o comunicador que Britta deixou comigo, apesar de Isis ter nos advertido para não usá-los até que a vedação estivesse completa. Por toda a estação, os nossos aliados devem estar posicionados em cada um dos doze pontos de acesso de emergência.

Embora eu esteja esperando por isso, um frio percorre minha espinha quando a sirene ressoa estridente sobre nossas cabeças. O teto translúcido pisca em vermelho.

"Avaria detectada", uma voz eletrônica anuncia, ecoando através do corredor. "Todos os habitantes devem descer para o nível sete ou inferior. A vedação de emergência será concluída em quinze minutos".

Meu coração bate tão alto quanto o lamento da sirene. Ao longo de todo o setor, as portas dos apartamentos deslizam automaticamente, abrindo-se. Eu peço aos outros que se espalhem e escoltem quem está se demorando.

— Por aqui! — grito. — Rápido e com calma!

Britta determinou o período em que o menor número possível de cidadãos estaria trabalhando ou ocupando as áreas de lazer nos níveis superiores, mas nenhuma parte da estação está sempre vazia. As pessoas caminham apressadas passando por nós num fluxo constante, suas expressões tensas sob as luzes piscantes, os moradores deste setor dando passagem a pessoas que estão mais ao fundo nos corredores.

— Rápido e com calma — continuo dizendo entre as manifestações do anúncio de avaria, gesticulando para as pessoas em direção às escadas. A maioria delas passa por mim com pressa, sem dizer uma palavra, apenas espiando o meu cinto. Eu puxo de lado uma garota terráquea medicada que está perambulando sozinha pelo corredor, dizendo-lhe para aguardar em um dos apartamentos vagos. Meus companheiros separam alguns outros terráqueos de estimação de seus proprietários para reuni-los com ela.

— Onde é a avaria? — uma mulher exige saber de mim, aproximando-se, enquanto pessoas apressadas continuam passando por nós. — Como isso pode ter acontecido?

Como você acha que aconteceu?, quero perguntar a ela.

— Mais informações serão disponibilizadas em breve — respondo, em vez disso. — Por favor, continue andando. A evacuação é nossa prioridade principal.

Ela bufa, mas segue em frente.

"Avaria detectada. A vedação de emergência será concluída em seis minutos."

Estou de frente para a porta da escadaria quando alguém bate no meu ombro.

— Você — diz uma voz áspera. Um homem corpulento de cabelos grisalhos, usando um cinto verdadeiro de Executor, está me encarando. — Eu não o conheço. Qual é o seu número?

Ao fitar a arma em sua mão, sinto um frio na barriga e me dá um branco na cabeça. Eu tinha me esquecido da advertência de Isis de que haveria alguns Executores montando guarda nos níveis superiores. Enquanto reprimo o meu pânico relembrando o número que deveria me proporcionar um passe temporário, seus olhos se estreitam ainda mais.

— 439 — respondo com firmeza, mas ele já está levando a mão ao seu comunicador. Não posso deixá-lo falar com ninguém dos escritórios do Departamento de Segurança — a esta altura, eles já devem saber que esse é um alarme falso. Minha mão se contrai contra a minha própria arma, mas, se eu atordoá-lo, terei que explicar isso para todas essas testemunhas.

Em vez disso, faço uso do meu jeito nervosinho e impaciente pelo qual Ibtep e os outros tantas vezes me repreenderam.

— Por que você está em pé parado aqui em cima? — digo, apontando para a porta. — Nós estamos esperando alguém para ficar na saída inferior há cinco minutos. Anda logo com isso!

O Executor para, olhando fixo para mim.

— Não está ouvindo que é uma avaria, seu miolo-mole? — eu o repreendo. — Nós estamos correndo contra o tempo! — Seus olhos piscam com o insulto, mas acho que é isso que o convence.

— Certo — ele diz, por fim. Ele está levando de novo a mão ao seu comunicador enquanto se junta ao fluxo de pessoas escada abaixo, mas pelo menos agora temos uma porta que podemos colocar entre ele e nós. Empunho a minha arma, preparando-me.

A contagem regressiva alcançou os três minutos. As pessoas que ainda estão chegando apressam-se ainda mais.

— Rápido e com calma — eu grito mais uma vez, minha voz rouca. Espio as escadas lá embaixo de poucos em poucos segundos, vigiando atentamente o primeiro sinal de movimento vindo em minha direção. — Solma, vem pra cá! — eu a chamo, e minha colega "Executora" vem para o outro lado da porta.

Um grito de raiva ecoa lá de baixo, ordenando às pessoas para que saiam da frente. A palma da minha mão fica repentinamente úmida contra o polimetal morno da arma. Passos subindo as escadas retumbam.

"Vedação concluída", diz a voz eletrônica. Apresso-me para o painel de controle para lacrar esta entrada, e tenho um vislumbre de três Executores, incluindo o homem que enviei antes para baixo, correndo para o topo da escadaria.

Mesmo enquanto se desviam dos últimos retardatários que se dirigem para o nível de baixo, dois dos Executores sacam suas armas — armas que, ao contrário da minha, podem matar. Eu disparo contra eles enquanto digito no painel, e erro o alvo. Seus tiros cortam o ar com um zunido. Solma cambaleia, segurando o quadril, mas ainda consegue revidar com um disparo. O homem grisalho com quem falei antes tomba, a mão pressionada contra o peito. Meus dedos se atrapalham no código. Eu o digito quase aos murros e me afasto da escadaria justo quando o outro Executor mira sua arma na minha direção.

Uma faísca atravessa a passagem da porta que está se fechando e atinge o meu cotovelo. Estremeço em reação à ferroada do impacto — e a porta se fecha com um clique. Conseguimos.

Quer dizer, conseguimos por enquanto. Conforme as trancas da vedação penetram seus soquetes sibilando, todos os meus quatro companheiros se reúnem comigo. Posso ouvir os Executores forçando a porta do outro lado.

— Eles conseguem atravessar? — Solma pergunta equilibrando-se em sua perna boa.

— Eles não conseguirão depois disso — respondo. Largo a arma e retiro um último item da minha bolsa de trabalho: um longo rolo de fita vedante da largura da palma da minha mão e tão fina como o papel da Terra. Meu braço atingido pende dormente conforme me aproximo da porta. — Será que vocês poderiam me dar uma ajudinha aqui?

Os três que ainda estão ilesos correm para o meu lado. Nós rasgamos tiras do material liso e brilhante e as aplicamos em torno das bordas onde a porta se encontra com a parede. Com alguns toques firmes, ele se aquece, fundindo com a superfície abaixo dele. *Eles vão ter que voltar com serras a laser para poderem atravessar a porta*, Britta havia dito quando discutimos esta estratégia. *E, até lá, estaremos prontos para desviá-los.* Espero que ela esteja certa.

Uma voz estala no meu comunicador.

— Precisamos de apoio no setor 86-9 — grita uma voz que não reconheço. — Explosão! Rápido, por favor!

Meu corpo fica tenso.

— Fiquem vigiando aqui — ordeno a Solma e ao homem mais velho. — Deve ser seguro por enquanto, mas mantenham o posto até que lhe digam o contrário. Vocês dois, venham comigo.

Pegando minha arma, saio correndo.

17.

Skylar

Estamos sentados em nossos gramados, aguardando, quando o sinal surge: três piscadas de branco no infinito céu azul de mentirinha. Eu me levanto desajeitada, e todos me seguem até o mercado.

Pressiono a chave que Win me deu na parede atrás do balcão, e o painel ali se abre. Alguém atrás de mim respira fundo, de forma sobressaltada. O espaço do outro lado é escuro e silencioso.

— Essa é mesmo a melhor ideia? — Jeffrey diz de repente. — Quero dizer, nós praticamente estamos *pedindo* para que eles nos matem, certo?

Eu me viro. Vários dos rostos que me encaram parecem igualmente em dúvida. Mamãe, papai, Angela e Evan contaram aos outros o que é necessário fazer hoje, e depois relataram que todos pareciam aliviados com o pensamento de ir embora daqui. Pelo jeito, atravessar esta passagem vai tornar as coisas mais reais do que um simples pensamento.

— Foram vocês mesmos que nunca quiseram se render a eles, em primeiro lugar — não posso deixar de dizer. Quem quase nos matou foi *ele*, por teimosia. — Nós praticamente estamos pedindo para que eles nos matem enquanto continuarmos aqui, onde eles controlam o ar, a comida, tudo. Representamos um problema para eles, não importa o quanto a gente finja estar "feliz". Esta é a nossa única chance de ter certeza de que permaneceremos vivos por mais do que apenas algumas semanas.

— Não sabemos isso ao certo, não é? — diz a senhora Green. — Será que eles realmente nos machucariam, mesmo se estivermos seguindo todas as regras deles?

— Por acaso você não estava aqui quando aconteceu? — mamãe intervém com um movimento de braço. — Nós não fizemos absolutamente nada e quantos de nós ficaram doentes, antes mesmo de terminar o prazo que eles nos deram? Eles preferem atirar em nós ou nos envenenar do que conversar racionalmente. Não quero esperar para ver o que eles vão fazer em seguida.

— Eu não estou forçando ninguém a vir — argumento. — Se você preferir aceitar a misericórdia que os kemyanos vão te oferecer, seja ela qual for, você pode ficar aqui e se entregar quando eles vierem. Talvez eles não te machuquem. Mas depois de tudo o que vi, duvido que tenham alguma misericórdia pelas pessoas da Terra. — Ergo a minha voz. — Todos que quiserem, vamos. Temos que andar depressa.

No fim das contas, ninguém decide ficar para trás. Desço pela plataforma elevatória com o último grupo depois de usar a ferramenta de soldadura para selar o lado exterior do painel fechado. Um brilho laranja suave é emitido dele na parede.

— Sigam naquela direção — eu oriento, quando alcanço os outros no escuro e estreito corredor lá embaixo, apontando na direção que Win disse que nos levaria à saída. — Virem à direita e depois aguardem perto da porta.

Mamãe, papai e Angela ficam comigo. Temos à nossa frente nove exposições com companheiros terráqueos — pessoas que dificilmente poderiam ter imaginado para que tipo de mundo foram trazidas depois de sequestradas, pessoas que provavelmente não compreendem uma palavra do inglês. Nós só temos que fazer o melhor que pudermos para tirá-las de lá. Assim que nos reunirmos com os rebeldes kemyanos, vou deixar que *eles* expliquem.

Não sei o que vou encontrar quando papai e eu subirmos na próxima plataforma elevatória. Só vi duas das exposições, aquelas que ficavam na parte dianteira do salão, quando vim aqui antes como visitante.

O painel que se abre para nós dá para uma sala fresca revestida por tábuas de madeira, com sacos abarrotados empilhados contra uma parede e fardos de palha contra a outra. Uma portinhola parcialmente levantada na entrada permite a entrada de luz solar enevoada e uma brisa úmida. Nós descemos por uma rampa, que é uma espécie de escada de mão com degraus largos, até uma clareira de terra batida. A construção da qual saímos e o conjunto de casas com telhado de palha em torno dela estão sobre palafitas. Um riacho estreito corre à nossa esquerda.

A exposição toda parece muito mais... elaborada do que a nossa própria, desde a umidade do ar até os tufos sem poda de vida vegetal que preenchem os espaços em torno das construções. Não existem terrenos vazios, nada de caixas inexplicáveis. As pessoas que foram trazidas para cá ainda assim devem ter notado que algo estava errado, mas posso imaginá-las ao longo do tempo aceitando a vida neste ambiente "seguro", confinado por fronteiras invisíveis.

Um homem em calças largas e camisa solta surge em uma área de jardim entre duas casas, ficando boquiaberto ao nos ver. Ele solta um grito de alerta, e uma mulher e um menino que está quase entrando na adolescência correm apressados para a porta mais próxima. Com um farfalhar entre as árvores além das casas, outro homem e uma mulher saem correndo, a mulher com uma criança bem pequena presa por uma faixa de pano nas costas. Eles parecem asiáticos, com cabelo escuro e liso e pele bronzeada. Não tenho certeza da sua nacionalidade exata, mas isso também não ajudaria mesmo se eu soubesse — as duas outras únicas línguas que eu falo além do inglês são o espanhol e o kemyano.

— Viemos aqui para ajudar — digo com a entonação mais amigável possível, esperando transmitir a minha intenção. Abro os braços numa tentativa de indicar que meu objetivo não é causar-lhes nenhum mal. — Aqui não é mais seguro. Por favor, venham com a gente. — Eu aponto em direção à construção da qual acabamos de sair.

Os aldeões se reúnem, conversando entre si enquanto olham com desconfiança em nossa direção.

— Vamos mostrar para vocês — papai diz, movendo-se em direção à porta. O homem e a mulher com a criança hesitam, e então se aproximam. Eles espiam além da porta, enquanto a atravessamos e eu abro o painel utilizando a chave. O homem solta uma exclamação aguda.

— É mais seguro vir por aqui — eu lhes digo, desejando ter certeza disso. — Por favor, venham conosco.

Papai passa pela abertura e volta a entrar no aposento para mostrar para onde queremos que eles vão. O casal parece estar discutindo. Quanto tempo nós temos antes que o Conselho perceba o que está acontecendo, se é que já não percebeu? Quanto tempo temos até mandarem os Executores entrar aqui?

— O perigo está se aproximando — eu alerto, deixando a minha urgência transparecer na voz. — Por favor, venham com a gente. Vai ser seguro lá fora.

Os outros moradores entram na construção. O casal gesticula para a abertura. A segunda mulher caminha até ela e enfia completamente a cabeça. Então, afasta-se, mas fica próximo a ela, franzindo a testa.

— *Por favor!* — falo novamente, insistindo, e alguma coisa no meu tom de voz ou na minha expressão devem tê-la convencido. Ela se dirige com cuidado para a plataforma e convoca os outros. Depois de mais alguns murmúrios, eles se juntam a ela. Não há espaço para nós também. Eu movo a plataforma elevatória, ouvindo um gritinho quando ela começa a descer e comentários tranquilizadores de mamãe e Angela enquanto ajudam os moradores a sair dela. Em seguida, papai e eu descemos.

— Você pode levá-los para o corredor de saída? — eu digo para o papai, que concorda com a cabeça. Ele conduz os moradores ansiosos pelo corredor. Eles se amontoam, olhando para as paredes com olhos arregalados, mas continuam seguindo em frente.

Mamãe, Angela e eu acabamos de chegar à terceira plataforma elevatória quando papai retorna acompanhado de uma figura desconhecida. A expressão dele é de apreensão.

— Esse jovem diz que veio para nos ajudar — explica ele, gesticulando para o garoto, cujo uniforme verde-claro contrasta fortemente com sua pele da cor do petróleo, mesmo sob a luz fraca.

— Skylar? — pergunta o cara num inglês com sotaque kemyano. — Eu sou Jai. Tabzi disse que você iria precisar de ajuda aqui.

— Sim — respondo, transbordando de alívio. — Temos que tirar todo mundo das exposições... Eu não sei falar nenhum dos idiomas.

Ele me entrega um pequeno tablet e fica com outro.

— Eu falo dois, e os outros podem ser traduzidos para nós por esses aparelhos. Alguém vai vir comigo? Eu posso falar com os inuítes.

— Você o conhece? — mamãe me pergunta.

— Não — respondo —, mas conheço Tabzi. Ela está com a gente.

— Está bem — mamãe diz para Jai. — Vamos logo.

— Os próximos em exposição são poloneses — Jai me informa enquanto dá um passo para entrar na plataforma elevatória. O guincho de um alarme soando lá fora chega ao corredor que estou atravessando para chegar à próxima exposição, com papai e Angela logo atrás de mim.

Os cidadãos poloneses não vêm com facilidade, mas, pelo menos, consigo expressar o meu desejo de ajudar e a necessidade de urgência em uma versão um pouco assassinada de sua língua nativa. Depois de alguns minutos, eles descem comigo até o corredor — fincando os pés no desconhecido, preparados para enfrentar o que vier pela frente, assim como os aldeões fizeram antes. Eu queria que o público kemyano pudesse ver *esse* lado dos terráqueos.

Em seguida, papai e eu nos encontramos diante de um assentamento agrícola de pessoas que Jai chama de "tihuanacos", considerados os avós dos incas. Convencemos os confusos agricultores a entrar na construção de pedra bruta que guarda a abertura de saída, mas então eles se recusam a avançar. O alarme está ressoando através da escuridão além da passagem.

— *Por favor, venham!* — imploro a eles. — *Estamos ajudando. Vocês estão em perigo.* — Mas é óbvio que eles não confiam em nós. Eu me atrapalho com o programa de tradução do tablet, ao procurar pelas palavras certas.

— *Vocês vão morrer* — eu lhes digo, o que poderia muito bem ser verdade. Infelizmente, os tihuanacos parecem interpretar o comentário como uma ameaça. Um deles puxa uma faca do cinto, e papai me puxa para trás, colocando-me sob sua proteção.

— *Nós vamos ajudar vocês* — digo. O homem berra algumas palavras, apontando para que a gente vá em direção ao elevador.

— *Por favor!* — digo mais uma vez. Papai aperta o meu braço.

— Se eles não querem vir, não podemos lutar com eles — argumenta ele. — Essa é a escolha deles.

Ele tem razão. Mas sinto um nó no estômago enquanto descemos de mãos vazias até Angela.

Jai nos alcança e busca pelo próximo idioma no tablet para mim.

— Eles são de uma comunidade do que é agora, o que era, a Argélia — ele grita com uma voz mais alta do que o alarme antes de movimentar-se.

No momento em que apressamos os cinco para entrar na plataforma elevatória, Jai e mamãe terminam com o restante das exposições, retornando do fim do corredor com a família de habitantes das cavernas que vi na primeira delas um mês atrás. O jovem casal se apressa junto de seus filhos, um menino e uma menina, enquanto todos nós corremos para o corredor de saída que nos levará até a estação propriamente dita. Até mesmo Jai não pode saber agora ao certo o que estará nos aguardando do lado de fora.

— Temos que sair daqui — diz ele, apesar disso. — Bem rápido. Precisamos sair deste setor para que eu possa enviar um sinal aos outros dizendo para selá-lo.

— Eu não consegui fazer os tihuanacos saírem de lá — conto a ele, e ele faz uma careta.

— Vou dar a eles outra chance. Você leva o restante para o próximo setor. Se não fecharmos logo esta área, vocês todos estarão em risco.

Enquanto Jai parte voando que como flecha, eu me espremo entre as pessoas que aguardam, passando por elas para ir até a porta e destrancá-la. Nós desembocamos em uma sala ampla com paredes cinza-claras, salpicadas de vermelho conforme as luzes piscam acima de nós. Uma voz eletrônica está dizendo alguma coisa em kemyano sobre uma avaria. Dois garotos vestindo roupas kemyanas passam correndo por mim, lançando apenas um olhar de surpresa na minha direção. Um deles leva rapidamente a mão à orelha e diz algo que estou muito distante para ouvir. Eles não tentam nos deter, então, presumo que estejam do nosso lado.

— O que está acontecendo? — pergunta Angela. O nosso grande grupo, agora cerca de setenta terráqueos, encontra-se reunido próximo a uma parede. Eu aceno para que todos me sigam.

— Eu não tenho certeza — respondo para Angela, minha pulsação acelerando ainda mais com o mais recente ressoar do alarme. Não sei dizer se a situação está sob controle ou se as coisas deram errado.

Jai nos alcança quando nós ultrapassamos a arcada do setor. Ele está sozinho.

— Esperem aqui — ele fala para mim. — Vamos separá-los quando tudo estiver seguro.

Enquanto esperamos, nossas vozes ecoam pelo corredor com sua multiplicidade de idiomas sob o alarme. Com o tablet na mão, percorro toda a extensão do grupo, verificando se as pessoas que conheço estão aguentando firme, tentando tranquilizar uma das crianças inuíte que está chorando, dizendo aos outros grupos irrequietos com a ajuda do tradutor que o perigo está quase passando.

Acabo de voltar para o início da nossa agitada fileira quando uma garota de cabelos azuis trançados e pele acobreada surge de repente de um corredor transversal à frente. Ela acelera o passo quando nos avista, o reconhecimento manifestando-se em seu semblante. Ela abre a boca e então a fecha, como se percebesse que não sabe o que dizer para nós.

— Fiquem aí — ela pede, e sai correndo pelo corredor.

Ela não está agindo como se esses níveis fossem seguros. Não posso fazer muito mais do que apenas permanecer ali, aguardando o resgate.

— Vou ver o que está acontecendo — comunico às pessoas mais próximas de mim. — Mas alguns de vocês precisam ficar aqui e manter todos juntos e calmos.

— Deixe-me ficar com isso — pede o senhor Patterson, apontando para o tablet que ele vinha observando eu utilizar. — Caso precisemos falar com os outros.

— Eu vou com você — oferece-se Angela.

— Angela... — sua mãe começa a dizer, e Angela balança a cabeça.

— Eu vou fazer isso, mãe.

— Nem sonhando que eu vou perder você de vista — minha mãe diz para mim.

— Tá bom — eu cedo. — Apenas... me sigam.

Meus pais, Angela, a mãe dela, Evan e a senhora Cavoy me seguem enquanto caminho a passos largos pelo corredor atrás da menina de cabelos azuis. A maioria das portas ao longo das paredes está aberta, mostrando vislumbres dos apartamentos lá dentro, mas ninguém está entrando ou saindo. Nós já cruzamos alguns setores quando os meus ouvidos captam um grito em kemyano:

— *Socorro! Quem puder vir... Ajude a gente!*

Saio em disparada. Passando a próxima arcada, os dois caras que vi antes e a menina de cabelos azuis estão agachados contra uma porta, juntamente com alguns outros homens e mulheres. Perto deles, três pessoas estão caídas no chão, inconscientes. A porta está apenas ligeiramente entreaberta. Um fiapo de luz crepita pela fresta, e só então eu entendo por que estão todos curvados para baixo. Estão tentando evitar os disparos dos Executores.

Eu me colo contra a parede conforme me aproximo, indicando aos meus companheiros que façam o mesmo. A porta sacode quando alguém do outro lado se atira contra ela. A menina de cabelos azuis e duas outras pessoas estão inclinadas, jogando seu peso contra ela, mas há um pequeno objeto do tamanho de um livro no chão ao pé da porta, que a mantém aberta. Os dois garotos estão tentando empurrá-lo de volta pela abertura, mas não estão tendo sucesso em torcer suas saliências semelhantes a ganchos e manter-se fora do alcance da *blaster*.

— *Parem e deitem-se no chão* — uma voz ríspida grita do outro lado, e eu gelo. Kurra. Não consigo vê-la, mas aquela voz evoca de imediato a imagem de sua figura pálida logo além daquela porta.

A porta balança de novo, e os pés da menina escorregam. Enquanto ela se esforça para erguer-se, mais um disparo zune, atingindo um dos garotos na testa. Uma risada rouca ressoa à medida que ele desaba, e eu desperto de meu transe. Lanço-me para a frente, juntando-me ao outro garoto na tarefa de tentar freneticamente empurrar o objeto para o outro lado.

— *Vocês não podem salvá-los* — Kurra está berrando. — *Vou cuidar disso. Os terráqueos jamais terão autorização para...*

Angela se adianta para nos ajudar. Nós três empurramos juntos, e os ganchos giram. Em empurro o calço para fora e a porta se fecha.

— Obrigada — agradece a menina de cabelos azuis, ofegante, enquanto apanha do chão um rolo de uma espécie de tecido metálico. Seu olhar permanece em nós uma fração de tempo um pouco mais longa do que pareceria normal. Ela nos conhece das transmissões, é claro.

Ela e os outros kemyanos rasgam pedaços do material que tem a aparência de tecido e os colam em volta da porta. Eu giro ao redor, examinando o corredor, mas ninguém que eu reconheça está por ali. *Eu quero você lá fora esperando para me encontrar*, eu tinha dito a Win. Ele estaria ali se pudesse. Talvez esteja tentando resolver um problema como este, em algum outro lugar.

Talvez os Executores tenham conseguido romper a barreira por lá. Ele pode num lugar qualquer, estar caído no chão, atordoado... ou morto.

Com um nó na garganta, dirijo-me ao ponto mais distante do corredor, ouvindo mais gritos. As luzes estão começando a me deixar zonza. Paro por um momento para me equilibrar contra a parede no próximo arco, e é então que Win aparece no meu campo de visão logo à frente.

Eu me endireito, um sorriso se escancarando nos meus lábios enquanto ando em direção a ele, e ele acelera o passo até começar a correr. Ele me pega num abraço, girando-me no meio do caminho. Explodo numa gargalhada.

— Conseguimos! — diz ele, ainda me estreitando nos braços. — Esta parte da estação é nossa agora.

Não é a vitória que deveríamos ter tido, semanas atrás, mas depois de todo esse tempo presa na exposição, uma sensação de júbilo agita todo o meu corpo. Eu me afasto apenas o bastante para levar os meus lábios aos dele.

Eu provavelmente o beijaria por muito mais tempo se não fosse pelo pigarrear de papai. Esqueci que tínhamos companhia. Eu me separo dele rapidinho, ruborizando, e viro-me para os outros.

— Mamãe, papai, pessoal — eu digo, minha mão descansando no braço de Win —, este é o Win. É graças a ele que estamos livres.

Por enquanto. Mas nem mesmo esse acréscimo pode embaçar a minha alegria. Pode ser somente a primeira batalha, mas nós lutamos e vencemos.

18.

Win

— Até agora, não houve ferimentos que os equipamentos aqui não possam curar — Markhal diz para mim próximo à passagem para o centro médico do décimo nível que nós passamos a controlar. As luzes normalmente fortes da sala de paredes de cor marfim estão com a intensidade reduzida pela metade para economizar energia. Sob essa iluminação, um dos amigos médicos de Markhal está segurando um disco monitor de saúde sobre o peito de um homem que está deitado numa maca improvisada. A mãe de Skylar, que se ofereceu para ajudar com seus conhecimentos terráqueos de primeiros socorros, está aplicando bandagens nos braços de uma garota que acabou de entrar com arranhões sangrando. O impacto do disparo de um Executor explodiu um painel de circuitos ao lado dela.

— Para a nossa sorte, o Departamento de Segurança estava mirando para atordoar, não para matar — Markhal prossegue. — Não acho que eles pensavam que poderíamos mesmo levar isso a cabo.

— *Eu* ainda estou com dificuldade para acreditar que nós conseguimos — admito com um sorriso de cansaço. — Como estão passando os terráqueos de estimação e as pessoas do salão do Departamento de Estudos da Terra?

— Estamos diminuindo a medicação dos implantes dos terráqueos de estimação em preparação para removê-los. Eu só vi alguns dos terráqueos do pessoal do Departamento de Estudos da Terra... Eles têm problemas menos complicados, como uma torção no tornozelo, hematomas... Concluí que a confusão mental é uma preocupação maior para eles do que os transtornos físicos.

Essa é uma forma de colocar as coisas. O grupo de Skylar está acomodando os outros habitantes do Departamento de Estudos da Terra em um setor próximo. Da última vez que verifiquei, algumas horas atrás, havia gritaria e choradeira suficientes para dar uma ideia de sofrimento generalizado. Até mesmo os membros do grupo de Skylar estavam parecendo bastante atordoados. Apesar de tudo, Skylar pediu apenas a ajuda dos poucos kemyanos entre nós que estão familiarizados com uma ou mais das línguas necessárias. *Eu não quero que ninguém dê uma de superior pra cima deles*, ela me disse. *Podemos nós mesmos lidar com as coisas.*

— Eles estão se virando bem — digo a Markhal. — Mantenha o bom trabalho aqui.

Ele me dá uma saudação militar da Terra de gozação.

— Sim, senhor, capitão.

A mãe de Skylar caminha até nós.

— Ela está dizendo que também está com uma dor de cabeça terrível — informa ela, apontando para a garota que estava tratando. — Achei que você iria querer se certificar de que ela não tem um ferimento mais grave na cabeça.

— Obrigado — Markhal agradece em inglês. — Vou cuidar dela.

A mãe de Skylar permanece onde está depois que ele se afasta. Ela cruza os braços enquanto me examina, uma postura de cautela que eu vi Skylar assumir mais de uma vez. Elas têm uma compleição e uma coloração semelhantes, embora o cabelo castanho-canela de sua mãe esteja salpicado de mechas acinzentadas. É estranho ver uma representação de como Skylar pode parecer daqui a uns trinta anos.

— Então — a mãe dela diz —, pelo que eu ouvi, você é aquele que sequestrou a minha filha e a arrastou por vários períodos da História e através da galáxia.

Não posso deixar de ficar apreensivo. Ontem não houve tempo para mais do que breves apresentações após Skylar ter me beijado. Pelo que conheço dos padrões culturais de sua época, ter presenciado isso pode não ter causado a melhor das primeiras impressões.

— Eu acho que Skylar desaprovaria o termo "sequestro" — digo com cautela. — Ela tem sido bastante inflexível quando se trata de tomar suas próprias decisões em relação aos lugares aonde vai e o que vai fazer lá.

O canto da boca da mãe de Skylar se contrai. Não tenho certeza se é de satisfação ou irritação até que ela reconhece:

— Ela pode ser muito teimosa, isso eu reconheço. — Ela suspira. — Não sei o suficiente sobre o que está acontecendo para ter muito a dizer, mas você pode estar certo de que existem outras pessoas que se preocupam muito com o que acontece com ela.

A preocupação em sua voz — não comigo, mas com Skylar — me deixa mais sossegado.

— Eu sou um deles — eu lhe asseguro. — E Skylar comprovou no mínimo ser tão capaz de cuidar de si mesma como eu sou. — Melhor até, suspeito eu, se fôssemos somar todos os perigos em que cada um de nós nos colocamos e dos quais salvamos um ao outro.

A mãe de Skylar inspira fundo como se fosse dizer mais alguma coisa, mas o comunicador no meu ouvido soa o código de duas notas que significa que estou sendo convocado para o nosso quartel-general.

— Desculpe, eu tenho que ir — digo, e ela faz um aceno com a mão, dispensando-me.

Lá fora, subo no meu planador. Um dos amigos de Britta descobriu uma porção deles numa loja no nono nível, e nós os pegamos emprestados para realizar uma viagem mais rápida, já que os transportadores internos estão desativados. Isis acha que é mais prudente gastarmos o mínimo de energia da estação. Procuramos também falar o máximo possível cara a cara, para evitar dar qualquer chance a nossos adversários de captar sinais do comunicador. Passei grande parte das últimas quinze horas fazendo as rondas entre os nossos vários grupos de pessoas, verificando se estavam bem e lidando com quaisquer preocupações antes que eles autorizem uma chamada de emergência.

Tocando meu calcanhar nos controles em formato de barra da engenhoca, levanto voo pairando a mais ou menos dez centímetros do chão, a função de treinamento habilitada para que, caso eu comece a oscilar demais, um campo de força seja rapidamente ativado para me estabilizar. A *minha* cabeça está começando a doer, a dor provocada pelas descargas de adrenalina que estão me mantendo ligado sem parar desde ontem de manhã. Dormi mal, um sono entrecortado, quinze ou vinte minutos aqui e ali, quando tive que esperar os outros relatarem de volta para mim, desde que assumimos o controle dos níveis.

Wyeth provavelmente iria rir ao me ver em cima deste brinquedo de criança rica. Enquanto pairo pelos corredores, tento imaginá-lo dormindo no nosso quarto, embora eu duvide que ele esteja lá. Um integrante da equipe de Isis conseguiu averiguar que os meus pais foram ambos levados sob custódia pelo Departamento de Segurança logo depois que o oitavo nível foi selado. Wyeth é muito novo para um interrogatório completo. É mais provável que o irmão da minha mãe, o nosso tio Kenn, o tenha acolhido para passar a noite.

Papai e mamãe não sabiam nada de concreto. Eles devem estar bem. Tenho que lembrar a mim mesmo disso pelo menos uma vez a cada hora.

Quando viro a última curva antes da sala do quartel-general, avisto a outra pessoa cuja certeza de que está em segurança é algo que pode me consolar. Skylar está indo na mesma direção que eu.

— Sky! — eu a chamo, saltando do planador enquanto a alcanço. Ela se vira, e, embora seu sorriso demonstre que ela está tão cansada como eu estou, ele me anima. — Está tudo bem?

— Sim — ela responde. — Bem, nós ainda estamos tentando fazer com que todos fiquem confortáveis. Mas a maioria das pessoas se acalmou um pouco, pelo menos. Isis me convocou, não sei bem por quê. E você?

— Também. Eu estava na clínica médica. Sua mãe tem sido de grande ajuda.

— Ótimo! — Ela sorri mais abertamente então, com um brilho travesso nos olhos. Ela baixa o tom da voz. — É bom vê-lo, *Darwin*.

É impossível quantificar o efeito que me causa ouvi-la dizer o meu nome completo dessa forma: o formigamento de calor sobre a minha pele, a agitação vertiginosa dentro de mim. Tenho que beijá-la. Ainda parece milagroso que eu possa fazer isso, assim, sem cerimônia — e ainda mais milagroso que ela retribua o beijo, seus dedos alisando a minha bochecha. Ela me puxa para mais perto dela, a pressão de seu corpo fazendo jorrar uma enxurrada de pensamentos em minha mente, de todas as coisas que poderíamos estar fazendo além de estarmos nos beijando se não estivéssemos no meio de uma...

Uma gargalhada ecoa pelo corredor, e eu me afasto. Britta vem caminhando casualmente em nossa direção, sorrindo.

— Como é mesmo que os terráqueos dizem... "Arranjem um quarto"? — ela observa em seu costumeiro tom alegre, apesar das olheiras debaixo dos olhos, que sugerem que ela não conseguiu dormir tanto quanto o restante de nós.

Meu rosto enrubesce, embora Skylar apenas ria, descansando o queixo no meu ombro.

Eu não acho que tenha havido qualquer crítica no erguer de sobrancelhas de Britta para o fato de Skylar e eu estarmos de mãos dadas quando nos encontramos pela primeira vez com os outros ontem. Ela levou numa boa o relacionamento de Skylar com Jule. Ainda assim, uma coisa é quando um cara de uma respeitada família kemyana acha uma garota terráquea atraente, e outra é quando isso acontece com uma pessoa que sempre foi considerada como alguém que tem muito *interesse* na Terra. Os comentários direcionados a mim quando Skylar se encontrou com o grupo rebelde pela primeira vez ecoam na minha mente: piadas de Emmer sobre a extensão do meu "amor pela Terra", as insinuações de Pavel de que eu estava me entregando a algum tipo de *perversão*...

Eu me forço a expirar, barrando essas lembranças. Eu sei que o meu carinho por Skylar não tem nada a ver com o planeta do qual ela vem.

Nós três entramos na sala de trabalho que estamos usando como quartel-general e encontramos Isis e Tabzi já lá dentro. Isis ergue a vista de seu monitor e nos lança um sorriso rápido. Ela se vira em seu banquinho, enquanto nos reunimos à sua volta. Suas roupas estão amassadas, o rosto abatido — eu acho que *ela* não dormiu nem mesmo um sono entrecortado. Ela e os amigos bitolados em tecnologia de Britta estão amontoados em fileiras de terminais além dela, mas ainda assim ela não quis delegar a ninguém a responsabilidade pela nossa segurança. Eles já reprimiram várias tentativas do Departamento de Segurança de desligar estes níveis por meio da rede, ao mesmo tempo colocando campos de força para repelir os esforços em curso dos Executores de abrir caminho fisicamente para o oitavo nível. As telas nas paredes brilham com a quantidade de transmissão de dados do porte de uma estação.

— Alguns integrantes da equipe de Celette puseram um dos refeitórios para funcionar — relato. — Eles estimam que têm uma quantidade suficiente de alimentos pré-preparados para nos manter por pelo menos uns dez dias. A maioria dos ferimentos foi tratada, e os terráqueos de estimação estão se adaptando sem maiores dificuldades.

— Excelente! — reconhece Isis. Ela corre a mão pelos cachos volumosos, parecendo que está contendo um bocejo. Britta se apressa para desferir um beijo no topo da cabeça da namorada.

— Você devia estar descansando — diz Isis, estudando-a.

— Eu tentei — Britta responde com um encolher de ombros. — Consegui um pouco. Estou bem, Ice.

Isis faz uma careta, mas se vira para o restante de nós.

— Pensei ser o momento de discutirmos os próximos passos.

— Como o Conselho tem reagido até agora? — pergunta Skylar.

— Nakalya emitiu uma declaração oficial cerca de uma hora atrás — conta Isis. — Eles estão nos retratando como alguns pobres coitados kemyanos que foram tomados por uma preocupação exagerada, porque ninguém poderia ter concordado em perturbar a estação dessa forma, a menos que tenha compreendido errado quem de fato são os terráqueos e do que eles realmente precisam. Eles estão dando a entender que libertar os terráqueos desse jeito é *mais* cruel do que mantê-los em exposição.

— Qualquer um que não concorde hesitará em protestar, é claro — Britta comenta —, mas, pelo que vi na rede, até mesmo as pessoas que eram simpáticas à causa estão surpresas com a extensão da nossa ação.

— Então, naturalmente, o Conselho vai levar essa farsa adiante o máximo que puder — concluo, tentando ignorar a inquietação dentro de mim. Manter Skylar e os outros seguros hoje e para o resto de nossas vidas vai depender de o público vir ou não para o nosso lado. Aperto a mão de Skylar. — Temos que mostrar a eles a verdade, como fizemos antes, sobre as ameaças do Conselho e como os terráqueos *realmente* são. Agora podemos fazer isso abertamente.

— E se fizermos gravações de vídeo para *mostrar* de verdade a todos o que estamos fazendo e por quê? — sugere Tabzi. — Poderíamos transmiti-las para a rede, não poderíamos?

Eu me lembro do impacto causado quando revelamos a destruição da Terra.

— Isso parece ótimo!

— Quer ficar encarregada de fazer esses vídeos, Tabzi? — pergunta Isis.

Tabzi baixa os olhos timidamente.

— Eu tenho pouca... prática. Meus amigos e eu fizemos algumas gravações, bem curtas e não muito boas, tentando parecer com os filmes da Terra.

— Talvez minha amiga Angela possa ajudar — sugere Skylar. — Ela está mais envolvida com fotografia, mas fez trabalhos de vídeo também.

— Falando nisso... — Isis diz, e se detém. — Sim, Zanet?

Um jovem tinha enfiado a cabeça pelo vão da porta.

— Tem alguém aqui querendo falar com você — informa ele. — Diz que conhece você, mas não sabia como encontrá-la, o que achei estranho... O nome dele é Jule Hele-Rennad Adka.

Os dedos de Skylar retesam-se em torno dos meus. Isis não mexe um músculo.

— Ele está com você?

Zanet assente.

— Eu o fiz aguardar na sala do outro lado do corredor.

— Nós não queremos ele aqui bisbilhotando o nosso planejamento — observo.

Isis concorda com a cabeça.

— Vamos descobrir o que ele quer... E como chegou aqui.

Skylar continua segurando firme a minha mão enquanto atravessamos o corredor até a sala de trabalho menor e não utilizada. Jule está casualmente apoiado num terminal, mas seus dedos estão tamborilando nervosamente sua lateral. Ele se endireita quando todos nós entramos. Seu olhar desliza primeiro para Skylar.

— O que você está fazendo aqui? — exijo saber, e seus olhos se voltam rápido para mim.

— Pensei que fosse óbvio — diz ele. — Eu disse que queria participar dos seus planos. Então, aqui estou eu.

— Talvez você possa explicar como conseguiu fazer para chegar até aqui — Britta diz com as sobrancelhas arqueadas.

— Eu *moro* no oitavo nível, esqueceu? — diz Jule com um sorriso torto. — Eu estava em casa quando o alarme de avaria soou, e, depois da forma como todos vocês estavam falando outro dia, percebi que eram vocês e não uma emergência real. Por isso, permaneci no meu apartamento até que grande parte da evacuação fosse concluída, e então ajudei a selar a saída próxima a mim. Eu teria vindo procurar por vocês mais cedo, mas achei que teriam que resolver um monte de outras coisas antes, que eram mais importantes do que eu.

Jule, o humilde. Ele não está errado, mas isso também não significa que esteja dizendo toda a verdade.

— Não acho que isso seja uma boa ideia — comento.

— Eu concordo — Tabzi diz em voz baixa.

— Se quer mesmo ajudar, de verdade — eu prossigo, com um lampejo de inspiração —, você seria mais útil para nós lá embaixo com Ibtep. Isis, você conseguiria arranjar uma forma de ele se comunicar conosco, não?

— Consigo, sim — responde ela, estudando Jule. — E eu também prefiro que ele fique lá embaixo.

— Não vai ser muito útil — explica Jule. — Ibtep nunca confiou em mim, de fato, e eu não posso mais chantageá-la com aquelas gravações para que me mantenha por dentro do que está acontecendo, se ela não tem mais medo de ser exposta.

— Quem falou em chantagem? — Isis responde com um sorriso malicioso. — Implore. Apareça lá dizendo que você fará qualquer coisa para ser aceito por ela, que você já conseguiu chegar até nós e possui informações para o Conselho. Talvez não funcione, pode ser que você só consiga extrair alguns fiapos de informação, mas é melhor do que você ficar zanzando por aqui.

— Se você não gosta dessa ideia — proponho —, poderíamos trancá-lo em seu apartamento como os outros moradores dos níveis superiores que não conseguiram sair a tempo.

Jule faz uma pausa, como se esperasse que qualquer um dos outros lhe prestasse apoio. Então, faz um gesto de desprezo.

— Tudo bem. Se isso é o que eu preciso fazer, eu vou voltar. Só quero que vocês saibam que vou continuar a apoiar a causa da mesma forma que eu deveria ter feito antes, até que vocês me deixem fazer tudo o que estiver ao meu alcance.

Ele está olhando para Skylar de novo, mas ela aninhou a cabeça em mim, ignorando-o.

— Venha aqui — diz Isis. — Vamos estabelecer um protocolo de comunicação; em seguida, Zanet irá conduzi-lo ao sétimo nível.

O restante de nós se desloca pelo corredor atrás deles.

— Eu tenho que voltar para a nossa "zona" terráquea — diz Skylar.

— Você está precisando de alguma coisa? — pergunto.

— Fora mágica, não. Acho que temos todos os suprimentos que podemos usar. — Ela estende a mão até o meu rosto e me dá um selinho, antes de seguir pelo corredor na direção oposta. Quando volto, Jule está me observando por cima do ombro de Isis. Sua mandíbula está apertada, mas ele desvia o olhar para responder ao que quer que Isis esteja dizendo a ele.

Eu apanho o meu planador do lado de fora da sala usada como quartel-general. Minha próxima meta é organizar a equipe do refeitório para começar a trazer comida para as nossas principais áreas de trabalho, já que todo mundo está ocupado demais para se deslocar para uma refeição. Suspeito que a maioria de nós tem comido tão mal quanto tem dormido.

— Zanet — chama Isis. — Por favor, leve o senhor Adka à parada do transportador no setor 2-83-2. Vou confirmar quando estiver seguro para escoltá-lo até lá embaixo.

Jule olha para mim de novo.

— Darwin — diz ele, sem o seu habitual pendor à zombaria —, pode vir com a gente um minuto?

Eu preferia voltar a trocar tiros com os Executores a ter a conversa que ele provavelmente quer ter, mas ele pediu em vez de exigir. Além disso, tenho a opção de ir embora, se ele vier com insultos.

Eu me junto a eles, emparelhando-me com o ritmo dos passos largos de Jule, enquanto Zanet lidera o caminho. Jule não me encara, olha para a frente.

— Isso foi ideia *sua*, não foi? — diz ele, por fim. — Tomar mais de um terço da estação? Ninguém mais teria sugerido um plano tão maluco.

Estou cansado demais para discutir. Além disso, ele soa quase que impressionado por baixo de seu ceticismo.

— Situações extremas exigem medidas extremas — digo, e logo em seguida me arrependo, porque me lembra a solução "extrema" de Ibtep para a Terra.

— Imagino que sim e, por mais maluca que fosse, você fez com que desse certo. Isso já é uma coisa e tanto. E ela é sua.

Ele não precisa dizer quem é "ela".

— Ela não é um objeto para ser de alguém, Jule — retruco. — E eu não orquestrei uma guerra civil só para poder namorá-la.

— Você sabe que não foi isso que eu quis dizer — responde ele, e eu percebo que, na verdade, eu sei. — Ela me acusou, lá no começo, de concordar em hospedá-la somente para irritá-lo — ele prossegue. — E ela estava certa. Assim que me encontrei com vocês dois naquele esconderijo na Terra, ficou óbvio para mim que vocês tinham um lance. E era fácil pra caramba encher o seu saco. — Sua boca se retorce, formando um sorrisinho. — Mas então ela se tornou mais do que isso. Eu não estou me resignando. Se eu puder compensar o que aconteceu, se ela puder ver que...

Já ouvi o bastante.

— Por favor, me diga que *você* não está apoiando uma guerra civil só para ter outra chance com ela — digo, e ele explode numa gargalhada.

— Não — alega ele. — Eu não quero ficar sob o comando desse Conselho tanto quanto você. — Ele fica em silêncio por um momento. Então, acrescenta: — Ela também estava certa sobre as coisas que me disse da última vez que nos falamos. E o pior é que, se eu pudesse fazer tudo de novo, sabendo qual seria o desfecho, ainda assim eu poderia ter mantido a minha boca fechada. Se eu tivesse dito a ela antes, ela teria me odiado já *naquela época*, e eu nem sequer teria... o que nós tivemos. Antes, eu nunca achei que colocar os meus interesses acima de todos os outros fosse razão para me envergonhar. Mas aqui estou eu, e tentando consertar as coisas. Só pensei que te dar um toque antes seria uma abordagem mais honrada.

Há uma sinceridade em sua voz que nunca ouvi dele antes. Eu o encaro, mas ele está olhando para o chão agora.

À nossa frente, Zanet para próximo à escadaria de manutenção. Jule faz uma pausa e se vira para mim pela primeira vez.

— Além disso — acrescenta ele —, eu não estou em posição de exigir nada, mas, se *você* magoá-la, fique sabendo que eu ficaria feliz em descartá-lo em pedacinhos por um duto de fissão.

Isso é mais a cara daquele Jule que eu achava que conhecia. Ele caminha na direção de Zanet com um ar que deixa claro que não é para eu acompanhá-lo. Lá no fundo, algo dentro de mim sugere que eu deveria estar irritado com esse último comentário dele, mas só consigo pensar na ironia da situação. O fato é que seria difícil eu partir o coração de Skylar quando ela deixou claro que não pode oferecê-lo neste momento. Tenho que admitir que não me importo com a interpretação errada de Jule a respeito desse assunto em particular.

☆ ☆ ☆

Algumas horas mais tarde, Tabzi está me enquadrando na sua filmadora portátil, enquanto fico em frente a uma tela que exibe uma imagem da Terra — quer dizer, a imagem que o planeta tinha antes de Ibtep condená-lo. Lanço um olhar de volta para ela enquanto ajeito mais ou menos o cabelo.

— Tem certeza de que você não está exagerando? — pergunto em inglês a ela para que Angela possa entender.

— Proporcionar... recursos visuais é importante — explica Tabzi. — Nós estamos fazendo com que se lembrem do que foi perdido.

— Isso mesmo — diz Angela ao lado dela. — Ei, Win, você pode se virar um pouco mais para a esquerda? Aí. Assim o azul está refletindo em seu rosto. As pessoas associam a cor azul com honestidade... se é que o mesmo acontece aqui.

— Tem uma ciência que estuda isso — Tabzi diz a ela, radiante. — Acontece o mesmo com todos os humanos.

— Bem, então é perfeito! — Angela diz, sorrindo de volta. Elas parecem ter se dado bem logo de cara.

Tabzi termina de mexer na filmadora e me dá um "joinha" com o polegar inclinado.

— Vá em frente. Apenas fale. Se você quiser recomeçar a partir de qualquer ponto, tudo bem. Eu vou editar depois.

Vou ser franco — deveria ser fácil fazer isso. No entanto, quando abro a boca, as palavras acumulam-se na minha garganta.

Nós vamos transmitir esses "filmes" em toda a rede. *Todo mundo* vai me ver. Todo mundo estará emitindo opiniões sobre mim e sobre o que estou dizendo.

Eu falo em kemyano:

— Meu nome é Win Ni... — começo a dizer, e me detenho. Como posso dizer a alguém para apreciar a Terra, enquanto eu próprio estou negando o nome que me foi dado? Começo de novo, agora com mais firmeza. — Meu nome é Darwin Nikola-Audrey Pirios. Estou com aqueles que acreditam que os terráqueos devem ser integrados em nosso mundo como semelhantes.

Divago sobre a forma como os meus pais me criaram — depois de deixar claro que eles não tiveram envolvimento algum na tomada dos níveis da estação — e sobre o treinamento de Viajante, minhas primeiras visitas à Terra, testemunhando o quanto estávamos perdendo vivendo na estação espacial, e ficando cada vez mais desconfortável com a negligência dos nossos cientistas em relação aos efeitos de suas experiências com as pessoas cuja História estávamos alterando. Tabzi registra tudo com paciência, mas suspeito que ela terá muito o que editar. Deixo de fora qualquer menção a Ibtep ao explicar a missão da Jeanant, já que não queremos que o seu envolvimento distraia a atenção de nossa mensagem central.

A última coisa que tenho a dizer eu sabia que seria a mais difícil. Respiro fundo.

— Eu não compreendia de verdade, até mesmo quando cheguei à Terra para tentar libertá-la — eu digo para a câmera. — Mesmo aqueles entre nós que acreditam que respeitamos o planeta e as pessoas que viviam lá... Nós ainda temos essa noção de que elas são inferiores a nós por causa da forma como as mudanças deterioraram a sua composição física. *Eu mesmo* tinha essa noção, até que comecei a conversar com eles e a trabalhar com eles... vendo-os e ouvindo-os, de fato. Terráqueo, kemyano, isso são apenas palavras. Somos todos *humanos*. Não interessa o que as nossas leituras científicas e medições atômicas possam indicar, não há nada no modo como eles pensam ou sentem que seja diferente da forma como nós fazemos isso. Eles são tão capazes quanto nós. Às vezes, são capazes de mais ainda do que nós. Vamos tentar mostrar-lhes isso, para que vocês possam ver e ouvir por si próprios a que ponto temos sido enganados. Mesmo que achem que só estou confuso, que não consigam acreditar que os terráqueos possam ser mais do que uma mera sombra de nós... Se vocês estiverem certos, então é isso que vocês verão. Só um miolo mole evitaria olhar sem preconceitos, por medo de que possa estar errado. Não é tão terrível estar errado. Quando você percebe que está, pode começar a agir da maneira correta.

Dou um passo para o lado.

— Acho que isso é tudo o que tenho a dizer — concluo, em inglês. Tabzi baixa a câmera e aplaude.

— Isso foi perfeito, Win. Você expressou tudo tão bem!

— Só espero que eles escutem — digo. — Aonde vocês vão agora?

— Nós estamos indo gravar algumas cenas dos terráqueos trabalhando juntos — Angela responde. — Todas as diferentes culturas aprendendo a cooperar.

— E Skylar disse que iria falar sobre como Ibtep... a ameaçou — Tabzi acrescenta.

— Isso pode ter que esperar um pouco — interrompe Celette, entrando na sala. — Está havendo uma briga entre os nossos "reféns", Tabzi. Esperávamos que você pudesse acalmá-los.

— Ai, caramba! — Tabzi diz, revirando os olhos. Ela tem mantido uma relativa ordem entre os kemyanos comuns que não saíram, já que, por ser uma residente de nível superior, impõe um pouco mais de respeito do que o restante de nós.

Ela entrega a câmera para Angela.

— Veja se você consegue fazer algumas... tomadas. Voltarei quando puder. — Então, ela pousa a mão no meu braço. — Obrigada novamente, Win.

Celette sorri para mim quando as duas se apressam porta afora.

— Olhe só para você, arrasando corações!

— Tabzi não teve a intenção de... — protesto automaticamente, e depois paro. Tabzi sempre foi *legal* comigo, sorridente e gentil. Pensei que fosse apenas a maneira como ela é. De repente, lembro-me de vê-la enrubescer de vez em quando sem que eu pudesse encontrar uma explicação para isso, e como ela correu ansiosamente para mim quando me viu na cerimônia do Dia da Unificação alguns meses atrás, apesar da expressão de desaprovação de suas amigas. — Ela nunca disse nada — eu corrijo.

— Às vezes as pessoas não dizem, quando se dão conta de que a outra já está envolvida com alguém — diz Celette.

Eu pressiono a palma da mão contra a testa. Será que fui assim *tão* cego para isso? Será que Tabzi acha que eu sabia? Então, fico ciente de pelo menos uma dezena de coisas que eu disse ou fiz desde que Skylar se juntou a nós e que poderiam ter parecido absurdamente insensíveis.

Considero mais uma vez as palavras de Celette, e a encaro sob a mão com que esfrego a testa.

— Só para eu ter certeza absoluta, por favor, me garanta que não está falando por experiência própria.

Ela ri.

— Não se preocupe, Win. Fico satisfeita de chamá-lo de amigo, e satisfeita pelas coisas pararem por aí.

Mas eu fui cego a outras coisas também, não é?

— Você está com alguém. Cormac. Eu não o vi... — Nunca cheguei a lhe perguntar isso antes.

Sua expressão muda.

— Ele está fora de Kemya — diz ela, baixinho. — Sua missão de exploração e coleta partiu há uma semana. Era para eu trocar de turno, para participar da mesma missão que ele, mas quando vi o que estava acontecendo aqui... — Ela balança a cabeça. — Ele deve estar tão longe que é provável que nem vá saber que isso aconteceu até que já tenha acabado. São os meus pais que vão ficar malucos com isso.

— Sinto muito — lamento. Estive tão absorvido em minhas próprias razões para fazer isso que não pensei em todos os sacrifícios que estava pedindo para ela fazer, e Markhal, e as pessoas que trouxeram com eles.

— Vai dar certo — assegura Celette. — O que nós estamos fazendo, era necessário acontecer. Estou feliz por ter feito parte disso.

Ela vai embora, deixando-me sozinho na sala. *Vai dar certo*. Kemya do meu coração, permita que isso seja verdade. Cada um de nós aqui tem muito a perder.

19.

Skylar

— Os camponeses tailandeses mal tocaram em seus almoços — Angela diz quando saio do apartamento da família inuíte. Como a maioria dos nossos colegas fugitivos do zoológico ainda está em estado de choque, nós estamos levando as refeições para eles. — Não sei o que eles estavam comendo na exposição, mas acho que não gostam dessas coisas.

— Quem pode culpá-los? — digo, pensando no guisado kemyano pegajoso que acabei de lhes servir. Mas a coisa vai ficar séria, se eles continuarem nessa "greve" de fome. — Veja se você consegue encontrar aquele cara... Aquele com a tatuagem no pescoço?... Para conversar com eles. Ele fala um pouco do idioma.

— Ele estava por aqui, mas disse que ia verificar se existem outras opções. — Angela estica os braços à sua frente com um bocejo. — É engraçado como nenhum desses... kemyanos parece fazer alguma ideia de como essas pessoas eram realmente tratadas.

— Eles são encorajados a não se preocuparem com isso. Até estou surpresa pelo fato de tantos deles terem ajudado a tomarmos este lugar.

Celette, a garota de cabelos azuis que conheci antes, se aproxima de nós.

— Os poloneses estão ficando impacientes — comunica ela em seu inglês gutural com sotaque kemyano. — Eles querem saber quando poderão ir para casa. Eles nem sequer dormiram nos beliches... Estão todos amontoados num canto da sala principal.

— Talvez só precisem de mais tempo para se acostumar — digo, esperando que isso seja verdade.

— O grupo de japoneses fez algumas perguntas, mas não houve nenhum problema — Celette prossegue. — Os assírios não falaram nada, mas pareciam felizes por receber comida. Há mais alguma coisa que precisa ser feita?

Olho para um lado e para o outro do corredor, tentando organizar os pensamentos em meio à névoa da fadiga.

— A senhora Cavoy e o senhor Patterson queriam algum material de aprendizagem — Angela me recorda.

— Certo. — Eu me viro para Celette. — Eles estão nos apartamentos 8 e 11. Você poderia guiá-los na interface de rede e mostrar-lhes os tutoriais de ciência mais básicos? As especializações deles são Física e Química, e eles gostariam de compreender o suficiente sobre a sua tecnologia para poder ajudar mais.

— Sem problema — diz Celette, sorrindo. — Tenho certeza de que o quartel-general precisa de mentes mais capazes.

— Ela parece legal — Angela comenta enquanto a outra garota parte apressada.

— São apenas pessoas, assim como nós — observo. — O problema é fazer com que mais deles se lembrem disso. Parece que você e Tabzi estão se dando muito bem.

— Ela é muito... entusiasmada — Angela diz com uma risada. — Queria saber tudo o que eu poderia ensinar sobre composição, enquadramento... Não sei quanto disso ela poderia utilizar nos vídeos, mas até que foi divertido trabalhar neles. Só de *fazer* coisas já é uma sensação muito boa, como isso e trazer as refeições para cá. Quer saber, talvez isso ajude alguns dos outros terráqueos. Existem maneiras de eles contribuírem sem necessariamente precisar compreender a tecnologia, certo?

O casal de idosos inuíte, que se recusam até a me olhar nos olhos, e os pais argelinos consolando os filhos chorosos quando conversei com eles uma hora atrás me vêm à cabeça.

— Eu não quero pressioná-los ainda mais — explico. — Nós já os obrigamos a lidar com tanta coisa. — Nenhum deles estava minimamente preparado para ser arrastado para um mundo totalmente estranho em meio da guerra civil. Eu insisti em trazê-los conosco para protegê-los. É minha obrigação para com eles continuar protegendo-os.

— Podemos só perguntar — sugere Angela.

— Acho que sim. Vamos primeiro deixá-los se adaptar um pouco mais.
— Eu a cutuco. — A sua mãe ainda está pegando no seu pé sobre o quanto você se envolveu nisso?

Angela faz uma careta.

— Um pouco. Acho que ela vai entender, assim que tiver mais tempo para se adaptar também. Não se trata de notas no colégio ou de causar uma boa impressão... Trata-se de manter-se *vivo*. Seus pais estão lidando bem com isso, não estão?

— Que eu saiba, sim. — Quase não tive chance de trocar mais do que algumas palavras com eles desde que colocamos o plano em ação. Eu optei por dividir um apartamento com Angela em vez de compartilhar um com eles, porque ela precisava ficar um pouco longe de sua mãe e não me senti confortável em deixá-la sozinha, mas não acho que tenha feito muita diferença. Enquanto estive envolvida com um monte de tarefas, mamãe passou a maior parte do último dia e meio ajudando os médicos, e papai esteve ocupado em aprender as lições do programa de Aprendizagem de Idiomas para poder se comunicar com alguns dos outros grupos.

— E você? — pergunto para Angela. — Está aguentando a barra?
— Ela soube da verdade há mais tempo do que quase todos os outros, mas estava lá quando mostrei ontem a filmagem da destruição da Terra para aqueles que ainda estavam exigindo provas, e o horror no rosto deles quando a nossa situação ficou clara está gravada na minha memória.

— Sim — diz Angela. — Botar a mão na massa também é bom para me manter distraída.

Quando levamos os recipientes vazios de volta para o carrinho flutuante que a equipe do refeitório virá recolher, alguns dos outros estão reunidos no corredor ali perto, fazendo suas próprias refeições. Daniel e Cintia e dois de seus amigos, a senhora Green e Ruth e Liora, mas também dois de nossos colaboradores kemyanos: Jai e uma garota pequena, mas malhada, chamada Solma. Os dois estão sentados numa extremidade do grupo, conversando entre si, principalmente.

Meu estômago ronca.

— Precisamos comer alguma coisa também. Quer ver se Evan vai sair?

— Com certeza — diz Angela. — Não acho que seja bom ele ficar tanto tempo sozinho.

Quando Evan atende à nossa batida na porta, fico aliviada em ver que ele parece menos atormentado do que antes, quando apenas me disse que não estava a fim de conversar e virou-se para ir embora. As imagens da Terra comoveram-no mais intensamente do que a maioria. Seu rosto ainda está pálido, seus olhos, vermelhos. Mas ele consegue exibir um leve sorriso.

— Venha jantar conosco — pede Angela.

— Sei lá... — ele começa.

— Vamos! — eu o incentivo. — Só dez minutos. Depois você pode voltar a se enclausurar aqui de novo o quanto quiser.

Ele resmunga um pouco, mas o seu sorriso torna-se mais caloroso. Nós nos juntamos aos outros, sentando-nos próximos a Jai e Solma, e nos primeiros dois minutos tudo o que eu consigo fazer é engolir o ensopado. Os pedacinhos sólidos têm uma estranha consistência esponjosa e o sabor artificial de costume, mas ele é quente e cremoso e muito melhor do que as barras de ração. Não me lembro se almocei.

— A Tabzi terminou as gravações dela? — Jai pergunta a Angela.

Ela balança a cabeça, assentindo.

— Vão transmiti-las esta noite.

— É bom que o restante de Kemya veja como vocês são corajosos — Solma diz baixinho. — Perdemos a minha irmã mais velha por causa do Conselho, e isso foi... muito difícil. Não consigo imaginar como seria perder ainda mais.

Evan, que está comendo em silêncio, gira na direção dela.

— O que aconteceu com a sua irmã?

A entonação em sua voz soa quase agressiva. Eu o observo enquanto Solma baixa os olhos para as próprias mãos.

— Ela era médica — conta ela —, e foi designada para uma clínica do nono nível, então ela atendia tanto terráqueos de estimação como kemyanos. As coisas que ela viu... — Ela estremece. — Ela denunciou alguns dos proprietários por... tratar seus terráqueos de estimação de forma ilegal, mas os proprietários negaram e disseram para ela ficar calada. Em vez disso, ela foi falar com o Conselho. Eles não a deixaram entrar. Os Executores vieram quando ela se recusou a ir embora. Colocaram um implante nela e a realocaram num trabalho de mineração de menor importância. Um mês depois, houve um acidente...

Angela baixa sua tigela.

— Ah, não...

— Acreditamos que realmente tenha sido um acidente — Solma apressa-se em dizer. — Mas ela não teria sofrido o acidente se o implante não estivesse embotando os seus pensamentos. Ela não merecia essa punição.

— Claro que não! — concordo com ênfase.

A expressão de Evan se suaviza.

— Os kemyanos acreditam em vida após a morte? — ele pergunta.

— Vida após a morte? — Solma repete, franzindo a testa.

— É uma coisa religiosa — esclareço, sem saber ao certo que palavras em kemyano definiriam melhor o conceito. — A ideia de que depois que você morre, parte de você, o seu... espírito, vai para outro lugar.

— Ah! Sim, sei do que estão falando... Para nós, não funciona exatamente dessa forma. Quando os kemyanos morrem, eles retornam para Kemya. Assim, eles ainda estão entre nós.

— Os corpos passam por um duto de fissão — explica Jai —, como qualquer outra coisa que não está mais funcionando. Os átomos são redistribuídos e se tornam algo novo.

Os átomos são redistribuídos... Olho para a minha tigela vazia, meu estômago se revirando. Não seria, de fato, estar comendo uma *pessoa*. Um átomo de carbono que esteve um dia num ser humano não é diferente de um átomo de carbono que esteve um dia numa maçã ou numa pedra. Mas a ideia de que o meu jantar poderia conter pequenas partes de parentes mortos de alguém ainda assim me deixa enjoada.

Kemyanos: práticos e eficientes, até mesmo na morte.

Angela está fazendo uma cara que imagino refletir a minha própria, mas Evan parece pensativo.

— Eu meio que gosto da ideia de ser um doador de órgãos — comenta ele. — Dar o seu corpo para ajudar outras pessoas. Isso é realmente... bastante generoso.

Solma dá de ombros.

— É como nós fazemos as coisas.

— Meus pais e minha irmã, e todos os outros, eles não tiveram essa chance.

Por um segundo, tenho receio de que Solma e Jai possam arruinar o momento com um comentário do tipo "A destruição da Terra foi um 'desperdício'". Mas Solma apenas baixa a cabeça, e Jai diz:

— O nosso Conselho, todos nós, falhamos com os terráqueos quando deveríamos ter sido generosos com eles. Peço desculpas por aqueles que não pediram.

Com hesitação, Solma oferece a mão a Evan. Ele a recebe.

— Você acredita numa "vida após a morte" para eles? — ela pergunta. — Para sua família?

Ele hesita.

— Acho que sim. É difícil imaginar, depois de ver... Eu *quero* pensar que sim. Somos mais do que apenas átomos.

— Isso é verdade — reconhece ela. — Um átomo não pode ser cruel ou generoso.

Então, ele sorri para ela, como uma luz que se acende... uma luz fraca, mas presente.

☆ ☆ ☆

Algumas horas mais tarde — continuo sem noção do tempo —, Isis nos convoca para outra reunião. Parece que se passaram séculos desde que estive na última com Win, embora tenhamos nos cruzado algumas vezes. Numa dessas vezes, quando ele parecia um pouco menos apressado do que o habitual, não pude deixar de me aproximar e me inclinar para ele, murmurando seu nome no ouvido como um convite. Ele me puxou para a sala vazia mais próxima com uma pressa que me deixou tonta e, por alguns minutos isentos de preocupação, seu toque, seus lábios afastaram-me para longe de todas as incertezas externas.

Angela estava certa. Distração é uma coisa boa.

Quando entro na sala do quartel-general, o sorriso que se abre em seu rosto, só para mim, me faz querer roubar mais alguns minutos. Tenho que me contentar em envolver o meu braço no dele. Seu polegar traça uma linha na palma da minha mão.

— Estamos com todas as gravações de Tabzi na rede agora — Isis nos informa, e baixa a cabeça para Tabzi. — Elas parecem boas. Estamos monitorando as respostas.

Tabzi se alegra.

— Eu posso fazer mais, se elas estão sendo úteis.

— Você já parou para descansar um pouco, Isis? — Win pergunta. — Não vai nos fazer nenhum bem se você ficar com estafa.

Achei que ela estava parecendo um pouco mais descansada do que da última vez que a vi, mas conforme Win fala ela muda de posição em seu banquinho e eu reparo na rigidez de sua postura, como se ela tivesse que se segurar para ter certeza de que não vai desabar. De repente, fico em dúvida se o tom acinzentado da sua pele escura é apenas consequência da pouca iluminação. Ela fecha os olhos e os abre de novo.

— Eu estou bem — garante ela. Ela se vira para mim. — O principal assunto que eu queria tratar é que acho que localizamos o seu Projeto Nuwa.

Meu coração dá um salto.

— O quê? O que vocês encontraram?

— Estávamos nos perguntando por que Ibtep a ameaçou justo naquele dia — Britta intervém. — O bloqueio já estava em curso havia algum tempo. Mas *nós* tínhamos acabado de divulgar que queríamos informações relacionadas ao nome "Nuwa". Suponho que foi isso que deixou o Conselho apreensivo. Então, analisei a atividade em toda a estação naquele dia para ver se algo de incomum aparecia. Identifiquei um pequeno grupo de salas no primeiro nível, relacionado ao Departamento de Saúde, que puxou uma quantidade maior de energia tanto naquele dia quanto no dia dos seus "exames". Quando vasculhei os registros dessas salas, me deparei com uma referência a "Nuwa". Somente uma e mais nenhuma especificação, mas foi o suficiente para me convencer. Embora eu não possa acessar nada lá dentro. Eu poderia apostar que todos os arquivos sobre o projeto estão separados lá, numa rede privada.

— Então, teríamos que arrombar essas salas para chegar até eles? — questiono.

— Se o que Britta suspeita for verdade, sim — Isis confirma. — E seria difícil para nós enviarmos alguém lá embaixo com segurança.

Já posso vê-la, em seu cansaço, rendendo-se àquele comedimento kemyano de costume. Não. Estamos muito perto de alcançar o que quer que o Conselho esteja ocultando com tanto cuidado.

— Temos que investigar — digo. — Tenho certeza de que os vídeos de Tabzi vão ajudar, tenho certeza de que vamos encontrar outros meios de chegar às pessoas, mas se o Conselho sabe alguma coisa sobre a Terra que desmentiria tudo o que eles vêm dizendo às pessoas... provar que não somos tão degradados como eles pensavam ou que podemos ser "consertados", por exemplo, seria a diferença para nós aqui entre ganhar ou perder.

— Concordo com Skylar — diz Win, com essa nova determinação à qual ainda estou apenas me acostumando. — Se você estiver certa de que o

Conselho entrou em cena porque sabiam que estávamos procurando pelo projeto, é ainda mais certo que sabiam que poderíamos usá-lo contra eles.

Isis inspira devagar, sem tirar os olhos dele. Antes da catástrofe na Terra, ela tinha assumido o papel de líder secundária dos rebeldes. Líder primária, quando tivemos que deixar Ibtep para trás. Não tenho certeza do que aconteceu dentro do grupo enquanto eu estava presa na exposição do Departamento de Estudos da Terra, mas, desde que nos reagrupamos, tenho notado que ela — assim como Britta e Tabzi — tem buscado pela opinião de Win em meio às discussões, esperando para ouvir o que ele tem a dizer antes de tomar decisões oficiais.

Acho que eles enfim perceberam que a tendência dele de assumir riscos e quebrar regras nos levou muito mais longe do que a velha cautela kemyana.

— Tudo bem — diz Isis. — Vou ter que utilizar alguma manobra complexa, mas vamos bolar alguma coisa.

— Poderíamos pedir... — Tabzi começa.

— Isis! — um de seus colegas grita do painel no qual está posicionado. — *Tem uma transmissão chegando dos escritórios do Conselho. Uma mensagem em vídeo.*

O canto da boca de Isis se curva para cima.

— Já era hora de falarem diretamente conosco. Vamos ver o que têm a dizer.

Ela gira para ficar de frente para o seu próprio painel, exibindo a transmissão com alguns poucos movimentos dos dedos. Uma imagem em formato quadrado entra em foco na tela translúcida. Os sete membros do Conselho — os chefes dos departamentos de Tecnologia, Viagens à Terra, Indústria, Saúde, Fazenda, Educação e Segurança — estão sentados num círculo em torno do homem que Britta identificou para mim na primeira vez em que o vi como o "prefeito" de Kemya, Shakam Nakalya.

— *Para aqueles que estão controlando os níveis superiores* — Nakalya declara com uma voz imponente —, *eu e o Conselho gostaríamos de informar que isso... não será tolerado. Vamos restaurar a unidade e a ordem na estação. Preferimos fazer isso de forma pacífica. Se vocês desistirem dessa... empreitada de uma vez por todas, prometemos clemência a vocês e aos kemyanos que já se juntaram a vocês.*

Britta bufa.

— Claro que prometem. E o que acontece com os terráqueos?

Já eu, estou estudando os membros do Conselho, e o meu olhar se detém numa mulher magra com pele cor de bronze e uma coroa de trança em torno da cabeça, que desvia os olhos por um instante. O homem sardento de cabelos grisalhos ao seu lado parece não poder conter uma contração de seu queixo protuberante, um movimento como um suspiro de insatisfação. Talvez, no fim das contas, o Conselho não esteja tão unido em relação a esse assunto.

— *Se vocês continuarem a resistir* — Nakalya prossegue —, *gostaríamos de lembrá-los de que nem todos os terráqueos na estação estão ao seu alcance. As coisas podem não ficar muito agradáveis para o lado deles.*

Os terráqueos de estimação nos níveis inferiores. A tribo dos tiwanaku que se recusou a deixar a exposição do Departamento de Estudos da Terra. Minha mandíbula se contrai.

— *Aguardamos a sua resposta, e sua rendição* — conclui Nakalya.

O vídeo pisca e apaga.

— Você acha que eles estão falando sério? — pergunto, no silêncio que se segue. — Eles machucariam os terráqueos que não puderam sair?

— Eu não sei — diz Win. — Pode ser um blefe. Não iria ajudá-los, se já mostramos que não nos deixamos ser intimidados por ameaças.

— Nós podemos tornar pública essa parte da gravação — sugere Isis. — Eles podem negar dizendo que essa ameaça não era a sério, mas isso ainda instigará as pessoas a ficar de olho no que acontecerá em seguida. Digam o que quiserem sobre o restante de nós, a maioria dos kemyanos não aprovaria castigar os terráqueos pelos crimes de outras pessoas. O Conselho não iria arriscar se expor à desaprovação.

A garantia não é suficiente para desalojar o peso que parece oprimir o meu peito. Logo de saída, não havia nada que eu pudesse fazer pelos terráqueos de estimação. Mas aquela comunidade agrícola que deixamos para trás... Os setores em torno do Departamento de Estudos da Terra estão selados agora; o Conselho desativou toda a vigilância lá dentro depois que escapamos; eles já podem ter levado os tiwanaku sob custódia. Agora não podemos mais voltar para resgatá-los.

A escolha foi deles, enfrentar o perigo à sua própria maneira, lembro a mim mesma. Isso era tudo o que qualquer um de nós tinha.

Mas quanto mais cedo nós ganharmos essa guerra, mais cedo eles também estarão seguros.

20.

Win

Jeanant escreveu um poema no qual descreve as passagens internas de Kemya como tendo "uma escuridão que permanece profunda não importa o quanto o sol esteja brilhando". Eu o li mais de um ano atrás; recitei-o para Skylar de uma das mensagens dele há alguns meses. Agora, equilibrando-me num planador por um túnel vago de um transportador interno, eu compreendo perfeitamente o significado dele pela primeira vez. Exceto durante os breves clarões da lanterna de Celette para verificar a nossa localização, não consigo enxergar nenhum dos outros quatro pairando ao meu lado. Não consigo enxergar o meu próprio corpo quando olho para mim mesmo.

Num desses clarões, travo o planador com o calcanhar. Estou montado na barra numa posição que Skylar comparou a "uma bruxa numa vassoura", agarrando a barra à minha frente com meus pés dobrados para trás. Ela foi a única que atentou para o fato de que seria mais seguro ir sentado do que de pé. Com a função de treinamento desligada para que possamos ir a toda a velocidade, uma perda de equilíbrio no momento errado poderia significar uma queda da altura de toda a estação.

— 1-104-8 — murmura Celette, tão baixo que eu só ouço as palavras por causa do meu comunicador, mesmo ela estando a uma curta distância de mim. Estamos indo aqui com a mesma cautela que vamos precisar quando Isis nos der acesso pelo bloqueio rompido nos níveis inferiores. — Prosseguir?

— Todo mundo pronto? — pergunto. — Vamos ver o que essas belezinhas são capazes de fazer.

Levanto voo ao lado de Celette enquanto ela ajusta a sua lanterna para permanecer na configuração mais fraca, assim seremos capazes de ver quando chegarmos aos túneis do nono nível. O plano é fazer uma parada lá e deixar os planadores recarregando. As modificações que um dos colegas de Isis fez neles permite que os aparelhos pairem a uma altura muito maior do que o normal, mas ele advertiu que isso iria prejudicar a sua potência. Depois que virmos como é o desempenho deles e quanto tempo vai demorar para recarregarem, vamos tomar a decisão final sobre se vamos ou não prosseguir para além do bloqueio em direção às salas que acreditamos ter a resposta para o Projeto Nuwa.

O planador treme debaixo de mim conforme atravessamos cautelosamente a abertura do túnel e iniciamos a descida. Ficamos próximos à parede, prontos para agarrar as alças de manutenção caso os planadores falhem. Minha mão está suando contra a barra. A engenhoca emite um zumbido à medida que o túnel logo abaixo surge. Conduzo o planador até ele e desço no piso chanfrado.

— Tiveram algum problema? — pergunto ao grupo enquanto eles pousam à minha volta.

— Pude sentir o meu operando com mais dificuldade, mas pareceu enfrentar bem a altura — diz Skylar.

— Aconteceu o mesmo comigo — comenta Markhal, e Solma concorda.

Estávamos apenas dois níveis acima do bloqueio. A prova de fogo virá quando descermos e enfrentarmos uma altura inicial quatro vezes maior. Eu verifico a leitura de energia no mostrador do meu planador.

— O meu já está a meio caminho da carga completa. Isso é um bom sinal.

Assumo a liderança quando descemos pairando até o oitavo nível, onde verificamos de novo as leituras.

— Parece que tudo correu bem — Skylar diz ao meu lado. — Vamos seguir com o plano.

Eu toco o meu comunicador.

— Isis, estamos no setor 1-84-8. Os planadores estão se saindo bem. Já está seguro para descermos?

— Os sensores continuam mostrando que o caminho está liberado lá embaixo — Isis informa pelo canal de comunicação. — Não há relatórios de Executores designados para os arredores dessa área. Vocês estão preparados para que eu desbloqueie a vedação?

— Sim.

— Aqui vamos nós.

A lisa espiral mecânica que impede a passagem para baixo suspira. Meu coração bate mais rápido quando ela começa a girar e um buraco vai surgindo aos poucos em seu centro. Vou planando em direção a ele, mantendo-me imóvel sobre o espaço aberto logo abaixo. O trepidar da barra aumenta, o zumbido transformando-se mais num lamento agora, mas o planador continua o seu mergulho.

Nós *podemos* fazer isso, ruir o Conselho e o Departamento de Segurança.

— Estamos descendo — comunico.

Nós baixamos através da abertura em coluna, desfazendo essa formação para planar perto das paredes assim que a atravessamos por completo. Quando alcançamos o sétimo nível, um tremor percorre o meu planador. Desvio para dentro do túnel pouco antes de a energia acabar. Forcei demais o meu planador com esse teste inicial.

Os outros pousam ao meu lado sem quaisquer contratempos, Celette desligando sua lanterna.

— Da próxima vez vou deixar outra pessoa ir na frente — murmuro, e ela ri no escuro.

É óbvio que teremos de fazer uma pausa em cada nível durante a descida. Nós poderíamos voltar e ver se os planadores podem ser aprimorados antes de fazer outra tentativa.

Resisto ao impulso de ficar zanzando pra lá e pra cá, nervoso, enquanto assisto ao meu planador recarregar.

— Win? — Skylar sussurra.

Estamos aqui agora. O Departamento de Segurança não está nos esperando — e lento e cuidadoso é o estilo kemyano, não? Abro um sorriso torto que ninguém pode ver.

— Em frente.

As palavras mal saíram da minha boca quando um ruído nos chega do túnel abaixo. Quando me viro, uma luz ofuscante explode em nosso rosto. Eu recuo, oscilando no meu planador, e uma figura pálida, com um cinto cintilante de Executor, vem decidida em nossa direção, passando sobre o quadrado reluzente que ela lançou.

— Parados! — ordena Kurra, enquanto eu grito:

— Abortar! — Tenho um vislumbre dela levantando a arma. O rosto transtornado, fios de cabelo esvoaçando de sua trança normalmente impecável. E, então, estou arremetendo para fora do túnel atrás dos outros. Markhal já está subindo, cruzando a abertura da vedação. Solma dispara atrás dele, Skylar vindo logo abaixo. Apenas Celette está atrás de mim.

A arma dispara, emitindo um zunido. Eu estremeço quando um raio de luz atinge a parede do túnel à minha esquerda.

— Comece a fechar a vedação! — grito para Isis. A espiral suspira novamente e gira para dentro. Meu planador treme. Olho para Celette e vejo Kurra chegando à boca do túnel, arma apontada. Não há tempo para eu deixar escapar mais do que um ruído estrangulado de advertência antes que o próximo raio crepitante seja disparado para cima. Ele atinge o cotovelo de Celette.

Ela grita de dor. Seu planador mergulha. Eu não penso; meu calcanhar pressiona o controle automaticamente, impulsionando-me para baixo apenas o suficiente para agarrar seu outro pulso.

— Peguei, peguei — diz ela, mas há um gemido em sua voz. Na porção de luz resplandecente que flui do túnel, tenho um vislumbre de seu braço ferido.

A manga e a pele por baixo dela estão crepitando e enegrecidas da mão até o ombro.

Dou uma guinada de embrulhar o estômago quando outro raio de luz passa por nós. Então, arremeto para cima. A abertura está a meio caminho de fechar por completo. Meu planador está tremendo violentamente agora. Eu meto o pé para obter um impulso final de aceleração, e nós adentramos a escuridão acima de nós com ímpeto.

Desequilibrado, eu me choco contra a borda externa da vedação, raspando o quadril. O brilho desaparece quando a abertura termina de fechar com um leve ruído. Então, o único som que se ouve é a respiração chorosa e entrecortada de Celette.

Eu me levanto do chão.

— Markhal — digo com voz rouca —, temos que levar Celette para o centro médico... Rápido.

☆ ☆ ☆

Eu costumava desejar um apartamento da categoria "de luxo" — ter uma área comum com quase duas vezes mais espaço, um quarto e um banheiro um pouco maiores, uma mesa adequada, uma sala de exercícios privativa e todos os outros benefícios. Todo o anel residencial do décimo nível é constituído de unidades dessa categoria. Eu nem ao menos preciso dividir este apartamento. Ele é novinho em folha, também, porque a equipe de Isis transferiu a energia de alguns dos setores anteriormente habitados para aqueles de reserva, que aguardam o crescimento populacional contínuo, para que, depois, não pudéssemos ser acusados de saquear as residências das pessoas.

Entretanto, não estou desfrutando nem um pouco do lugar. Tudo o que consigo fazer é olhar atônito para a imensa tela que ocupa toda uma parede, sentado num dos três bancos acolchoados. Minha mente ainda está no túnel do transportador.

Celette poderia ter perdido a vida, e não apenas o braço. Todos nós poderíamos estar estirados lá, alvejados. O fato, porém, é que estávamos confiantes demais. Partimos do pressuposto que o monitoramento de Isis iria nos proteger dos Executores. Kurra provou que estávamos errados. Ela não carregava nenhum outro aparelho tecnológico que não sua própria arma, nada que Isis pudesse detectar. Com base nos registros do Departamento de Segurança, ela fora designada para um turno na estação de monitoramento de vigilância.

Não tinha como prevermos que ela estaria zanzando pelos túneis por vontade própria — que sua vingança contra os rebeldes a faria sair numa caçada na região do sétimo nível, desafiando seus superiores. Ainda assim, nós deveríamos ver e ouvir com mais cuidado. Deveríamos saber que sempre existe um fator humano imprevisível. Foi assim que nos esquivamos do Departamento de Segurança no passado, usando a sua confiança na tecnologia para ocultar as nossas atividades.

Eu não precisava perguntar a Markhal para saber que o braço de Celette não podia ser salvo. As armas que nós, kemyanos, fabricamos são tão confiáveis quanto todas as outras coisas que produzimos. A carne que é atingida por um disparo mortal não pode retornar à vida.

Isis ordenou que o restante de nós tirasse a noite de folga. Ela estendeu a mão para mim, pedindo o meu comunicador, e me informou que não queria ouvir sobre eu tentar executar qualquer tipo de trabalho por pelo menos nove horas. Poderia não ter concordado se não estivesse desconfiado de que não deveria ter conduzido a empreitada anterior cansado como estava. É possível que se eu tivesse tido mais de cinco horas — entrecortadas — de sono nos últimos dias, eu teria tirado a gente mais rápido de lá.

Meu corpo não segue as ordens, contudo. Deitei-me na cama formada pelos dois beliches abaixados no quarto principal, mas meus olhos teimavam em não se fechar e a minha mente não se tranquilizava. Depois de um tempo, eu me levantei e vim para cá. Pensei que abrir o programa de composição musical no qual eu costumava trabalhar pudesse me distrair o suficiente para que a exaustão triunfasse. Até agora, tudo o que consegui foi criar uma melodia derivada de outras e continuar inseguro quanto à qualidade da minha música.

Eu me levanto, aceno para a tela, e ajusto algumas das notas. Estou olhando para elas novamente sem olhar para elas de verdade quando a campainha toca. Meu coração dispara. Ninguém deveria me contatar a não ser num caso de urgência.

Quando abro a porta, Skylar está parada do outro lado. Ela me olha e a sensação de angústia dentro de mim se abranda. Quando dei uma passada pelo setor dos terráqueos depois de conversar com Isis, Jai me disse que ela tinha ido jantar com os pais. Pareceu-me falta de educação interromper, não importa o quanto eu a quisesse comigo.

— Entre — eu a convido, dando um passo para o lado.

— Desculpe — diz ela. — Eu sei que você deveria estar descansando também. Eu só... Não consegui dormir.

— Eu também não.

— Solma disse que os médicos provavelmente terão de amputar o braço de Celette. Vocês, kemyanos, não têm algo como superpróteses de alta tecnologia ou algo do gênero?

— Pela forma como as armas danificam os nervos, a tecnologia comumente utilizada para a perda de um membro... não funciona bem — explico.

— Ah. — O desconforto pelo conhecimento desse fato nos deixa em silêncio por um momento. — Bem, espero que ela seja uma exceção — acrescenta Skylar. — Gosto dela. — Ela me lança um sorriso débil e oblíquo. Seu olhar vai de mim para a tela.

— Isso parece trabalho. Não está quebrando as regras?

— É só... Eu estava brincando com uma canção — digo. — Se é que se pode chamá-la assim.

— Win, o compositor. Eu não fazia ideia. Você deveria ter me enviado algumas de suas músicas, antes.

— Já faz algum tempo que não componho — admito. — Eu... perdi o hábito, por assim dizer. Acho que é algo que eu deveria voltar a fazer, quando isto acabar. — Isto é, presumindo que isto acabe bem.

— Deveria, sim — incentiva Skylar. Ela inclina a cabeça para a frente, o cabelo cor de canela se derramando e escondendo o seu rosto. Há algo estranho na forma como ela está se comportando, como se estivesse sendo particularmente cuidadosa em relação ao espaço que ocupa. Eu já a vi cansada antes, e não se parece nem um pouco com isso.

Eu me viro para ela, e então me dou conta. Ela está me evitando. Não me tocou nem se aproximou de mim, e manteve a mesma distância de quando estava parada do lado de fora da minha porta.

Engulo em seco, de repente convencido do que isso deve significar. Ela veio me dizer que agora que teve tempo para pensar, talvez abalada por conta da tragédia que quase aconteceu, ela percebeu que não está atraída por mim *dessa forma* no fim das contas. Ela acha que é melhor que nós voltemos para a amizade que tínhamos antes.

Quando ela disse que não poderia retribuir completamente os meus sentimentos, eu lhe disse que não me importava. E não me importava; eu não iria desistir do pouco tempo que tivemos por nada. Só não tinha considerado como seria difícil perder essa intimidade com ela depois de tê-la experimentado. Eu não estou preparado.

Ela está olhando para mim de novo, através das mechas de cabelo que caem sobre os olhos. Quero afastá-las para o lado. Tenho medo que ela me detenha.

— Você está bem? — ela pergunta.

— Além do habitual? — respondo com ironia. Não, este não é o momento de brincar. Temos que encarar isso. — Você está com um jeito de que tem alguma coisa te incomodando.

— Na verdade, não — diz ela, e morde o lábio. Acho que ainda tenho a capacidade de provocá-la.

— Se fosse eu que estivesse me comportando como você está, dizendo essas palavras, você jamais me deixaria sair pela tangente — eu observo, e um singelo sorriso retorna ao seu rosto.

— Não — concorda. Então, ela descansa as mãos no meu peito, dois pontos de calor. Seu olhar desce dos meus olhos para os meus lábios, da forma que aprendi a reconhecer que significa que ela está prestes a me beijar... e é provável que eu estivesse errado.

— Você me diria? — pergunta ela. — Se algum dia eu pedir demais de você, você me diria, não é?

Isso é tudo que a está preocupando?

— Claro! — respondo com uma onda de alívio. — Embora eu tenha dificuldade em imaginar como isso poderia ser possível.

Ela me beija antes que eu possa dizer mais alguma coisa. As palavras que sempre quero dizer, mas nunca disse, ficam entaladas na garganta.

Eu te amo.

Ela sabe; não tem como não saber. Eu já disse isso usando muitas outras palavras. O problema com essas três, as mais precisas, é que elas não são apenas minhas. Ela recuou quando Jule as pronunciou. Ele as contaminou, e essa é a última coisa de que quero lembrá-la.

Então, retribuo o beijo. Não preciso de palavras. Tenho o tremor de sua respiração e a forma do seu corpo encaixado contra o meu enquanto nos conectamos e criamos algo maior do que quando estávamos separados. Uma necessidade que eu não sentia antes é transmitida dela para mim e vice-versa. Ela me puxa para ainda mais perto, sua mão deslizando por baixo da minha camisa e subindo pelas minhas costas, pele com pele. Sua boca desliza para a ponta do meu queixo e depois para a lateral do meu pescoço. Estou ficando excitado.

Ela pressiona outro beijo na base da minha garganta, inclinando-se para mim, e diz:

— Vamos sair daqui?

A pergunta leva um momento para ser absorvida, e mesmo assim eu ainda não estou certo se entendi até que ela faz menção de caminhar em direção ao quarto.

Sim. Mil vezes sim.

Eu a sigo, puxando-a para mim. Daqui até os beliches tudo se resume a calor, respiração e pele, e se esse convite é o que ela achava que poderia ser "pedir demais", é óbvio que ela nem imagina o que se passa na minha cabeça.

Quando afundamos na cama, nos entrelaçando, estamos apenas nós dois ali, ela e eu. O restante — o apartamento, a estação, as profundezas enregelantes do universo lá fora — gradualmente diminui por trás do mundo que estamos criando entre nós. Um mundo que ninguém mais pode tocar, muito menos destruir, durante o tempo em que estivermos juntos.

21.

Skylar

As luzes ainda nem se acenderam, saindo do que na estação corresponde à fase noturna, quando acordo nos braços de Win, mas é a primeira vez em dias que me sinto algo próximo do que poderia chamar "renovada". Fico ali deitada um instante, aproveitando o subir e descer do seu peito contra as minhas costas, o silêncio que nos cerca. O silêncio dentro da minha cabeça, como se a velocidade com que chegamos a esse ponto varresse toda a desordem que estava lá antes.

Quase toda a desordem. Uma pontinha de incerteza que consegui abafar na noite passada está voltando a se manifestar. Fica mordiscando os meus pensamentos lá no fundinho, e eu sei que, embora ainda continue cansada, não vou conseguir dormir mais.

Quando me sento, o braço de Win, que estava em volta da minha cintura, desliza. Todo o estresse que contraiu seu rosto nos últimos dias se foi. Olho para o seu cabelo despenteado pelo sono, os lábios finos curvados em um leve sorriso, a inclinação de seus ombros. *Meu.* Em algumas horas, ele estará de volta aos corredores, correndo apressado de um lado para o outro atrás de suas inúmeras responsabilidades, mas este momento dele, agora, pertence apenas a mim. Eu só gostaria de não me sentir egoísta por aceitá-lo.

Antes que eu possa decidir se seria pior despertá-lo do sono que ele tanto necessita ou deixá-lo acordar sozinho para descobrir que fui embora, suas pálpebras vibram e se abrem. Ele olha para mim e seu sorriso se alarga.

— Bom dia... — ele para, apertando os olhos para o painel de luz ainda bem fraca — ou melhor, boa madrugada.

Minha boca se contorce formando um sorriso também.

— Eu não posso ficar — digo. — Angela provavelmente está se perguntando onde estou. Não quero que ela fique preocupada. — Não é bem uma mentira. Ela me viu entrando em nosso apartamento compartilhado depois que mencionei a ordem de Isis para descansarmos, e, a esta altura, ela já deve ter percebido que eu não estou mais lá.

Win abaixa a cabeça.

— Talvez outra hora — diz ele, de modo suave o bastante para destituir o comentário de qualquer pressão ou expectativa. É exatamente o jeito que eu precisava que ele respondesse, e de alguma forma isso faz eu me sentir ainda mais egoísta.

Ele toca o meu rosto, deslizando o polegar pela minha bochecha. Eu me inclino para beijá-lo uma última vez — só que o último beijo emenda em outro, e mais um, seus dedos na minha cintura emanando calor, e aquele "talvez outra hora" quase acontece agora. Lembrando a mim mesma o quanto *ele* precisa de descanso, levanto-me da cama. Suas pálpebras já estão baixando quando saio pela porta.

Conforme vou chegando ao meu apartamento, sou invadida por uma grande alegria por estar dividindo o quarto com Angela e não com os meus pais. O fato de eu entrar de fininho nas primeiras horas da manhã artificial levaria a uma estranha conversa em família que coroaria todas as outras.

A sala principal está vazia. Suspiro quando a porta se fecha atrás de mim. O espaço parece menos claustrofóbico do que na noite passada, quando foi de fato a primeira vez que passei mais do que alguns minutos acordada aqui. A primeira vez em que me dei conta de como ele é idêntico ao apartamento de Jule em todos os detalhes, exceto pelo esquema de cores. Ele me despertou lembranças que eu não queria que enchessem a minha cabeça, não apenas de todas as palavras e gestos que me permiti acreditar que eram mais significativos do que realmente eram, mas também do deboche de seus amigos, de viver com a constante consciência de que os Executores estavam patrulhando lá fora. Lembretes de como a maioria dos kemyanos ainda teria que evoluir antes de começar a enxergar alguém como eu como um ser humano. Eu não aguentei ficar acordada aqui. Queria apagar essas lembranças e substituí-las por algo totalmente diferente, algo melhor.

Funcionou. Passo a mão pelo braço, arrepios agradáveis seguindo-se ao eco do toque de Win. E, então, vem aquela culpa mesquinha.

Funcionou, mas não às mil maravilhas.

Estou me dirigindo para o segundo quarto para ver se consigo dormir um pouco mais quando a porta de Angela se abre. Ela se esgueira para fora, a testa franzindo, mesmo enquanto boceja.

— Aí está você — fala. — Cintia disse que viu você saindo horas atrás. Pensei que estivesse liberada do serviço durante a noite. Alguma coisa deu errado?

— Não, está tudo bem — tranquilizo-a. Resposta rápida demais, é óbvio, porque as sobrancelhas de Angela se ergueram e eu sinto que corei. Discrição zero.

— Então, onde você estava? — pergunta ela com um tom de divertimento na voz.

— Com Win — admito.

Suas sobrancelhas arqueiam ainda mais, e ela sai do quarto.

— Quer dizer, estava com ele *naquele sentido*? — ela quer saber, e meu rosto fica ainda mais vermelho. Angela balança a cabeça, sorrindo. — Parece que eu tenho que fazer um *update* nas últimas notícias.

— Não fala isso — suplico, com uma pontada de culpa de outro tipo. Angela nunca teve namorado, nunca beijou ninguém, exceto um cara que ela conheceu no acampamento logo antes de começarmos o ensino médio — uma única vez, no último dia deles. Contei a ela, nos mínimos detalhes, sobre o que aconteceu com Jule e sobre o "chove e não molha" que estava rolando entre mim e Win, mas apenas o que achei que precisava contar. Escondi muito dela lá na Terra, e quero ser franca com ela agora. Mas entrar em detalhes sobre esse assunto específico pareceria algo como esfregar a situação dela em sua cara.

Angela inclina a cabeça.

— Você não parece feliz com isso.

— Não é isso, é que... É uma bobagem, não é? Me preocupar com garotos quando... — Gesticulo vagamente em direção às paredes, com o objetivo de indicar a situação frágil e perigosa na qual estamos *todos* nós.

— Pelo que tenho visto, você tem se preocupado com todas as outras coisas — diz Angela. — Se existe uma cota que você precisa atingir para que preocupações com garotos possam ser consideradas ok, tenho certeza absoluta de que você já ultrapassou essa cota. Desembucha.

— Não é nada importante...

— Nada disso — Angela me interrompe, arrastando-me para os bancos dobráveis. — Você vai se sentar aqui comigo e contar tudinho, porque se nós não conversarmos agora, amanhã você estará correndo por aí de novo como uma louca. Eu *quero* ouvir sobre isso, Sky.

Eu me permito sentar.

— Então — ela estimula. — Você foi ver o Win...

Eu suspiro e deixo a testa pender entre as palmas das mãos.

— Eu não sei o que estou fazendo — digo. — Não é justo com ele.

Eu queria estar com ele. Ele queria estar comigo. Isso não deveria ser complicado. Provavelmente para ele não é, pelo menos não do jeito que estou pensando. Britta me explicou, várias semanas atrás, quando encontramos tempo para conversar em meio aos assuntos rebeldes oficiais, a visão kemyana a respeito do romance. Você se sente atraído, você toma uma atitude em relação a isso e, se você estiver sendo sincero sobre o que está oferecendo, tudo bem. Win inclusive me disse que tudo o que ele precisava era que eu fosse sincera e confiasse nele. Só não estou acostumada à ideia de que isso poderia ser tão simples.

— Como assim, não é justo com ele? — Angela diz com um cutucão de seu cotovelo. — Ele estava reclamando?

Não posso deixar de rir em resposta a isso.

— Não. Foram só algumas coisas que ele disse... Isso significa mais para ele. Eu gosto dele, de verdade, muito. — A imagem dele dormindo, o momento que me pertencia, fica passeando na minha mente, e eu sinto um nó na garganta. — Mas eu não sei se um dia será tanto quanto ele espera. — Eu não consigo me desvencilhar do receio de que vou desapontá-lo, magoá-lo, mais cedo ou mais tarde.

— Por que isso não seria o suficiente? — questiona Angela. — Você gosta dele, você *gosta* dele. Você o conhece há o que, alguns meses?

— É verdade — reconheço. — Mas se ele já está sentindo mais do que isso... Eu não sei dizer se vou continuar querendo isso em um ano, ou um mês, ou até mesmo amanhã. *Isso* não é justo com ele.

Angela dá de ombros.

— Por que você deveria ser capaz de prever o futuro? Tem muita coisa acontecendo agora com você. Se ele está bem com isso, você não está fazendo nada de errado.

Eu achei que podia chamar o que tive com Jule de "amor" em menos tempo, antes de ter descoberto tudo. Claro que, quando penso nisso, aquela estimulante sensação de desafio entre nós — quem conseguia entreter mais o outro, fazer o outro querer mais, sentir mais — deixou uma separação entre mim e ele, apesar da intensidade. Um espaço que continha todas as conversas que nós não tivemos, as muitas coisas que eu não sabia. Talvez eu não esteja tão louca de paixão por Win, mas o que temos é *real*.

E, como disse Angela, muito coisa já aconteceu desde aquela época com Jule.

— Eu não sei, Ang — digo. — Às vezes, depois de tudo que aconteceu, depois de ver a Terra... Só de pensar em todas aquelas pessoas... Semanas se passaram, e eu ainda me sinto arrasada. Como se houvesse peças faltando, para sempre, e nunca vou conseguir encaixar as que sobraram juntas. Talvez eu nunca volte a ser capaz de ir mais do longe do que simplesmente *gostar* de alguém.

Angela bufa e coloca o braço em volta dos meus ombros.

— Você sabe que nós seremos melhores amigas para sempre, certo?

Um sorriso se abre devagarzinho no meu rosto.

— Sim, disso eu tenho certeza.

— Então, tá, talvez alguma parte sua esteja arrasada. Mas se isso é verdade, então provavelmente é verdade para todos nós. Vamos apenas continuar... seguindo em frente com o que temos.

— Sinto muito — digo, abraçando-a também. — Tenho tratado isso tudo como se fosse uma coisa só minha. Estou tão feliz por você estar aqui, Ang. *Disso* eu sei cem por cento.

— Eu também não conseguiria passar por isso sem você — ela fala. Quando se afasta, a malícia brilha em seus olhos. — Sabe, se você quiser contribuir para esse negócio de me atualizar, eu notei dois garotos kemyanos amigos de Tabzi que não me importaria de conhecer um pouco melhor. Quando tudo isso acabar, talvez vocês duas possam agitar alguém para mim.

Eu a cutuco com o cotovelo, e ela me cutuca de volta, e então nós duas caímos na risada. Angela para de rir para bocejar.

— Eu deveria deixar você voltar a dormir — observo.

— Eu também — diz ela, balançando o dedo para mim. — Você precisa disso mais do que ninguém.

Quando me arrasto para a cama, um minuto depois, acho que a conversa parece ter me proporcionado a última válvula de escape de que eu precisava. Caio no sono poucos segundos depois de recostar a cabeça.

☆ ☆ ☆

Saindo do apartamento mais tarde naquela manhã, topo com Solma do lado de fora de uma porta, duas depois da minha. Ela baixa os olhos escuros quando me vê.

— Pensei em perguntar a Evan se ele não quer me acompanhar em outra refeição — diz ela.

Antes que eu possa responder, a porta de Evan se abre. Ele pisca para Solma, parecendo não ter acordado há muito tempo, mas o vestígio de um sorriso surge em seu rosto igualmente tímido. Interessante. Eu a deixo fazer sua sugestão sem interrompê-la, eu mesma com um sorriso no rosto.

O pensamento de que até mesmo Evan está encontrando um lugar entre as pessoas aqui me acalma, enquanto caminho para o único lugar em nosso território que eu hesitava enfrentar. Desço as escadas de serviço até o oitavo nível e paro em frente ao apartamento de Jule.

A porta se abre quando pressiono meu polegar no painel. Endireito a coluna e entro.

A sala principal é a mesma de sempre, com sua mistura de tons vermelhos e amarelos, sem nenhum toque pessoal. Nenhum indício de que já estive aqui antes. Jule deixou a mesa erguida quando veio falar com a gente. Tenho vontade de esmurrá-la para baixo. Inspiro e expiro, registrando que o ar aqui tem o gosto igualzinho ao de lá de cima.

Apenas o ar kemyano de sempre. Apenas uma típica sala kemyana. Sua única importância é aquela que lhe atribuo. De repente, meu medo parece uma bobagem.

Distraidamente, abro os armários. No terceiro, a minha mão para no ar. Há um bilhete dobrado na frente de um dos pacotes quadrados laranja que eu gostava, dizendo em inglês: *Sirva-se*.

Não tinha como ele saber que eu viria aqui. É um gesto feito apenas para o caso de eu vir. É evidente que ele ao menos suspeitava, quando saiu daqui naquele dia, que não estaria de volta tão cedo. Ele organizou na prateleira os pacotes de comida que eram os meus favoritos: quadrado laranja, triangular azul, branco circular.

Algo se contrai nas minhas entranhas. Será que se eu os pegasse isso indicaria uma espécie de aceitação que eu ainda não estou disposta a oferecer a ele?

Não, decido. A única razão de eu ter vindo até aqui foi para encarar o passado de frente a fim de esvaziar um pouco do seu significado. Decido guardar alguns para Angela e para mim, e levar o restante para o refeitório, para que todos possam compartilhar.

Eu apanho uma camisa do armário no segundo quarto, no meu quarto — não mais —, e dou um nó nela para criar um saco antes de jogar ali dentro todos os pacotes. Faço uma pausa no quarto armário, considerando os três sacos de café escondidos lá. Meus dedos se contraem, e se esticam para atirar dois deles na minha bolsa improvisada. Já posso imaginar a expressão de Win se iluminando quando eu presenteá-lo com uma xícara. Jule deveria ficar feliz por eu lhe deixar um.

Então, sentindo-me com o espírito um pouco mais leve, saio.

☆ ☆ ☆

— Mesmo com 3Ts, ainda existe o problema dos Executores que estão patrulhando — diz Isis. — Não podemos esconder a vedação, e eu não vou conseguir mais do que alguns minutos de uma janela segura para abri-la e fechá-la. Não é suficiente.

Ficamos discutindo por quase uma hora para chegar a um acordo sobre a nossa segunda tentativa de chegar ao Projeto Nuwa. Parece que cada vez que encontramos uma solução, um novo problema surge. Esfrego a testa, e Win afaga a base das minhas costas, transmitindo um formigamento faiscante ao longo da minha coluna. É um pouco estranho, vê-lo pela primeira vez desde que deixei o seu apartamento esta manhã; tive a sensação de que os outros saberiam o que estivemos fazendo só de olhar para nós. Mas nem mesmo Britta fez qualquer comentário, e Win parecia tão relaxado que eu também relaxei.

— Então, precisamos dar a alguns desses Executores um motivo para estarem em outro lugar, para que tenhamos uma janela maior — concluo.

— Nós podemos usar Jule — sugere Tabzi. — Não foi por isso que o fizemos voltar? Para que pudesse nos ajudar de lá de baixo?

Isis balança a cabeça.

— Ele disse que Ibtep não confia nele. Se ele criar um distúrbio, ela vai presumir que é um truque.

— Então, precisamos de alguém que eles não esperam que esteja associado com a gente — diz Win lentamente. — Ibtep sabe que nós cinco ainda queremos chegar no planeta K2-8. Ela não iria pensar que estamos envolvidos se algo acontecer por obra do grupo contra a mudança... Vishnu e os outros. — Ele para, a boca se contorcendo. — Se pudermos encontrar um meio de eles causarem uma interrupção, na verdade isso não fará mal a ninguém.

— Nós poderíamos usar Jule para isso — diz Britta, concordando. — Ele pode enviar uma mensagem para eles usando aquele código de reencaminhamento sofisticado que utilizou para nos ferrar antes. O que você acha que atrairia os manifestantes contra a mudança, e chamaria a atenção do Departamento de Segurança bem rápido?

— Como não queremos que eles machuquem ninguém, que tal se eles danificarem alguma *coisa*? — sugiro.

— Eles querem atrapalhar os planos da mudança para o outro planeta — diz Win. — Podemos lhes dar acesso a um dos compartimentos de armazenagem? Dizer a eles que lá existem suprimentos para o desenvolvimento da vida no planeta que eles poderiam destruir? Podemos escolher um lugar que contenha os materiais menos essenciais possíveis, coisas que nada tenham a ver com a mudança... Duvido muito que eles saberão a diferença.

— Eu sei como a programação nos compartimentos de armazenagem funciona, por causa daquela vez em que tivemos de conseguir acesso antes — observa Britta. — Podemos fazer com que Jule transmita as instruções. — Ela olha para Isis em seu banquinho, tocando o ombro dela. — Que tal, está satisfeita?

Isis está franzindo o cenho, mas estende o braço para pousar a mão sobre a de Britta.

— Isso parece sanar todas as preocupações — conclui ela. — Imagino que a única questão que nos resta é saber quem vai. Nós só temos três 3Ts.

— Três é tudo que precisamos — garante Win. — Eu não quero arriscar mais gente ainda, depois do que aconteceu da última vez. Já memorizei as rotas mais rápidas para as salas do Projeto Nuwa. Vou levar Markhal comigo de novo, já que ele está familiarizado com o sistema de arquivos do Departamento de Saúde. E...

— Estou nessa — intervenho. Quando Win olha para mim, um medo que ele não consegue esconder transparece em seus olhos, e eu penso em

Kurra disparando contra nós no túnel, no braço arruinado de Celette. Engulo em seco. — Eu tenho que ir. Eu sou a única aqui que, de fato, viu as pessoas coletarem dados para o projeto. Eu poderia fazer conexões que ninguém mais pode.

Ele inspira, e eu me preparo para uma discussão. Mas tudo o que ele diz é:

— Pronto. Já temos nossos três.

22.

Win

Markhal e eu estamos aguardando próximos à parada do transportador interno quando Skylar se junta a nós, segurando duas canecas fumegantes. Apesar do nó no meu estômago, minha boca começa a salivar no instante em que o rico aroma atinge o meu nariz.

— Isso é...?

— É. — Ela sorri e me entrega uma das canecas. — Imaginei que um pouco de estímulo antes de sairmos pudesse ser bem-vindo.

— Onde você conseguiu isso? — Sou obrigado a perguntar. Temos mantido uma política de não interferir com a propriedade privada das pessoas, como prova de que estamos apenas mantendo um posicionamento, sem tirar vantagem de nossos concidadãos. No entanto, posso deixar essa única coisinha passar batida.

— Vamos apenas dizer que é legítimo — ela assegura.

Trago a caneca à boca, fecho os olhos, e saboreio. O líquido agradavelmente amargo derrama-se sobre a minha língua. Já se passaram meses desde que experimentei café — sentado numa cafeteria com Skylar enquanto ela me contava sobre as sensações estranhas que tinha e eu ficava cada vez mais convencido de que ela era a chave para concluirmos a nossa missão. É estranho pensar que houve um tempo em que era unicamente desse modo que eu a via. Agora, depois do que aconteceu menos de 25 horas atrás, cada centímetro do meu corpo está alerta à sua presença. Eu quero beijá-la, mas não com Markhal aqui.

Em vez disso, concentro-me na minha bebida. Café parece uma coisa fútil de se ter saudade, mas vou saborear essa caneca pelo tempo que ela preservar o seu calor.

Skylar vira-se para Markhal, oferecendo-lhe a outra.

— Eu não sabia se você ia querer...

— Bebe você — diz ele.

Ela faz uma careta.

— Não, de verdade, está tudo bem. Eu não me dou bem com a cafeína.

— Já que insiste. — Markhal pega a caneca, erguendo-a como se para fazer um brinde terráqueo, e me encara rapidamente com um brilho nos olhos. — Um brinde ao seu bom gosto para mulheres.

Engasgo com a boca cheia de café que estava prestes a engolir, e Skylar acaricia minhas costas, seu sorriso retornando. Eu não tinha dito nada a Markhal... Bem. De acordo com Celette, tá na cara.

Pensar em Celette faz meu peito apertar. Fui ver como ela estava antes de pegar Markhal no centro médico. Ela continua indo e voltando da poltrona curativa onde ele e outro médico estão tentando restaurar um pouco mais da função do nervo em volta do coto de seu ombro. Ela nem sequer permite que eu peça desculpas.

— Eu sabia que algo assim poderia acontecer, Win — ela me disse. — Desde o primeiro momento eu sabia que defender os terráqueos iria me colocar em perigo. Poderia ter sido pior.

Poderia mesmo. Ela poderia estar morta. O fato, porém, é que ela não terá uma vida plena e produtiva se eles não conseguirem arranjar um membro artificial que funcione bem o bastante para que ela continue uma carreira regular. Mesmo para exploradores-coletores, o Departamento da Indústria possui certos padrões de desempenho.

Skylar aponta para a tela de visualização pública do corredor da parada do transportador.

— Lá vão eles.

Alguém da equipe de técnicos acaba de compartilhar a imagem do lado de fora do compartimento de armazenagem para onde direcionamos Vishnu. Algumas dezenas de seus seguidores se juntam ao redor de sua silhueta magra quando ele toca no painel de entrada.

O meu plano era esse. Ao mesmo tempo, sou tomado pelo desejo de gritar para Britta cortar o acesso antes que ele entre. A partir do momento em que ventilei tal ideia hoje cedo, tenho me sentido mal a respeito disso. Nenhum dos outros pareceu muito preocupado em usar o grupo de Vishnu, mas não tenho certeza se eles o conhecem bem.

A porta desliza, abrindo-se, e os manifestantes contra a mudança aglomeram-se lá dentro. Não temos uma visão do compartimento propriamente dito, mas é fácil imaginá-los indo pra cima dos suprimentos e equipamentos, divertindo-se com a destruição. Nada daquilo que mantemos na estação é totalmente inútil, mas Britta identificou um espaço que armazena principalmente peças das naves de passeio e espaçonaves que existem em quantidade razoável em outros lugares. O pessoal de Vishnu não vai estragar nada de essencial ou insubstituível.

Nós consideramos todas as variáveis. Não há razão para que isso não funcione sem causar danos duradouros.

O gosto do café não é mais tão delicioso, mas eu tomo tudo enquanto estamos ali parados em silêncio. A tela pisca e, em seguida, escurece até ficar preta por completo: é o sinal de Isis de que um número suficiente de Executores deixou suas patrulhas do túnel, que agora é seguro para nós.

Subimos em nossos planadores, as partes de trás das barras agora carregando um largo disco para energia adicional, e planamos para baixo, através da entrada da parada do transportador. Quando pousamos na vedação espiralada, puxo o painel de controle. Digitar manualmente o comando deve impedir o Departamento de Segurança de detectar a nossa atividade aqui.

A espiral inicia sua abertura metódica sob o reflexo da luz emitida pelo painel. Quando a passagem está larga o suficiente, Markhal ativa seu planador e desce primeiro. Skylar vai logo depois dele. Antes de segui-los, insiro o comando para que a vedação se feche.

Mantemo-nos juntos à medida que descemos acompanhando a parede do túnel, para que possamos alertar uns aos outros através do toque, caso seja necessário. O zumbido da fonte de energia aprimorada dos planadores soa estrondoso no escuro, mas Zanet nos garantiu que só será audível a uma curta distância.

No quinto nível, quando meu planador já está começando a tremer, bato nos braços dos outros. Paramos ali e nos cobrimos com os nossos 3Ts enquanto os planadores recarregam para que nenhuma patrulha inesperada nos veja. O mostrador do meu planador anuncia que a carga está completa de novo. Enquanto nos preparamos para prosseguir, Skylar encontra a minha mão na escuridão, entrelaçando os dedos nos meus por um segundo. Então, decolamos outra vez.

O suor arrepia a minha pele no ar sem aquecimento. Acabamos de passar pelo quarto nível, quando uma leve vibração me faz cócegas. Estendo os braços para empurrar os meus companheiros na direção da parede. Um instante depois, um transportador interno passa rápido por nós, a cápsula sem janelas parecendo um pouco mais do que uma onda de ar em movimento antes de desaparecer. A roupa se cola no meu corpo. Afasto o cabelo dos olhos enquanto meu coração retorna ao ritmo normal, e então aceno para que desçamos.

No segundo nível, temos de parar para recarregar de novo. Embora o planador esteja fazendo a maior parte do trabalho, meus pulsos estão doendo por causa do ângulo estranho que tenho que posicioná-los para manter o equilíbrio. Outro transportador se aproxima, e meus companheiros captam a mudança no ar ao mesmo tempo que eu. Então, com os planadores prontos, continuamos em frente.

No primeiro nível, seguimos para a esquerda. Conto as paradas pelas quais passamos e pressiono o painel de controle para abrir o conjunto de portas que Britta indicou. Aguardamos por tempo suficiente para confirmar que não há ninguém esperando na recâmara e depois voamos rapidamente para fora, deixando nossos planadores numa plataforma da manutenção no interior do túnel. Skylar alonga os braços, esfregando os próprios pulsos. Parece que Markhal é o que está pior, com os lábios apertados, e sua pele morena adquiriu um tom esverdeado. Não tenho certeza se é por medo ou desconforto físico.

O corredor estreito diante de nós tem a iluminação monótona e as paredes com a mesma tonalidade cinzenta de todos os setores industriais da estação. Armo o 3T sobre mim e ando a passos largos para a entrada desse grupo secreto de salas. A função de camuflagem do 3T não funciona com perfeição quando o usuário está em movimento — é destinado principalmente para ocultar o formato de tenda que o pano precisa para viajar no tempo —, mas será o suficiente para evitar que o sistema de vigilância registre as nossas identidades. Imagino que os nossos rostos nós têm um alerta em todos eles agora.

A porta não revela nada. Afasto as abas do 3T para pressionar o chip de quebra de tranca contra o painel ao lado dela. Isis disse que ele deveria dar conta de qualquer nível de segurança com contato direto, mas isso levaria tempo para processar.

Enquanto aguardamos dentro de nossos 3Ts individuais, os Executores estarão dominando Vishnu e seu grupo. Quando terminarem, aqueles que foram chamados de seus postos irão retornar. Não sabemos quanto tempo temos.

Por fim, o painel pisca e a porta se abre com um sussurro. Respiro aliviado. As varreduras de Britta levaram-na a acreditar que estas salas são usadas somente em horários específicos e que elas deveriam estar vazias agora, mas ainda assim é reconfortante ver que o salão interno está escuro pouco antes de as luzes se acenderem à nossa entrada. Mantemos nossos 3Ts sobre nós como capas com capuz enquanto prosseguimos, Skylar e Markhal são figuras indistintas e ondulantes de ambos os meus lados.

Este pode ser o momento decisivo em nossa guerra civil... ou pode ser o mais decepcionante dos becos sem saída. Analiso a fileira de portas, a parte de trás do meu pescoço pinicando.

Skylar entra decidida na sala de trabalho mais próxima.

— Vamos, temos que começar a coletar os dados.

O espaço no qual entramos parece uma sala de reuniões, com uma mesa rodeada por bancos. Um terminal de tamanho médio ocupa uma das paredes. Markhal senta-se nele. Depois de alguns gestos, ele sorri.

— Consegui — comemora ele. — Vou começar a carregar os arquivos para a unidade de dados num instante. Há *milhares* de registros e relatórios aqui.

— Vamos ver o que mais eles têm — digo a Skylar.

Do outro lado do corredor, encontramos um pequeno cômodo com cinco terminais amontoados e nada mais. Então, chegamos ao que parece ser um laboratório: dois terminais numa extremidade e uma câmara de isolamento posicionada contra a parede oposta, conectada a um aparelho tecnológico volumoso que é mais alto do que eu.

— O que é aquilo? — Skylar pergunta, afastando para trás as abas de seu 3T para estudá-lo.

— Não sei. — Eu me aproximo, mas não tenho muita experiência em tecnologia para ser capaz de identificar as funções das saliências em formato de bolha ou o emaranhado de circuitos que cobre o aparelho quadradão. — Nunca vi nada como isso num centro médico... ou em qualquer outro lugar.

Skylar está esfregando de novo o pulso.

— Você está bem? — pergunto a ela.

— Sim — ela responde. — É que é difícil me equilibrar nesses planadores, com a barra tão estreita. Parece que estou precisando exercitar um pouco mais a parte superior do corpo.

— Gostaria de observar que acho que todas as partes do seu corpo estão em excelente forma — comento com um sorriso. Skylar me lança um olhar surpreso antes de reprimir uma risadinha. Um pouco da ansiedade deixa seu rosto.

Ela esbarra no meu ombro enquanto se dirige para um dos terminais.

— Talvez isso possa nos dizer algo de útil.

Aproximo-me dela enquanto Skylar liga a tela flutuante.

— Abra isso — sugiro, apontando para um ícone que reconheço. É um programa que usamos no Departamento de Viagens à Terra para análise dos resultados experimentais.

Uma enxurrada de dados preenche a tela.

— Não conheço um monte desses caracteres — diz Skylar, franzindo a testa.

Eu me inclino, lendo as palavras entre os números e cálculos.

— Eles estão trabalhando em algo com... energia *vorth*. É isso que é gerado pelo núcleo da estação, por meio do processamento de luz estelar e gases encanados, para alimentar a estação.

Ela abre espaço para me dar acesso mais fácil à tela. Pesquiso um pouco mais os dados antes de fechar esse programa e me aventurar mais fundo na interface. A maioria dos arquivos com os quais me deparo são diagramas e notas de registro, mas o quadro geral que elas estão montando não faz o menor sentido para mim.

— Acho que essa máquina produz energia *vorth* — digo, indicando o aparelho com a cabeça. — Num nível muito mais concentrado do que os níveis correntes para o uso normal. Eles foram comparando essa produção com as leituras de vários compostos químicos e biológicos... e existem algumas hipóteses sobre "reversões", mas é difícil dizer a que isso está se referindo. É como se houvesse um outro laboratório onde eles estão executando processos relacionados.

— "Reversões?" — questiona Skylar. — Talvez eles de fato tenham encontrado uma forma de desfazer os danos dos deslocamentos no tempo. Diz alguma coisa sobre a Terra aí?

— Nada que eu tenha encontrado até agora, mas todos os assuntos são indicados apenas por números. Vamos dar uma olhada naquele outro laboratório.

Há duas portas restantes, uma em frente à sala que deixamos e outra no fim do corredor. Sou atraído para essa última, talvez por causa da sensação de um espaço maior do outro lado: há mais a ser revelado. A porta se recusa a se abrir para nós até eu pressionar o chip de quebra de tranca em seu painel de controle e deixar outro minuto se passar.

A porta desliza para o lado com um sussurro. Nós adentramos a escuridão. Então, as luzes fracas começam a piscar, lançando uma palidez azulada sobre doze ou mais cilindros transparentes diante de nós que se erguem desde o chão até um pouco abaixo do teto. Leva um segundo para que os meus olhos se adaptem e outros dois para que eu assimile o que estou vendo. A minha mão que segura o 3T se afrouxa. Ele quase desliza da minha cabeça. Ao meu lado, Skylar solta um gemido baixinho.

Cada um dos cilindros contém um corpo suspenso, inanimado e nu. São corpos de humanos. Seus olhos nublados estão abertos, suas bocas escancaradas, como a truta dependurada que vi num mercado numa de minhas primeiras Viagens de treinamento na Terra.

Entretanto, não são corpos normais, percebo, enquanto meu estômago revira. Linhas rosadas e delgadas entrecruzam toda a pele daquele que está no cilindro mais próximo de nós. O próximo mostra um padrão similar, e todos os seus dedos terminam abruptamente no que deveria ser apenas o terceiro dedo. Meu olhar passa para um terceiro, com a mandíbula pendente e a boca excessivamente escancarada, e um nariz curto, que termina logo após a cartilagem. Eu mal consigo discernir o próximo corpo, apenas um monte de camadas membranosas de pele deslocada que flutuam em torno dele.

Skylar girou, a mão livre pressionada contra a boca. Passos ressoam pelo corredor em nossa direção.

— *Já carreguei todos os arquivos* — diz Markhal em kemyano, tão distraído em sua empolgação que se esqueceu de que Skylar não é uma de nós. — Dei uma olhada rápida neles enquanto estavam sendo transmitidos para o drive... A maioria dos registros está relacionada a emissões de *vorth* e a deterioração de matéria, mas aqueles que espiei possuíam informações incompletas sobre o que eles acham que será afetado...

Ele perde o fio do pensamento quando se aproxima o bastante para ver nossas expressões através do borrão dos nossos 3Ts. Três passos depois, ele para do nosso lado dentro da sala maior. Seus lábios se abrem, mas as palavras não saem.

— Eles são terráqueos ou kemyanos? — Skylar pergunta, com a voz abafada por sua mão. Ela não se virou para olhar de novo.

Eu me aproximo, contendo outra onda de náusea. Uma série de caracteres está gravada no tornozelo do corpo mais próximo.

— Nenhum dos dois, exatamente — digo. — São corpos experimentais... Criados em laboratório. — Isso significa que eles não têm mais cérebro do que um inseto. Pelo menos, isso não é uma demonstração de sofrimento consciente.

Minha mente gira através dos pedaços de informação que temos: a deterioração da matéria, compostos químicos e biológicos, emissões de *vorth*. A questão suscitada pelos dados: pode ser revertido? Toda tentativa registrada acabou em fracasso.

Forço-me a caminhar até o terminal ao lado da porta e faço surgir o monitor ali. Sei o que estou procurando agora. Alguns toques e os dados começam a se reunir formando um padrão tão inegável que comprime o ar dos meus pulmões.

— Eles estão testando os efeitos da exposição à energia *vorth* em células humanas — explico. — Os efeitos da exposição *acelerada*. — A exposição regular, é claro, é o que todas as pessoas em Kemya experimentam só por viverem na estação.

Markhal se aproxima. Ele belisca a tela e puxa um gráfico que eu não tinha notado. Sua mão desaba.

— Mutações acumuladas em curto espaço de tempo em múltiplas unidades dentro do DNA — ele murmura.

Temos sido tão presunçosos... Assistimos os terráqueos lutando contra os poluentes e a radiação, e ninguém que eu conheço jamais questionou se a nossa própria fonte de energia é de fato inócua. Por que não seria? Somos kemyanos. Toda a nossa tecnologia é tão claramente, tão amplamente superior!

Lembro-me da maneira como Skylar olhou para mim quando lhe contei que as mudanças que vínhamos fazendo na Terra ao longo dos milênios deterioraram as ligações atômicas de toda a matéria no planeta. Suspeito que meu rosto formou uma expressão de horror similar. Foi isso, então, que ela sentiu? Esse mesmo pavor desestabilizante e rasteiro que se embrenha de forma profunda demais dentro de mim para desenterrá-lo?

Essa é a razão do sigilo. É isso que o Conselho vem escondendo. A estação que todos nós consideramos nosso lar, na qual baseamos nossa sensação de segurança por milhares de anos, pouco a pouco vem deformando o nosso código genético.

Um impulso de fúria emerge, é contido e desaparece, mas a sensação ainda permanece lá.

— Somos nós — ouço-me dizer. — O que eles acham... O que eles *sabem* que tem sido afetado. Somos todos nós.

☆ ☆ ☆

— Mas não há nada de errado com a gente — observa Zanet, tão alto que Markhal estremece ao meu lado. — Estamos bem. Você disse que eles estavam usando emissões mais fortes para as experiências... Não é a mesma coisa.

Markhal tem uma compreensão científica melhor do que a minha.

— É sim — ele diz com ar sombrio para a pequena plateia formada por nossos concidadãos kemyanos, o primeiro grupo além de Isis, Britta e Tabzi com o qual compartilhamos as informações que encontramos nos laboratórios Nuwa, em pé à nossa volta na sala de trabalho que ocupamos para esta reunião improvisada. — Eles aumentaram as emissões para reproduzir os efeitos da exposição cumulativa de milênios. Não é exatamente a mesma coisa, mas a deterioração física de nossos genes tem aumentado à medida que são passadas de geração para geração. Os erros são duplicados, continuam crescendo e se perpetuam. Alguns dos relatórios que encontramos são bastante claros.

— Então, por que não vimos quaisquer problemas depois de tanto tempo? — uma mulher cujo nome eu não sei questiona. — O efeito deve ser tão pequeno...

Até eu posso responder a isso.

— Os problemas já estão *ocorrendo* — digo. — O Conselho tentou fingir que não há nada de estranho nisso, mas você já não ouviu falar de pessoas que começaram a ficar com a mente confusa e os médicos não conseguem deixá-las novamente saudáveis? O primeiro desses casos ocorreu duzentos anos atrás. No ano passado, houve quinze novos casos. Daqui a alguns séculos, a mutação pode estar tão disseminada que todo mundo sofrerá dessa condição assim que atingir uma certa idade. Se não sairmos desta estação, para longe da energia *vorth*.

No K2-8, onde poderemos contar com vento e água, bem como luz solar, e as nossas habitações não irão requerer tanta energia como a estação, teremos outras opções.

Zanet e dois outros balançam a cabeça, negando. Eu cerro os dentes, mas sei como isso é difícil de ouvir.

— Basta olharem para o que encontramos — eu lhes digo. — Há registros, imagens, arquivos de vídeo. Vocês vão ver.

Eles precisam ver. Se não conseguirmos convencê-los, como será que o restante de Kemya irá reagir se tentarmos revelar a fraude de nossos líderes?

Skylar e Britta estiveram examinando atentamente esses arquivos em um dos terminais do outro lado da sala. Markhal e eu ficamos com elas enquanto os outros saem para o corredor, cochichando entre si.

— Você descobriu por que o Departamento de Saúde estava examinando os terráqueos? — pergunto.

— Pelo que pudemos perceber, eles acharam que daríamos boas cobaias, porque nós nunca tínhamos sido expostos a esse tipo de energia antes — diz Skylar. — Somos como páginas em branco. — Ela oculta um bocejo. Está tarde, e nenhum de nós dormiu desde que retornou.

— E quanto aos procedimentos de reversão? — questiona Markhal. — Existe alguma menção de progresso, qualquer que seja?

A boca de Skylar se fecha numa linha reta em reação à pergunta, enquanto Britta responde meneando a cabeça.

— Pelo que sei, já havia inúmeros e minúsculos defeitos nos genes de todos na época em que o Departamento de Saúde percebeu o que estava acontecendo, e nenhum de seus tratamentos conseguiu revertê-los — explica com uma voz desanimada, que não combina com ela. — E corrigir algumas falhas aqui e outras ali às vezes desencadeava uma reação que acelerava a deterioração das outras áreas afetadas. Eles pensaram em blindar o núcleo ou os canais de energia para ver se conseguiam evitar mais danos, mas... com o consumo de energia de que precisamos para manter a estação em operação em órbita, é impossível.

— O Conselho sabia — Skylar destaca. — Há referências a autorizações de membros do Conselho e prefeitos que remontam à primeira descoberta. Parece que apenas eles e um número restrito de funcionários do Departamento de Saúde estavam cientes do problema. Examinando os casos médicos. Executando essas experiências para ver o quanto os efeitos poderiam ficar ruins.

Eu torço a cara ante o pensamento dos corpos experimentais mutantes, suas falhas genéticas demonstradas com uma clareza grotesca em seus corpos.

— Sabendo bem como nosso povo pensa, os primeiros pesquisadores que descobriram os danos provavelmente presumiram que o problema não poderia ser tão grande que não conseguissem encontrar uma solução, e eles não quiseram contar a todos sem que estivessem de posse de tal solução — pondero. — Então, eles legaram a cada novo Conselho um problema ainda maior, agravado pelo sigilo. Kemya proibiu qualquer um deles de admitir um erro não solucionado.

— Eu sei — murmura Britta. — Mas, mesmo que não quisessem nos dizer, eles poderiam pelo menos ter iniciado mais cedo a mudança para o novo planeta.

— Creio que teria sido difícil convencer a todos de que a hora era oportuna sem revelar a razão — analisa Markhal. — Por um tempo, devem ter acreditado que estavam fazendo progressos. Só mais recentemente é que tiveram certeza de que o problema é insolúvel.

Lembro-me da calma no rosto de Nakalya naquele dia perto da sala de RV.

— Nakalya e os outros não pareciam exatamente chateados por terem um incentivo óbvio para seguir em frente. Antes, quase todos no Departamento de Viagens à Terra teriam lutado contra a ideia. De certa forma, destruindo o campo temporal, nós os *ajudamos*.

— Você acha que Ibtep sabia o tempo todo? — especula Skylar. — Não há menção alguma a ela nos registros, e ela sempre agiu como se acreditasse que tínhamos de esconder nossas intenções do Conselho.

Naquela época, eu teria dito que não achava que Ibtep poderia ter conhecimento de algo tão horrível e esconder isso de nós. Mas agora...

— É possível — respondo. — Creio que de qualquer forma isso já não importa mais. Vocês encontraram mais alguma coisa significativa nos registros?

— Tinha uma coisa... — Ela aponta para a tela. — Parece que nem todo mundo é afetado da mesma forma. Qualquer família que tenha feito uso da engenharia genética em seus filhos possui maiores taxas de mutação. É muito comum isso?

— A maioria de nós considera "customizar" uma extravagância desnecessária — diz Britta. — Você tem que contribuir com um monte de créditos para o Departamento de Saúde. É algo que só está ao alcance das famílias ricas.

— Nossa! — diz Skylar. — Jule disse que seu avô tinha ficado meio "senil". Será que tem a ver?

Ela vasculha rapidamente um banco de dados de prontuários. Acompanho os nomes que flutuam na tela até um, muito familiar para nós, capturar a minha atenção.

— Espere! — digo. — Volte um pouco.

Skylar desliza suavemente a lista, e eu aponto, arregalando os olhos.

— Eles têm um arquivo de Kurra.

23.

Skylar

Win pousa as mãos nos meus ombros enquanto abro o arquivo de Kurra. Britta se aproxima e estala a língua, contrariada.

— Vejam isso. Testes intensivos realizados desde cedo devido à extensão de sua manipulação genética. Duas mutações de alto nível definitivas identificadas aos doze anos. Probabilidade de aparecimento precoce de efeitos externos quase certa. — Sua voz baixa. — A equipe do Departamento de Saúde aconselhou os pais a restringir as responsabilidades dela. É por isso que eles apoiaram o irmão mais novo como político e não ela.

Ouvi alguém fazer uma observação a respeito disso uma vez — dizendo que Kurra tinha sido posta de lado por causa de algum "erro".

— Mas eles não teriam dito aos pais dela a razão, teriam?

— Eles não conseguiriam manter isso tão abafado se estavam fazendo isso — observa Britta.

Kurra não deve fazer a menor ideia da verdadeira razão de seus pais a preterirem. Embora eu deva dizer que muni-la de uma *blaster* e incumbi-la de manter a lei e a ordem não me pareça muito a ideia de restringir responsabilidades.

— Ela estava agindo de uma forma um pouco estranha, quando veio revistar o apartamento da minha família — observa Win. — Eu jamais teria pensado...

Seus dedos em meus ombros ficam tensos. Isso e algo em seu tom de voz me provocam uma pontada de desconforto. Outro eco do que senti vendo o ar de incredulidade nos rostos dele e de Markhal quando finalmente entenderam do que se tratava o laboratório Nuwa. Meus pensamentos estiveram a mil durante o lento retorno aos níveis superiores montados em nossos planadores, mas houve muita comoção desde que voltamos para que eu possa pensar nisso agora.

— Ignorar ordens superiores e sair para patrulhar por conta própria à nossa procura... Isso é muita... obsessão — diz Britta.

— Ela nos culpa — explica Win. — Pela forma como falou... Ela acredita que nós e os terráqueos somos os responsáveis por fazê-la parecer incompetente. Acho que ela pode ter sido rebaixada depois de ter falhado em nos impedir de levar a cabo a missão de desativar o gerador de campo temporal.

— Bem, ela saberá a verdade sobre a sua situação em breve, não? — diz Markhal. — Temos que fazer com que essa informação chegue lá fora. Se todos souberem e mais mentes estiverem trabalhando no problema, talvez *possamos* encontrar uma solução.

Sinto outra pontada de desconforto ao detectar o fio de desespero em sua voz.

— Eu não sei — Britta diz baixinho. — Não é a minha área de especialização, mas eles incluíram as pessoas mais qualificadas disponíveis. Acho que, se houvesse como corrigir, já teriam feito isso a esta altura. — Ela estremece, e volta os olhos para mim. — Não teria sido bom se em vez disso você *tivesse* encontrado algum segredo para curar os terráqueos?

Teria, sim, mas subitamente o leve formigamento de desconforto converge para um surto de irritação.

— Olha — digo, num impulso —, eu não estou feliz por termos descoberto isso, e eu não teria desejado isso a ninguém, mas... Isso não deveria importar. Se você acredita de verdade que eu e todos os outros terráqueos somos seres humanos plenos e capazes, mesmo com o tipo de deterioração que temos experimentado, por que isso realmente mudaria alguma coisa?

Os três me encaram.

— Skylar... — Win começa.

— Não me diga que não é a mesma coisa. — Inspiro fundo, lutando para ter paciência em meio à névoa de fadiga. — Nós queríamos uma prova de que a nossa deterioração terráquea não significa que somos inferiores. *Conseguimos* essa prova. Não da maneira mais agradável, mas... Vocês, kemyanos, ainda são humanos. Tá, então, vocês têm algumas novas falhas no seu DNA. Elas não estão afetando quase ninguém de uma maneira perceptível. Quando vocês deixarem a estação, elas não vão ficar piores. Meus *átomos* estão com defeito. Mesmo assim, vocês realizaram todas as coisas que realizaram, coisas das quais os kemyanos têm tanto orgulhoso. Nós continuamos a ser os mesmos seres humanos que éramos antes de sabermos disso.

Win aperta o meu ombro.

— Eu não ia te dizer que não era a mesma coisa — diz ele. — Eu ia dizer que você está certa.

— Ah. — Meu rosto enrubesce. Eu deveria ter percebido que eu o conheço bem demais para isso. Olho para Markhal e depois para Britta. — Vocês percebem? Isso *prova* que quaisquer que sejam as falhas que possuímos, elas não fazem diferença alguma. Se o restante de Kemya conseguir aceitar que eles ainda poderiam fazer grandes coisas, apesar disso — aponto para a minha tela —, então, eles têm que aceitar que a deterioração também não torna os terráqueos necessariamente menos inteligentes ou mais fracos.

Britta puxa uma mecha do cabelo.

— Eu sei o que você está querendo dizer, Skylar. Só não sei direito ainda se posso ver isso dessa forma, mesmo que eu queira.

— Eu entendo — digo. Não posso dizer que me senti maravilhosa a primeira vez que ouvi Win explicar como o seu povo tinha danificado a Terra. — Desculpe por ter explodido com vocês.

— Skylar! — Zanet chama do outro lado da sala. — Tem gente aqui procurando por você.

O quê? Eu me viro e vejo Jai e o senhor Patterson de pé junto à porta.

Quando me apresso para ver o que aconteceu, preocupada se algo deu errado no nosso setor, percebo que não são só eles dois que estão ali. A mulher inuíte de meia-idade, Iqaluk, um dos monges japoneses — Nobu, acho que esse é o nome dele — com o cara kemyano que esteve falando com eles, e uma mulher alta e esguia que eu não conheço estão parados atrás deles no corredor.

— Essa é Shuanda — apresenta Jai, enquanto a mulher faz uma reverência, inclinando a cabeça escura. — Ela é um dos terráqueos de estimação que se recuperaram por completo. Ela e os outros aqui expressaram o desejo de oferecer a sua ajuda ao restante de nós. Imaginei que você teria uma ideia melhor de onde eles poderiam ser úteis.

— Deve haver mais formas de podermos contribuir — diz o senhor Patterson.

Hesito.

— Este não é exatamente o melhor momento — digo. — Encontramos algo que os kemyanos precisam discutir entre si. — Eu me viro para Iqaluk. — Não há necessidade de você abandonar a sua família — falo para ela enquanto Jai traduz. — Nós podemos cuidar de tudo.

Ela faz um movimento repentino e um rápido comentário.

— *Isso* é cuidar da família — traduz Jai.

Win aproxima-se de mim.

— Nós podemos descobrir lugares em que eles poderiam ajudar, mesmo com tudo isso acontecendo — ele sugere. — Se eles querem se envolver de forma mais ativa, por que não?

Porque eu não quero arrastá-los direto para a briga? Porque...

Um som estridente de sirene ecoa pela sala. Eu me sobressalto e os terráqueos do lado de fora recuam.

Britta levanta-se atrapalhada.

— Esse é o nosso alerta de evacuação. Alguém penetrou a barreira para o oitavo nível. — Ela toca os controles do terminal. — Onde você precisa de nós, Isis?

— *Ela está ocupada* — responde uma voz masculina frenética. — *Eles conseguiram cortar parte da nossa energia... Nós não podemos manter os campos de força em todos os pontos em que eles estão nos atingindo.* — Ele recita uma série de números de setores. — *Já perdemos o oitavo nível. Leve quem quer que vocês possam até o nono para defender esses pontos.*

Um dos números relacionados fica na minha cabeça. Fica a apenas dois setores do nosso enclave terráqueo.

— Eu vou para o 93-5 — comunico.

— Eu vou com você — Win diz, mas eu discordo.

— Você tem que cuidar de um dos outros pontos. São vários!

As luzes do corredor diminuíram ainda mais. *Eles conseguiram cortar parte da nossa energia.* Minha pulsação acelera enquanto Britta mergulha na sala que vínhamos usando para armazenamento de tecnologia e onde enfiamos *blasters* de atordoamento, comunicadores de ouvido e rolos daquele material selante para o restante de nós. Então, Jai, o tradutor de Nobu, e os terráqueos que vieram com eles correm comigo pelos corredores. Nosso próprio setor não fica longe.

A maioria do meu grupo de terráqueos está fora de seus apartamentos, murmurando em grupos nervosos.

— O que está acontecendo? — Angela pergunta, apressando-se até mim no momento em que me vê. — Os kemyanos que estavam por aqui saíram em disparada sem dizer nada.

— Os Executores penetraram a barreira para o oitavo nível — respondo. — Nós estamos selando o nono para nos certificarmos de que eles não avancem mais. Vou precisar de ajuda.

A mãe de Angela agarra o braço dela, com os olhos arregalados, e lhe diz alguma coisa em filipino. A expressão de Angela se contrai. Eu não a culparia nem por um segundo, se optasse por não participar dessa tarefa em particular. Dirijo-me para as escadas de serviço, segurando a alça da minha sacola de equipamentos tão firme que meus dedos chegam a doer. Estou prestes a chegar à porta quando Angela me alcança, Evan ao lado dela. Eles estão com o rosto tenso, mas parecem mais determinados do que jamais os vi.

— Nós não vamos desistir — assegura Angela.

Corremos rapidamente escada abaixo. Dois dos kemyanos que estavam prestando assistência aos terráqueos evacuados do Departamento de Estudos da Terra estão parados no andar de baixo, observando a superfície sólida da vedação onde ficava a passagem para as escadarias. A equipe de tecnologia já conseguiu selar este nível, então. Talvez estejamos bem.

Antes que eu possa sequer sentir uma fração de alívio, o cara lá diz:

— Eles estão tentando atravessar a vedação. De vez em quando param... Os campos de força estão alternando de posição... O quartel-general não consegue mantê-los em todos os lugares continuamente. Assim que ele se mover, eles estarão de volta.

— Tome — digo, entregando-lhe uma *blaster* e um rolo do material vedante da minha sacola.

Enquanto ele começa a cortar pedaços da fita seladora, a mulher que está com ele diz em kemyano:

— *Não é só aqui. Eles estão no corredor, em dois lugares diferentes...* — Sua voz oscila. Ela olha para o meu comunicador de ouvido. — *Eles estão fazendo progressos com a energia?*

— *Eu não sei* — tenho que admitir. O comunicador tem estado silencioso. — *Nós vamos ajudar.*

Ela olha para o grupo que está reunido atrás de mim, formado principalmente por terráqueos, com ceticismo indisfarçável, mas estou sem energia para ficar ofendida. Esgueiro-me para fora da escadaria. Solma e alguns kemyanos que eu não conheço estão agrupados em torno de três pontos ao longo da extensão do corredor do setor.

— Espalhem-se — digo a meus companheiros. Meus pais, Daniel, Jeffrey, Cintia e a senhora Cavoy se juntaram ao restante de nós. Eu entrego as *blasters*, que espero que sejam armas intuitivas o bastante para que eles possam descobrir sozinhos como usá-las, e lanço um dos meus dois rolos restantes do selante para o fundo do corredor, para que as pessoas lá possam compartilhá-lo.

Evan, o senhor Patterson, Jai e Iqaluk juntam-se a Solma em seu ponto, o do meio, e Iqaluk imediatamente se curva para começar a rasgar o vedante em tiras, assim como eu estou fazendo. Quando ela forma uma pilha com várias delas, passa o rolo para o último grupo. Então, ela me pega olhando para ela, e me lança um rápido sorriso. Acho que ela *estava* pronta para ajudar, fosse qual fosse a tarefa que tivéssemos atribuído a ela.

Um zumbido passa através do chão. Congelo.

— O campo está desligado — a mulher kemyana à qual nos juntamos murmura com um sotaque carregado. Abaixo de nós, os Executores estão abrindo caminho de novo.

— *Existe alguma coisa nos apartamentos que possa ajudar?* — pergunto, acenando para as portas abertas à nossa volta.

Suas sobrancelhas se levantam.

— *Os kits médicos* — diz ela. — *Os... discos captam calor e sinais elétricos. Eles nos ajudariam a dizer se estão próximos.*

— Tirem os kits médicos dos apartamentos! — eu berro, grata por ter mostrado a todos onde encontrá-los em seus próprios apartamentos assim que nos mudamos para cá.

Do outro lado do corredor, os terráqueos que falam inglês se espalharam. Mamãe e Angela retornam para o meu ponto com um par de kits cada. Nós os abrimos com um estalo e desencavamos os discos. Os kemyanos que estão conosco decidem em que ponto posicioná-los no chão. Todos os seis discos cintilam e piscam, dois deles de forma mais brilhante do que os outros. Formamos um círculo impreciso ao redor desses dois.

— O que exatamente as pessoas lá embaixo estão fazendo? — papai pergunta, sua mão segurando firme uma faixa do selante.

— Cortando caminho pelo teto aqui embaixo — diz o tradutor de Nobu. — Mesmo sem o campo de força, eles não conseguem fazer isso com rapidez. Existem várias camadas de material denso entre cada nível, bem como a vedação, e eles terão que ter cuidado com os conduítes, mas...

Alguém grita por nós no corredor. Um crepitar de energia espoca do chão, lançando faíscas no rosto de um dos kemyanos. Ele tropeça para trás, praguejando, e a senhora Cavoy se apressa para apanhar um adesivo curativo de seu kit médico. O outro kemyano que estava guardando esse ponto bate violentamente uma faixa de selante sobre o buraco recém-formado, e Daniel bate outra por cima. Fico tensa enquanto as tiras borbulham, mas elas aguentam o tranco até a vibração no chão desaparecer.

— *O campo voltou* — diz a mulher que está conosco, enxugando o suor da testa apesar do frio que tomou conta do lugar. A equipe de tecnologia deve ter desviado energia dos sistemas de aquecimento também.

Os Executores devem estar perto de abrir caminho por toda parte agora.

— Precisam de alguma coisa aí? — grito para o grupo da senhora Cavoy.

— Estamos bem — garante o homem que se queimou, pressionando o curativo contra a mandíbula. Seus olhos se desviam em direção à porta de um apartamento. — Os tampos das mesas são destacáveis — ele diz para os terráqueos que estão com ele. — Vejam se vocês conseguem pegar um. Isso vai atrasá-los.

Jeffrey e Daniel se dirigem ao apartamento mais próximo. Solma gesticula para Evan, e eles correm para dentro de outro. A vibração recomeça. Aperto firmemente minha *blaster*. O disco no chão está piscando ainda mais brilhante agora.

— Aí vêm eles — anuncia a mulher kemyana.

Eu me assusto quando um jato de faíscas salta do chão à esquerda do disco. Papai martela um pedaço de selante sobre o ponto e grita quando um segundo jato explode à direita, ao lado de sua perna.

— Pai! — eu grito. Mamãe puxa-o para o lado. A mulher espera uma fração de segundo até que as faíscas desapareçam, e dá um rápido disparo atordoante para baixo, pela abertura do tamanho de um punho. Segue-se um baque surdo logo abaixo, mas quem quer que ela tenha atingido não estava sozinho. Um disparo de revide zune no ar, atingindo a mulher no pulso. Ela tem tempo de atirar a *blaster* para Angela enquanto seu braço se afrouxa.

Eu tento dar um tiro, mas o meu ricocheteia contra a borda do buraco. Nobu e seu tradutor, que eu nem tinha percebido que haviam nos deixado, voltam correndo carregando um tampo de mesa de um dos apartamentos: uma prancha de um material metálico fino, porém denso. Eles jogam em cima do buraco, bem no instante que um novo jato de faíscas explode para cima. Mamãe e eu nos atiramos em suas laterais para colocar selante em torno das bordas, fundindo-as no piso.

Papai está segurando a perna, o tecido de suas calças ainda fumegando. Outro jato de faíscas passa através do chão a alguns centímetros da mesa. Corro para aplicar outro pedaço de tira selante ali, enquanto Nobu e seu tradutor saem em disparada para pegar outra mesa.

— Isis! — grito, batendo no meu comunicador para confirmar que ele está ligado. — Quem quer que esteja no quartel-general, precisamos daquele campo de volta no setor 93-5.

— *Estou tentando* — responde uma voz tão sem fôlego que não consigo identificá-la. — *Quase lá...*

— Conseguiu tapar todos eles? — ouço Solma gritando.

— Eu não sei — responde Evan, com a voz tensa.

Ao ouvir um guincho, minha cabeça gira ao redor.

Um pedaço do piso está voando. Atinge Solma na barriga com tanta força que ela tomba para trás, gemendo. O senhor Patterson e Iqaluk correm para a mesa que deixaram encostada na parede. Jai se apressa para a borda do buraco, disparando a sua *blaster*. Na fração de segundo após o tiro ressoar com um estampido, um Executor arremete pelo buraco, apoiado em alguma coisa por baixo. Ele dispara com sua própria *blaster* direto no rosto de Jai.

Eu mesma fico com um guincho entalado na garganta. O corpo de Jai balança e desaba, sua cabeça crepitando, enegrecida. O Executor iça o corpo mais para fora do buraco, mirando Solma, que luta para sair de baixo de uma parte do piso. Eu atiro, mas o raio de luz passa raspando o ombro do Executor.

O tradutor de Nobu já está correndo, a meio caminho dali, mas Evan move-se mais rápido.

Angela produz um som estrangulado enquanto nosso amigo atira-se no Executor. O disparo ricocheteia contra a parede a uns dois centímetros da cabeça de Solma. O Executor cai pela abertura, e Evan cai meio corpo junto com ele, e mais um zunido corta o ar. O corpo de Evan convulsiona.

— Não! — exclama Solma. Ela empurra a parte do piso para o lado enquanto o tradutor puxa Evan. Posso ver a marca cauterizada que se estende em seu peito até o pescoço, enquanto o seu corpo inerte pende para o lado. Os olhos estão com uma expressão vazia.

O senhor Patterson e Iqaluk batem o tampo de mesa em cima do buraco. Mas ele só consegue cobri-lo parcialmente. Mais faíscas estão voando perto dos meus pés. Meus olhos estão cheios de lágrimas. Mal consigo respirar.

Minha voz sai rasgando da minha garganta.

— Isis, por favor, *faça alguma coisa*!

Um xingamento kemyano é transmitido através do meu comunicador.

— Manda ver! — brada a voz de Isis, e o chão estremece com o estrondo de um trovão. Em seguida, ele para de trepidar. As faíscas desaparecem. Nenhum som vem de baixo.

— *Todos os Executores estão fora de combate* — outra voz diz no meu ouvido.

Mamãe me agarra, puxando-me em seus braços. Sua respiração está irregular. Eu me seguro nela, fechando bem os olhos, apertando-os. Não aguento olhar para a cena no corredor, para os corpos ali caídos.

— Ele está...? — Angela pergunta, ao longe.

— No coração ou na cabeça — Solma diz baixinho —, não há recuperação.

Um ruído soa na tela pública na parede. Eu me afasto da mamãe, um pouco zonza. Leva um bom tempo, enquanto enxugo as lágrimas e boto em ordem meus pensamentos embaralhados, antes que possa processar a mensagem que surgiu. Um alerta geral do Departamento de Segurança solicitando a todos os kemyanos que fiquem longe de uma das alas do primeiro nível. Tem alguma coisa acontecendo com os laboratórios Nuwa?

— Isis — chamo, aflita. — Qualquer um no quartel-general... o que significa esse alerta do Departamento de Segurança? Há razão para ficarmos preocupados?

Ninguém responde. Meu peito fica ainda mais apertado, a dor lá dentro espalhando-se por todo o meu corpo. Pensei que tínhamos resolvido, mas talvez esteja errada.

O meu olhar desliza para os meus companheiros, hesitando quando ele chega ao corpo de Evan. Uma nova onda de lágrimas começa a brotar, mas eu não *posso*, todos aqui ainda precisam de mim, eu tenho que...

— Eu vou verificar com o quartel-general e me certificar de que está tudo bem agora — comunico. Cambaleio um pouco enquanto me viro, e Solma pega no meu braço.

— Eu vou com você — diz ela ferozmente. — O Departamento de Segurança vai responder por isso.

É uma corrida curta subir as escadas e vencer os corredores. O alerta pipoca em todas as telas pelas quais passamos. Cada vez que o vejo, acelero o passo. O ritmo familiar das minhas passadas, como no treinamento de cross-country uma eternidade atrás, reprime o choque e a tristeza contanto que eu esteja em movimento.

Irrompemos no quartel-general logo atrás de Win, que parece igualmente preocupado. A equipe de tecnologia consulta seus monitores deslizando os dedos freneticamente pelas telas, trocando informações uns com os outros, uma confusão de leituras e termos dos quais tenho apenas uma compreensão básica. Isis e Britta estão curvadas juntas, olhando para a sua tela, que está dividida para mostrar imagens de uma série de ângulos de uma sala ampla. Figuras que parecem reduzidas perto do aparelho colossal sobre o qual elas estão amontoadas estão arrebentando e arrancando fora partes de sua superfície arredondada.

— O que está acontecendo? — Win quer saber antes que eu possa perguntar.

Britta responde, com a voz rouca:

— Alguns dos ativistas contra a mudança para o novo planeta escaparam do compartimento de armazenagem antes que pudessem ser presos. Eles conseguiram invadir as salas dos motores da estação enquanto o Departamento de Segurança estava lançando seu ataque contra nós. Parece que eles estão tentando destruí-los. Já conseguiram desativar um deles, pelo menos temporariamente.

Conforme me aproximo, consigo ver um pedaço arrancado de uma das laterais daqueles troços gigantescos. O silvo de faíscas cintila em meio a chamas esverdeadas. Uma mulher lança de uma embalagem um produto químico qualquer no meio do fogo, e ele se intensifica.

— Por que os Executores não foram impedir *essa gente* em vez de nos atacar? — questiono.

Isis enfia os dedos em seus cachos listrados de vermelho. Ela fecha os olhos, e os abre de novo.

— Para fazer os Executores recuarem, enquanto terminávamos de recuperar a energia, emiti um pulso de choque. Não tive tempo de calcular a intensidade adequada à longa distância. O Departamento de Segurança enviou todos que eles tinham atrás de nós. Eles podem ficar nocauteados por horas.

O estrondo. *Todos os Executores estão fora de combate.*

O rosto de Win empalidece.

— Nós demos a Vishnu a ideia — diz ele. — Nós lhe demos a ideia de que ele poderia interferir nos planos da mudança destruindo equipamentos. É claro que ele pensaria em atacar os próprios motores.

— O Departamento de Segurança está convocando quaisquer Executores de folga que eles puderem conseguir — informa Isis. — Vai levar tempo. Talvez eu possa... — Sua mão paira vagamente na frente do monitor.

— Não — Britta interrompe, as mãos nos quadris. — *Você* precisa dormir um pouco. Você está um caco, Ice, e não pode lidar com nada desse jeito.

— Dá para aguentar mais um pouco.

Britta para. Em seguida, diz, em voz baixa:

— Você pode ter cometido um erro com o pulso de choque. E o Departamento de Segurança de fato conseguiu realizar essa ofensiva completamente abaixo do radar ou foi você que deixou escapar alguma coisa que teria nos alertado?

A mandíbula de Isis se contrai. Ela encara fixo a namorada, mas é a primeira a desviar o olhar.

— Posso ter deixado escapar... Eu só percebi a ofensiva um pouco antes de eles nos atacarem.

— Então, vá descansar e volte renovada, e você vai captar a próxima coisa — diz Britta. — Confie na nossa equipe. Confie em mim. Não tenho nenhuma tontura há dias. Nós vamos lidar com os ativistas contra a mudança.

Isis esfrega o rosto, e se levanta.

— Tudo bem — diz ela. — Você está no comando pelas próximas quatro horas. Depois disso, reveze com o Zanet, está bem? — Ela toca a face de Britta. — Eu confio em você.

— Então, vá logo — Britta a despacha, mas beija-a rapidamente antes de lhe dar um leve empurrão para longe.

— *Ainda nem sinal de Executores na sala dos motores* — um dos integrantes da equipe afirma. — *E... eles atacaram os funcionários da manutenção que estavam trabalhando ali.*

O monitor no terminal que Isis deixou vago amplia três figuras caídas no chão. Elas não parecem apenas atordoadas, mas feridas, três marcas vermelho-escuras em todo o rosto de um e no braço de outro.

— Temos que deter Vishnu — diz Win. — Se o Departamento de Segurança não consegue, temos que ir nós mesmos até lá e impedi-lo.

— Win — Britta diz, mas ele não a deixa continuar.

— A culpa é nossa — reconhece ele, apontando para a tela, sua expressão tão angustiada que quero puxá-lo para mim, para longe dos rolos de fumaça e das labaredas do fogo. — Provavelmente foi culpa nossa ele ter pensado em atacar os motores. A culpa *com certeza* é nossa que a maior parte das forças do Departamento de Segurança esteja fora de combate.

— O que vai acontecer se não os impedirmos? — eu me forço a perguntar. — Esses motores são a chave para a mudança da estação, para chegar ao K2-8... para tudo o que agora sabemos que precisamos mais do que nunca.

A boca de Britta se aperta.

— Nem é bom pensar — diz ela depois de um momento. — Está bem. Temos esses planadores aprimorados. Antes, quando eu estava dando uma olhada nas plantas da estação, vi que há uma passagem de manutenção ao longo do teto da segunda sala, com uma portinhola. Levamos as armas de atordoamento, abatemos todos os ativistas contra a mudança que pudermos e então saímos de lá no momento em que o Departamento de Segurança entrar em ação. É melhor que eu vá... Andei praticando a minha mira e conheço motores. Talvez eu possa reduzir os danos que eles começaram. Zanet, você está no comando agora.

— Eu também vou — Win diz imediatamente. — Tenho prática em passar pelos túneis no planador, e conheço Vishnu.

O pânico se apodera de mim ao imaginar Win esparramado no chão como os funcionários... ou chamuscado e com o olhar parado, como Evan. Eu bambeio, e me ouço dizendo:

— Eu vou. — Não posso deixá-lo ir sozinho. Preciso ter certeza de que ele vai voltar.

Win olha para mim, a determinação em seus olhos se suavizando. Ele pega a minha mão.

— Não — diz ele. — Vishnu e o grupo dele, eles odeiam a Terra. Eles irão reconhecê-la das transmissões... Vão mirar em você antes de qualquer outra pessoa. Seria duplamente mais perigoso para você.

Não me importo. Eu não vou perdê-lo também. Mas antes que eu possa falar, Solma está dizendo com sua voz grossa:

— Não entenda isso como uma ofensa, Skylar, mas a sua mira não é... ideal. Se tivermos que abatê-los enquanto planamos, precisamos ter boa pontaria. — Ela ergue o queixo. — Vou com vocês.

Lembro-me do tiro que errei poucos minutos atrás, aquele que poderia ter salvado Evan de seu salto desesperado, e o meu protesto morre na minha garganta.

— Então, estamos prontos — declara Britta. — Temos apenas três planadores totalmente aprimorados. Vamos logo antes que as coisas piorem lá embaixo.

Win se vira para sair, e meu coração estremece. O medo vai se avolumando dentro dele, em todas as partes que julguei despedaçadas e incongruentes, como se, apesar de tudo, fosse uma coisa só, inteiro.

Talvez seja. Talvez nunca tenha deixado de ser. Posso sentir o eco de outro receio dentro dele: a possibilidade de me importar demais, de me machucar feio mais uma vez. Talvez as peças que pensei ter perdido estivessem ali o tempo todo, e eu me deixei acreditar que o meu coração estava mais do que apenas partido e machucado, apenas para me preservar. Mas eu sofro agora com a possibilidade de nunca mais poder ver Win de novo, e a dor vem como o ímpeto da respiração liberada depois de ser contida durante muito tempo. Um lembrete de que estou viva.

Que eu me importo e que não existe essa coisa "de excesso".

Agarro o braço de Win. A única palavra que consigo produzir em meio ao turbilhão em que se encontram as minhas emoções é:

— Volte.

— Vou voltar. Eu prometo.

Puxo-o para mim, beijando-o rápido e firme. Sei que não há tempo para mais nada. Só espero que ele compreenda o quanto significa para mim que ele cumpra essa promessa.

24.

Win

Conforme nos espremos em torno de uma curva e nos aproximamos da portinhola que Britta havia antecipado, sons penetram as paredes da passagem de manutenção, vindos lá de baixo: assobios, quebra-quebra e gritos triunfantes. Apurei os ouvidos para escutar disparos de Executores, mas eles não vieram. Zanet nos informa pelos comunicadores que uma dupla de Executores alcançou a sala dos motores há alguns minutos e foram surpreendidos por uma arma a laser improvisada que alguém do grupo de Vishnu havia construído.

Prefiro não pensar quanto tempo temos antes que eles causem danos irreversíveis. Ou, pior: e se eles já tiverem feito isso? A culpa será nossa se Wyeth e todos os outros na estação acabarem não experimentando de verdade o céu azul e o sol brilhante, a brisa úmida e o solo quente do planeta que ele aceitou com cautela na sala de RV.

Estamos arrastando nossos planadores conosco, e Britta está com uma sacola pendurada no ombro. Ela chega à portinhola primeiro e a abre devagar. Nuvens de fumaça tingida de verde turvam o ar logo abaixo. Consigo distinguir um par de figuras perto da entrada principal, Vishnu berrando ordens e chamas verdes bruxuleantes. O odor incômodo pinica o meu nariz. Um minuto atrás, eu estava começando a sentir o cansaço me exaurir até os ossos, mas a batida forte da minha pulsação afasta temporariamente essa sensação. Empunho a minha arma.

Vamos corrigir isso.

— Fiquem o mais alto que puderem até que estejam prontos para atirar — Britta diz para mim e Solma. — Eu vou direto lá embaixo... Tenho que tentar apagar esses incêndios. Eles estão causando a maior parte dos danos.

Nós descemos um por um. Estamos a apenas uns seis metros acima do chão: os planadores devem conservar energia por mais tempo do que nos túneis do transportador. Se eles vão ou não nos dar tempo suficiente, nós não podemos ter certeza. A julgar pelas imagens que visualizamos pelo monitor do quartel-general, Vishnu ainda tem cerca de quinze pessoas com ele que, ou escaparam da prisão durante o incidente no compartimento de armazenagem, ou não haviam participado daquele ataque.

O cheiro se infiltra na minha garganta, revestindo a minha língua com um gosto amargo. Minha boca já está seca. Ajustando os controles com o calcanhar, contorno uma nuvem de fumaça e sigo na direção de Vishnu. Se pudermos neutralizá-lo, é possível que os outros se dispersem por vontade própria. Britta mergulha, e Solma dá uma guinada, afastando-se de mim, em direção à outra das duas proteções metálicas que cobrem os motores desta sala.

Estou prestes a sobrevoar o meu antigo colega na extremidade da sala quando uma mulher olha para cima e me nota. Ela grita, apontando. O homem ao lado dela gira, e eu enfim vejo a tal arma que eles estiveram usando. Ele chicoteia um objeto similar a uma varinha em sua mão e um laser de três feixes varre o ar. O laser tem um alcance maior do que eu esperava. Eu arremeto para o lado, minha pele ardendo com o calor dos raios que passam por mim silvando.

O homem joga o braço para trás para desferir outro ataque. Aponto minha arma para ele, disparando-a quatro vezes seguidas. Meu braço está trêmulo, então, os dois primeiros tiros erram o alvo, mas o terceiro atinge o pé do homem e o quarto, o peito. Ele cambaleia e desaba sobre a proteção do motor quebrado.

A mulher arranca dele a arma a laser. Chuto os controles do planador, arriscando uma queda súbita. Meu estômago dá um solavanco, mas eu a atinjo na cabeça com um tiro atordoante assim que ela balança a varinha.

Minha descida me colocou no campo de visão dos outros ativistas na sala. Um garoto que não pode ser muito mais velho do que Wyeth lança-se sobre mim. Conforme elevo o planador, o próprio Vishnu se vira para me olhar. Ele está segurando outra daquelas varinhas.

— Vishnu! — grito. — Você tem que parar com isso. Não é dessa forma que nós...

Não é dessa forma que nós, kemyanos, resolvemos os nossos problemas? Como posso dizer isso se conduzi uma ação que desalojou de suas casas um terço do nosso povo? Como posso dizer isso quando o nosso Conselho resolveu seus problemas com a Terra varrendo toda a vida no planeta?

Antes que eu possa encontrar as palavras certas para argumentar com ele, Vishnu ataca com o seu laser. O raio triplo chia na minha direção. Eu pressiono os controles para obter uma explosão de velocidade, impulsionando-me para a frente, mas não sou veloz o bastante. O terceiro feixe do laser atinge a fonte extra de energia na parte de trás da barra, destruindo-a, e o planador fica descontrolado. Aponto-o para baixo, usando o derradeiro impulso para me aproximar da outra cápsula de motor antes que a função de planar pare de funcionar por completo. O planador cai, e eu salto sobre a superfície arredondada da proteção.

Torço o tornozelo direito quando atinjo o motor. A dor irradia pela perna. Tropeço na curva escorregadia. Minha arma — eu perdi a minha arma. Eu a avisto caída ao lado de um chanfro da proteção e me arrasto com dificuldade em direção a ela.

Uma garota que estava arrombando a cobertura do motor com um laser "convencional" investe contra mim. Enquanto me atrapalho para apanhar a minha arma, um tiro a atinge pelo lado. Ela desaba, e Britta se apressa na minha direção.

— Rápido! — diz ela. — Me ajuda aqui com isso... Oh. — Ela fica paralisada.

Olho por cima do ombro. Cinco Executores acabaram de entrar na sala. A ondulação do ar na frente deles me diz que estão usando escudos de campo de força. É inteligente da parte deles, porque, conforme eu os avisto, Vishnu também o faz, e lança sua arma a laser na direção deles. O feixe triplo ricocheteia nos escudos provocando uma chuva de faíscas. Um dos Executores avança. É Kurra.

— Eu não esperava vê-la — diz Britta. — Os registros mostraram que o Departamento de Segurança removeu-a do serviço depois daquela confusão nos túneis. Sem dúvida, eles estão desesperados. — Ela balança a cabeça, o rabo de cavalo chacoalhando enquanto ela gira ao redor. — Vamos, temos pouco tempo enquanto eles estão distraídos.

Caminho mancando atrás dela sobre o arco da proteção do motor. Do outro lado, uma fileira de chamas se agita ao longo dos tubos, e dá para ver painéis de circuito onde a proteção foi arrancada. Britta desenrola um cobertor reluzente de sua sacola e me entrega uma de suas extremidades. Nós erguemos o cobertor sobre as chamas. Ele ondula conforme o fogo vai diminuindo com um sibilo.

Um zunido passa por nós e atinge um homem que estava escalando a proteção em nossa direção. Solma mergulha ao nosso encontro em meio à fumaça.

— Vamos dar o fora daqui — ela grita.

Britta apanha outro cobertor, olhando para uma parte que queima na extremidade traseira da proteção.

— Só um minuto — avisa ela. — Se pudermos apagar um pouco mais do fogo...

Verifico a entrada. Os Executores estão se espalhando para cercar Vishnu. Eles não podem atirar através de seus escudos de campo de força, mas, assim que o tiverem cercado por todos os lados, um deles pode baixar o escudo para neutralizá-lo. Vishnu está gritando algo que eu não consigo entender, agitando o "chicote" de laser em torno dele.

Enquanto observo a cena, Kurra gira e nossos olhares se encontram. Meus dedos se apertam em torno da minha arma. Seus olhos se estreitam, e ela começa a se mover na nossa direção em vez de na de Vishnu.

— Nós estamos tentando *ajudar*! — eu grito, acenando com o braço para o cobertor de contenção de fogo de Britta, enquanto cambaleio para trás sobre o meu tornozelo torcido.

Kurra hesita, a arma levantada, olhando de mim para Vishnu. Acho que nós dois não lhe parecemos tão diferentes agora.

Somos diferentes, entretanto. A queimadura de fumaça na minha garganta e as labaredas à nossa volta me dão essa certeza. Fiz tudo o que pude para evitar provocar danos; já ele está fazendo tudo que pode para causá-los. Posso tê-lo induzido nesse sentido, mas aquela figura frenética gritando não é criação minha. Mesmo quando sou atingido por outra pontada de culpa, posso ver que não há nada que possa impedi-lo agora, exceto um disparo contra sua cabeça, e esta devastação confirma a urgente necessidade de ele ser detido.

— Foi *ele* — digo, apontando minha mão na sua direção. No mesmo instante, um dos colegas de Kurra grita. Uma dupla de seguidores de Vishnu está atacando o círculo de Executores com suas sucatas tecnológicas flamejantes. Kurra se vira, a mão da arma girando na direção deles, e esse pode ser todo o tempo que temos.

— Vão! — grito para Britta e Solma. — Temos que ir agora, ou eles vão nos capturar também!

Britta acaba de estender seu outro cobertor abafador de chamas. Solma decola em seu planador em direção à portinhola no teto. Eu nem sequer sei onde está o meu planador, embora tudo indique que ele não me seria muito útil se eu soubesse. Giro nos calcanhares, em busca de outra saída. Uma mão agarra meu ombro. Britta está pairando em seu planador a apenas alguns centímetros do chão.

— Se segura — diz ela, pressionando a parte frontal da barra em minhas mãos. No instante em que agarro a barra, ela mexe nos controles, e nós damos uma guinada para cima. Meus cotovelos chacoalham. Minhas pernas balançam enquanto o planador sobe, os braços fazendo força, os dedos já doendo com o esforço. Um tiro passa cintilando por nós e desaparece na fumaça. Britta impulsiona o planador para dentro da nuvem. Eu tusso, agarrando-me com ainda mais força na barra.

— Estamos quase lá — murmura Britta. — Você vai conseguir. — Não tenho certeza se ela está falando com o planador ou comigo. A barra dá um solavanco, e as minhas mãos quase escorregam. Então, minha cabeça bate contra a portinhola.

Britta escapa para o corredor e agarra o meu braço, oferecendo-me um contrapeso para que eu possa me erguer atrás dela. Solma puxa meu outro braço, e eu estou dentro. Quando Britta fecha a portinhola, o caos lá embaixo desaparece da nossa vista.

☆ ☆ ☆

As imagens no monitor só passam uma impressão distante do que eu experimentei em primeira mão: as chamas verdes fazendo o maior estrago no interior dos motores que tiveram suas proteções arrancadas, a fumaça misturando-se com as luzes dos lasers e os raios dos disparos das *blasters*. Mesmo à distância, tal visão basta para fazer a minha garganta pinicar com a lembrança, enquanto eu me sento no banco do único terminal desta sala de trabalho. Skylar, de pé ao meu lado, coloca a mão no meu ombro e o aperta. Estamos fazendo uma triagem nas caixas de descarte de tecnologia à procura de peças para aprimorar ainda mais os planadores, quando Isis nos avisa que o Conselho está divulgando seu relatório oficial sobre a luta na sala dos motores.

O relatório escrito vai passando junto com as filmagens. Os fatos são apresentados de forma clara: dos seis motores da estação, quatro sofreram danos substanciais. Viajar com apenas dois motores em operação iria estender a viagem para o K2-8 de doze para cerca de cinquenta anos. Especialistas do Departamento de Tecnologia estão estudando as plantas originais dos motores e irão entregar um relatório adicional sobre estratégias de reparo dentro dos próximos dias, mas o público deve ser informado de que a recuperação não será fácil.

O Conselho assegura ao público que os indivíduos diretamente responsáveis pelo ataque foram detidos e lamenta comunicar que o líder do grupo estava se comportando de forma tão destrutiva que o Departamento de Segurança não teve opção senão executá-lo no local para evitar mais prejuízos. Eles esperam que os simpatizantes dos terráqueos levem em consideração como suas preocupações equivocadas permitiram que esse horrível incidente acontecesse e se entreguem como uma demonstração da lealdade que devem a Kemya.

Eu aceno minha mão para a tela, e ela pisca, desaparecendo. Meu olhar permanece focado no ponto onde estava. Tenho um nó na garganta. Tudo abaixo dela parece vazio.

Eu preciso...

Puxo Skylar para mim e ela afunda no meu colo. Suspiro fundo enquanto a envolvo em meus braços. Ela também me abraça, beijando a lateral da minha cabeça.

Estou ciente da porta que deixamos aberta na nossa pressa, e do som de vozes e do movimento no corredor escuro ali fora. Seria fácil alguém passar por ali, e ver esse abraço. Percebo que não me importo. Que meus colegas kemyanos pensem e digam o que quiserem. Skylar me torna mais forte. Abraçando-a, eu me sinto um pouco mais capaz de enfrentar as implicações da mensagem do Conselho.

A viagem demorará cinquenta anos se os funcionários do Departamento de Tecnologia não puderem consertar esses motores antigos. Estaremos envelhecendo, se conseguirmos sobreviver a isso. Meus pais poderão ter morrido até lá, é quase certo que os meus avós já terão. O mesmo poderia ser dito sobre a maioria das pessoas que vivem hoje na estação. E, ao mesmo tempo, o zumbido de energia fluindo através das paredes vai continuar a sua deterioração lenta e constante do nosso código genético.

— Você quer... — Skylar diz baixinho, e meneio a cabeça antes que ela possa terminar. Há apenas uma coisa que quero dela agora.

— Fique aqui — eu digo, e, em seguida, emendo, com receio de que possa tê-lo feito com muita ênfase —, por enquanto.

Ela me abraça ainda mais forte, e eu a acomodo contra mim de modo a ficarmos mais proximamente entrelaçados. Ela inclina a cabeça contra a minha como uma carícia. Então, uma sombra atravessa a porta. Skylar fica tensa. Eu olho por cima do ombro dela, e meu aperto automaticamente se afrouxa.

Sua mãe está parada na entrada. Ela desvia o olhar.

— Sinto muito — diz ela, parecendo envergonhada —, mas, Skylar, precisamos de você.

25.

Skylar

Salto do colo de Win, ruborizada, e Win levanta-se ao meu lado para enfrentar a minha mãe.

— É um problema sobre o qual eu deveria notificar o quartel-general, senhora Ross? — ele pergunta educadamente.

Ela lhe dá um leve sorriso.

— Não. Apenas uma pequena discordância que esperávamos que Skylar pudesse ajudar a resolver.

Parece que ela não quer explicar com mais detalhes na frente de Win.

— Vejo você mais tarde — digo a ele, entrelaçando os dedos nos dele uma última vez. Ele faz um aceno de cabeça para nós duas, mas seus olhos ainda parecem assombrados pelo relatório que acabamos de ler.

Quem me dera poder consertar isso para ele, amenizar sua culpa e tristeza da mesma forma como Markhal tratou de sua torção no tornozelo, suas queimaduras. Tudo o que eu posso fazer é estar aqui. Parte de mim está bem feliz por ele ter conseguido sair apenas com ferimentos leves. Ele voltou, como prometeu.

Busco palavras enquanto mamãe e eu nos dirigimos para o corredor. Ela me viu beijar Win quando escapamos do zoológico, mas o que ela acabou de surpreender ao entrar foi muito mais íntimo. Não tenho certeza se foi isso que lhe pareceu também, até que, depois de alguns segundos embaraçosos, ela diz:

— O que está acontecendo com você e ele... é sério?

— Eu não sei — respondo automaticamente, e depois reconsidero. Para mim, fazer uma ideia clara de como será a minha vida daqui a poucos dias pode ser difícil, mas nem consigo imaginar Win não estando lá, de uma forma ou de outra.

— Sim — corrijo-me. — Acho que é. — Olho para o chão. — Isso é um problema? Eu não estava tentando esconder nada de você e do papai, só que tivemos tão pouco tempo para conversar...

É difícil imaginá-los definindo regras hoje, tipo hora de chegar em casa ou outras restrições de namoro, se é que podemos chamar isso de "namoro". Mas me lembro como ela antes costumava ficar chateada se eu escondesse coisas dela.

Mamãe faz uma pausa.

— É estranho, não é? — diz ela, chegando a colocar uma mecha de cabelo atrás da minha orelha, um gesto tão familiar, que me traz de volta tantas lembranças de casa, e tão carinhoso, que eu paro de me preparar para uma repreensão. — Tanta coisa aconteceu, você já passou por tanta coisa sem nós, que estou começando a me sentir como se nós fôssemos as crianças e você o adulto que cuida de nós.

— Sim — concordo com uma risada sufocada. — Na verdade, não *aprecio* isso nem um pouco. Vocês sabem disso, certo? E eu ainda *preciso* de vocês. Não sei o que seria de mim, ontem, depois do que aconteceu com Evan, se vocês não estivessem aqui.

Sou invadida por uma onda de dor e, talvez, alguma culpa também. O corpo dele já não estava no lugar quando voltei à cena do ataque. Ele só estava lá porque me seguiu. Talvez eu devesse ter dito a ele para ficar para trás. Sei o quanto ele estava lutando.

Eu paro, e minha mãe me puxa para os seus braços. Meus olhos se enchem d'água. Ela enxuga uma lágrima do meu rosto.

— Nós vamos resolver tudo — diz ela. — Quando as coisas estiverem bem de novo, não vou lhe dizer o que fazer... dá para ver que você sabe muito bem cuidar de si mesma. Só não quero que você se esqueça de que nós ainda *somos* seus pais, e você não precisa jamais ficar sozinha.

— Eu sei. Sempre soube disso. — Dou um suspiro, trêmula. — Então, qual é a discordância que eu preciso resolver?

— Acho melhor eu deixar Angela explicar — diz mamãe. — Eu cheguei lá no finalzinho da confusão.

Quando chegamos ao nosso setor, o carrinho de refeição está pairando no outro extremo do corredor, carregado de tigelas, mas os kemyanos que ajudam a distribuir a comida não estão por perto. Várias pessoas do nosso grupo de terráqueos estão agrupadas nas proximidades. Suas vozes se calam quando percebem a minha chegada. Angela corre para nós.

— O que foi? — pergunto.

Sua boca se contorce.

— Pode ter sido culpa minha. Eu só estava... Solma viu o memorial que fizemos para Evan. — Ela indica com a cabeça a porta do apartamento dele. Todos nós nos revezamos escrevendo ali palavras em memória dele hoje cedo, antes de eu ir tentar dormir um pouco, ainda que um sono agitado. — Ela disse algo sobre como ele não deveria ter se envolvido... que os kemyanos é que deveriam lidar com os seus próprios Executores. Eu disse a ela... que talvez ele tenha pensado que aquela seria a melhor maneira de ele ser generoso, do jeito que estávamos falando antes, sabe? E talvez esperasse que depois ele voltaria para sua família, Lisa e todos. — Ela fecha os olhos com uma careta. — Ele estava muito machucado.

— Sim — digo baixinho. Eu me forço a relembrar o momento em que Evan se atirou sobre o Executor. Não pude ver sua expressão. Uma coisa eu sei:

— Ele salvou alguém. Isso era importante para ele.

Angela concorda.

— Eu achei que isso a ajudaria a perceber que ele poderia ter pensado que algo bom iria resultar disso para ele, que a morte não era o fim. Mas ela ficou chateada e disse que não fazia sentido as pessoas tomarem decisões baseadas em superstições, e a senhora Green, Jeffrey e alguns dos outros entraram na conversa, e outros kemyanos também, e... — Ela joga as mãos para o alto. — Isso acabou com os Sinclairs dizendo a todos os kemyanos para irem embora do setor, e eles foram.

Como se não tivéssemos coisas suficientes com que nos preocupar, como se não existissem motivos reais o suficiente para estarmos deprimidos com a morte de Evan. Nós estamos no meio de uma catástrofe em toda a estação, e vamos romper nossa aliança por causa de crenças religiosas? Caminho até o grupo perto do carrinho de refeição. Na tensão pálida no rosto daqueles que voltam o olhar para mim, mais ansiosos do que com raiva, um pouco da minha irritação amortece. Ok, talvez as pessoas estejam brigando *porque* estamos no meio de uma catástrofe em toda a estação, e a maioria de nós não pode fazer outra coisa senão esperar por mais notícias.

Mas nós nunca iremos sobreviver a essa catástrofe se não ficarmos unidos com os poucos kemyanos dispostos a nos apoiar.

— Venham comigo — digo, espremendo-me por entre o grupo para guiá-los pelo corredor. Fico aliviada por encontrar Solma e alguns dos outros kemyanos parados um pouco além da arcada, no meio do que parece ser uma outra discussão.

— ... *deixando seus sentimentos ficar no caminho de...* — um cara está dizendo. Ele se interrompe quando percebe a nossa aproximação.

— Tudo bem — começo. — O negócio é o seguinte. Nosso amigo está morto. Estamos muito tristes com isso. Gostaríamos que ele não estivesse. Gostaríamos que Jai e todos os que os Executores feriram estivessem bem também. Mas transformar isso num debate sobre quais crenças fazem mais "sentido" ou quem deveria ter feito o quê no meio de uma luta é a coisa *menos* sensata em que posso pensar.

A mandíbula de Solma se contrai.

— Peço desculpas — diz ela, baixando a cabeça. — Foi um erro de julgamento. Eu apenas... Não fazia muito tempo que nos conhecíamos, mas eu gostava de Evan. É difícil não pensar que, se os terráqueos... outros que não você, é claro, Skylar... tivessem deixado o trabalho com aqueles de nós mais preparados, como antes, ele ainda poderia estar vivo.

Sinto meu estômago embrulhar. *Como antes.*

Claro que Solma pensa isso. Eu dissuadi os outros de se envolverem, agi como se eles precisassem de proteção extra e, ao fazer isso, incentivei os kemyanos a supor que os terráqueos não aguentam o tranco como eles. Olho para trás, para meus companheiros, e percebo Iqaluk e Nobu olhando para nós do fim do corredor, e meu estômago se contrai mais. Não apenas isso. Eu me permiti *acreditar* que os outros terráqueos não aguentariam o tranco apenas porque nasceram em outro lugar, em outro tempo. Mas eles estavam bem ali com a gente durante o ataque, aprendendo as habilidades necessárias enquanto isso. Poderíamos ter perdido mais pessoas sem eles lá. Poderíamos ter perdido toda a guerra.

— Eu também estava enganada — admito, virando-me para Solma. Olho em seus olhos, e nos dos outros kemyanos. — Nós terráqueos deveríamos ter feito mais *antes*, não menos agora. Todo mundo aqui é tão capaz quanto eu. Todos eles podem ajudar tanto quanto eu... se decidirem por isso. — Engulo em seco. Foi isso que esqueci. Evan fez sua própria escolha. Era direito dele. Assim como de qualquer outro ser humano aqui. — Eu tinha minhas próprias preocupações — continuo. — Coloquei-me no caminho deles, pensando que assim iria mantê-los mais seguros, mas foi errado da minha parte.

Minha voz começa a vacilar. Respiro fundo.

— *Sinto muito* — falo para os terráqueos atrás de mim. — Quem quiser se envolver daqui em diante, deve fazer isso. Não temos todos que acreditar nas mesmas coisas enquanto estivermos dispostos a enfrentar e lutar juntos. Certo? Para começo de conversa, essa é a razão pela qual estamos lutando aqui.

— Mas eles... — o senhor Sinclair começa.

— Por acaso eles o machucaram? — eu o interrompo. — Será que dificultaram a sua vida? Ou será que apenas disseram coisas que você não gostou de ouvir?

Ele aperta os lábios.

— Portanto, não vamos falar sobre quanto sentido têm as crenças de alguém, a menos que essas crenças nos ajudem a sair dessa enrascada — acrescento. — Haverá muito tempo para discussões filosóficas mais tarde. — Espero. — Além disso, acho que o almoço está esfriando.

Nós nos reunimos em torno do carrinho, e Solma começa a distribuir as tigelas. A senhora Green franze o nariz.

— Isso... deveria cheirar assim?

Inclino-me para perto e sinto um fedor azedo como de queijo rançoso. Posso não ser fã da comida kemyana, mas nunca me deparei com nada que fosse *repulsivo*.

Solma franze o cenho. Ela abre uma segunda tigela, e uma terceira, e faz uma careta.

— *Não deveria...* — ela murmura. — A comida estava boa quando a preparamos — ela diz. — Não é normal que já esteja deteriorada.

☆ ☆ ☆

No final do dia, tornou-se claro que nosso carrinho de refeições estragadas era mais do que uma ocorrência anormal. Recebemos relatos semelhantes de outros voluntários do refeitório, e o novo lote que Solma trouxe produziu o mesmo mau cheiro ao ser aberto. Não temos outra escolha senão atacar o nosso estoque de alimentos instantâneos, que de repente parece muito menor.

Isis convoca o nosso grupo principal para uma reunião algumas horas mais tarde.

— Identificamos o problema — diz ela. Apesar da folga que Britta insistiu que ela tirasse, ela já parecia exausta.

— Uma das pessoas que nos apoiam é das fábricas de processamento de alimentos. Ele diz que há um micróbio que eles usam lá, que podem programar para que interaja com um elemento químico nos alimentos para produzir certos sabores e texturas... Pelo que ele pôde apurar com os equipamentos que temos, a Segurança lançou um desses micróbios no ar aqui em cima, provavelmente durante o ataque. Só que esse foi programado para produzir uma toxina.

— Uma toxina? — repito. — Eles estão tentando nos envenenar?

— Como se fôssemos estúpidos o suficiente para comer qualquer coisa que cheirasse assim — Britta observa, revirando os olhos.

— Eles podem estar apenas tentando reduzir nossas provisões — considera Isis. — Todos os alimentos contêm o elemento químico. Assim que é liberado, o micróbio é atraído para ele, e começa a afetá-lo e a se multiplicar nele. Há um pequeno intervalo antes que o alimento esteja arruinado.

— Então vamos ter de comer assim que a comida for preparada — diz Tabzi. — Podemos ir para o refeitório... em turnos?

Isis balança a cabeça.

— Não é tão fácil. Por enquanto, comer rapidamente vai funcionar. Mas quanto mais comida estraga, mais se multiplica o micróbio, e a destruição vai acontecer cada vez mais rápido.

— Nós não podemos fazer nada para nos livrar dele? — pergunta Win. — Eles devem ter opções nas fábricas de processamento no caso de haver um acidente.

— A tecnologia para isso é mantida nas fábricas — explica Isis. — E não há nenhuma nestes níveis. E também não me parece que a máquina de desativação seja leve o suficiente para que possamos transportá-la até aqui em um planador. — Ela suspira. — Eu programei os filtros de ar para a maior intensidade de energia que podemos manter. Isso deve desacelerar as coisas, mas parece que o micróbio já está multiplicado demais para que possamos removê-lo por completo.

— Como eles não puderam nos aniquilar com tiros, estão tentando nos matar por inanição — concluo. Não nos resta muito mais do que uma semana de comida. Quanto tempo podemos resistir agora? Poderíamos quebrar nossa política de não roubar os apartamentos privados, mas isso não iria ajudar se o micróbio se reproduzir o suficiente para arruinar a comida dentro de alguns segundos depois de aberta.

Viro-me para Isis.

285

— Não podemos espalhar as informações sobre Nuwa? Mostrar a todos que eles não podem confiar na versão do Conselho sobre os eventos? Se pudermos fazê-los entender que eles sempre foram seres humanos completos mesmo com alguns erros na sua genética, vão ter que começar a aceitar que terráqueos são tão... válidos quanto. Não vão? E então poderemos acabar com isso.

— Nós tentamos — diz Britta. — Quatro vezes até agora, de maneiras diferentes. Parece que a Segurança finalmente encontrou um método para cortar as transmissões dos nossos níveis. Não pude nem mesmo enviar um post sobre calçados sem que fosse excluído quase instantaneamente. É possível, se tivéssemos tempo suficiente... — Ela esfrega a têmpora.

Desanimo.

— Quer dizer que não podemos entrar em contato com o restante de Kemya?

— Nós ainda podemos entrar em contato com Jule — lembra Isis. — A conexão que configurei não é através da rede. Mas só posso falar com ele, não lhe enviar arquivos. Mesmo se ele pudesse espalhar nossas palavras, não acho que teríamos qualquer esperança de que as pessoas acreditassem nisso sem provas definitivas. Já é bastante difícil acreditarem *com* provas.

— E se... — Win começa, e um coro de sinais sonoros ecoa através da sala.

Isis gira para o seu terminal.

— O Conselho emitiu uma declaração atualizada sobre os motores — diz ela.

— Já? — Britta se inclina para mais perto. — Talvez o dano não seja tão ruim como eles... — Ela se interrompe quando seus olhos rápidos destrincham o comunicado exibido na tela, com uma expressão de desapontamento.

— O que foi? — Espreito por cima do ombro de Isis, mas ela está folheando o relatório tão rápido que é difícil para mim processar os caracteres. Ela murmura um palavrão em kemyano. Deixa a mão pender. Em seguida, ergue-a de novo para providenciar que as palavras sejam traduzidas para o inglês.

O Conselho determinou que não seria seguro tentar levar Kemya até o planeta K2-8 com apenas dois motores funcionando. O risco de os motores darem defeito ou falharem durante a viagem de cinquenta anos é muito grande. O Departamento de Tecnologia se compromete a reparar os outros quatro seguindo os esquemas originais para assegurar o funcionamento adequado e, uma vez concluído esse trabalho, retomará os planos de mudança. O prefeito Nakalya assegura a todos que Kemya só vai deixar a órbita quando o sucesso da viagem for certo. Dentro de dois dias, a contar de hoje, ele e o restante do Conselho irão realizar assembleias para tratar das preocupações que eles esperam que o público terá.

— *Quando o sucesso da viagem for certo* — Britta cita com escárnio. — Mesmo o sucesso de uma voltinha pelo sistema solar nunca é completamente "certo".

Gostaria de poder pensar que as palavras usadas fossem apenas um exagero, mas ficar esperando por alguma "certeza" mágica foi o que manteve os kemyanos presos aqui por tanto tempo.

— Você acha que o Conselho acredita que os reparos não vão demorar muito tempo? — pergunto. — Parece que já começaram.

— Eu estudei os motores — diz Britta. — Os condutores dos propulsores... originais eram feitos de (...) — Ela diz uma palavra kemyana que eu não conheço. — Esse mineral era comum em nosso planeta antes da detonação, mas, depois, o calor e os produtos químicos na atmosfera acabaram com ele, e nunca fomos capazes de gerá-lo artificialmente em uma forma estável. O pouco que ainda usamos foi extraído de jazidas esparsas em asteroides. Não sei exatamente de quanto eles precisam para reparar os motores, mas tendo visto os danos... Duvido que pudéssemos reunir o suficiente em menos de cem anos, e isso numa estimativa otimista.

— Então, eles estão cometendo o mesmo erro de antes — Win diz com um gesto de frustração. — Pensaram que poderiam resolver o problema com a energia *vorth* rapidamente, e lá se vão uns setenta anos desde que o Projeto Nuwa foi formado... Este Conselho será substituído ao longo do tempo, Ibtep vai perder a atenção pública, todo mundo vai ficar complacente de novo... acabaremos ficando por aqui para sempre, até que alguma geração futura de kemyanos acabe como aquelas... *coisas* no laboratório.

Nada do que fizemos adiantou. Nem nada do que outros fizeram. Da destruição da Terra nem um mísero grupo de seres humanos restará.

— *Este* Conselho sabe sobre Nuwa — digo. — Como eles podem agir como se todos estivéssemos seguros aqui, como se permanecer na estação não fosse problema?

— Eles, obviamente, se preocupam mais com não levar a culpa — observa Britta. — Manter todos calmos e sob controle e *ignorantes*. — Ela enfatiza a última palavra.

— Todo esse tempo Nakalya tem falado sobre lealdade entre os kemyanos e sobre união, enquanto ele e o restante do Conselho colocam-se acima de todos os outros — Win diz com amargura. — Eles deveriam estar *servindo* Kemya.

— Será que ninguém vai questionar essa decisão? — pergunto.

— Não o suficiente para que ouçam — responde Isis. — Você não viu... Bem, você já vive aqui há um tempo, é capaz de imaginar. As pessoas aceitaram a ideia de mudarmos porque o Conselho disse que era o caminho certo, mas a maioria deles ainda estava insegura. Muitos podem até mesmo estar aliviados pelo atraso nos planos, para dar-lhes mais tempo para se acostumar com a ideia.

— Tem de haver outras opções — digo. — Outras maneiras de reparar os motores, ou projetar novos. Talvez caminhos mais arriscados... Mas se todo mundo soubesse sobre Nuwa, então quem sabe não se importassem de correr esses riscos.

— O Conselho não vai admitir isso — Tabzi observa —, e eles não vão nos dar a chance de botar a boca no trombone.

— Talvez nem todos eles pensem que este é o caminho certo — pondero. Nasce uma pontinha de esperança dentro de mim. — Que tal Ibtep? Ela arriscou a carreira, talvez até mesmo a vida, dando prosseguimento à missão de Jeanant. Ela não iria desistir agora. Temos que falar com *ela*.

26.

Win

Skylar e eu encontramos com Zanet acima da vedação no nono nível, parando nossos planadores enquanto esperamos pela confirmação definitiva do quartel-general. Após poucos e longos minutos de espera, Zanet abre a vedação. Skylar toca meu rosto no escuro, puxando-me para um beijo. Ele dura apenas o tempo suficiente para eu desejar que estivéssemos em outro lugar, seguros e em paz. Sabendo o que Ibtep pensa dela, eu gostaria que Skylar não tivesse vindo de jeito nenhum, mas tive que concordar com os argumentos que ela me apresentou. Skylar pode falar pelos terráqueos para provar que eles irão apoiar qualquer coisa que fizermos, e, como a última pessoa que falou com Jeanant, ela pode conseguir usar essa conexão para incentivar Ibtep a fazer com que o sonho dele se realize.

A vedação termina de abrir por completo, e nos separamos. É hora de nos colocarmos em movimento.

— Isis ou eu avisaremos vocês assim que percebermos qualquer sinal de movimentação da Segurança — diz Zanet. Jule só deveria passar a mensagem de sinal verde se o Conselho concordasse em deixar nossa suposta "negociação de rendição" acontecer sem interrupção, mas não temos muita fé na sinceridade deles a esta altura.

Não confio em *Ibtep* tampouco, mas por tudo que sabemos, podemos, pelo menos, acreditar que ela queira ver Kemya chegar ao K2-8 antes de morrer. Cada mudança de alianças que ela fez foi para servir a esse objetivo.

O tempo que o planador leva da vedação até a parada do transportador é breve, um nível abaixo e metade de um setor mais. O corredor onde desembarcamos está vazio. A Segurança ainda não mandou ninguém para cá.

O apartamento que estamos usando fica bem próximo à parada, para facilitar a fuga, se necessário. Somos os primeiros a chegar. Skylar aciona os assentos na área da mesa e nós nos sentamos onde podemos ver a entrada.

Mal tenho tempo de recuperar o fôlego quando Ibtep e Jule entram. Os dedos de Skylar roçam os meus enquanto nos levantamos para recebê-los.

Ibtep caminha até a borda da área da mesa e para, cruzando os braços.

— Estou aqui — diz ela, seu tom de voz mais frio do que o habitual. Seus olhos deslizam de mim para Skylar e vice-versa. — O que vocês têm a dizer?

É óbvio que ela sabe que não tem nada a ver com rendição, por isso, vou direto ao ponto.

— Nós vimos o plano do Conselho de adiar a mudança — adianto. — Britta diz que vai demorar pelo menos cem anos antes que os motores possam ser reparados pelos métodos originais. Nós sabemos que você não aprova uma espera tão longa assim.

— Você acredita que sabe tão bem assim o que eu penso?

— Eu acredito que você não pode estar feliz em passar metade de sua vida trabalhando para conduzir Kemya para um novo lar só para perder essa chance, talvez para sempre — diz Skylar. — Eu acredito que você seja bastante inteligente para já ter bolado uma dúzia de outras opções para levar as pessoas ao K2-8 mais rápido.

— Nós estamos oferecendo a você o nosso apoio — acrescento eu, quando Ibtep ignora Skylar. — Você não poderia ter desativado o campo temporal sem ajuda. Se você também não puder contestar a decisão do Conselho sem ajuda, podemos aumentar a pressão sobre eles para você.

Ibtep me dá um sorrisinho irônico.

— Eu tenho a impressão de que vocês em breve não estarão em posição de oferecer nada além do que sua verdadeira rendição.

— Eu não disse que iria ajudar sem compensação — respondo. — Você fornece os meios para continuarmos neste impasse, e usamos o tempo ganho para desgastar o Conselho e influenciar a opinião pública.

— E se eu ficar com a decisão do Conselho?

Olho para ela. Ela parece falar sério.

— Por que você faria isso? — diz Skylar, parecendo tão surpresa como eu me sinto. — Depois de tudo...

— Nós não tivemos necessidade de considerar a propulsão em tão grande escala por muito tempo — diz Ibtep sem se alterar. — Ninguém vem estudando métodos ou desenvolvendo novos. É mais seguro seguir as orientações originais.

Ela não pode estar dizendo isso a sério. Esperávamos que a resistência trabalharia *conosco*, não que resistisse à ideia de que temos algo por que trabalhar.

— Você levou expedições ilegais para a Terra, tramou contra o Conselho e agora está preocupada quanto a tentar qualquer coisa ligeiramente além das orientações existentes? — questiono. — Por que fazer tudo isso se for para desistir agora?

— No que esses esforços resultaram? — Ibtep diz, seus ombros tensos. — Sim, assumi riscos... Arrisquei tudo o que tinha e aqui estamos nós com a estação em desordem, os motores que precisamos quase destruídos, o caos entre o nosso povo. Kemya sabe o que significaria dar-lhes mais tempo para destruir o restante de nós. Eu não sou tola. Posso ter ultrapassado os limites uma vez, mas não serei tão descuidada de novo.

— Seu problema não é que você arriscou demais — diz Skylar. — É que você mantéve muito do pensamento kemyano. Nada disso teria acontecido se você e o Conselho nos tivéssem tratado como pessoas e não... como animais de estimação, ou ratos de laboratório, quando chegamos aqui.

A voz de Ibtep está começando a se elevar.

— Aqueles de nós que são eleitos fazem o que acham que é melhor para proteger aqueles que entendem menos. Consorciar com sombras só nos enfraquece. Vamos estabelecer nosso planeta um dia, nós *kemyanos*. Se isso demorar cem ou duzentos anos, pelo menos, o seu povo terá desaparecido até lá. Não há lugar para *você* lá. Você provou o que defende.

Há tal desgosto naquelas últimas palavras que Jule, que ficou para trás perto da porta, dá um passo em direção a nós com o cenho franzido.

— O que ela defende? — repito, o meu choque transformando-se em raiva. — Você quer dizer ver os terráqueos tratados como os seres humanos que são? Insurgir-se contra um governo que está espalhando mentiras? Estar *disposta* a enfrentar um pouco de perigo por aquilo em que acreditamos? Como você pode acusar os terráqueos, quando foi nossa própria recusa em agir que nos enfraqueceu de formas das quais podemos nunca mais nos recuperar?

— Cautela e resistência não são fraqueza — contesta Ibtep.

— Não foi isso que eu quis dizer. Estou falando dos laboratórios, do projeto...

Hesito. Uma expressão que parece ser de autêntica perplexidade surge em seu rosto. Será que ela realmente acha que eu só estava criticando a filosofia kemyana?

Partimos do princípio de que ela sabe sobre Nuwa agora, se é que já não sabia antes. Afinal de contas, foi ela que ameaçou Skylar na exposição em nome do Conselho depois que nossos apoiadores começaram a procurar informações sobre o projeto. Pode ser, porém, que o Conselho a estivesse usando da mesma forma como ela própria já nos usara antes.

— Então você não sabe — concluo.

Algo do peso e da verdade da situação deve ter transparecido no meu tom. Uma sugestão de medo transparece por trás da cuidadosa compostura de Ibtep. E logo desaparece.

— Saber o quê? — pergunta ela com desdém.

Olho para Skylar, cuja boca se contraiu. Não trouxemos nenhuma prova com a gente. Existe alguma chance de que ela vá aceitar apenas nossa palavra?

— O Conselho mentiu para você também — diz Skylar. — Eles estão mentindo para todos, todos os Conselhos vêm mentindo por...

— Basta! — interrompe-a Ibtep. — Não tenho nenhum interesse em intriga. Se vocês já disseram tudo o que pretendiam, já têm a minha resposta. Vocês podem se render ou morrer de fome.

Lanço mão da última arma que temos.

— Você não aprendeu nada com Jeanant? Você viu as recriações de lembranças de Skylar... Sabe que foi o medo de correr riscos e de alterar seu plano, mesmo quando a situação mudou, que o *matou*.

Os olhos de Ibtep se estreitam. Ela levanta a mão.

— Respeitável Ibtep! — Jule diz a Ibtep, caminhando para a frente, mas ela o dispensa com um gesto. Ele para a poucos passos de distância, alerta.

Ibtep aponta o dedo para Skylar.

— Foi a *Terra* que matou Jeanant, foi a *Terra* que inspirou sua pequena rebelião, foi a *Terra* que causou todos os problemas que estamos enfrentando agora. Passamos muito tempo da história de Kemya sendo distraídos de nossos objetivos por aquele planeta podre, brincando com ele, tentando salvá-lo. Eu gostaria de poder voltar atrás no tempo e destruir o seu mundo patético antes que ele houvesse começado.

— Eu tentei salvar Jeanant — Skylar diz, calma. — Eu fiz tudo que podia. Ele não me deixou.

Ibtep a segura pelo braço, apertando tão firme que Skylar faz um careta.

— Ei! — eu digo, saltando para a frente, mas Jule já está lá, agarrando o pulso de Ibtep e se interpondo entre elas. Eu toco o ombro de Skylar, para lembrá-la de que estou aqui, se ela precisar de mim.

— Largue-a! — Jule diz, sua voz irradiando raiva. Acho que nunca o vi furioso antes. Isso me convence, afinal, por completo, de que lado ele está.

Skylar puxa seu braço com força suficiente para quebrar o domínio de Ibtep. Ela se afasta de nós com ímpeto, juntando as mãos rapidamente, como se aquilo houvesse sido apenas um deslize. É óbvio que o mesmo pensamento sobre Jule ocorreu a ela.

— *Então* — ela diz a ele em kemyano —, *para quem de fato você está aqui?*

Skylar pega minha mão.

— Acho que devemos ir — diz. A falta de esperança nos olhos dela ecoa dentro de mim. Ibtep está bem convicta.

Passando ao largo dela, dirigimo-nos para a porta.

— Decerto não por alguém tão cego pelo preconceito e medo que o faz colocar suas próprias preocupações acima do povo que afirma servir — Jule retruca atrás de nós. Seus pés raspam o chão enquanto ele caminha firme para nos alcançar.

— Se você for, sua família vai também! — diz Ibtep.

Jule não olha para trás.

— Você deveria saber como isso importa pouco para mim agora — diz ele, e, em seguida, para mim e Skylar: — Não posso continuar com isso. Se vocês tiverem alguma utilidade para mim lá em cima, deixem-me ir com vocês.

Skylar não fala nada, mas dá seu consentimento com um aperto em minha mão.

— Tudo bem — concedo —, mas não temos outro planador conosco, você vai ter que escalar.

☆ ☆ ☆

— Não podemos manter estes níveis por muito mais tempo — diz o colega médico de Markhal. — Não conseguimos manter nada comestível por mais de cinco minutos antes que se estrague.

— Sabemos que o nosso tempo é limitado — Isis diz de onde nós cinco estamos, à cabeceira da longa mesa de reunião, onde algumas dezenas de pessoas, de diferentes áreas da nossa pequena comunidade, se juntaram a nós para debater nossa situação.

— É por isso que estamos fazendo esta reunião. Precisamos colocar nossos cérebros para trabalhar em conjunto, se pretendemos sair dessa ilesos.

— Como é que *isso* vai ser possível agora? — uma mulher de pé num canto pergunta. Avisto Jule por trás dela, seu olhar distante... mas não posso culpá-lo por estar distraído. Faz umas duas horas apenas que Britta compartilhou os registros do Projeto Nuwa com ele.

— Precisamos fazer duas coisas — digo, levantando a voz para que ela alcance toda a sala. — Precisamos encontrar uma maneira de apresentar as informações sobre o Projeto Nuwa para o restante de Kemya, para que as pessoas vejam que não podem confiar que o Conselho irá nos tratar de forma justa. Depois, precisamos propor um plano alternativo sólido, em substituição ao do Conselho, para fazer com que todos cheguem ao K2-8 e oferecer esperança de escapar do problema *vorth*, mostrando que estamos de fato preocupados com Kemya.

— Só isso? — um dos amigos de Celette diz, com uma ponta de sarcasmo.

Celette, de pé ao lado dele com seu novo braço protético, parcamente móvel, cutuca-o, mas não diz nada.

— A segunda parte não deve ser tão difícil — diz Skylar. — O Conselho não considerou outras opções. Talvez possamos reconstruir os motores com materiais diferentes, que sejam mais fáceis de encontrar. Talvez possamos melhorar os motores restantes para que eles possam mover a estação mais rápido. Vocês tiveram milhares de anos para desenvolver tecnologias novas... algumas delas devem ser úteis.

— Não tecnologia para a propulsão de toda uma estação espacial — a mulher perto de Jule comenta. — Se o Conselho não apresentou nenhuma outra opção, isso pode significar que não existe. Você não conhece a estação.

— Sabemos que o Conselho não teve problemas em esconder informações de nós — observo —, e todos nós conhecemos nossa história, não é? Humanos na Terra conseguiam se espalhar através de um planeta inteiro com nada além de barcos de *madeira*. Temos recursos suficientes para encontrar uma solução que não leve um século ou mais.

Os olhos de Skylar se iluminam.

— Vocês *levaram* as pessoas para a Terra sem mover toda a estação. As naves menores viajam muito mais rápido. Por que não podemos usá-las?

Há um momento de silêncio. De repente, estou sem fôlego.

Claro. *Eu* deveria ter pensado nisso.

É por isso que precisamos de Skylar e dos outros terráqueos. Nós kemyanos nos tornamos tão acostumados a ficar dentro dos limites que traçamos em torno de nós mesmos, que não podemos ver o que está bem diante de nós.

— Foram apenas algumas centenas de pessoas — diz Zanet, embora ele pareça pensativo. — E a Terra é... era... mais perto.

— Mais perto quanto? — Celette pergunta ansiosamente. — Quantas naves temos que poderiam atravessar a distância?

Britta tamborila os próprios lábios.

— Nossas naves mais rápidas poderiam chegar ao K2-8 em mais ou menos dez dias, salvo problemas. Naves de carga e semelhantes, provavelmente em um mês. A verdadeira dificuldade está na capacidade de combustível. Eu acho que não temos *nenhuma* nave que fosse capaz de transportar combustível suficiente para viajar tão longe e, em seguida, voltar para a estação. Nós estaríamos presos no planeta sem qualquer forma de voltar aqui para trazer suprimentos ou outro tipo de ajuda.

— Não precisamos da tecnologia da estação para vivermos em K2-8? — pergunta Solma. — Quanto poderíamos carregar nessas naves?

— Não muito, se quisermos ter certeza de que há espaço para todos nós — diz Britta. — Teremos que nos virar principalmente com os recursos do planeta. Mas isso não é impossível, apenas mais difícil.

Skylar providenciou para que alguns de seus companheiros terráqueos — o homem alto, parecendo vir de Zâmbia, que ela disse que era professor de sua escola; uma mulher da exposição inuíte dos Estudos da Terra; um homem da exposição japonesa; e uma ex-animal de estimação, originalmente da Suméria — se juntassem a ela aqui para que pudessem expor seus pontos de vista, com a ajuda de um programa de tradução. Quando Britta acaba de falar, a ex-animal de estimação murmura algo para o tablet em suas mãos, que é repassado para o cara kemyano que os vinha ajudando.

— Shuanda está dizendo que o seu povo atravessava o deserto todos os anos apenas com o que podiam carregar nas mãos e nas costas — diz ele, enquanto lê a partir do aparelho. — Ela não tem medo de deixar para trás as... — ele faz uma pausa e olha para ela retorcendo um pouco a boca — ...as "coisas frias, tipo pedra" aqui, que ela não vê sentido em adorar.

— Todos nós terráqueos estamos acostumados a viver num planeta — diz Skylar. — Os grupos do Departamento de Estudos da Terra têm praticado agricultura e até mesmo a caça. E todos nós temos experiência em transporte por terra e água, e sabemos como nos proteger das intempéries...

O monge japonês começa a falar e ela faz uma pausa.

— Existe aqui quem tenha habilidade para fazer roupas e... ferramentas — o cara kemyano traduz para ele. — Todos eles prefeririam ajudar a serem colocados de volta naquele lar de mentira.

— Isso tudo é muito bonito de dizer — Zanet intervém —, mas nós só estudamos o K2-8 de uma distância enorme. Não saberemos tudo o que iremos precisar até que possamos analisá-lo mais de perto e, aí, será tarde demais se tivermos deixado para trás algo de essencial. Nenhum de nós kemyanos desenvolveu habilidades de sobrevivência num planeta. Esperávamos ter um intervalo de doze anos para aprender.

— Vocês não vão precisar de doze anos para o básico — diz Skylar. — E não teríamos que sair imediatamente.

— Mas mesmo a viagem em si pode ser perigosa numa nave menor — outra voz ecoa.

— E *daí*? — eu me pego dizendo, frustrado. — *Sabemos* que é perigoso ficar aqui na estação. Eu vi a quantidade de dados que Ibtep tem recolhido do K2-8. Temos uma boa ideia do que nos espera... Melhor do que os colonos originais da Terra tinham.

Começa um burburinho de conversas na sala.

— Não importa — uma voz desanimada se eleva acima das outras. — Ninguém vai nos ouvir. Ninguém confia em nós agora. Por que deveriam? Se não tivéssemos começado essa luta, ainda teríamos os motores e não teríamos esse problema.

O mesmo pensamento me atormentou enquanto eu observava Vishnu furioso na sala de máquinas, mas o murmúrio de concordância que se seguiu ao comentário faz meu estômago se contrair.

— Não, nós não teríamos — admito. — Antes que qualquer um de nós pudesse fazer qualquer coisa, Vishnu e seu grupo tinham decidido fazer o que pudessem para nos manter no nosso velho planeta. O que poderia ser mais óbvio do que destruir os motores? Vocês realmente acham que isso nunca teria ocorrido a eles? Olhem para as armas que construíram. Eles não se importavam com quem fossem ferir. Eles também não tiraram essa ideia da gente. Se os Executores não estivessem focados em nós, Vishnu teria criado sua própria distração, e provavelmente machucaria ainda mais pessoas pelo caminho. Então, os motores ainda seriam destruídos, mas, sem nós, o Conselho teria encontrado uma desculpa para "eliminar" os terráqueos, e nós não os teríamos aqui para nos ajudar quando precisamos deles mais do que nunca.

— Isso não muda os fatos — diz o médico. — Os planos de mudança levam em conta que teríamos o apoio de toda a estação. Como poderia ser bem-sucedida uma tentativa com esses parcos recursos que esperamos conseguir?

Essa dúvida também não me é estranha, uma voz no fundinho da minha mente, condicionada por todos os ensinamentos kemyanos a que estive exposto desde o nascimento. E se não conseguirmos? E se deixarmos de lado a prudência e formos em frente... e cometermos um terrível engano que arruinaria tudo outra vez?

Esse é o engano mais horrível. Não foi o desastre que destruiu o nosso planeta, ou nossa incapacidade de prever os problemas que a fonte de energia da estação causaria. O que está *realmente* errado com a gente é que deixamos que o medo de falhar se tornasse a característica que nos define.

De repente, estou furioso com todos os prefeitos, conselheiros, professores, e todas as pessoas que encorajam esse medo. Os terráqueos que estão em nosso meio foram arrancados de suas casas e ainda assim estão dispostos a enfrentar o desconhecido com companheiros incertos e tecnologia desconhecida, enquanto nós, apesar de todo o nosso orgulho sobre a competência kemyana, nos acovardamos só de pensar. Não é assim que nosso povo deve ser.

Estou tão furioso que, quando uma ideia louca surge na minha cabeça, eu não a rejeito, coloco-a em prática. Subo no banquinho à cabeceira da mesa, na própria mesa, pisando firme, pés plantados, olhando para baixo, sobre o mar de cabeças. Os murmúrios vão morrendo enquanto todos me olham.

Dane-se o adequado decoro kemyano. Não me importo se eles acharem que estou sendo ridículo ou exagerado. Esta pode ser a decisão mais importante de nossas vidas.

— Quando os primeiros kemyanos desembarcaram na Terra — começo a falar —, eles não receberam nada. Eles não tinham nenhuma tecnologia, nenhuma orientação, apenas seus próprios cérebros e corpos. Cérebros e corpos *humanos*. O mesmo que todos nesta estação têm. Eles e seu mundo foram desgastados por mudanças no tempo, enquanto o restante de nós os usava, mas pensem sobre o quanto eles foram capazes de realizar.

As palavras não são suficientes. Tabzi está segurando um tablet enrolado. Antes mesmo de eu o pedir, ela vê minha mão estendida e passa-o para mim com os olhos arregalados.

Com alguns toques eu o conecto à tela grande na parede atrás de mim. As imagens se sucedem enquanto folheio os arquivos sobre a Terra na rede. Proezas de construção: gigantescas pontes e barragens, arranha-céus e torres. Obras de arte: da Vinci, Kaizhi, Yathentuk. Saltos científicos: bússolas, motores a vapor, computadores, veículos espaciais.

— Isso é o que os seres humanos foram capazes de fazer, a partir do nada — digo, apontando para a tela. — Nós passamos milhares de anos desenvolvendo a nossa tecnologia, a nossa capacidade de resistência e a nossa eficiência. Nosso DNA pode ser falho, mas isso não pode nos impedir de realizar tudo o que queremos. Os seres humanos são mais *fortes* do que isso. Poderíamos ser capazes de muito mais se pararmos de ter medo de tentar. Nenhuma das pessoas que criaram essas coisas estava perfeitamente preparada para o seu futuro, e nós não precisamos estar.

— Não se pode estar preparado para tudo — Skylar diz baixinho quando minha voz deixa de ecoar. — Ninguém nunca consegue estar preparado para tudo. Há muita coisa no universo que está além do nosso controle. Então, a gente usa o que tem e continua indo atrás do que quer. Isso é o que fazemos. É isso que deveria significar ser um ser humano.

Os olhares se fixam nela: a garota que perdeu inesperadamente todo o seu planeta há apenas duas semanas. Nós todos sabemos que ela e os terráqueos próximos a ela irão enfrentar um castigo muito mais duro do que qualquer um nesta sala se falharmos e, mesmo assim, estão prontos para o que der e vier.

— Apenas alguns meses atrás, um grupo de dez kemyanos conseguiu trabalhar secretamente para derrubar o campo temporal em torno da Terra, com apenas uma fração dos recursos que deveriam ser necessários — Jule fala lá do seu canto. Ele está falando para a multidão, mas olha para mim, sem nenhum indício do escárnio que eu poderia ter esperado antes. — Quatro kemyanos organizaram vocês todos para tomarem mais de um terço inteirinho desta estação com quase nada. Vocês acompanharam as ideias malucas de Darwin até aqui... e até eu tenho que admitir que ele mandou muito bem. O que é tão diferente de uma coisa para a outra?

As pessoas ao redor da mesa começam a murmurar de novo. Então, Zanet diz:

— Tudo bem. Então, como é que iremos convencer o *restante* de Kemya a nos seguir?

Será que precisamos do restante de Kemya? Por um segundo, estou tentado a dizer que o nosso grupo deveria pegar um par de jetters e decolar por conta própria. É claro, precisaremos de *alguns* materiais, e a maioria deles está nos compartimentos de armazenagem do nível inferior. Há também o "probleminha" de a Segurança ser plenamente capaz de nos derrubar antes de conseguirmos sair do alcance da estação.

Mesmo se pudéssemos fazer isso, meus pais ainda estão lá, em algum lugar. Wyeth ainda está lá embaixo, contando comigo. Todas as pessoas ao meu redor têm amigos e familiares que não deveriam ter que viver sob as mentiras do Conselho. Eu não assumi todos esses riscos só por mim. Foi por uma vida melhor para todos de Kemya, para todos os seres humanos.

— O Conselho fará suas assembleias amanhã — digo. — Nós não podemos nos comunicar com todo mundo através da rede, mas poderíamos abordar um grande número de pessoas cara a cara lá. Desde que houvesse uma forma de... invadirmos uma dessas reuniões.

Eu olho para trás, para os meus colegas. Britta arqueia uma sobrancelha para mim, e então pula em cima da mesa também.

— Eles nos prenderiam antes que pudéssemos dizer qualquer coisa — aventa o médico.

— Só se não planejarmos isso direito — diz Britta. — Nós temos vinte e quatro horas para chegar a uma estratégia: como nos infiltrarmos, como manter os Executores longe de nós e como mostrar o que o Conselho tem escondido, o nosso plano alternativo e o valor da cooperação dos terráqueos de uma forma que todo mundo vai acreditar. — Ela encolhe os ombros. — Nós já fizemos mais com menos tempo antes.

— Se pudéssemos forçar o Conselho a admitir tudo na frente de todas aquelas pessoas — diz Skylar. — Levar a mensagem, fazê-los confirmá-la... seria quase impossível para eles negá-la mais tarde. E a culpa vai recair sobre eles.

— Isso é um ponto de partida — reconhece Isis. — Conversem sobre isso, todos. Pensem, pesquisem, façam o que precisarem fazer, e tragam-nos qualquer ideia que tiverem... o mais rápido possível.

27.

Skylar

Eu aumento e diminuo as dimensões, ajustando os ângulos da representação em 3D do salão de convenções no terminal de computador do meu quarto. Medições e especificações técnicas piscam em torno das bordas conforme exploro. Entrar lá é mais a especialidade de Isis e Britta — eu estou à procura de inspiração para o que podemos fazer depois que estivermos lá. Como podemos virar o jogo? Convencer o Conselho a corroborar o que dizemos?

— Vê se faz uma pausa para descansar um pouco — Angela me disse antes de ir embora para ajudar a escoltar metade dos habitantes do nosso setor até o refeitório. — A responsabilidade não tem que ficar toda com você, sabe disso.

Não tem. Mas *alguém* tem que descobrir isso até amanhã ou estaremos todos ferrados.

A campainha soa. Levanto-me, olhando para a tela da sala de estar por força do hábito, enquanto caminho para a porta, mas a equipe de tecnologia desligou os sistemas de identificação. Então, não estou nem um pouco preparada para me deparar com Jule do outro lado.

Ele está parado afastado da porta, com os ombros ligeiramente curvados como se estivesse tentando compensar a intimidação que sua altura poderia passar. Nenhum desses gestos impede meu estômago de embrulhar.

— Oi — falo. Não vou pensar em todas as outras vezes que olhei para aqueles olhos castanho-escuros, todas as pequenas alegrias que não significaram metade do que pensei que significavam. Eu disse antes tudo o que precisava dizer. Ele nos ajudou. Eu posso ser civilizada.

— Oi — ele diz. — Eu... — Ele olha para os dois lados do corredor. — Posso entrar?

Recuo de forma automática, abrindo-lhe espaço para passar por mim. É só quando ele está lá dentro e que a porta se fecha que me dou conta: esta é a primeira vez que estou sozinha com ele desde aquela manhã em que coloquei a droga em seu café e o obriguei a confessar a sua traição. Numa sala quase idêntica a esta. Cruzo os braços à minha frente, perguntando-me se ele também está se lembrando disso.

Jule está demorando para desembuchar sobre seja lá o que for que o levou a me procurar. Ele serpenteia pela área de refeições, abrindo distraído um dos armários. O único que ainda contém alguns dos pacotes que tirei de seu apartamento. Ele olha para eles e depois para mim.

— Você foi lá?

Dou de ombros.

— Era o único lugar nestes níveis que eu realmente conhecia. — Civilidade. — Obrigada.

Ele inclina a cabeça em reconhecimento. O silêncio se estende, deixando-me desconfortável. Pergunto:

— O que Ibtep disse sobre a sua família... Você acha que ela falou sério?

— Talvez. Seria difícil para ela rebaixá-los ainda mais do que eles próprios já se rebaixaram. Eu disse ao meu pai que não vou mais apoiá-lo. Eu não deveria ter feito isso por tanto tempo. — Ele comprime os lábios. — Sabia que *ele* nunca disse nem "obrigado" quando eu o salvei dos apuros todas aquelas vezes? Era como jogar créditos no lixo. Eu deveria ter descoberto isso antes de começar.

— Deveria — concordo, incapaz de evitar, porém, que um pouco de amargura transpareça em minha voz. — Isso teria sido bom.

— Eu nunca enxerguei isso como colocar a minha família acima do grupo — confessa ele. — Pensei que poderia servir a ambos. Fui um idiota. Admito isso.

— E o seu avô...? — O único membro da família do qual ele falou com carinho.

Jule abana a mão com desdém.

— Ele nem tem consciência direito do que está acontecendo à sua volta hoje em dia. Pelo que sabe, a família já caiu em desgraça, então, se realmente cairmos em desgraça, nada vai mudar muito para ele. Suas coleções e seu apartamento de luxo não irão curá-lo.

Jule diz isso com naturalidade, como se fosse um fato consumado, mas então baixa o olhar.

— Você já deu uma olhada nos registros. Não viu nenhum progresso no sentido de um tratamento?

Eu não preciso perguntar de que registros ele está falando.

— Não — respondo. — Sinto muito. Sabe... só porque ele está ausente a esse ponto, não significa que passou esses genes para você.

— Todo mundo foi afetado em algum grau — lembra Jule. — E os efeitos só irão aumentar enquanto permanecermos na estação, não é?

O comentário me lembra do que tenho feito nas últimas horas — o *brainstorming* para o qual eu deveria voltar se quisermos mesmo partir. Eu transfiro o peso do corpo de um pé para o outro.

— Por que você está aqui, Jule?

— Para falar com você.

— Sobre o material genético? Porque eu não sou de fato uma especialista nesse assunto...

— Não. Eu... — Ele para, franzindo a testa, e percebo que ele não tem uma razão urgente. Isso tudo tem a ver com *ele*, mais uma vez, esperando alguma resposta minha que ele deveria saber que não vou dar. Minha paciência se esgota.

— Eu tenho coisas a fazer, Jule. Se você só queria bater papo, essa não é uma boa hora.

Seus olhos lampejam.

— Não é... — ele começa, elevando a voz, e interrompe-se, praguejando baixinho. Ele se vira, apoiando uma mão contra a parede. Depois de um instante, parece ter se recomposto. Mas não ergue o rosto.

— Você nunca vai me perdoar? — pergunta baixinho.

Não há nenhum sinal de impaciência ou acusação na pergunta, apenas dor, pura e simples. Engulo em seco, minha irritação amainando. Ele está sofrendo. Por causa de suas próprias ações, e, sim, pode ter havido uma época em que eu teria *desejado* saber se ele estava sofrendo depois da forma como me magoou, mas agora tudo em que consigo pensar é que já existe dor demais neste lugar. Então, eu respondo com franqueza:

— "Nunca" é tempo demais.

Ele olha para mim.

— Não tão cedo, então.

— Jule... — Suspiro. — Quero dizer que eu não sei. Faz alguma diferença? Posso trabalhar com você, se eu tiver que fazer isso. Se você só quer a sua consciência limpa para quando for atrás da próxima garota...

— Eu não *quero* mais ninguém — ele me interrompe e dá um passo na minha direção.

— Bem, não quero ficar com você — falo, afastando-me rápido. Em reação ao meu recuo, ele para de avançar. Pragueja em voz baixa outra vez e murmura uma série de palavras em kemyano que não consigo compreender, exceto o nome *Darwin*.

— Não tem a ver com Win — respondo, de novo irritada. — Ouça. Você poderia ser o último cara na estação inteira, que eu *ainda assim* não estaria com você.

Ele hesita.

— Você me odeia tanto assim?

— Também não tem nada a ver com ódio — esclareço. Faço um exame de meus sentimentos, buscando as marcas que ainda doem, procurando as palavras para fazê-lo compreender. — Eu não odeio você. É que... você traiu a minha confiança de uma maneira muito séria, e algo assim deixa cicatrizes. Toda vez que eu olho para você, sinto essas cicatrizes em primeiro lugar, antes de qualquer outra coisa. Mesmo se te perdoasse, elas ainda continuariam lá. Eu não poderia esquecer e ponto final. E não sei se isso algum dia vai mudar. Não é algo que eu possa controlar. Está bem?

Ele inspira e expira com um movimento da garganta.

— Tá — ele diz, e então: — Eu sinto muito.

É a primeira vez que ele se desculpa, de fato. Eu não sei o que dizer.

— Se isso por acaso mudasse — ele acrescenta com cautela —, então você e Win...

— Eu não faço ideia — digo. — É meio difícil olhar muito além no futuro agora. Talvez eu queira que as coisas permaneçam assim com Win contanto que ele queira isso também, pelo tempo que for. Eu acho que é possível que algo possa acontecer de novo com você. Ou poderíamos todos nós acabar nos apaixonando por outras pessoas. Quem sabe? Eu não estou tomando nenhuma decisão em relação a "para sempre". Gostaria apenas de atravessar os próximos dias *viva*.

— Isso parece bom para mim — diz ele com um lampejo de sorriso. Ele se dirige para a porta, mas quando chega lá volta a me encarar.

— Eu quero que você saiba que houve um tempo, com você, que senti que eu poderia ser outra pessoa — diz ele. — Uma pessoa que não teria vendido os segredos de seus amigos. Uma pessoa que não se importava em que nível sua família vivia ou o que as pessoas diriam sobre eles, desde que fosse verdade. Mas uma coisa é sentir que você pode ser diferente, e outra, muito mais difícil, é *ser* diferente de verdade... Eu estou tentando. Mesmo que nunca mais possamos voltar ao que éramos naquela época, eu vou continuar tentando. Eu prefiro ser esse cara diferente.

Descubro que posso sorrir para ele, e de forma verdadeira.

— Acho que poderia pelo menos ser amiga desse cara.

Ele retribui o sorriso, com mais convicção desta vez. As cicatrizes dentro de mim doem menos do que doíam há alguns minutos. Então, ele vai embora e eu volto para o meu trabalho.

Sento-me lá olhando para o diagrama do salão de convenções por alguns minutos, não muito concentrada. Ou, talvez, mais *concentrada* do que estava antes. Lembro-me, com detalhes vívidos, de olhar para aquele enorme teto abobadado, espremida por entre a multidão na rampa entre as fileiras, de pé próxima a uma parede divisória com o braço quente de Jule contra as minhas costas enquanto assistíamos à comemoração do Dia da Unificação. O aroma picante no ar, as cornetas, os discursos inflamados, a dança com fitas.

E milhares de kemyanos vidrados no espetáculo.

Faço uma pausa, considerando a lembrança. Eu estava focada nos aspectos práticos: como manobrar o Conselho, como apresentar a nossa mensagem com fatos claros que o nosso público terá que aceitar. Mas os kemyanos não se ligam apenas em fatos, não é mesmo? Eles têm emoções humanas, imaginação humana. Eles ainda podem ser seduzidos por uma história. E se extrairmos do tema tudo aquilo que já sabemos que irá tocar o coração deles?

Unificação. A união como um só povo. Isso já está lá, tecido em sua história. Podemos oferecer a eles uma chance de recriar o momento em que diferentes grupos humanos uniram-se para cooperar uns com os outros — uma unidade exponencialmente mais real do que o tipo do qual Nakalya e o Conselho falaram, que tem excluído tantos.

A empolgação fervilha dentro de mim, mas o problema fundamental persiste. Mesmo com um espetáculo, precisamos de tempo para apresentá-lo, tempo que o Conselho não vai nos conceder.

Embora não sejam os membros do Conselho que irão nos deter, não é? Seu poder não consiste no que eles fazem, mas no que eles mandam os outros fazerem. Se ninguém escutar essas ordens...

Ibtep derrubou o campo temporal e direcionou o seu mundo num novo curso apenas recorrendo a algumas pessoas que por acaso possuíam as habilidades e os empregos de que ela precisava para concluir a tarefa. Comparado a isso, o que precisamos é muito menos complicado.

Só temos de recorrer às pessoas certas.

Eu descarto o diagrama e corro para falar com Isis.

☆ ☆ ☆

— Ela está a caminho — Isis informa pelo comunicador fixado no meu ouvido. — Cinco minutos ou menos.

— Sozinha? — procuro confirmar.

— É como se ela tivesse entrado despercebida. Apenas seja rápida.

Eu olho ao redor do apartamento do sétimo nível, surpreendo o olhar de Solma. Seu sorriso em resposta provavelmente seria mais tranquilizador se ela não parecesse tão tensa quanto eu própria me sinto.

Estar aqui não fazia parte do meu plano original. Alguém na equipe de tecnologia puxou uma lista de Executores designados às reuniões de amanhã, e eu cruzei as referências das famílias deles com os registros do Nuwa, encontrando dois cujos parentes foram afetados pela mesma "senilidade" incurável do avô de Jule. Tabzi e Britta entraram em contato com eles. Mas é claro que existe também a Executora que está ela própria sendo afetada, ou será em breve. Todos nós concordamos que, considerando a sua particular hostilidade para conosco, Kurra estaria mais inclinada a ouvir se a encontrássemos pessoalmente e mostrássemos como isso é importante. E, uma vez que entramos num acordo em relação a isso, ficou óbvio logo de saída que o que causaria maior impacto seria ela ver *a mim*. A terráquea que ela perseguiu durante tanto tempo.

Cruzo as mãos para impedi-las de tremer. Os Executores deixam as suas *blasters* nos escritórios do Departamento de Segurança quando estão fora de serviço. Solma é a que atira melhor entre os rebeldes e está pronta para disparar sua *blaster* de atordoamento. A parada do transportador que nos permitirá voltar para a segurança está a apenas seis metros seguindo o corredor. Contanto que nada dê muito errado, eu vou ficar bem.

Apenas prefiro não descobrir o que esse muito errado poderia ser.

Estamos paradas no canto mais distante, de modo que Kurra não nos veja quando abrir a porta. Ela entra furtiva, balançando o cabelo loiro platinado em sua trança bem feita, e a porta se fecha atrás dela antes de ela se virar e seus olhos gélidos pairarem incrédulos sobre nós. Seu rosto pálido se contrai. Ela corre para o painel ao lado da porta, sem hesitar um segundo.

— *Espere!* — exclamo, meu coração batendo acelerado, abrindo os braços em um gesto de boa-fé. — *Me dê um minuto para dizer por que vim aqui. Trouxe algo que você precisa ver. Algo que prova que você merece mais consideração do que tem recebido.*

Espero que essa seja a abordagem certa. O meu sucesso aqui depende de ela se importar mais em recuperar sua posição do que a vingança pura.

Kurra faz uma pausa. Sua mão afasta-se do painel, mas ela fica plantada ao lado dele enquanto nos avalia. Calculando como pode desarmar Solma, neutralizar nós duas, creio eu. Não sei sequer se as minhas palavras surtiram algum efeito, ou se ela só está pensando em como irá impressionar o Conselho se apanhar a líder dos dissidentes terráqueos sozinha.

Lanço para ela o tablet enrolado que estava segurando, e ela o apanha com facilidade.

— *Você precisa ver o que está aí* — digo. — *O Conselho guardou segredos de toda Kemya.*

— *Mais segredos sobre a Terra?* — zomba Kurra. Ela se aproxima um pouco.

— *Não* — respondo. — *Segredos sobre todos vocês. Segredos que explicam a razão de dizerem a seus pais para não apoiarem os seus objetivos.*

Isso a faz parar de imediato. Então, seus lábios curvam-se de forma desafiadora.

— *Mais truques. Eu aprendi essa lição sobre você antes.*

Eu aceno para o tablet.

— *Está tudo aí. Não quer saber por que eles a obrigaram a se afastar da vida que você queria? Por que seus superiores foram tão rápidos em rebaixá-la? Não é culpa sua.*

Ela olha para o tablet, os dedos magros apertando-se em torno dele e eu me arrisco a me aproximar um pouco mais. Quero que ela se lembre disso também.

— *Nós não somos tão diferentes* — digo a ela. — *Fomos ambas prejudicadas sem o nosso conhecimento. Eu acho que nós duas queremos a chance de provar que isso não nos define, e impedir que a mesma coisa aconteça com outras pessoas.*

Sua cabeça levanta-se num ímpeto.

— *Não sou nada parecida com você* — ela retruca, e então dá o bote.

Recuo. O braço de Solma movimenta-se com rapidez. O raio de luz entorpecente atinge o quadril de Kurra. Ela tropeça, a um palmo de agarrar o meu braço. Solma dispara contra a outra perna de Kurra, e a mulher pálida desaba no chão.

— Hora de ir embora — Solma avisa com voz rouca.

Recusando-se a desistir, Kurra tenta nos agarrar enquanto nos esquivamos rapidamente dela.

— *Da próxima vez* — ela rosna. Nesse momento, vendo-a esparramada, os membros frouxos e quase impotente, não estou tão apavorada. Quase tenho pena dela.

Eu pego o tablet que ela derrubou.

— *Veja isso* — digo, atirando-o de novo para ela. — *Sinto muito por nós a abandonarmos desse jeito. Eu não a culpo por nos atacar. Você não sabe. Mas, quando souber, pode ajudar a corrigir isso, se você quiser. Você vai saber o momento certo.*

Consigo sentir a fúria em seus olhos me fuzilando, mesmo depois de termos saído porta afora.

☆ ☆ ☆

Quando Solma e eu chegamos ao décimo nível, estou tremendo, como se todo o terror de encarar Kurra tivesse sido absorvido só depois do fato em si.

Ou não tão depois. Ela vai estar lá amanhã. E estará com a sua *blaster* — uma *blaster* que já apontou para mim antes. A *blaster* que poderia me transformar num monte de carne chamuscada como Evan, como Jai, como o menino que ela matou no Vietnã. Talvez ela considere o que eu disse, o que está no tablet, ou talvez fique ainda mais furiosa com a gente.

Win está esperando do lado de fora da parada do transportador.

— Ela te feriu? — ele quer saber quando me vê cambalear para fora do planador.

— Estou bem — respondo, respirando fundo, mas os arrepios não diminuem.

— Ela se saiu muito bem — observa Solma.

Win toca a minha bochecha.

— Sky — diz ele, de forma suave o bastante para transmitir outro tipo de arrepio pelo meu corpo.

— *Eu estou bem* — insisto.

— Tudo bem — diz ele. — Eu acredito em você. Vem cá.

É óbvio que ele, de fato, não acredita em mim, porque para onde ele me conduz nas minhas pernas trêmulas é o seu apartamento. Mas a verdade é que *eu própria* não acredito por completo em mim mesma e então o deixo me aninhar contra ele na cama. Toco em seus braços, pressionando meu rosto contra o seu peito, aspirando o seu cheiro de areia quente. Permanecemos deitados lá, enroscados e em silêncio, enquanto os tremores que me sacodem aos poucos diminuem.

Win acaricia o meu cabelo. Afasto-me devagar para olhar para ele, e então não posso deixar de beijá-lo. Quando ele retribui o beijo, uma onda de desejo percorre todo o meu corpo. Mas um desejo mais forte o subjuga. Sei muito bem que a melhor opção é não escolher de novo o caminho mais fácil, confiando que beijos e carícias digam tudo o que precisa ser dito.

Amanhã nossas vidas dependerão da vontade do público kemyano. Eu evitei essas palavras, esquivei-me toda vez que pensei que ele poderia dizê-las, mas hoje preciso ouvi-las.

Afasto-me um pouquinho e capturo o seu olhar, mergulhando naqueles olhos azuis profundos. Parece uma pergunta simples demais para ser tão difícil de fazê-la. Talvez eu tenha medo de que, no fim das contas, ele vá dizer não.

— Você me ama? — sussurro.

Win dá uma risada sem fôlego e me beija com intensidade, até que eu fico sem fôlego também. Ele inclina a cabeça apenas o bastante para os nossos lábios se separarem.

— Eu te amo. *Pelo meu coração, por Kemya.* Pela Terra também. Eu te amo, Skylar, mais do que tudo.

Vejo-me rindo também.

— Mais do que café? — pergunto.

Com um sorriso, ele pressiona os lábios contra a minha mandíbula.

— Você tem um gosto ainda melhor.

— Mais do que a luz do sol? Mais do que ar fresco?

— Eu prefiro olhar para você. Eu prefiro sentir você aqui.

Minha diversão é ofuscada quando me ocorre como ele chegou perto de fazer exatamente essa escolha.

— Será que não estamos esperando demais do que tentaremos amanhã? — falo, agora séria. — Se continuarmos lutando... talvez eles rejeitem a coisa toda. A mudança. O novo planeta. — O verdadeiro lar pelo qual ele tanto batalhou.

Os braços de Win se apertam em torno de mim.

— Não valeria a pena conseguir isso — diz ele —, não se eu soubesse que em outro lugar você estaria triste ou...

Ou morta, ele não precisa dizer.

Inclino-me para ele, acompanhando o sentimento que me preenche. Há tanta coisa ainda que eu não sei sobre o meu futuro, ou o nosso juntos. Tanto que não podemos prever. Mas uma coisa eu sei com certeza.

— Eu também te amo — digo.

Eu o ouço engolir em seco, um tremor percorrendo o seu corpo contra o meu. Mas, quando ele fala, seu tom voz é descontraído.

— Mais do que café?

Aí eu rio pra valer.

— Espero que sim.

Ele não dá prosseguimento às perguntas, só me abraça mais apertado. Talvez reconheça que eu não posso dizer o mesmo que ele disse. *Mais do que tudo.* Eu ainda não sei se poderia algum dia dizer isso a alguém, mas de certa forma isso é uma coisa incrível. A forma como o meu coração maltratado e repleto de cicatrizes, mas não partido, dilatou-se, para abraçar tudo e todos que eu amo. Meus pais e Angela, por se juntarem a mim nessa luta, sem duvidarem de mim ou recuarem com medo. Evan, que deu tudo o que tinha. Todos na nossa pequena comunidade terráquea aguentando as pontas, trabalhando para construir um novo lar a partir dos pedaços da Terra que sobraram conosco e dentro de nós. Isis e Britta e Tabzi, e todos os kemyanos que arriscaram tanto para ficar do nosso lado. Talvez um pouquinho Jule, ainda que sob as cicatrizes. Talvez até mesmo Ibtep e Nakalya, e o Conselho, pela parte deles que quer proteger o seu povo, oferecer-lhes proteção e segurança. Os seres humanos, estúpidos e assustados e inteligentes e fortes, tudo misturado. Capazes de tantos tipos de amor.

Mesmo que não possa dizer "mais do que tudo", eu sei qual é o tipo que mais importa para mim agora, neste momento raro que pertence a apenas nós dois. Eu enrosco meus braços atrás da cabeça de Win, e trago sua boca à minha enquanto as palavras pairam no ar.

28.

Win

Aciono a função "pairar" no meu planador recém-reforçado e passo pela abertura estreita da vedação. A equipe de tecnologia de Isis abriu manualmente uma das placas sobrepostas que cobrem a cúpula do salão de convenções que tem seu cume no centro do nono nível. O brilho das luzes da cúpula ofusca qualquer visão do público lá embaixo. Ao que parece, eles também não podem nos ver, mas meu coração já está acelerado.

É óbvio que a Segurança tinha preocupações sobre a cúpula alcançar o nosso território, porque, por baixo da concha do teto, encontra-se um vasto campo de força, tão poderoso que, mesmo com todos os esforços de Isis, ela só espera furá-lo por alguns segundos. Uma vez que tenhamos caído por ele, não conseguiremos escapar de volta para cima. Embora não tenhamos outras opções. Precisamos estar dentro da cúpula para transmitir nossos dados e encenar o "espetáculo" que concebemos.

Tabzi teve a ideia de que devemos reforçar a associação com o Dia da Unificação por meio do uso das cores tradicionais do feriado. O traje cinza metálico que ela encontrou para mim gruda na minha pele, o suor escorrendo solto sob ele. Logo a multidão de cerca de vinte e cinco mil kemyanos abaixo de nós irá *me* ver... em carne e osso, não apenas como uma gravação em uma tela. Se o que estamos tentando hoje falhar, não tenho certeza nem se me deixarão sair do salão vivo.

A assembleia acaba de começar. Assim que todos se acomodarem em seus lugares...

—Vai! — Isis diz através do comunicador. Eu nem penso, apenas salto. Nós seis — Britta, Tabzi, Markhal, Solma, Celette e eu — despencamos em direção às luzes da cúpula com uma velocidade que empurra o meu estômago para o fundo da garganta. É quase como Viajar, o salto veloz e sacolejante de um lugar no tempo para outro. As luzes brilham em torno de mim, e então estou lá dentro, acionando os controles para manter minha elevação. Um zumbido tão fraco que o sinto mais do que escuto indica que o campo de força acima de mim voltou à atividade.

Pisco devido ao brilho intenso das luzes nos meus olhos, minha cabeça girando. Estou a mais de trinta metros acima da plataforma central, onde as figuras distantes de Nakalya, Ibtep, e os membros do Conselho encontram-se de pé. A massa do público se estende em torno deles, separada por dez rampas estreitas como os raios de uma antiga roda de carroça. É alto demais para que eu consiga identificar rostos. Nesse primeiro momento, não consigo fazer muito mais do que recuperar o fôlego.

A única pessoa identificável, mesmo a esta distância, é Kurra, os cabelos claros brilhando onde ela está parada, perto da borda da plataforma. Os outros dois Executores com que fizemos contato devem estar nas proximidades.

— Iniciar a gravação — Britta diz no comunicador, pairando à minha direita. Em uníssono, nós seis ligamos os tablets presos na nossa cintura, espalhando-nos pelo teto enquanto fazemos isso.

O projetor do salão brilha em torno da plataforma, um cilindro translúcido que se eleva até a metade da altura do enorme salão. Os membros do Conselho se encolhem, Nakalya interrompe o seu discurso de abertura. A maioria dos Executores presentes olha para cima, Kurra entre eles. Eles sabiam onde estaríamos se viéssemos.

Meu planador já está começando a tremer. Nós só podemos manter as posições mais seguras aqui em cima por pouco tempo. Aproximo meu amplificador da boca.

— Kemyanos — digo, ouvindo minha voz ressoar no ar —, antes de decidir se querem continuar colocando sua confiança neste Conselho e seus planos, há algo que vocês precisam ver. Eles esconderam uma informação vital de vocês para proteger de forma egoísta sua própria posição, mas estamos empenhados em deixar todos nesta estação fazerem as suas escolhas com pleno conhecimento.

Um mar de rostos ondula para cima e, em seguida, em direção à tela enquanto os arquivos de vídeo que Tabzi e Angela editaram são exibidos lá. Uma melodia toma a sala, envolvendo-me. Meu coração bate com mais força.

"Um espetáculo precisa de música", eu disse, quando estávamos fazendo nossos planos, e Skylar me deu um sorrisinho de incentivo, e me vi não apenas admitindo a meus companheiros kemyanos que eu me dedico a um passatempo que é um "desperdício", como também me ofereço para criar uma canção para esta ocasião.

Agora, dezenas de milhares de pessoas estão ouvindo a minha criação. Os acordes kemyanos concebidos para provocar compaixão e compreensão se misturam com os ritmos da Terra, que me falam de harmonia e comunhão em uma orquestração arrebatadora, levando embora qualquer traço de vergonha que eu ainda pudesse sentir. Minha música pode não ser genial, mas é boa. Não há nada de desperdício na criação de um som que possa tocar e abrir o coração das pessoas.

— O Departamento de Saúde tem realizado esses experimentos em segredo — Markhal está dizendo, o amplificador elevando sua voz acima da música, enquanto a gravação salta para os corpos deformados suspensos em seus tanques. Um murmúrio de horror corre a multidão. — Décadas atrás — ele continua —, descobriram que a energia *vorth* que alimenta a nossa estação altera genes humanos. Os efeitos da energia a que todos nós temos sido expostos ao longo das gerações está se acumulando dentro de nós, e será agravado em nossos filhos e nos filhos dos nossos filhos.

— É para isso que Kemya está caminhando, se ficarmos aqui — acrescenta Celette. — É com isso que o Conselho faria vocês conviverem, sem saber, para que eles pudessem fugir da responsabilidade.

Eu olho para ela onde ela está, pairando do lado oposto a mim do salão, cabelo azul berrante nas luzes intensas, cabeça erguida. Quando ela se ofereceu para participar disto, tentei argumentar, mas ela me encarou com aquele olhar astuto que tem desde que a conheço, levantou seu braço protético, e disse: *"Esta coisa funciona bem o suficiente para eu poder controlar um planador. Não vou deixar uma falha no meu corpo me deter".* Não havia nada que eu pudesse dizer depois disso. Estamos pedindo a todos em Kemya para pensar da mesma forma.

Quando olho para baixo, minha pulsação acelera. Vários dos Executores estão se elevando no ar a partir das rampas onde estavam postados, pernas abertas, braços esticados com armas apontadas. Dou um grito de alerta. Contávamos estar fora da mira de tiro na primeira e mais essencial parte da nossa mensagem. Eles devem estar vestindo os coletes de propulsão que normalmente são usados somente fora da estação, para trabalhos práticos de manutenção. Os deles serão mais lentos, mas mais estáveis do que os nossos brinquedos reformados.

Os Executores sobem na vertical, o que nos dá espaço para nos desviarmos em direção às paredes. Um dispara um tiro na minha direção, acertando uma lâmpada e provocando uma chuva de estilhaços de acrílico. Agarro meu planador, que agora está estremecendo de vez.

Dois Executores estão indo pra cima de Solma, de direções opostas. Eu mergulho para baixo e faço um ziguezague para distraí-los, e aquele que disparou em mim morde a isca. Seu próximo tiro passa acima da minha cabeça, perto o suficiente para alterar minha respiração. Mesmo que eles estejam usando apenas o "modo atordoante" da pistola, o que eu duvido, uma queda daquela altura me mataria.

O planador está quase despencando sozinho. Observo a silhueta de Kurra lá embaixo. Ela está olhando para cima, arma na mão. Não sabemos se ao menos chegou a olhar o tablet que Skylar deu a ela, que continha o seu próprio histórico médico e tudo o que ele prenunciava.

Nós não podemos ficar aqui por mais tempo, independente disso.

— Desçam para a plataforma, antes que os planadores parem — eu digo através do meu comunicador. — Continuem falando!

O telão agora exibe entrevistas arquivadas de pacientes com expressões confusas e imutáveis.

— Vocês reconhecem parentes? — diz Tabzi, enquanto nós mergulhamos mais rápido do que os Executores podem acompanhar. —- Amigos? Ex-colegas? Nós já estamos vendo mentes que antes eram claras falhando de forma que os centros médicos não podem curar. O Conselho sempre soube o que de fato os aflige, mas deixam os médicos nos dizer que a condição não tem nenhuma...

O tiro de um Executor acerta a parte frontal de seu planador, jogando-a para o lado. Britta chega rápido para estabilizá-la, enquanto descemos os últimos metros em direção à plataforma, a função "pairar" totalmente fora do ar. Pirfi, o chefe da Segurança, gesticula para os Executores se juntarem em torno da plataforma, esperando por nós. As imagens na tela perdem o foco ao nosso redor. Não acho que foi o suficiente. Minhas mãos apertam a barra do planador.

Então, Kurra brota através do telão na plataforma, agarrando Nakalya pelo colarinho. Ela crava a ponta da arma contra a têmpora dele.

— Cessar fogo! — sua voz nítida ressoa. Os lábios de Nakalya se entreabrem, sua postura amolecendo com o choque.

Os Executores hesitam, enquanto nós seis atingimos a plataforma. Meus pés batem contra a superfície flexível, e eu giro o planador como se pudesse usá-lo como um escudo. Pirfi dá um passo em direção a Kurra e Nakalya, e um dos outros Executores arremete para bloqueá-lo. Uma terceira — "nossa" terceira — aponta sua arma para seus colegas que pairam acima. À nossa volta, as imagens de rostos de queixo caído e olhar perdido continuam sendo projetadas, salpicando-nos com luzes azuis e amarelas.

— Eu quero ouvir isso — o homem que encara Pirfi diz. — Acho que todos nós precisamos ouvir isso.

— Vamos ouvir — Kurra diz —, ou Nakalya morre. O restante do Conselho também, se for preciso. Vocês sabem que atiro mais rápido do que qualquer um de vocês.

Os Executores restantes parecem indecisos. Pirfi começa a falar, provavelmente para lhes dar uma ordem, e o Executor diante dele tapa-lhe a boca com a mão.

O público parece ainda mais imenso aqui embaixo, o mar de rostos como uma maré que flui em direção à plataforma de todos os lados.

— Nós não estamos aqui para machucar ninguém — eu digo a todos eles. — Nós não queremos ninguém ferido. Só queremos que vocês vejam a verdade e como podemos nos salvar.

Os Executores parecem decidir que preferem não arriscar a morte do prefeito. Eles recuam, mas a sua atenção ainda está sobre nós, com as armas a postos.

Os trechos de entrevista no telão dão lugar a uma série de relatórios.

Eu me aprumo o máximo que consigo.

— Olhem para as datas — digo, retomando o nosso roteiro. — Olhem para as ordens que foram dadas: "Evitar perguntas e se concentrar em cuidados paliativos".

— Se todos nós ficássemos sabendo disso assim que os poucos que mantiveram o segredo ficaram — Britta diz —, poderíamos ter decidido mudar, sair desta estação, há muito mais tempo. Poderíamos ter decidido isso sem que a destruição da Terra nos forçasse nesse sentido. O Conselho falou de lealdade, mas eles foram leais apenas entre si. Eles, e os Conselhos antes deles, roubaram de nós nosso direito de escolha.

Quando Skylar expôs sua ideia pela primeira vez, parte de mim recusou-se a teatralizar a verdade. A atenção absorta do nosso público era a prova de que ela estava certa. Praticamente ninguém se mexe na multidão. A maioria das expressões que consigo divisar é de horror. Agora precisamos garantir que eles direcionem esse horror na direção certa: não para dentro, para as falhas dentro deles, mas para fora.

Os membros do Conselho e Ibtep estão vendo as mesmas imagens que a multidão, em sentido inverso, do lado de trás do telão. Os chefes dos departamentos de Educação e Indústria parecem tão horrorizados quanto a plateia, seja por sua vergonha ter se tornado pública ou porque eles próprios desconhecessem a verdade, não tenho como dizer. Enhom, a chefe do Departamento de Saúde, adquiriu um tom doentio sob sua pele bege. Pirfi limita-se a olhar com raiva. Nosso prefeito, com a arma de Kurra pressionada contra a têmpora, está rígido, seus lábios uma linha pálida no rosto avermelhado.

Quando giro, dou com Ibtep olhando para mim. Então, seu olhar se eleva para o telão outra vez. Sua mandíbula se contrai. Ela está tentando manter a compostura, mas não tenho a menor dúvida, agora, que *ela* não sabia.

As imagens exibem os relatórios em zoom, destacando as autorizações dadas através dos últimos anos.

— Seu nome está em todos esses arquivos — digo, voltando-me para Nakalya. Ele liderou o Departamento de Saúde por dez anos antes que se tornasse prefeito; sempre esteve ciente do problema, talvez mais do que qualquer um nesta plataforma; ele nos deve mais do que qualquer um. — Você vai negar? Ou vai finalmente dar ao nosso povo a franqueza que merecem?

Essas palavras são a "deixa" para a equipe de tecnologia. Num piscar de olhos, os holofotes do alto concentram-se na plataforma, destacando os membros do Conselho através do telão transparente.

Kurra comprime sua arma com mais força contra a cabeça de Nakalya. Ele hesita, mas sua boca permanece firmemente fechada.

— Isso é um absurdo... — Pirfi começa a gritar, mas o Executor que o tem na mira aproxima mais o cano da arma.

— Eu vi seu nome nesses arquivos também — ele diz. — Minha mãe...

— É verdade! — o chefe do Departamento de Educação deixa escapar, sua voz amplificada ecoando pelo salão. — A partir do momento em que soube disso, disse que todos os cidadãos mereciam saber. Não é certo que kemyanos escondam essa informação essencial uns dos outros.

— Fácil argumentar contra a maioria para limpar sua consciência, sabendo que você nunca terá que enfrentar as consequências do que defendeu — Pirfi diz apoplético, tentando passar pelo Executor. Com um empurrão, o homem joga-o no chão, onde ele prende as mãos de Pirfi atrás das costas.

Os holofotes iluminam o rosto de Enhom. Ela abre a boca e volta a fechá-la, parecendo prestes a vomitar.

— Enhom — digo, dando um passo cuidadoso em direção a ela. — Esse é o laboratório do seu departamento. Era a sua gente trabalhando lá. Você vai olhar no rosto de tantos kemyanos e se recusar a nos responder?

Um clamor que eu não esperava reverbera pelas fileiras em torno da plataforma. As vozes se embaralham, mas algumas frases se destacam com clareza: "Sim! Uma resposta!", "Basta de silêncio!". As pessoas estão começando a descer pelas rampas, vindo em direção a nós. Eu as observo, tensa. Precisamos de seu apoio, não de um motim.

Enhom não olha para eles, mas para Nakalya, o homem que entregou a chefia do Departamento de Saúde a ela. Pergunto-me se ela tinha alguma ideia, quando fez campanha para conquistar tal posição, do impossível dilema que viria com ela. Nakalya olha de volta para ela. Justo quando ela está abrindo a boca, o queixo quadrado dele se contrai:

— Eu vou admitir — diz ele, e, para seu crédito, sua voz não vacila. — O que foi mostrado a vocês é real.

Outro clamor ecoa pelo salão, uma expressão quase sem palavras do horror que vejo nesses rostos.

— Se eu pudesse ter mudado isso, eu teria mudado — Nakalya se apressa em continuar. Ele se move como se fosse caminhar até a borda da plataforma, mas é interrompido por Kurra, que o segura pela camisa. — Quando me foi entregue este problema, eu não queria acreditar que era um caso sem esperança. Passei os últimos doze anos trabalhando para encontrar uma solução.

— E não foi mais longe do que qualquer um antes de você — completa Solma, brandindo seu planador para ele. — Merecíamos saber. Você não estava pensando em nós, estava pensando em sua carreira, em como as pessoas poderiam se voltar contra você se assumisse a responsabilidade.

— Não foi apenas *nossa* a responsabilidade! — protesta Enhom. — Todos os Conselhos antes...

Nakalya levanta a mão, e ela se cala.

— Nada disso importa agora — diz ele. — Eu pretendia nos colocar num novo curso, em direção a um lar melhor, logo que me tornei prefeito. Nós estaríamos nesse curso agora mesmo se alguns de nossos colegas kemyanos não tivessem interferido.

Ah, não. Não vamos permitir que ele vire isso contra nós. As palavras dele que por tanto tempo me incomodaram afloram da minha boca.

— Você gostava de falar de unidade, prefeito — digo. — A verdadeira unidade teria incluído *todo* o nosso povo, inclusive aqueles que viveram tanto tempo sob nosso controle na Terra. Não houve unidade na destruição de tantos deles e de seu mundo, ou na tentativa de dopar os poucos que sobreviveram. Isso era medo.

Viro-me de novo para o público.

— O nosso prefeito e nosso Conselho têm medo até agora de confiar na capacidade de Kemya. Permitiram-se acreditar que os erros escritos em nosso código genético nos fazem tão fracos que qualquer risco é demais. Mas o fato é: o que vocês acabaram de ver só prova quão fortes nós somos. Pense em tudo o que temos feito ao longo dos séculos, a tecnologia que inventamos, os veículos que já construímos, os recursos que vocês recolhem de toda a galáxia. Pensem na harmonia que mantivemos entre nós por tanto tempo. Nós conseguimos fazer tudo isso *apesar* dos danos que a estação nos causou.

— Podemos sair desta estação e chegar ao nosso novo lar, sem depender de meios há muito desatualizados — Celette diz, dando um passo para a frente e postando-se ao meu lado. — Não será perfeitamente seguro, mas não há maneira perfeita. Nada é perfeito. Nenhum de nós é perfeito. — Ela levanta seu braço protético. — Isso sempre foi verdade. Isso nunca nos deteve.

— Nós podemos seguir em frente, para algum lugar melhor, trabalhar com o que temos, que ainda é muito — Britta fala, do meu outro lado.

— Podemos mostrar que o Conselho está errado, que *somos* fortes o suficiente para sobreviver.

— E que não nos esqueçamos das lições dos nossos antepassados — eu concluo —, que milhares de anos atrás reconheceram os pontos fortes de outras pessoas tão diferentes deles, e, em vez de destruir uns aos outros, uniram-se para se tornarem ainda mais fortes. Entre nós agora mesmo está um povo que irá nos ajudar se nós deixarmos, que são fortes apesar de sua própria degradação, e que construíram centenas de civilizações com nada além do que um planeta lhes forneceu.

Eu me afasto para a lateral da plataforma, erguendo o olhar para o teto, enquanto me preparo para o auge do nosso espetáculo.

29.

Skylar

—Vocês têm certeza de que estão prontos? — digo às pessoas agrupadas à minha volta. É tarde demais para cancelar essa produção inteira, mas, se qualquer um deles mudou de ideia, quero que saibam que não vou forçá-los a seguir em frente.

Mamãe e papai, a senhora Cavoy e o senhor Patterson, Cintia e Shuanda, Iqaluk e Nobu, e Angela, todos eles, próximos a mim, dizem que sim. Assim como os dez kemyanos de pé conosco. Nós lhes emprestamos algumas das nossas roupas terráqueas de modo que cada um de nós possa usar uma combinação de estilos kemyano e terráqueo. Minha camisa kemyana parece muito vaporosa em contraste com meus jeans surrados.

Isis está monitorando de um tablet as transmissões da vigilância, sentada com as pernas esticadas no chão do corredor. Seus dedos graciosos dançam sobre a fina superfície. Ela esfrega o queixo e gesticula para dois de seus colegas no corredor.

— Win está terminando — ela me avisa. — Hora de entrar lá. — Ela faz uma pausa, e acrescenta com um sorriso tenso: — Boa sorte.

Eu levanto a mão para ela, muito consciente de que pode ser um último adeus. Há tantas pessoas lá embaixo que podem preferir que eu e os outros terráqueos deixemos de existir... Mas os meus companheiros são corajosos o suficiente para enfrentar isso, e eu preciso confiar que os seres humanos abaixo de nós podem ser corajosos o bastante para fazer a escolha certa.

Passando através da abertura para a abóbada do salão de convenções, eu paro um pouco acima do zumbido do campo de força que se estende entre nós e o emaranhado de luzes abaixo. Ali, toco com o pé os controles do meu planador para acioná-lo. A equipe de tecnologia trabalhou durante a noite para melhorar todos os planadores que temos, mas eles tiveram que dar prioridade àqueles que o grupo de Win usaria, já que eles precisariam ficar fora de alcance dos Executores por mais tempo. Quando Isis interromper o campo de força abaixo de nós, os nossos simplesmente vão descer — apenas de forma mais lenta do que se não tivéssemos nada.

Eu conto os vértices onde as linhas de luz se cruzam até chegar ao local onde Isis me disse para esperar. Angela se ergue ao meu lado. Ela se desequilibra um pouco e então se firma. Nós duas agarramos firme nossos planadores enquanto vemos os outros formarem uma linha que atravessa o centro da abóbada.

Pego-me procurando por um rosto que sei que não vou ver. Fecho os olhos por um segundo, engolindo em seco.

— Evan estaria aqui conosco — Angela diz baixinho.

— Sim — confirmo.

Ele ainda está, nos meus pensamentos e nos dela. Ele atirou-se para o perigo para que o restante de nós pudesse continuar lutando.

— Pronto! — uma voz grita do outro lado da linha. Eu me preparo.

O sinal luminoso azul pisca acima de nós e a superfície abaixo começa a se retrair.

Não consigo evitar me desequilibrar um pouco enquanto o planador cai com ele. Nós mergulhamos através da teia de luzes e prosseguimos em direção ao círculo da plataforma abaixo de nós. O telão cilíndrico que a rodeia cintila enquanto as câmeras que Win e os outros estão carregando capturam as nossas imagens e as projetam, gigantescas, para toda a multidão ver.

Os planadores diminuem a velocidade conforme nos aproximamos da plataforma, apenas o suficiente para que eu sinta que é seguro desenganchar os tornozelos e endireitar as pernas para que possa me colocar de pé. Quando recupero o equilíbrio, registro os indivíduos em torno de nós: Pirfi, o chefe do Departamento de Segurança, subjugado por um Executor do sexo masculino; Kurra, de pé com a *blaster* apontada para a cabeça de Nakalya; os outros membros do Conselho e Ibtep olhando para nós das extremidades da plataforma, para onde o grupo de Win os conduziu para abrir espaço.

Meus companheiros pousam enfileirados ao meu lado. Papai tropeça, mas a mulher kemyana ao lado dele o ajuda a se equilibrar. Largo o meu planador e seguro a mão de Angela, e ela, a de seu vizinho. Por toda a fileira, nossas mãos se unem formando uma longa corrente.

À minha frente, Kurra empurra Nakalya para o lado, de modo que possa nos encarar, seu olhar se estreitando quando bate em mim. A testa ampla de Nakalya brilha de suor, a pele castanho-avermelhada de seu pescoço adquirindo uma tonalidade mais escura de vermelho contra a pegada violenta de Kurra na gola de sua camisa. Descubro que não tenho muita compaixão por seu desconforto. Ele poderia ter usado sua autoridade a qualquer momento para nos libertar, para quebrar o impasse, para defender a Terra. E ele nunca fez isso.

Eu olho para a massa indistinta do público derramando-se das arquibancadas para as rampas, as luzes de cima cegando os meus olhos, e respiro fundo. Minha mente está girando, mas eu sei minhas falas de cor.

— *Olá, kemyanos!* — digo, a amplificação intensificando e espalhando o volume da minha voz. — *Muitos de vocês pensam que vocês e pessoas como eu são dois tipos diferentes de seres: kemyanos e terráqueos. Um superior e outro inferior, por causa da forma como os seus experimentos deterioram a nós e o nosso planeta.*

— *Vocês já viram que nenhum de nós é perfeito. Mas, mesmo assim, não deixaram de admirar todas as suas grandiosas realizações do passado e do presente. Peço que considerem da mesma forma o que os terráqueos têm realizado. Nós cruzamos oceanos e desertos, construímos cidades e formamos países, sobrevivemos e prosperamos em todos os climas, do frio mais cruel ao calor mais escaldante. Fizemos tudo isso a partir do nada, somente das matérias-primas do planeta onde vocês nos deixaram. E durante todo esse tempo temos cuidado uns dos outros com tanto zelo como vocês podem imaginar.* — Minha mão esquerda aperta a de Angela.

— *Eu os convido a olhar para as pessoas ao meu lado* — prossigo. — *Dez de nós são terráqueos, dez de nós, kemyanos. Vocês conseguem dizer qual é qual? Podem perceber a menor diferença entre nós?*

Faço uma pausa, dando-lhes a oportunidade de olhar. E pensar.

— *Eu vejo apenas pessoas* — digo. — *Vinte seres humanos. Eu sei que vocês devem estar chocados e inseguros. Posso lhes assegurar uma coisa. Se os terráqueos realizaram tanto apesar dos nossos defeitos, se os kemyanos realizaram tanto apesar dos deles, então, esses defeitos não podem minar a nossa força ou a nossa vontade. Nós sobrevivemos a catástrofes e podemos continuar sobrevivendo. Prosperando.*

Quando minha última palavra ecoa pelo ar, um silvo soa acima de nós. As fitas de luz que acompanham as comemorações do Dia da Unificação descem em espiral à nossa volta, girando e rodopiando até que se mesclam num círculo entrelaçado e se dissipam sobre o público. Um número tão grande de espectadores suspira de emoção que consigo ouvir o ruído de onde estou.

— *Vocês construíram o seu primeiro mundo ideal, a primeira Kemya, juntando-se com as nações ao seu redor para formar um todo maior, mais forte* — afirmo. — *Vocês podem fazer isso de novo. Queremos acompanhá-los. Juntos, podemos deixar esta estação e o mal que ela está causando. Todos nós terráqueos estamos dispostos a assumir os riscos necessários. E se vocês nos deixarem acompanhá-los, nós nos comprometemos a ajudá-los de todas as maneiras que pudermos.*

— Eu estudei química na Terra — diz o senhor Patterson na deixa, o aparelho tradutor que a equipe de tecnologia adaptou projetando suas palavras em kemyano. — Eu posso identificar plantas que poderiam fornecer alimentos e medicamentos; posso ajudar a criar medicamentos para novas doenças que possamos enfrentar.

— Eu aprimorei a forma física de pessoas na Terra — acrescenta mamãe. — Posso ajudá-los a se adaptar à nova gravidade e desenvolver a resistência de que vocês precisam para a vida no planeta.

— *Eu caçava com apenas uma rocha e um osso na Terra* — fala Iqaluk em seu próprio idioma, por sua vez, traduzido. — *Eu posso encontrar alimento e materiais para ferramentas e roupas, mesmo se todas as ferramentas que levarmos se quebrarem.*

— *Eu mantive o meu povo a salvo de tempestades de areia e inundações na Terra* — é a vez de Shuanda. — *Sou capaz de ler o tempo e ensinar como se defender dele.*

— Cada um de nós pode oferecer algo valioso — digo. — E se vocês nos aceitarem, todos poderemos encontrar essa nova vida em muito menos tempo do que o Conselho sugere. Os colonos originais na Terra não precisaram de uma estação espacial para protegê-los, e nós também não precisamos. Vocês têm naves: jetters, cargueiros, exploradores. Podemos chegar ao K2-8 em grupos, com os suprimentos mais importantes, e fazer o resto com o que o planeta oferece. Se vocês disponibilizarem as naves e suprimentos que possuem, faremos esta viagem juntos.

— Por isso, precisamos saber: vocês falam sério quando comemoram o Dia da Unificação todos os anos? Ou será que desonrariam tudo o que os seus ancestrais defenderam, renegando-nos?

— *Como kemyano, eu dou as boas-vindas aos terráqueos* — Win grita. — *Juntem-se a nós!*

— *Como kemyana, eu dou as boas-vindas aos terráqueos* — repete Britta. — *Juntem-se a nós!*

Um a um, os nossos aliados repetem a fala. Quando chega o momento de Solma falar, o grito já está sendo ecoado pela multidão.

— *Juntem-se a nós!* — uma onda de vozes ressoa da mesma forma que as ondas de louvor varreram o público naquele Dia da Unificação quando eu estava entre eles. — *Juntem-se a nós!*

Um sorriso desabrocha em meu rosto. Nós ainda não estamos seguros. Nossa vitória pode ser temporária. Mas ainda assim o gosto é doce.

— *Quanto maior o número de pessoas se unindo a nós, mais fácil será a viagem* — prossigo. — *Reflitam sobre o que vocês ficaram sabendo hoje e o que nós oferecemos e, quando estiverem prontos, venham até nós. Mostrem ao Conselho de que lado vocês estão. Nós acolheremos todos vocês.*

O telão se desintegra, eliminando o anteparo diáfano que embaçava a minha visão da plateia. Milhares de kemyanos estão apinhados entre nós e as saídas. As pessoas estão se misturando, cruzando as rampas pra lá e pra cá, descendo aos poucos em nossa direção para ter uma visão mais próxima. E os outros Executores, aqueles que não nos auxiliam, estão a postos em torno da plataforma, observando.

— *Nós dissemos o que precisávamos* — concluo. — *Vocês vão nos deixar sair ilesos?*

Win e Britta permanecem na plataforma enquanto Tabzi, Celette, Markhal e Solma pulam para baixo e gesticulam para os espectadores na base da rampa mais próxima para se afastarem para o lado. As pessoas ali ainda estão assistindo com avidez, mas abrem caminho.

Ao mesmo tempo, quatro dos Executores que estiveram rondando próximo ao primeiro nível correm para a frente, empunhando suas *blasters*. Meu estômago revira.

— *Deixem eles em paz!* — grita alguém na plateia. Vários kemyanos surgem em meio à multidão, tentando agarrar os pés dos Executores e tirá-los do curso. Os Executores formam um círculo, mirando suas *blasters* para baixo agora, e vários outros as erguem mais alto antes de apontarem na nossa direção.

— *Parem!* — Kurra empurra Nakalya para a frente, batendo com o punho de sua *blaster* contra a cabeça dele. Os Executores que correm em nossa direção diminuem o passo, mas dois na plataforma estão avançando agora.

— *Recuem!* — Nakalya comanda, com a voz tensa. — *Eu ordeno. Deixem que passem!*

— *Obrigada* — diz Kurra. — *Pela sua cooperação, vou tornar a sua morte menos dolorosa.*

Os olhos de Nakalya se arregalam. Seu olhar dispara na direção de Win.

— Não! — diz ele. — Por favor. Eu apoiei vocês... Eu contive o Conselho enquanto vocês colocavam em prática seus planos para o gerador de campo temporal... Eu queria que vocês conseguissem desativá-lo.

Win arqueia as sobrancelhas.

— Eu tenho lembranças muito claras dos Executores nos caçando, várias vezes. Essa daí que está segurando você, em particular. É isso o que você chama de "apoio"?

— Teria sido pior se eu não tivesse intervindo — afirma Nakalya. Sabíamos quem estava envolvido. Nós poderíamos ter prendido e interrogado Ibtep e o restante de vocês. Não poderíamos contar a todo o Departamento de Segurança... Tínhamos que dar a impressão de que estávamos exercendo a disciplina... Era a única maneira de libertar a Terra enquanto a opinião pública estava tão...

— Vocês sabiam? — intervém Ibtep. Ela gira, encarando cada um dos membros do Conselho. A cor é drenada de seu rosto moreno. — Há quanto tempo? Quem revelou isso a vocês?

Silmeru, sua superior como chefe do Departamento de Viagens à Terra, ergue o queixo com altivez.

— Você realmente acredita que poderia ter chegado tão longe sem ser notada? O Departamento de Segurança começou a manter relatórios sobre você depois que o seu companheiro Jeanant desapareceu. Suas ações após a primeira expedição ilegal à Terra nos convenceu.

Fico boquiaberta. Quer dizer que durante todo o tempo em que eu estava na estação, nossas reuniões secretas, as manobras políticas de Ibtep... Eles sabiam. Talvez não dos detalhes, talvez não sobre mim especificamente, mas o suficiente.

Eles sabiam, eles concordaram com a nossa causa, e ficaram em silêncio. Será que pretenderam o tempo todo que isso resultasse não apenas na libertação da Terra, mas também na sua destruição?

— Seu bando de corruptos cagões! — Ibtep se irrita. — Eu lutei por Kemya, pelo nosso povo. Eu acreditava que o Conselho queria o melhor para nós e era apenas conservador demais para perceber o que era isso... Mas era covardia. Vocês sabiam melhor do que eu que precisávamos mudar para um novo planeta, *e permitiram que eu e a minha gente assumíssemos todos os riscos para proteger a reputação de vocês.*

O gesto de seu braço quando diz "minha gente" abrange Win e Britta, mas acho que se interrompe antes de me incluir, mesmo agora. Um burburinho eleva-se pelo salão de convenções. Nossas vozes ainda estão sendo amplificadas. Todo mundo está escutando essa discussão.

A maior parte da rampa foi liberada. Por mais perturbada que eu esteja pela confissão de Nakalya, percebo que não estou tão surpresa. Covardia é a palavra certa para isso — e já vimos muito disso por parte dele e de seu Conselho. Não preciso ouvir mais nada. Preciso tirar a *minha* gente daqui antes que esses Executores decidam resolver eles próprios o problema.

Ergo o braço para chamar a atenção de Markhal lá onde ele está parado, perto da base da rampa. Ele me dá um aceno rápido.

— Vai saindo — murmuro para Angela, empurrando-a na minha frente. Não vou embora até que todos os outros terráqueos saiam daqui em segurança.

Tabzi e Solma chegam para ajudar Angela a descer da plataforma, e Tabzi a acompanha e a meus pais até a rampa. Alguns dos kemyanos se aproximam enquanto eles passam, e eu congelo, mas eles parecem querer apenas roçar os dedos nos cabelos de Angela, nos braços de todos, como se nos tocar os tornasse mais parte deste momento.

Win vem para o meu lado, descansando a mão nas minhas costas daquela forma firme com a qual já estou familiarizada. Anseio inclinar-me para ele, mas não posso relaxar, ainda não. Enquanto o restante da fila sobe a rampa apressadamente, com Solma, Celette e, por fim, Markhal os escoltando, os membros do Conselho e Ibtep continuam discutindo.

— *...nosso lugar para tomar esses tipos de decisões...*

— *...o dever de informar Kemya sobre os fatos...*

Do lado de fora do salão, Isis terá aberto a vedação de um dos túneis do transportador, e os nossos aliados kemyanos irão nos ajudar a retornar à relativa segurança dos níveis superiores. Iqaluk é a última terráquea a descer da plataforma. Depois dela deveria ser a minha vez, mas hesito, olhando para o palco. Para Kurra, ainda segurando Nakalya, a arma pronta para disparar o tiro fatal.

Não é assim que quero que o nosso espetáculo termine.

— *Kurra* — digo-lhe —, *nenhuma morte deve ocorrer aqui hoje.*

Em reação à minha voz, ela empurra Nakalya de lado, sem soltá-lo. Ele cambaleia, mas consegue ficar de pé. Os outros membros do Conselho se calam.

— *Ele merece morrer!* — esbraveja Kurra, um brilho insano em seus olhos cinza pálidos. Não sei dizer se ela está falando comigo ou com o público que está além de mim. — *Eu deveria matá-lo por tudo o que tem escondido, por todas as maneiras que ele permitiu que sofrêssemos.*

— *Não* — eu digo. — *Ele... Todos nós falhamos. Somos todos humanos. E todos nós merecemos uma chance de provar que somos maiores do que nossas deficiências. Ele vai encarar as consequências. Ele tem que responder a todos aqui.*

Um zumbido de aprovação atravessa a multidão inquieta. A mandíbula de Kurra se contrai. Com um frio me gelando a espinha, ocorre-me que, embora ela possa estar *mais* furiosa com Nakalya neste instante, isso não significa que ela não odeie *a mim* menos do que antes. Se ela atirar nele, quem será o próximo?

— *Quantas chances ele já teve?* — ela exige saber. — *Quantas ele tirou dos outros?*

— *Por favor* — implora Nakalya, a voz suplicante, mas firme. — *Eu estava errado, mas queria ajudar a todos. Eu juro que vou compensar pelos meus erros. Pelo meu coração, por Kemya.*

O juramento faz Kurra tremer. Mas ela não o larga.

— *Você tem uma oportunidade diante de si* — Win diz ao meu lado. — *Uma chance de provar quem você realmente é, Kurra. Você quer ser abatida como Vishnu, que estava muito descontrolado para ser salvo? É assim que você quer ser lembrada... como a assassina do prefeito?*

Como Vishnu. Pergunto-me se Win sente alguma culpa pela forma como nós empurramos Kurra para isso, de modo não muito diferente de como nós usamos seu ex-colega de classe em nossos planos. Mas, neste caso pelo menos, nós só lhe dissemos a verdade e a deixamos fazer sua escolha com base nisso. Mesmo que sua genética esteja trabalhando contra ela, mesmo que às vezes ela pareça instável, acredito que ela seja capaz de mais, dou-me conta. Quando sua *blaster* vira-se bruscamente, apesar do meu sobressalto ante o pensamento de que ela poderia nos matar também, eu fico imóvel.

— *A escolha é sua* — falo. — *Você pode decidir o que é certo. Eles estavam errados quando a fizeram sentir que merecia menos do que seu irmão, do que os outros Executores. Você pode provar isso.*

A mão de Kurra treme. Então, seus lábios se separam com um suspiro, e ela empurra Nakalya para longe dela. Ela atira os braços para cima, derrubando a *blaster* com um ruído, como se tivesse nojo dela.

— *Eu espero que você cumpra essa promessa* — ela fala para Nakalya, e gira para encarar o Conselho reunido. — *Eu espero que todos vocês façam a coisa certa.*

O público comemora como eu não ouvia desde o Dia da Unificação.

30.

Win

No dia seguinte à assembleia, saio do meu apartamento e vejo Britta e alguns dos outros transportando pelo corredor um aparelho lustroso em formato de tigela com um interior repleto de concavidades. Britta me lança um sorriso.

— Eu tive uma conversa com a chefe do Departamento de Indústria antes de sair do salão de convenções — conta ela —, e alguns de seus funcionários se mexeram. Aquele maldito micróbio está prestes a — como é mesmo que se diz? — dançar!

A ideia de poder fazer uma refeição sossegado, sem precisar engolir tudo correndo, faz meu estômago roncar.

— Quanto tempo vai demorar para nos livrarmos do micróbio em todo o nível? — pergunto.

— Precisamos reunir uma porção desses — ela grita para mim enquanto se apressam pelo corredor. — Mas devemos ter terminado até o fim do dia. Ah, e nós recuperamos o nosso acesso às postagens na rede!

— Já? Quem que...

Eles já se foram, atravessando a arcada para o próximo setor. Eu olho na direção deles, e minha boca se estica formando um lento sorriso.

Nosso espetáculo funcionou. Não há outra explicação possível.

Estou me sentindo até meio zonzo quando chego ao quartel-general, mas não acho que seja devido à fome. Isis me dirige para a próxima porta, onde Tabzi, Markhal, Celette e Solma já estão reunidos. Skylar e os outros terráqueos que falaram pelo seu contingente chegam alguns minutos depois.

— O que está acontecendo? — pergunta Skylar, de braço dado comigo. — Aconteceu alguma coisa oficial?

— Eu não sei. Estava tão concentrado em organizar a nossa apresentação e sobreviver a isso que nunca imaginei como seria o melhor resultado. Não, para ser mais preciso, eu tinha *medo* de imaginar e depois me decepcionar. Agora, a esperança está no ar. Eu entrelaço os dedos com os dela, sorrindo de novo, e ela sorri, antes de inclinar a cabeça no meu ombro.

Ela se endireita quando Isis entra apressada com alguns membros da equipe de tecnologia. Nós nos juntamos a ela e Tabzi na cabeceira da mesa.

— Tenho o prazer de informar que a opinião pública tem pressionado a nosso favor — anuncia Isis. Ela ainda parece cansada, mas a alegria resplandece através de sua fadiga. — Foi feito um apelo em massa para que o atual Conselho seja dissolvido e novos membros sejam eleitos. As pessoas já começaram a avaliar o nosso inventário de naves espaciais e outros recursos para prosseguir com o nosso plano alternativo de chegar ao K2-8. E várias figuras públicas importantes, incluindo os chefes dos departamentos de Educação e da Indústria e membros dos Conselhos secundários, têm se manifestado a favor e incentivado a aceitação dos terráqueos na sociedade kemyana.

Celette solta uma pequena comemoração, e o restante de nós segue seu gesto em meio a risadas de alívio.

— O que isso significa para nós em termos de logística? — pergunto a Isis. — Precisamos manter nossa posição aqui?

— Estamos mesmo *seguros* para sairmos daqui? — Skylar acrescenta, olhando para seus companheiros terráqueos.

— É muito cedo para dizer o quanto essa mudança é estável — explica Isis. — E ainda há muitos kemyanos que discordam, que acham que nós devemos ser presos ou coisa pior. Eu acho que é mais sábio esperar para ver como os próximos dias se desenrolam antes de tomarmos decisões.

— Britta disse que podemos publicar de novo na rede — digo, e ela confirma, assentindo. — Poderíamos apresentar as nossas próprias recomendações, então, para mostrar como as nossas intenções são razoáveis. Quando estivermos certos de nossa segurança, poderíamos devolver a maior parte dos níveis superiores aos residentes originais, mas por que não pedimos para manter esta ala para os terráqueos e quaisquer outros trabalhos que precisemos realizar? Já estava desocupada mesmo. Isso nos daria alguma proteção contra quaisquer militantes que estejam contra os terráqueos.

— Sim — Isis concorda. — Eu acho que a maioria iria aceitar isso. Embora pareça que nenhum de nós terá de permanecer aqui por muito mais tempo. Vi tantas pessoas oferecendo suas naves particulares e estabelecimentos para a tentativa de colonização que eu acho que aqueles entre nós que querem fazer a viagem em breve vão ter condições de fazê-la.

— Os terráqueos devem viajar na primeira leva de naves — sugiro. — Dessa forma, eles podem contribuir desde o início.

— E ficar fora de alcance caso as pessoas aqui comecem a voltar às velhas formas de pensar — Skylar acrescenta.

— Alguns de nós, kemyanos, teremos que ficar aqui para supervisionar o resto da mudança, não é? — questiona Tabzi.

— Britta e eu discutimos isso — esclarece Isis. — Nenhuma de nós duas está tão impaciente para deixar Kemya a ponto de nos opormos a ficar para trás pelos dez ou mais anos que a mudança poderá levar, se a maioria decidir ir. E as nossas habilidades são as mais adequadas para planejar padrões de voo e distribuições de carga. Se alguém tem que liderar o caminho para a vida no novo planeta, são vocês dois, amantes da Terra. — Ela arqueia as sobrancelhas para mim e Tabzi, seu tom alegre deixando claro que sua provocação era uma brincadeira, não um insulto.

— Daqui a quanto tempo você acha que as primeiras naves podem partir? — Skylar pergunta, ansiosa.

— Depende de como as primeiras rodadas de treinamento resultarem, e de quanto apoio o novo Conselho estará disposto a dar... É provável que possam estar prontas em poucos meses — calcula Isis.

Eu aperto a mão de Skylar quando a empolgação rouba o meu fôlego. Daqui a apenas alguns meses poderemos estar pisando em nosso novo lar. Um lar de verdade.

☆ ☆ ☆

Assim que damos por encerrada a reunião, eu me esgueiro para o escritório particular mais próximo. Os registros indicam que o Departamento de Segurança havia liberado papai e mamãe, mas durante os poucos segundos que a minha solicitação de contato leva para ser atendida e o olhar curioso de Wyeth aparecer, temo que Pirfi e os Executores ainda leais a ele possam tê-los arrastado novamente para a detenção.

— Win! — Wyeth grita, abrindo aquele sorriso, e meus pais aparecem atrás dele na tela. Eles parecem cansados, mas bastante bem.

— Sinto muito — vou logo dizendo. — Eu sei que o Departamento de Segurança estava mantendo vocês presos... Vocês estão bem?

— Os interrogatórios não foram... agradáveis — papai diz, seco, e esfrega a parte de trás do pescoço. — Mas nós sobrevivemos. Eles não encontraram nada para nos acusar.

— Nada além de dois pais que pensavam o melhor de seu filho e, portanto, não o pressionaram para obter detalhes sobre as suas atividades — mamãe complementa. Ela consegue soar quase divertida. Eu suspiro, meus olhos subitamente marejados. De fato, eles estão bem.

— Eu fiquei com o tio Kenn e tio Ruul e Petra — Wyeth fala de repente. — E também não deixou de ser um interrogatório, de tanto que eles me enchiam de perguntas, mas eu não disse nada para eles. Quer dizer, eu não acho que soubesse nada de importante, porque você não disse nada *para mim*. — Ele finge uma postura de acusação, brincando. — Todo mundo está me perguntando sobre você agora, Win. Você vem para casa?

Pelas expressões dos meus pais, acho que eles já imaginam a minha resposta.

— Eu não posso — falo. — Sinto muito por isso também. Tenho que continuar a trabalhar com todos os outros aqui para garantir que os terráqueos fiquem seguros e a mudança siga em frente... Vocês também vão, não vão? Vocês não deveriam ficar aqui. Eu prometo, vamos garantir que tenhamos uma boa casa no K2-8.

Mamãe hesita.

— Nós conversamos sobre isso — diz ela. — Acho que vamos aguardar até que os relatórios dos primeiros grupos retornem, para confirmar que eles se estabeleceram sem problemas. Aí, nós iremos.

— Se os terráqueos podem fazer isso, não vejo razão para que nós não possamos também — diz papai.

Até eu poder fazer uma chamada como esta para eles de lá, já terá se passado um ano ou mais da minha partida para o novo planeta. Embora isso me doa, não deixa de ser um alívio pensar que Wyeth será poupado das condições mais duras dos primeiros desembarques.

— Faz sentido — respondo. — Além disso, talvez restrinjamos as primeiras viagens a adultos sem filhos.

— Eu estou no ensino médio agora... Isso não é ser *criança*, na verdade — protesta Wyeth. — Eu posso dar conta.

— Tenho certeza que sim — falo, dominado pela vontade de tentar abraçá-los através do monitor. — Vou descer e visitá-los assim que a nossa situação aqui estiver mais bem resolvida.

Pouco antes de terminar a chamada, mamãe vem na direção da tela como se tivesse o mesmo pensamento.

— Obrigada, Win — diz ela, sorrindo, e já nem sei mais por que sempre me preocupei que eles não fossem entender meus motivos para fazer isso.

☆ ☆ ☆

Estou no quartel-general discutindo os módulos de treinamento com alguns membros da equipe de tecnologia quando recebemos a primeira de duas chamadas muito importantes.

— É Nakalya — Isis diz com um "quê" de surpresa na voz.

Nosso prefeito, que em breve provavelmente será *ex-prefeito*, não foi autorizado a retornar aos escritórios do Conselho desde que iniciaram as deliberações sobre a possibilidade de substituí-lo, mas ainda assim é ele quem tem sido a autoridade máxima nos últimos dois anos. É difícil não ficar tenso quando o seu rosto castanho-avermelhado surge no monitor. Sua expressão voltou a parecer atormentada como no passado.

— Eu queria cumprimentá-los — ele nos diz. — Seja lá o que aconteça daqui em diante, quero que saibam que eu não guardo ressentimento pelo que vocês fizeram.

— Que generoso da parte dele — murmura Britta, num volume não baixo o bastante.

A boca de Nakalya se inclina.

— Eu entendo que vocês têm muitas razões para terem ressentimento *de mim*. Vocês devem saber que eu... Nunca foi preferência minha nos limitarmos a reparar os motores da estação pelas especificações originais. Eu estava ansioso para buscar outros métodos, mas tinha que ouvir o meu Conselho, e o meu Conselho, em sua maior parte, mostrou-se indeciso, enquanto considerávamos que as alternativas iriam criar ainda mais caos. Se eu tivesse tido mais tempo, teria...

— Você poderia ter conseguido a aprovação do público para buscar por métodos alternativos, contando a eles sobre o problema do *vorth* — eu o interrompo. — Não finja que você não estava protegendo seus próprios interesses em primeiro lugar.

Ele fica em silêncio por um momento.

— É fácil acusar quando você nunca esteve na mesma posição que eu — argumenta ele.

— Existe mais alguma coisa que você gostaria de nos oferecer fora a sua magnanimidade por não guardar ressentimentos e relação a nós? — Isis questiona, brusca.

— Eu vou incentivar o Departamento de Saúde a contribuir com o equipamento médico sobressalente para as viagens ao K2-8 — informa ele.

— Eu ainda tenho amigos lá. Se é isso que as pessoas querem, vou apoiar da forma que puder.

— Tudo bem — digo. — Então, as pessoas agradecerão.

Suspeito que todos nós estamos pensando que só vamos acreditar em seu apoio quando o virmos em ação.

Dois dias depois, chega uma chamada de Ibtep. Desta vez, Skylar e eu somos os únicos disponíveis. Fico apreensivo enquanto aceito a solicitação no escritório próximo ao quartel-general. Quando Ibtep surge na tela, é como se ela também estivesse apreensiva com a conversa. Sua mandíbula está contraída, os ombros, rígidos.

— Ah — diz ela, olhando para nós como se esperasse mais gente.

— Sinto muito — diz Skylar. — Só estamos nós dois aqui, você vai ter que se contentar com a gente. — O seu tom atravessado me faz lembrar o nosso último encontro particular com Ibtep, quando ela culpou a Terra e os terráqueos por tudo que deu errado com Kemya.

— Por que você está entrando em contato conosco, Ibtep? — eu pergunto, não sentindo a necessidade de me preocupar com o título honorífico de costume.

Os lábios de Ibtep franzem, fazendo beicinho. Por um instante, acho que ela pode simplesmente terminar a chamada. Então, ela diz:

— Eu queria pedir para que reconsiderem esse plano que vocês estão colocando em ação.

Fico tão surpreso que chego a rir.

— E você acha que nós vamos dar ouvidos a você?

— Eu não estou sugerindo que não exista mérito nessa abordagem, agora que estou ciente de todos os fatores em jogo — diz ela, sem se alterar. — É que, no calor do momento, o que estou vendo... Temo que as pessoas possam descambar rápido demais na direção oposta. Vocês podem controlá-los. Garantir que não se mudem com tanta rapidez.

— Nós não deixamos de ser cautelosos — assegura Skylar. — Só não vamos deixar todo mundo continuar a ser cauteloso demais a ponto de nunca chegar a lugar algum. Eu acho que você pode chamar isso de eficiência.

Minha boca se contrai, contendo um sorriso, enquanto Ibtep a fuzila com os olhos. Observando essa mulher na tela agora, é difícil imaginar que um dia eu a respeitei acima de todos os outros em Kemya. Ela costumava ter sonhos pelos quais estava disposta a assumir riscos. Será que existe algum resquício dessa pessoa por baixo da máscara defensiva que ela está nos oferecendo?

No momento em que estou me perguntando isso, ela me surpreende de novo, suspirando e dizendo:

— Talvez você esteja certa.

— Sério? — diz Skylar, levantando uma sobrancelha.

— Eu ainda não estou convencida... — Ibtep franze o cenho. — Há muita coisa em que preciso pensar. Eu vou acreditar que não haja motivo para preocupação quando enxergar essa cautela nos planos de vocês. Mas é evidente que o curso que Kemya havia traçado era equivocado de muito mais formas do que percebi. Jeanant disse, mais de uma vez, que os kemyanos têm tantos defeitos quanto os terráqueos, só que diferentes. Na época, eu tomei isso como um exagero poético. — Ela se detém, e inclina a cabeça. — Talvez ele estivesse certo também. Vamos ver. Pelo menos vou tentar olhar com a minha mente aberta da forma certa.

Sua admissão provoca uma pontada de simpatia em mim, mais do que jamais pensei que ainda poderia sentir por ela.

— Nós não iremos deixar ninguém de fora — digo. — Há espaço para todos no K2-8. Haverá um lugar para você, se ainda quiser fazer parte disso.

— Até mesmo eu tenho que concordar com isso — Skylar diz baixinho.

— Vou manter isso em mente — diz Ibtep. Então, ela interrompe a conexão.

☆ ☆ ☆

Os dias parecem passar voando enquanto estamos às voltas com negociações, organização e o treinamento. De repente, sem me dar conta, estou na minha última noite na estação. Minha última noite em Kemya. Amanhã, entrarei numa nave e partirei para o nosso novo mundo, e eu não consigo me imaginar retornando algum dia. No entanto, ao mesmo tempo, é difícil imaginar *nunca mais* voltar aqui de novo — jamais retornar para ser enclausurado pelos corredores interligados e os quartos microscópicos, rodeado por ar filtrado e cores desmaiadas, como qualquer outra viagem que já fiz terminou.

Quando eu sair da nave e vir o planeta à minha volta, aí é que isso se tornará real.

A única coisa de que vou sentir falta neste lugar — sem contar a minha família, temporariamente — é Skylar aninhada aqui ao meu lado na minha cama. Nosso primeiro grupo de colonos tem planos para construir espaços de habitação logo que se estabelecerem, é claro, mas vamos começar de forma simples para que possamos nos adaptar à medida que descobrimos o que funciona mais eficazmente. Vai levar algum tempo até termos esse grau de privacidade, de forma assim tão fácil.

Skylar dá um beijo no meu pescoço e se desloca nos meus braços para olhar para o teto. Eu só olho para ela. Próximo como estou, poderia memorizar os detalhes de seu rosto: o padrão de suas sardas e a pele ligeiramente rosada por baixo, a curva de sua testa, dos lábios e do queixo. É difícil imaginar, também, que não faz muito tempo éramos totalmente desconhecidos um para o outro, separados por milhões de quilômetros de distância. Nós estamos aqui, tudo isso aconteceu, porque eu me arrisquei e estendi a mão para ela, e ela teve a coragem de aceitar a minha mão.

— Como você acha que vai ser? — pergunta ela. — Morar lá. Eu não consigo deixar de imaginar que será como uma Terra totalmente nova.

— Eu não sei — respondo, rememorando a sala de RV e suas impressões limitadas. — Posso dizer que tenho quase certeza de que será mais parecida com a Terra do que esta estação. Acho que iremos descobrir o resto conforme formos em frente.

Ela ri.

— É verdade. Como tudo, na vida.

O que também é verdade. Por mais que nós, kemyanos, tenhamos tentado, nunca fomos capazes de prever o nosso próprio futuro ou de termos, de fato, nos preparado para ele, não com alguma precisão, não é mesmo? Eu sondo os limites dessa ideia, esperando que me provoquem ansiedade, mas o que vem é alívio.

Não quero saber o que nos aguarda no K2-8. Não quero que o futuro seja um caminho demarcado. Gosto de estar neste momento, em que qualquer coisa pode estar diante de nós. Alguns chamariam isso de incerteza; eu chamo de liberdade.

31.

Skylar

Pegamos um último vislumbre do K2-8 de cima, enquanto nos encaminhamos para o compartimento de carga. Dentro de apenas alguns minutos, estaremos passando através dessas nuvens peroladas em direção ao verde e azul da superfície do planeta. Parecido com a Terra, mas não ela. Um lugar totalmente novo.

— Quanto tempo vai demorar para chegarmos lá? — Angela pergunta ao meu lado, balançando-se na ponta dos pés para roubar um último olhar na tela da parede antes de passar pelas portas para o transportador de desembarque, os olhos brilhantes de excitação nervosa. Meus nervos também estão à flor da pele.

— Se tudo correr bem, cerca de uma hora — Win diz, na minha frente. — Talvez ainda menos que isso.

Jule, na frente dele, arqueia as sobrancelhas.

— Aqui estamos nós, onze anos e meio antes do previsto, e você ainda tem pressa — diz ele com suavidade. — Você nunca desacelera, Darwin?

— Alguém tem que compensar os descansados que nem você — Win responde, mas com um leve sorriso. Um pequeno sorriso transparece também em meus próprios lábios. As palavras são as mesmas, mas, nos últimos meses, a troca de farpas habitual dos dois perdeu a maior parte do fel. Eu poderia classificá-la agora de brincadeira amigável.

Foi principalmente por causa desses pequenos progressos que dei o meu ok quando Win me disse que Jule havia pedido para estar na primeira nave para o novo lar.

Assentos preenchem todo o espaço para passageiros do cargueiro, de uma parede sem janelas a outra. Todo o espaço é de um marrom maçante, mas o ambiente triste não amortece meu ânimo nem um pouco. Eu deixo Win, Jule e os outros kemyanos com a gente tomarem lugares mais na frente, enquanto eu fico para trás, com os meus companheiros terráqueos. Parece apropriado que eu esteja sentada entre eles, Angela de um lado e minha mãe do outro, o restante acomodado em torno de nós, esta última fração de pessoas da Terra.

O planeta lá embaixo não pode substituir o que perdemos, nem todas as pessoas que perdemos junto com ele. Não pode nos devolver todas as escolhas que os kemyanos roubaram de nós ao longo desses milhares de anos. Mas as decisões que tomarmos sobre a vida que vivermos lá pertencerá apenas a nós. Nada de alterações. Nada de ataques de pânico me paralisando. Um mundo que é *certo*, real e nosso de verdade.

Uma parte de mim espera que, nesse novo mundo, todos possamos começar a nos curar — os terráqueos, dos danos das mudanças; os kemyanos, dos danos das emissões de energia da estação. Mas uma grande parte de mim sabe que está tudo bem se não conseguirmos. Todos nós, terráqueos e kemyanos, defeituosos em nossos distintos modos, estamos juntos nessa. Uma vez que estivermos vivendo, trabalhando e sobrevivendo juntos, acho que vamos começar a nos esquecer de que um dia já vimos alguma diferença entre nós. É isso que importa. Nunca seremos mesmo perfeitos.

— *Liberado para o transporte* — a voz do piloto ressoa através do sistema de comunicação, automaticamente seguida da tradução nas muitas línguas das pessoas ao meu redor. — *Preparar para o desacoplamento.* — Um zumbido sobe pelo compartimento. Angela agarra o meu braço.

Depois de alguns minutos, os assentos em que estamos presos pelos cintos de segurança começam a tremer.

As paredes sem janelas não oferecem nenhuma dica do que está acontecendo lá fora, mas imagino que o transportador esteja descendo através das camadas da atmosfera do planeta. O tremor se intensifica. Eu inclino meu ombro contra Angela. Meu coração sobe para a garganta quando ouço a voz do piloto fazer a contagem regressiva para o pouso.

Há uma sacudida, e o zumbido e o tremor desaparecem. A multidão no compartimento de passageiros solta um suspiro coletivo. O piloto conversa brevemente com seus colegas, confirmando a qualidade do ar, reverificando perigos ambientais na zona de aterrissagem. Minha pele comicha de inquietação. Por fim, a voz do piloto volta a soar dirigindo-se a nós:

— *Vocês estão liberados para desembarcar!*

Com um silvo, a vedação na porta exterior se abre. Nós soltamos os cintos de segurança e lutamos para nos pôr de pé, após tanto tempo sentados. Meu pulso está acelerado, o peito apertado. Jule, que estava sentado perto da porta, olha para trás. Seu olhar me encontra.

— Skylar deve ir primeiro — sugere ele. — Nós não teríamos conseguido isso sem ela.

Não só eu. Isso dependeu de todos aqui, e muitos mais que ficaram para trás em Kemya, ainda esperando para fazer esta viagem. Mas um murmúrio de aprovação espoca em torno de mim, e Win, sorrindo, gesticula para que eu vá na frente. Eu me espremo pelo corredor para me juntar a ele, segurando sua mão estendida. Ele me empurra meio passo à frente dele, em direção à porta. Do meu outro lado, Jule me facilita a passagem, para me deixar assumir a liderança.

Eu inspiro fundo, solto o ar dos pulmões. Toco o painel de controle. Digito o comando.

A porta se abre com um sussurro, metade da superfície curva deslizando para cima e a outra desdobrando-se para fora, como uma rampa.

Raios de sol penetram através da abertura. Luz solar de verdade, brilhante e bela, junto com uma lufada de ar fresco. Aromas penetrantes de vegetação fazem meu nariz formigar. Nenhum que eu reconheça, mas o azul do céu que se descortina sobre nós me causa uma pontada de emoção.

Lar.

A partir deste momento, um leque de infinitas possibilidades se estende diante nós. Ergo a cabeça e saio em sua direção.

Agradecimentos

Ao chegar ao fim da série *Ecos do Espaço*, gostaria de oferecer a minha imensa gratidão:

Ao Toronto Speculative Fiction Writers Group e meus parceiros de crítica Amanda Coppedge, Deva Fagan e Gale Merrick, por me ajudarem a esclarecer meu projeto nos estágios iniciais.

Meu agente, Josh Adams, por encontrar um lar para esta série e cuidar de todos os detalhes que eu esqueceria.

Meus editores, Lynne Missen e Miriam Juskowicz, por me pressionarem a extrair todo o potencial desta série.

Às equipes da Amazon Skyscape e Razorbill Canada, por tudo o que fizeram para tornar belos os livros finalizados e levá-los às mãos dos leitores.

Minha família e amigos, por estarem sempre lá quando eu precisava deles.

E a todos aqueles que seguiram Skylar e Win até aqui, por seu entusiasmo e apoio — espero que a conclusão da história deles seja tudo aquilo que vocês esperavam!

Impresso por :

gráfica e editora
Tel.:11 2769-9056